HANS KÖSTER

Sankt Peters heitere Gilde

HANS KÖSTER

Sankt Peters heitere Gilde

LAUNIGE ANGLERGESCHICHTEN

4. Auflage

Mit 18 Zeichnungen

VERLAG PAUL PAREY · HAMBURG UND BERLIN

CIP-Kurztitelaufnahme der Deutschen Bibliothek

Köster, Hans:
Sankt Peters heitere Gilde : launige Anglergeschichten / Hans Köster. – 4. Auflage. 16.–21. Tausend. – Hamburg; Berlin: Parey, 1983

ISBN 3-490-04513-0

1. Auflage: 1964
2. Auflage: 1969
3. Auflage: 1976
4. Auflage: 1983

16.–21. Tausend

ISBN 3-490-04513-0

Printed in Germany by Kleins Druck- und Verlagsanstalt, Lengerich. Umschlag: Jan Buchholz und Reni Hinsch, Hamburg.

Große Fische, kleine Fische. Und öfter keine Fische.

Wer angelt, ist selber schuld.

Wer nicht angelt, ist auch selber schuld – nicht auszudenken, was er alles versäumt!

Das Angeln ist vielseitig. Man kann im Liegestuhl angeln und ein Buch dabei lesen, zu linker Hand eine große Weiße mit Schuß, rechts eine für den Fang von Barben, Aalen oder Dorschen ausgelegte Laufbleiangel mit einer Klingel an der Rutenspitze; das ist gut für die Nerven. Man kann in einem schwierigen Forellenbach waten oder an seinen Felsufern herumkraxeln und unter enormem Aufwand an Kraft und Behendigkeit aufregend starke Fische an aufregend schwachen Schnüren fangen; das ist gut gegen Bauch. Man kann auch in einem Boot auf das Meer fahren und, sich den Winden und Wellen anheimgebend, kleine wilde Makrelen fangen oder große wilde Thunfische; das ist gut für das Weltbild und gegen die Überheblichkeit.

Das alles und viel mehr kommt auf den Angler zu im Laufe seines Lebens.

Seid nett zu den Nichtanglern – es sind so arme Leute!

Inhalt

I | *Fränzchen Abromeits Ferienaufsatz*

Das war mein schönster Tag in meinen Weihnachtsferien. Ich war bei Großvater und Großmutter. Der Herr Amtsgerichtsrat Roggenschulte war auch bei, aber bloß zu Besuch. Er hat einen dicken Bauch und eine dicke Posiezjohn, sagt Großvater. Das mit dem Bauch, daß stimmt, weil man es sehen kann. Ich habe gedacht, Posiezjohn ist, wo man drauf sitzt, denn das ist auch so dick bei ihm. Aber mein Großvater sagt, das ist es nicht, sondern weil alle Herr Amtsgerichtsrat zu ihm sagen müssen, und man muß sich gut mit ihm stellen, denn man weiß nicht, ob man nicht nochmal und kriegt mit ihm zu tun. Aber ich brauche bloß Onkel Paul auf ihm sagen. Aber mein Großvater ist der Oberförster und hat über alle Leute zu befehlen, das ist noch viel besser. Er hat einen Vollbart im ganzen Gesicht und eine große Tabaksfeife zwischen, mal eine lange und mal eine kurze für unterwegens. Onkel Paul raucht bloß Cigarren, das riecht nicht so schön. Am dritten Feiertag wollten wir zum Eisangeln. Das war mein schönster Tag in meinen Weihnachtsferien. Da hat mein Großvater den Schlitten anspannen gelassen, und ich hülfte anspannen, und Onkel Roggenschulte kriegte einen Schnaps, wegen damit er sich seine Büroseele nicht sollte verkühlen. Da fingen alle beide sich an zu streiten, denn das tun sie meistens immer, aber mächtig, weil mein Großvater Fischchen mitnehmen wollte für zum Angeln und Onkel Paul wollte Pieräser mitnehmen. Sie haben eine Wette gemacht, wer das wenigste fängt, der muß nachher abends alles bezahlen für alle beide. Dann ist Großvater nach der Tonne im Keller gegangen und hat mit dem kleinen Kescher drin rumgefuhrwarkt, aber es war bloß ein großer Barsch drin und sonst nichts und nichts. Ich dachte, es wird wohl derselbe sein von den Kartoffelferien, der war schon tot, aber wie ich ihn hereingetan habe, wurde er ganz langsam wieder lebig. Aber damals war er noch nicht so dick. Ich habe mich gefreut, daß er noch lebt, jetzt kann man ihn schon essen. Der andere, wo ich nämlich zuhause mitgebracht hatte für in mein Akwarium, der ist natürlich gestorben. Ich habe lieber nichts gesagt, denn Großvater hat was gebrummt, bloß man konnte es nicht verstehen, weil der Bart vor war, und ich bin rasch rauf zu Großmutter, die hat mir eine Muffe gegeben, damit ich nicht womöglich und verfriere mir die Finger auf das alte schreckliche Eis. Großmutter hat alles eingepackt, welche Stullen mit Gänsebrust und welche mit Schinken. Und eine Thermo mit Kaffee. Gänsebrust esse ich gerne.

Wie Großvater wieder raufgekommen ist, hat er gesagt, er will doch lieber auch bloß Pieräser mitnehmen, wegen damit die Schangsen gleich sind, und er will Onkel Paul nicht vorüberteilen. Der Amtsgerichtsrat hat sich gefreut, daß Großvater von ihm sich läßt belernen und nimmt sich was an. Sie haben sich gezankt, aber mächtig, weil der Amtsgerichtsrat bloß alles aus Bücher weiß, und mein Großvater hat gesagt, das in die Bücher ist alles Quatsch. Und er weiß seins nicht aus Bücher, sondern von Natur. Ich habe ihn extra nochmal gefragt, ob alles nicht wahr ist aus Bücher, und er hat gesagt, wahr ist es ja, bloß stimmen tut es nicht und man kann es nicht gebrauchen, und nun weiß ich ja Bescheid, Herr Lehrer. Wir haben noch mehre Flaschen mitgenommen, war Schluck drin. Wie wir abgefahren sind, hat Großmutter gerufen, Hals und Beinbruch. Aber bloß aus Spaß, und wegen damit wir was fangen sollen. Onkel Paul hat gesagt, das ist ein Aberglaube, und er gibt da nichts drauf. Denn es ist bloß für Waldmenschen, wo keine Bücher lesen, und so welche. Nachher ist die Liesbeth auch rausgekommen und hat gesagt, viel Jlück, Harr Amsrat. Da hat Onkel Roggenschulte mächtig geschümpft, weil man nichts fangen kann, wenn ihm wer Glück wünscht, und weil er sich einbüllte, Großvater hat sie extra rausgeschickt. Hat er auch. Großvater hat was geantwortet, aber man konnte es nicht verstehen, weil der Bart vor war.

Wir sind in den Wald rein, und die beiden andern haben sich wieder vertragen, weil die Bäume alle so dick voll Schnee gebackt sind gewesen, und der Schnee war so weiß, daß der Schimmel und hat ganz gälb ausgesehn. Der Schimmel hat sich gefreut, und ich konnte sehen, wie er pustete, weil es so kalt war. Ich kann genau ebenso wiehern wie der Schimmel auch wiehert. Da habe ich zu ihm gewiehert, und er hat gleich zu mir gewiehert, denn habe ich wieder gewiehert und er auch, und immerzu so weiter. Onkel Paul hat furchtbar gelacht, bis er ganz blau aussah, und Großvater hat gesagt, ich kann es noch weit bringen. Das habe ich gerne gehabt. Dann haben die beiden andern Prösterken gemacht, wegen auf meine Zukunft. Und Onkel Roggenschulte hat auch gewiehert, aber konnte nicht so schön, und der Schimmel hat nicht geantwortet und nichts und nichts. Und wie er es beinahe konnte, da hat er sich verschlickert, daß er und hat wieder ganz blau ausgesehn, und der Schimmel hat bloß ein paar Äpfelchen fallen gelassen, aber hat sonst weiter nicht geantwortet.

Da hat mein Großvater furchtbar laut gelacht, und der Schimmel hat gedacht, er wiehert, und hat gleich geantwortet. Der Amtsgerichtsrat hat gesagt, daß man natürlich und kann sich mit seinesgleichen am leichtesten verständigen, aber er hat Großvatern leid getan, weil es traurig ist, wenn so ein alter Hahn und kann noch nicht krähen, und muß sich von einem kleinen Jungen und einem einfachen Waldmenschen belernen lassen, wo er so viele Bücher gelesen hat. Onkel Paul ist mit einmal ganz stille gewesen und hat sich was geüberlegt. An dem Schlitten sind überall solche Klingeln dran, und der Schnee hat immer so leise gepiept. Es ist richtig gemütlich gewesen, weil ich eine Muffe mithatte und ganze warme Finger. Wie Onkel Paul und er hatte fertig geüberlegt, hat er mächtig traurig ausgesehen, und sein Schnurrbart hing so runter, denn es waren Eiszapfen dran. Da hat er tief Luft geholt und hat nochmal gewiehert, richtig mit Anlauf. Er hat furchtbar laut gewiehert, und ich und der Schimmel, wir haben uns verschrocken, weil es vorher so stille war und bloß der Schlitten hatte ein bißchen geklingelt gehabt, und der Schimmel hat angefangen zu rennen, und ist in einen weg immer gerennt und gerennt, aber mächtig. Aber ich habe keine Angst gehabt, weil ich doch und ich habe gedacht, Großvater macht es aus Spaß, damit Onkel Paul sich nicht mehr sollte wiehern trauen. Großvater hat immerzu brrr gemacht, daß der ganze Bart hat gebibbert, denn sind wir mit den einen Schlitt gegen den einen Baum, und der ganze Schnee klatsch runter alles auf Onkel Paul. Da habe ich auch brrr gesagt zu dem Schimmel, denn vielleicht ist es garnicht aus Spaß, und wir sind mit dem andern Schlitt an den andern Baum und alle rausgeflogen. Ich habe mich garnicht gestoßen, ich bin auf Onkel Paul seinen dicken Bauch geflogen, der war ganz weich. Wie Großvater wieder rausgekrabbelt ist, da ist er überall voll Schnee gewesen und hat ausgesehn wie der Weihnachtsmann. Und Onkel Paul ist auch wieder rausgekrabbelt und hat einen großen Schneeeball ausgespuckt, wo er im Mund gehabt hat. Onkel Paul hat gesagt, um Chotteswillen, Franzchen, und Großvater hat auch gesagt, um Chotteswillen, Franzchen, und alle beide haben nachgesehen, wo ich kaputt bin, aber ich war iberhaupt nirns kaputt, bloß Onkel Paul seine Uhr. Er hat über dem Schimmel geschümft, daß er eine Bestje ist, und wie der Schimmel ihn hat gesehn und ganz voll Schnee, da hat er ihm zum 1. mal geantwortet und hat so mit rauße Zähne gewiehert, als wenn er lachen muß, aber mächtig. Wir haben den Schlitten wieder rumgedreht, und Großvater hat gefragt, ob wir uns trauen wieder einsteigen. Onkel Roggenschulte hat gesagt, daß er lieber zu Fuß will, weil ihm so kalt ist, aber ich habe gesagt, daß ich mir traue, weil der Schimmel, wie Großvater immer brrr gemacht hat, hat er nicht angehalten, aber wie ich brrr gemacht habe, hat er gleich ganz schnell angehalten. Da hat Großvater auch mächtig gelacht, aber nicht mit rauße Zähne, denn der Bart war vor. Wenn ich groß bin, werde ich Schlittenkutscher, denn brauche ich keine Bücher zu lernen und weiß meins von Natur.

Onkel Paul hat eine Menge Schluck getrunken, weil ihm der Bauch weh tut und er merkt es erst jetzt, und Großvater hat auch welchen getrunken, damit es schneller hilft. Ich habe gesagt, daß mir der Bauch auch weh tut, aber ich habe Kaffee gekriegt, weil für Kinder ist das nichts, und zwei Stullen mit Gänsebrust. Wir haben uns alle gewundert, daß die Thermo noch heil ist, denn die ist garnicht zu sehen gewesen, bloß ein Loch im Schnee. Gänsebrust esse ich gerne. Wo Onkel Paul rausgekrabbelt ist, war das größte Loch im Schnee, und Großvater hatte auch ein großes Loch gemacht, bloß ich nicht, wegen Onkel Paul, und es ist wahrscheinlich das 1. mal, wo sein Bauch zu was gut gewesen ist, hat Großvater gemeint. Und wir haben gefriestickt, aber mächtig.

Nachher hat Onkel Roggenschulte auch wieder Mut gehabt und wir sind alle eingestiegen, aber keiner nicht mehr gewiehert und auch nicht umgeschmissen. Wie wir an den See gekommen sind, haben wir Löcher reingehackt, denn die andern hatten jeder ein Beil mit, und ich habe meinen kleinen Tommerhack mitgenommen gehabt. Denn wenn der See und es ist Eis drauf, muß man Löcher reinhacken, sonst kann man nicht angeln, Herr Lehrer. Die eine Flasche habe ich aufs Eis schmeißen gedurft, weil nichts mehr drin war, und ist mächtig weit gerutscht. Der Amtsgerichtsrat hat sich ganz vorne welche gehackt, wo das abgebrochene Schilf ist, aber Großvater hat sich ganz weit draußen welche gehackt, wo wir im Sommer mit dem Boot hingefahren sind auf dem Barschberg, und ich auch da. Wir haben uns Schlittschuhe angeschnallt gehabt, mir meine Großvater, damit sie orntlich fest sind, und die beiden andern haben vielleicht ulkig ausgesehen, beim Schlittschuhn, aber mein Großvater hat am meisten ulkig ausgesehen, weil sein Bart immer so rumfliegt. Wir haben solche Angeln gehabt, das eine Ende wird ins Eis gehauen, weil eine Eisenspitze dran ist, und das Obendraufe ist wie sone kleine Wippschaukel, wo vorne die Schnur dran ist, da ist es erst hoch, und wenn es da runterklappt und hinten ist es hochgeklappt, dann hat einer angebissen, aber ein Orntlicher, und man muß ihn rasch rausziehen. Der Amtsgerichtsrat hat auch noch eine Rute gehabt mit einer Rolle dran, und ich auch eine Rute, aber ohne Rolle dran. Erst wenn ich groß bin und sich das nicht mehr verheddert. Onkel Roggenschulte hat zuerst welche gefangen, Pletzen, und hat immer gerufen, was er alles essen und trinken wird abends und ob es Großvater nicht zu teuer wird, und er will Großvatern ein Anglerbuch schenken, zum Geburtztag, damit er drin lest, daß die Fische am Schilf stehen. Großvater hat auch was gesagt, bloß ich konnte es nicht verstehn, weil der Bart vor war. Wie er man einen hatte, bin ich noch nicht hin, aber wie er schon dreie hatte und wir noch garnichts, bin ich auch hin und habe mir mit meinem kleinen Tommerhack Löcher gehauen, wo das abgebrochene Schilf ist. Und wir haben alle drei nichts mehr gefangen. Aber mit 1 mal hat Großvater gerufen, Franzchen, Franzchen, komm rasch, an Deiner Angel beißt einer! Da bin ich gerennt, und die eine Angel ist umgeklappt, und wie ich das gesehen habe, wollte ich noch rascher, da bin ich hingefallen. Ich bin schnell wieder aufgestanden, und der eine Schlittschuh war ab, da konnte ich gleich rascher, und das letzte Ende bin ich aber langsam und ganz leise hin, und ich habe ihn erst mal feste angehauen, denn sonst spuckt er den Haken aus, Herr Lehrer. Da fing er mächtig an zu rucken, und ich habe ihn nicht rauskriegen gekonnt, weil ich auch solche kalten Finger hatte, die Leine ist immer durchgerutscht Ich habe geschrieen, Großvater, hilf mir mal, aber er hat gesagt, nein, Franzchen, das muß ein richtiger Junge alleine können, und da habe ich ihn herausgezogen. Ich habe ihn gleich gegriffen, damit er nicht wieder rein sollte, da hat er noch mal brrr gemacht und mir in den Finger gepiekt, denn es war ein Zander, und heißt eintlich Sanat, aber ich habe es erst garnicht gemerkt. Bloß nachher, wie es geblutet hat, aber es ist mir egal gewesen, weil ich ieberhaupt noch keinen solchen großen gefangen habe, und hat fünf Pfund gewogen. Großvater hat eine kleine Wiege mit unten ein Haken dran, ebensolche wie Lumpenwillem, der mit dem kleinen Eselwagen, der immer feift, wenn er kommt, und kauft alles. Wo ich damals die Gewichte von Großmutters Standuhr habe verkauft, wegen Angelhaken, aber da war ich noch klein.

Mit 1 mal habe ich gesehen, es ist garnich meine Angel, weil ich doch meine da hinten hin gekloppt hatte, und die habe ich wiedergekannt, denn ich habe einen Kerbe reingemacht, damit er nicht und er tauscht sie um, wenn seine kaputt sind. Aber Großvater hat gesagt, es war doch meine, denn es ist auch ein Kerbe drin, und er hat den Kerbe schon vorher reingemacht gehabt, weil es meine sein sollte und er hat sie mir geschenkt, wegen weil ich nicht geweint habe, wie ich auf Onkel Paul seinen Bauch geflogen bin. Mein Großvater ist furchtbar anständig. Wenn ich groß bin, will ich auch Förster werden und furchtbar anständig. Denn das ist besser als wie Schlittenkutscher, denn da kann man im Sommer nichts verdienen, Herr Lehrer.

Jetzt hatte ich schon genug geangelt und bin weggegangen, meinen Schlittschuh suchen und wollte ein bißchen holländern lernen, auf dem linken kann ich schon. Aber plötzlich hat mein Großvater wieder gebrüllt Franzchen, Franzchen, und daß er auch einen großen dran hat, und kann ihn nicht rauskriegen. Da habe ich ihm geholfen, und da haben wir ihn rausgezogen gekonnt, der hat Großvater in den Finger gestochen, und er hat es auch erst nicht gemerkt, hat 8 Fund gewogen. Wie wir erst man meinen haben gehabt, da ist Onkel Roggenschulte noch nicht gekommen, bloß gerufen hat er nichts mehr. Aber wie wir Großvater seinen auch gehabt haben, da ist er gleich gekommen und hat sich auch Löcher gehauen. Und wir haben alle drei nichts mehr gefangen. Großvater hat gefragt, ob das auch in dem Anglerbuch steht, daß die Großen auf dem Barschberg sind. Und daß man gleich hinrennen soll, wenn der andere einen gefangen hat. Onkel Paul hat auch was gesagt, aber das hat man nicht verstehen können. Aber er hat garnicht solchen großen Bart.

Jetzt hatte ich schon genug geangelt und bin nach dem Schimmel hingegangen, den lassen wir immer frei rumlaufen, weil er und bleibt ja doch da stehn. Ich habe ihn an einen Baum rangeholt und bin raufgeklettert und habe geritten, aber mächtig. Immer durch den Wald, wo sie mich nicht konnten sehn. Weil, andermal wie Großvater gesehen hat, daß ich auf dem Schimmel geritten habe, hat er mir verhauen gewollt, weil das noch besser ist als wenn ich und brech mir das Genick. Er hat mir aber nicht verhauen. Ich habe mich an die Haare festgehalten und bin ieberhaupt nicht mehr runtergefallen, höchstens 2 mal. Früher da bin ich immerzu runtergefallen. Das erste mal beim Raufklettern gleich hinten wieder runter, das giltete noch nicht. Und nachher hatte ich auch keine schuld, weil ich mich umgekuckt habe, wo der Schimmel langgegangen ist, und sonst waren gar keine Löcher im Schnee, bloß die eine Reihe, und sah hübsch aus. Wie ich mich wieder umkucke, ist da schon der Ast gewesen, wo der Schimmel grade drunter durch gepaßt hat und ich gerade nicht mehr. Mit 1 mal habe ich an der Erde gesessen und eine Briesche an der Stirn, daß es man so gebrummt hat. Erst habe ich weinen gewollt, aber ich habe es sein gelassen, weil keiner da war. Der Schimmel ist umgekehrt und hat mich angepustet, aber ich habe ihm eine Maulschelle gegeben, aber mächtig, weil ich wütend war, und er hat mit dem Kopf geschüttelt. Jetzt hatte ich schon genug geritten und bin lieber unten weiter. Aber andersmal reite ich wieder.

Wie ich wiedergekommen bin, haben sie schon gerufen Franzchen Franzchen. Ich habe gesagt, ich bin rumgelaufen, weil mir so kalt war und dem Schimmel war auch so kalt, und sie haben sich gefreut, weil ich wieder da bin. Da haben wir noch mal gefriehstickt, aber mächtig, und nachher habe ich die andere Flasche auch auf das Eis geschmissen gedurft und sie ist auch ganz weit gerutscht. Wie wir nach Hause gefahren sind, bin ich gleich eingeschlafen, und Großvater hat mich in seinen Panjemantel eingewickelt und ist lieber zu Fuß.

Meine Großmutter hat sich erst gefreut über die Zanders, und über meinen ieberhaupt. Aber wie wir reingekommen sind ins Helle, hat sie gleich meine Briesche gesehen und ist falsch geworden, aber mächtig, weil solche Männer keine Verantwortigung nicht haben und nichts und nichts, und man gibt ihnen ein armes unschuldiges Kind mit und sie schmeißen es kaputt. Und Onkel Paul hat sich verplappert, und es ist herausgekommen, wie wir mit dem Schlitten umgeschmissen sind, wo wir uns doch versprochen hatten, wir wollten es nicht verraten. Er hat auch gesagt, daß es erst garnicht zu sehen gewesen ist, und sie haben genau nachgekuckt. Da hat Großmutter geschümft, aber mächtig, weil solche Lorbasse und sie merken es garnicht, wenn das Kind eine Briesche an der Stirn hat wie ein Kirbis und bringen es rasch nach Hause, damit es ins Bett kann und Kamillentee drauf und nichts und nichts. Da habe ich gemerkt, daß sie denken, es ist von wo ich auf Onkel Paul seinen Bauch geflogen bin, und Großvater hat ganz traurig ausgesehen. Da habe ich lieber gesagt, es ist bloß von wo ich auf dem Schimmel geritten habe und unter den Ast weg. Mit 1 mal hat Großvater mich gegriffen, und Großmutter ist gleich hochgesprungen und hat geschrieen, Abromeit, wenn du und du schlägst mir das Kind. Aber Großvater hat mich bloß auf den Arm genommen und er hat mir einen Kuß auf die Backe gegeben, und hat vorher extra gepustet, damit der Bart nicht vor war. Onkel Paul hat gesagt, daß er sich erkältet hat und muß husten, und Großmutter hat gesagt, Abromeit, meinst du, daß das die richtige Erziehung ist, vielleicht, aber man konnte sehen, daß sie nicht mehr wietend war.

Wie ich ins Bett bin, habe ich immer geträumt, daß ich einen Zander fange so groß wie ein Ferd und bin aufgewacht und er war weg. Da habe ich nicht genau gewußt, ob ich den andern auch bloß geträumt habe, und bin runter in die Speisekammer, da war er noch da, und ich habe mich gefreut. Backflaumen waren auch da, und ich habe mir welche mitgenommen und bin wieder ins Bett rein.

Nächsten Morgen hat Onkel Paul einen Verband aufgehabt, und ich habe ihn gefragt, ob er auch eine Briesche hat. Aber er hat bloß Kopfschmerzen gehabt, weil der Schnee so blendet. Aber Liesbeth sagt, es ist, weil er noch mit Großvater los ist und hat alles bezahlen gemußt, weil mein Großvater den Zander gefangen hat und er hat bloß die drei Pletzen gehabt, wegen weil er seins bloß aus Bücher weiß.

Das war mein schönster Tag in meinen Weihnachtsferien. Wenn ich groß bin, werde ich Förster. Wenn ich dann und ich habe Ferien, denn brauche ich wenigstens keine Aufsätze mehr schreiben.

Franz Abromeit

2 | *Verdammte Bande*

Stadtkind sein heißt weiche Sohlen haben. Wir hatten die hölzernen „Tüffeln“ zu Hause gelassen, um schneller weglaufen zu können, wenn der Förster käme. Die Kiefernnadeln piekten. Aber wer mit Dorfleuten Kameradschaft machen will, muß ihnen ähnlich sein, ähnlich in Sprache, Kleidung, Benehmen. Kinder haben das im Instinkt, Erwachsene wissen es seltener.

Da ist die Schonung. Eilig suchen wir, prüfen, wählen, nun gleitet mein Kumpan flink wie ein Eichkater an einem jungen Bäumchen in die Höhe und biegt die Krone herunter. Mit meinem riesigen Taschenmesser – kostbares Strandgut der Landstraße! – schneide ich den dünnen Stamm dicht über der Wurzel ab. Mühsame Arbeit, dauert viel zu lange, jede Sekunde Aufenthalt bringt Gefahr!

Karbens Max hat inzwischen die Zweige abgesäbelt. Nu man rut, rut! Schnell und lautlos traben die bloßen Füße durch den Wald – stechen die Nadeln noch? Wir laufen ohne Pause. Angespannt, stets bereit, unsere Geschwindigkeit im Augenblick zu verdoppeln; keuchend vor Aufregung, denn der Förster versteht keinen Spaß!

Es ist geglückt; die Stange liegt im Holzschuppen, schon abgeschält; die Tat ist getan. Die trennende Tat, die mich abrückt vom Bürgerlichen. von meinen „achtbaren Eltern“, von meiner eigenen gestiefelten und gekämmten Existenz. Dafür bin ich in eine andere Gemeinschaft aufgenommen. Karbens Max hat sein Wesen geändert; ich bin seinesgleichen geworden. Endlich! Ich denke an meine Lehrer und lächle mitleidig: was weiß so’n Mann von mir und vom Holzklauen!

Die Stange müßte auf ein Jahr in den Rauch gehängt werden, mit einem Stein beschwert. Man weiß es – aber Kinder rechnen nicht nach Jahren, ein Jahr ist die Ewigkeit. Sie trocknet schon auch so, nebenher. Nicht ganz gerade zwar. Und höllisch schwer ist sie vorläufig auch. Gleichviel; wir brauchen keinen Luxus, wir! Man muß sie in den Bauch stemmen und sich ordentlich hintenüberlegen, dann geht’s ausgezeichnet. Sie ist mächtig lang, das ist die Hauptsache, fertig!

Meine Arme wurden kräftig davon; ich habe noch lange später alle anderen Ruten überraschend leicht gefunden.

Der Aufenthalt im Schornstein ist kurzerhand gestrichen worden. Und jetzt kauern wir zwischen Erlenbüschen und Weidensträuchern versteckt am Ufer der „Grube“. Blank und dunkel wie Teer liegt der Weiher inmitten des dichten, verwucherten Laubwäldchens. Brombeerranken und Brennesseln überall – macht nichts, Haut wächst nach.

Kein Lüftchen, kein Laut. Ganz fein vibriert der Korkschwimmer auf dem schwarzen Spiegel. Wovon? Spürt er das aufgeregte Zittern der Kinderhand an der Stange? Verloren quakt ein Frosch und macht die Stille noch deutlicher.

Alles ist Spannung, ist Warten. Angst vor Entdeckung und brennende Begierde. Wie lange sitzen wir so? Eine Stunde, zwei ... und plötzlich strebt der Schwimmer schräg abwärts davon! Mein Herz setzt aus, ich bin einen Augenblick wie gelähmt; dann reiße ich die Stange hoch und ziehe senkrecht nach oben mit aller Kraft. Spüre schwere, langsame, machtvolle Schläge – ein Großer! Kein Gedanke als: „Rausholen, rasch rausholen!!“ – und der Rest meiner Schnur hängt oben in den Zweigen! – Ich weine nicht, fluche auch nicht. Obwohl ich das eine noch und das andere schon vorzüglich kann. Ich bin sprachlos und starre abwechselnd ins Wasser und hinauf zum Baum.

Da flitzt mein Genosse an mir vorbei und schreit: „Der Inspektor!!“ – Ich will weglaufen, stolpere, falle. Eine starke Hand hebt mich auf. Ich erschrecke bis ins Mark vor einem großen Vollbart. Meine neue Rute fliegt im Bogen mitten in den Teich – und jetzt bekommt meine Erziehungsfläche zu wissen, was eine Landmannspranke ist. Gründlich. Ungeachtet meines wütenden Gebrülls. Wie ein Hecht schieße ich weg, als ich mich endlich frei fühle. Hinter mir dröhnt ein Baßgelächter durch den Wald ...

Man muß sich ins Heidekraut werfen und sich ausheulen. Dann drohend die Faust schütteln nach dem Verwalterhause hin und grausame Rache schwören. Eine Mütze voll Kirschen, von Inspektors Kirschbaum geraubt, besorgt den Rest: die Senge ist verraucht.

Aber dem lieben Gott kündige ich die Freundschaft. Nicht der Tracht Prügel wegen, bewahre, sowas gehört zum Geschäft. Aber er hat mir den großen Fisch abreißen lassen, und das ist doch – nee, wir zwei sind fertig miteinander. Schluß. Für immer und ewig!

„Nu gerade!“ Goethes ganzer Prometheus liegt für mich in diesen beiden Worten. Ich fange meine Fische auch ohne Dich, Zeus!

Nachher sehe ich den Inspektor mit blankgewichsten Schaftstiefeln und langer Pfeife zum Dorf hinaufsteigen. Fünf Minuten später bin ich am

Weiher und hole meine Stange heraus; ich werfe einen Stein mit einer Schnur darüber, da habe ich sie.

Was für ein Fisch mag dies gewesen sein? Nie werde ich's wissen! Was mögen da sonst noch für Ungeheuer drin herumfahren? Keiner hat sie gesehen. Aber ich, ich ahne sie!

Die schwarze Grube schweigt über tausend Geheimnissen. Das Geheimnis der Tiefe hat mich angeweht; ich bin verwunschen zu angeln bis an mein Lebensende.

Wie selbstverständlich beginne ich wieder zu fischen – der Inspektor ist vergessen. Am Abend fange ich einen starken Fisch, ziehe ihn ruhig und vorsichtig zum Ufer, greife ihm in die Kiemen. Keiner hat mir's gezeigt, man weiß es von Natur. Da liegt er im Gras und zappelt. Nicht den vierten Teil so schwer wie der erste, denn den habe ich nicht gesehen; aber doch auch groß, mächtig groß! Unvermittelt übermannt mich die Freude und ich renne nach Hause – den ganzen Weg im Tempo eins zwei drei – hopp!

„Sieh mal, Großmutting, was'n Fisch!" Ich kassiere stolz die Bewunderung für meine Beute und lasse mich umarmen und streicheln. Denn der größte Mann ist klein vor seiner Großmutter. Zu Hause, heißt das! Draußen bei See und Wald, da denkt man eher: „Was weiß so 'ne Frau von mir und vom Holzklauen!" Denn dort führt man das gefahrvolle Leben eines Krebsräubers, Schwarzfischers und Eichhörnchenjägers und muß hart sein, hart! Und muß alles mitmachen und durchmachen – damit man dermaleinst, wenn man groß und ein Sportangler geworden ist (ja erstaunlich, auch so kann man Sportangler werden!) Erfahrung genug hat, um kein Wasser in der Nähe eines Dorfes zu pachten.

Denn die verfluchten Bengels holen einem alles raus! . . .

3 | *Ein Pieratz: Mark 200*

Als ich Bollram früh am Morgen abholte, war das Wetter noch ganz schön. Während wir auf unseren Rädern zu Bollrams Bach hinausstrampelten, zog sich der Himmel allmählich zu. Kaum hatten wir unser Fliegenzeug montiert, da kamen auch schon die ersten gelben Wolken den Bach herunter, häßliche Vorzeichen einer nahenden Erbsensuppe. Zehn Minuten später glitschten wir in großer Eile inmitten eines Gewitterpladders den Feldweg zum Dorf entlang, durch und durch naß wie Kompottpflaumen. Schnaufend und fluchend schnitten wir an der Schwelle des Gasthauses viele Kilo zähen Lehm von unseren zerweichten Schuhen, ehe wir eintraten.

In der Diele standen bereits zwei Fliegenruten, ganz wie die unsrigen mit behelfsmäßigen Bodenbleien versehen. „Also die beiden von oberhalb sind auch schon da", sagte Bollram.

Im Gastzimmer knisterte ein prachtvolles Holzfeuer. Denn es war Juni.

Neben dem Feuer saßen zwei Herren – das heißt, eigentlich, nein. Alles, was an ihnen ehemals Herr gewesen sein mochte, hing in Form von Jacken, Hosen, Sporthemden, Holdriohütchen und Socken festgirlandenhaft rings um den Ofen herum. Und was neben dem Feuer saß, waren ganz schlicht zwei Männer, zwei dampfende Männer, ein dicker und ein dünner, angetan mit jener typisch männlichen Untergewandung, deren dürftige Reize den unbefangenen Beobachter immer aufs neue erschüttern.

Auch wir, freudig lächelnd und ohne Aufschub, entledigten uns aller entbehrlichen Kleidungsstücke sowie einiger unentbehrlicher und streckten dann händereibend, unter wohligem Stöhnen, unser erstarrtes Beinwerk der Wärme entgegen.

Menschen kommen einander um so schneller näher, je weniger sie anhaben. Deswegen werden zum Beispiel Badebekanntschaften so besonders leicht geschlossen. Als wir vier aus unserer molluskenhaften, naßkalten Beschaffenheit in den allein menschenwürdigen warmtrockenen Zustand zurückgekehrt waren, fühlten wir uns bereits allesamt als gute Freunde, fühlten wir uns berechtigt und verpflichtet, einander zu unterhalten und zu wärmenden Getränken einzuladen.

Wir besprachen eingehend die anglerische Situation. Der Dicke entfaltete eine indolent-melancholische Art von Galgenhumor; der Hagere verstand es ausgezeichnet, kurze, giftig-witzige Bemerkungen dazwischenzuwerfen. Wir kamen zu dem Schluß, für heute sei es mit der Flugangelei sicher und endgültig aus und tranken auf das Wohl Bollrams, der als einziger einen Vorrat Regenwürmer mitgebracht hatte.

„Große Hausse in Regenwürmern!!" sagte Bollram. „Meine Herren, was bieten Sie für das Dutzend erstklassige, springlebendige Tauwürmer, die Auktion beginnt... fünfzig Pfennig zum Ersten... fünfundsiebzig zum Zweiten... Niemand mehr?..."

Als die Versteigerung zu Ende war, lagen nicht weniger als neun Mark und dreißig in der Schnapskasse. „Das sind fast zwanzig Pfennig pro Stück", konstatierte Bollram. „Na prost, es lebe der neue Weltrekordpreis für Pieräser!"

Der Dicke trank nicht mit. „Rekord?" sagte er, „Gott bewahre! Ich weiß einen Fall, in dem das Tausendfache für einen Wurm bezahlt wurde."

„Oho!" – „Anglerlatein!" – „Inflationsmark vielleicht?!" – „Also raus mit der Geschichte!"

Er ließ sich eine Weile nötigen, dann brannte er sich eine neue Zigarre an, lehnte sich bequem zurück und begann:

„Es waren einmal zwei treue Angelfreunde, Franz und Heinrich mit Namen. Sie waren vom gleichen Jahrgang, waren im gleichen Bureau angestellt, bezogen beide das gleiche kleine Gehalt und teilten ihre Bude miteinander – eine Mansarde, die sie mit wenig Möbeln, viel Angelgerät, einem Spirituskocher, einem papiernen Lampenschirm und zahlreichen Gemälden aus „Über Land und Meer" nicht gerade übertrieben geschmackvoll, dafür aber gemütlich eingerichtet hatten.

Nach ihrer gemeinsamen Arbeit kauften sie auf dem Heimweg ihr Essen ein, gemeinsam kochten und aßen sie, und hinterher tüftelten sie an ihrem Angelzeug herum, wobei sie zweistimmig sangen oder zweistimmig auf ihren Chef schimpften. Des Sonntags gingen sie gemeinsam angeln, nach Tegel, nach dem Liepnitzsee, nach Grünau oder nach der Krummen Lanke, je nach Wind und Wetter. Anspruchslos wie indische Büßer, lebten sie mit ihrem lächerlichen bißchen Geld glücklicher als die meisten reichen Leute. In schönster Eintracht vergingen ein paar Jahre – und dann kam die Sache anders.

Ihr Nachbar im Dachgeschoß übte, wie er sich rühmte, den Beruf eines

Kunstphotographen aus. Er war ein Witwer Mitte der Vierzig, ein sogenannter schöner Mann, mit wallender Künstlerlocke und üppigem, graumeliertem Vollbart. Obschon dieser Künstler mit Arbeit offensichtlich nicht überlastet war, tauchte eines Tages eine Gehilfin bei ihm auf. Niemanden, der mit schönen Männern Mitte der Vierzig Bescheid weiß, wird es wundern, daß diese Gehilfin ein sehr junges, auffallend hübsches Geschöpf war, ebenso klein und zierlich, wie der besagte Witwer groß und massiv.

Eines Abends hörten Franz und Heinrich in ihrer Mansarde einen gellenden Hilfeschrei. In der nächsten Sekunde standen beide in der Tür des photographischen Ateliers. Franz hatte einen Hammer in der Hand, und Heinrich das dicke Handteil einer Hechtrute; ihre Mienen zeigten, zweistimmig, ein solches Ausmaß von düsterer Entschlossenheit, daß der Jupiterkopf des Lichtbildners sein dräuendes „Hinaus!!“ erst volle fünf Minuten später hervorbrachte. Um diese Zeit befand sich die junge Gehilfin bereits auf dem Heimweg. Übereifrig geleitet von unseren beiden Freunden. Damit ihr unterwegs nicht etwa noch weitere Fährnisse zustoßen sollten.

In der Folgezeit waren an Franz und Heinrich überraschende Wandlungen zu bemerken. Ihre Angelausflüge wurden seltener, selten, hörten ganz auf. Franz brauchte plötzlich einen neuen Anzug. Heinrich entfaltete eine Neigung zu Stangenpomade und grellen Schlipsen. Auch wurden sie seltsam ungesprächig gegeneinander. Desto größere Beredsamkeit zeigten sie dafür, wenn sie die junge Photographin ausführten. Nach Onkel Toms Hütte zum Beispiel, oder nach dem Eierhäuschen oder nach Werder. Oder nach Halensee und zu Schramm in Wilmersdorf, zum Tanzen. Immer zu Dritt.

Immer zu Dritt.

Die junge Dame wußte nicht, welcher von beiden ihr lieber war. Sagte sie. Sie mochte sie alle beide sehr, sehr gut leiden. Sagte sie. Es dauerte eine ganze Zeit, bis sie lernte, welcher von den beiden Kavalieren Heinrich war und welcher Franz, und als sie es schon ganz genau wußte, tat sie noch lange so, als könnte sie es nicht und nicht behalten.

Wenn einer der Freunde sie zu einer „Landpartie“ einlud, dann sagte sie jedesmal: „Gern! Vielen Dank! Ihr Freund kommt doch auch mit?“

Franz und Heinrich waren sich jetzt öfter im Wege in ihrer kleinen Bude. Beim Anziehen, weil bloß ein Spiegel da war; früher hatte er ausgereicht, als sie ihn nur zum Rasieren brauchten. Beim Ausfegen auch, und beim Waschen, eigentlich immer! Sie bekamen gründlich die Nase voll voneinander; sie mochten sich nicht mehr sehen – und mußten einander doch dauernd im Auge behalten, damit nicht womöglich der eine ein heimliches Rendezvous arrangierte. „Wo gehst du hin?! Wo warst du so lange?!“ Wie feindliche Spione schnüffelten sie hintereinander her.

Eines Tages war es soweit. Mit gesträubten Haaren standen sie sich gegenüber und fauchten sich an, daß die Scheiben klirrten. Fast hätten sie aufeinander losgeprügelt. Hinterher, ernüchtert, schämten sie sich, nahmen sich gegenseitig übel, daß sie sich schämen mußten, und gingen knurrend umeinander herum, wie zwei böse Hunde.

Später, als sie in ihren Betten lagen, geschah es, daß sich Franz auf eine sonderbar unnatürliche Art räusperte. Sofort räusperte sich Heinrich in derselben Weise. Darauf sagte Franz: „Schläfst du schon?“ – Und Heinrich: „Nein. Du auch noch nicht?“ – „Nein.“

Pause.

Dann Heinrich: „So geht das nicht weiter, Franz!“

Und Franz: „Hast du ganz recht mit, Heinrich; geht es auch nicht.“

„Einer muß verzichten.“

„Kann ich nich, Heinrich.“

„Ich auch nich.“

Pause.

„Du, ich weiß was. Wir machen ein amerikanisches Duell.“

„Häh?“

„Amerikanisches Duell. Wer gewinnt, darf sie heiraten. Und du mußt dir dann das Leben nehmen.“

„Wieso ich?!“

„Na, ich meine, wenn du verlierst.“

„Ach so. Und sonst, da mußt du dir das Leben nehmen?“

„Ja.“

„Fein!“

Pause.

„Du, höre mal, Franz – also, wenn ich sie kriege, dann lege ich eigentlich gar keinen Wert darauf, daß du dir dann noch das Leben nimmst.“

„Was? Nein, ich auch nicht. Im Gegenteil. Wenn ich sie heirate, da sollst du dann wenigstens den Trost haben, daß du leben bleiben kannst!“

„Richtig. Und ich weiß auch, wie wir das machen. Wir angeln sie aus. Wer am meisten fängt, hat gewonnen. Der andere muß dann von der Bildfläche verschwinden.“

„Ja. Wenigstens bis nach der Hochzeit. Später kannst du uns ja dann ruhig öfter mal besuchen.“

„Oder du uns!!“

„Ich? Ich werde den Deibel tun und euch auch noch besuchen!“

„Na denn nich. Aber das kann ich dir sagen: es muß reell zugehen! Keine faulen Mätzchen, keine Behinderungen beim Angeln und so. Und gleiche Köder!"

„Ja. Und nich am Hermsdorfer Fließ – da fängst du immer mehr!"

„Nicht? Ich dachte, gerade. Also dann woanders. Aber jeder nur mit einer Angel, und so, daß wir uns sehen können. Nich, daß du dir vielleicht welche dazukaufst!"

„Und bis dahin treffen wir uns überhaupt nicht mehr mit ihr."

„Sonst wird es uns schon vorher leid . . ."

„Abgemacht?"

„Abgemacht!"

Sie krabbelten aus den Betten und tasteten sich im Dunkeln aufeinander zu, um den Vertrag mit einem Handschlag zu besiegeln. Ein wenig später schnarchten sie beide. Zweistimmig.

Der Dicke unterbrach seine Erzählung, um einen gehörigen Zug aus seinem Glase zu tun. „Zeiten . . . Zeiten . . ." sagte er, und lächelte verloren vor sich hin. Sein hagerer Kumpan starrte auf seine Zehenspitzen; er sah gelb und verfallen aus und hatte einen merkwürdig grimmigen Ausdruck im Gesicht.

„Am Sonntag also", nahm der Dicke den Faden seiner Rede wieder auf, „fuhren die beiden Freunde in aller Herrgottsfrühe mit der Eisenbahn hinaus. Zweiter Klasse, ausnahmsweise, um dem feierlichen Anlaß gerecht zu werden. Ihr Ziel war ein Bach, ähnlich wie unserer hier, ebenso einsam gelegen; Störungen durch Spaziergänger mußten an diesem schicksalsschweren Tage unbedingt vermieden werden. Ihr Angelzeug war in mustergültiger Ordnung; neue Schnüre, neue Vorfächer, neue, sorgsam nachgefeilte Haken. Und jedes einzelne Stück war auf seine Tragfähigkeit geprüft worden. Als Köder hatten sie das Universellste gewählt, das es gibt: mittelkleine Regenwürmer. Diese hatten sie, in genau gleicher Zahl und gleichem Größensortiment, auf zwei Büchsen verteilt, und die Büchsen hatten sie ausgeknobelt.

Am gleichen Kolk, wenige Meter voneinander entfernt, ließen sie sich nieder. Nie kroch ein Sioux leiser durch die Prärie, als unsere beiden Freunde durch das Ufergras.

„Also nochmals: genau 8 Uhr bis 11 Uhr. Was auch nur eine halbe Minute später beißt . . ."

„. . . zählt nicht mehr!"

Den Blick auf ihre gleichgestellten Taschenuhren geheftet, saßen sie da und mucksten sich nicht, gedämpft und etwas zitterig atmend. Zwischen ihnen, für beide in Reichweite, lag der Kescher.

„Sieben neunundfünfzig ... noch eine halbe Minute ... jetzt!"

Genau gleichzeitig senkten sich die beiden Angeln in den Kolk, sachte, ohne einen Laut. Da standen sie nun, über der gründunklen Tiefe, die beiden winzigen Federkiele, durch die das Schicksal zu ihnen sprechen würde. Zwei armselige, kleine Federkiele nur – aber ihre leiseste Bewegung mochte für das ganze Leben zweier, nein, dreier Menschen entscheidend sein.

Man lebt nur einmal ...

Die Unwiderruflichkeit des Geschehens hing über ihnen, wie ein Schwert. Nichts rührte sich. Elf Minuten, achtzehn Minuten. Eine halbe Stunde.

„Franz?"

„Sei doch stille!"

„Hast du schon was gefangen?"

„Das hättest du doch gesehen. Idiot."

„Ja freilich. Aber ich wollte doch lieber noch mal fragen. Hast du schon Biß gehabt?"

„Nein!!"

„Gott sei Dank."

Schweigen.

Erst um 8 Uhr 57 tat Heinrichs Schwimmer einen ganz kleinen Hupfer. Aber es kam nichts danach. Hinterher war es so, daß er selber zweifelte, ob dieses Zucken eine Täuschung seiner überreizten Nerven oder Wirklichkeit gewesen war. Aber dann, plötzlich, um 9 Uhr 4, zog sein Floß nach unten weg – da war es ja, unter Wasser, kein Irrtum möglich, um Gottes willen, nur nicht zu früh anhauen ... da, jetzt läßt er los ...!!!

Oh je. Zu lange gewartet. Richtig der ganze Wurm ab. Schnell neu beködern und an genau derselben Stelle wieder einsenken! Ob er wohl ... ja, ob er wohl noch mal wiederkommt?!

Er kam nicht wieder.

„Heinrich, hast du Biß gehabt?"

„Sei doch stille! – Ja!"

„Verdammt!" knurrten sie. Zweistimmig.

Um 9 Uhr 13 bekam Franz seinerseits den ersten Biß und durchlebte die gleiche Empfindungsskala wie vorher Heinrich. Zwar fing er seinen Fisch. Er landete ihn mit dem Kescher, sicherheitshalber. Aber die mindermaßige Rotfeder wurde nicht größer davon.

Für Heinrich war das mit dem Kescher ein schwerer Schlag. „Wa-was ... was wiegt er denn ungefähr?" fragte er mit schütterer Greisenstimme.

„Laß mich in Ruh, du Trottel!" schrie Franz unbedacht, erschrak aber selbst über den lauten Ruf und sagte, um es wieder gutzumachen, nochmals, leise wie ein Hauch: „Laß mich in Ruh, du Trottel!"

Kaum fünf Minuten später kriegte Franz seinen zweiten Biß. Eine knapp handlange Güster kam heraus. Gleich darauf fing er eine Plötze und noch eine, dann schon wieder eine Güster, und nun folgte Schlag auf Schlag ein kleiner Weißfisch dem andern – eine ganze Serie! Franz strahlte. Franz hatte heimlich angefüttert. Sein ganzes Frühstück hatte er in weichgekautem Zustand in Klumpen geformt, die er an seiner Schnur befestigte und mit äußerster Vorsicht an seinem Angelplatz versenkte. Heinrich hatte nichts bemerkt, denn er wandte keinen Blick von seinem Schwimmer – seit dem Fehlbiß schon gar nicht!

Über Grundköder hatten sie keine Vereinbarung getroffen. Immerhin, so ganz fair, dachte Franz, ist dies ja eigentlich nicht. Ob ich es Heinrich doch lieber sage? Aber dann fiel ihm das Mädchen ein, und seine Lippen preßten sich fest aufeinander. Schon wieder eine kleine Plötze – raus damit! ...

Inzwischen machte Heinrich allerlei Schweres durch. Anfangs traf ihn jeder Fang wie ein Dolchstoß. Jedesmal fragte er entsetzt: „Wie was – was wogt er denn wiel – ich meine, was wiegt er denn wohl?!" Das immerzu wiederkehrende Geplätscher der Landung jagte ihm Schrecken ins Hirn, daß seine Gedanken durcheinanderschwirrten wie aufgescheuchte Kolibris im Käfig.

Danach peinigte ihn die fixe Idee: „Wenn ich vorhin rechtzeitig angehauen hätte, dann würde bestimmt jetzt ich all diese Fische fangen. Ich bin selbst schuld, mir geschieht ganz recht, ich, ich habe alles verdorben."

Schließlich kam er abermals in ein anderes Stadium: er gab auf. Das Rennen, sich selbst, die Braut, die ganze Welt. In bittere Resignation versunken, Nacht im Herzen, saß er da und stierte ins Leere. Nur wenn nebenan wieder einmal ein Weißfisch herausgeplätschert kam, schüttelte es ihn ein wenig; aber schon mehr aus Angewohnheit.

Infolgedessen sah er seinen Federkiel nicht mehr. Der stand da und stand, mäuschenstill, ganz so, als wäre er für sich allein da und trüge gar keine Angel unten dran. Heinrich hatte so lange mit parallel gerichteten Pupillen auf ihn hingestarrt, daß er ihn noch sah, als er schon lange nicht mehr da war. Heinrich wollte, es wäre elf. Oh wär ich zur Ruhuh und ahalles vorbei. Nachlässig nahm er endlich die Rute auf, um nachzusehen, ob der Wurm noch lebte.

Heiliger Bimbam! Soviel war ihm gleich klar: das Tier, das da unten an seiner Angel tobte, wog mehr, als Franzens ganzer Flohzirkus.

Drunten, am Grunde des Kolks, hatte sich inzwischen ein andersgeartetes Drama abgespielt. Zunächst hatte ein kleiner Gründling Heinrichs ersten Wurm erspäht und ihn alsbald mit genießerischer Langsamkeit in sich hineingesogen. Nicht ganz, dafür war der Gründling zu klein und der Wurm zu groß. Ungefähr halb. Da der Wurm am andern Ende irgendwo festsaß, hatte der Gründling sehr vorsichtig an ihm gezogen. Denn so klein war er wiederum nicht mehr, daß er nicht gewußt hätte: „Wenn man an festsitzenden Würmern zu hastig zieht, reißen sie ab, und man hat bloß die Hälfte!" An dem überstehenden Kopfteil des Wurmes kaute er noch zu der Zeit, als Heinrich unter der Last seiner Selbstvorwürfe wegen zu späten Anhiebs seelisch zusammenbrach. Der Gründling hätte ihn in dieser Hinsicht voll und ganz beruhigen können: den Haken hatte er niemals im Maul gehabt.

Für längere Zeit war der Gründling nudeldick satt; er gab sich, ruhig am Grunde liegend, dem dösenden Zustand hin, der seinen Schlaf bedeutete. Als er infolge neuen Appetits erwachte, hing da schon wieder so ein Wurm. „Wie schön ist die Welt!" dachte er und begann, das bewährte Verfahren abermals anzuwenden ...

Nun war aber dieser große, schöne, tiefe Kolk selbstverständlich nicht nur von Gründlingen und kleinen Weißfischen bevölkert. Sein prominentester Bewohner war ein alter Herr von abseitigem Lebenswandel. Er lebte, wie weiland Diogenes, in einem Faß, das vor Jahren ein Hochwasser heruntergerollt hatte. Nicht alle Einsiedler sind fromm; dieser hier war ein ausgesprochener Zyniker, wie man schon an dem hohnvollen Grinsen seiner knochigen Maulwinkel sehen konnte. Seine Philosophie bestand aus zwei Fundamentalsätzen: „Der Große frißt den Kleinen", hieß der erste. Und der zweite hieß: „Der Große bin ich."

Kurz bevor unsere beiden Angler am Kolk erschienen, hatte dieser Lächler frühstückshalber einen kleinen Rundschwimm unternommen; daher die Beißstille zu Anfang. Nachher lag er in seiner Tonne und konzentrierte sich auf sein Innenleben, das, wie bei den meisten Fressern, hauptsächlich aus der Absonderung von Verdauungssäften bestand.

Das lebhafte Glitzern des Weißfischbetriebes um Franzens Grundköder erweckte ihn aus seiner Versunkenheit. Leise schob er sich heraus, unmerklich trieb er näher; nur seine Schwanzflosse rührte sich ein wenig, in der Art eines Wriggruders, wobei sie einem vom Wasser bewegten Pflanzenblatt täuschend ähnlich sah. Den an Heinrichs Wurm nuckelnden Gründling nahm er nur ganz nebenher mit, als Hors d'oeuvre, achtlos, wie ein zielvoll einer gediegenen Mahlzeit entgegenschreitender Mensch im Vorübergehen eine Beere abstreift.

Die manchmal eine Made hat.

Daß er den Haken mit in sich hineinkiemte, war ein taktischer Fehler. Daß er sich damit aufhielt, den Gründling auszuhusten, anstatt erst einmal den Gutfaden durchzubeißen, war ein zweiter.

„Du gemeiner Mensch, du hast den Kescher versteckt!“ schrie Heinrich, dem Weinen nahe, und stand mit beiden Füßen drauf.

Als der Hecht das Poil endlich dennoch durchbiß, lag er bereits im Unterfangnetz. Die Federwaage zeigte auf sechs und ein halbes Pfund. Franzens Gesamtfang betrug wenig über fünf. Mit Beutel. Und es war genau 10 Uhr 17! ...

Heinrich anderthalb Längen voraus. Nur noch 43 Minuten. Bleich, aber entschlossen, bis zum äußersten zu kämpfen, umklammerte Franz das Handteil seiner Rute. Heinrich, von einem zitterigen Glücksgefühl erfüllt, ermahnte sich: „Man darf nicht leichtsinnig sein – noch ist nichts entschieden!“ und brachte schleunigst gleichfalls seine Angel wieder aus.

Vor den gewaltigen Fluchten des Hechtes an Heinrichs angsterregend leichtem Zeug war der Schwarm Weißfische in alle Strömungen zerstoben. Dennoch bekam Franz wieder Biß. Etwas verfrüht hieb er an und zog den leeren Haken heraus. Franz war überrascht. „Es sind also doch noch welche da, noch ist Polen nicht verloren, schnell einen neuen Wurm, und hinein damit!“

Da! Der Schwimmer geht unter, bleibt zuckend unter dem Wasserspiegel stehen. Das ist kein Kleiner! Jetzt Anhieb!

Nichts. Blank wie neu aus dem Laden, kommt der Haken herauf. In bebender Hast beködert ihn Franz aufs neue. „Wenn dieser Fisch hinüberwechselt zu Heinrich, dann ist alles aus! Diesmal warte ich länger!!“ – Er wartet länger. Deswegen kommt nach einem Weilchen zuckenden Verharrens der Schwimmer wieder herauf und rührt sich nicht mehr. Der Haken sieht aus, als hätte er nie einen Regenwurm angehabt. Den nächsten Biß quittiert Franz sofort – vergebens. Der Köder ist diesmal noch da, aber zerrissen. Der nächste ist wieder ganz weg, der übernächste ebenso. Vor Franzens Augen beginnt eine rote Wolke zu wogen. „Dieser Bestie werde ich lebendig den Kopf abbeißen“, nimmt er sich vor.

Auch Heinrich wurde über der schnellen Folge von Bissen an Franzens Angel erneut nervös. „Was das wohl ist? Ein Blei? Ein Schlei? Wenn er nun zwei Pfund wiegt?! Der da drüben hat auf diese Weise immer einen frischen, gut lebendigen Wurm dran. Das ist ein Vorteil, der entscheidend sein kann!!“ Und Heinrich fing an, auf eine angstvolle Weise mit seinem Ködervorrat zu aasen. Er konnte sich das allerdings leisten, er hatte wenig verbraucht.

Wogegen Franz soeben, schreckerfüllten Herzens, die Hälfte seines allerletzten Würmchens am Haken befestigte.

10 Uhr 35. Noch 25 Minuten, kurz wie Sekunden und lang wie Ewigkeiten ...

Was nach der Flucht der Weißfische zurückgeblieben war, waren drei kleine Krebse. Mit den spärlichen Wurstanteilen in Heinrichs Frühstück wurden sie bald fertig. Das Brot schmeckte ihnen nicht. Aber sie blieben noch ein Weilchen am Platze und ließen ihre gestielten Augen kreisen auf der Suche nach mehr von dieser pikanten Sorte Fleisch.

Von dem tobenden Herrn aus der Tonne nahmen sie kaum Notiz. Solange sie sich hart bei Schale befanden, waren sie nicht gemeint.

Und dann kamen, ein Geschenk aus höheren Regionen, in erfreulich schneller Folge Franzens Würmer zu ihnen herunter.

Die drei Krebse waren Geschwister, jedoch, wenn sie geschwisterliche Empfindungen füreinander hegten, so zeigten sie sie mindestens nicht. Wie die alten Nibelungen schlugen sie aufeinander los, bei ihrem Streit um die Beute. Das Ergebnis war, daß Schwesterchen dem einen Brüderchen schließlich eine Schere abbiß.

Abgebissen oder nicht – eine Krebsschere hält fest, was sie einmal hat. Diese Schere war es, die Franz mit dem letzten Viertel seines letzten Pieratz fing.

Krebse sind mit Chitin gepanzert. Man kann ihnen eine Schere abbeißen, wenn man Mut hat. Aber einem Krebs lebendig den Kopf abzubeißen, wenn man nur eine Schere von ihm hat, das ist ganz und gar unmöglich. So daß Franz der Trost versagt blieb, sein rachsüchtiges Vorhaben auszuführen.

„Heinrich?" Merkwürdig heiser klang der Ruf.

„Und?"

„Hast du noch Pieräser?"

„Viel nicht mehr."

Pause.

„Hör mal zu, Heinrich. Den Hecht brauche ich nicht anzuerkennen. Den hast du mit dem Gründling gefangen, den er in den Kescher gespuckt hat, und nicht an Wurm. Das ist Vertragsbruch, Heinrich. Ich will ihn aber trotzdem anerkennen – wenn du mir deine Würmer verkaufst. Und ich gebe dir obendrein zwanzig Mark dafür."

„Schämst du dich denn gar nicht, du Rechtsverdreher? Ich, mit Lebend geangelt, na, da soll doch ..."

„Dreißig Mark!"

„... der Deubel dreinschlagen!!"

„Fünfzig Mark!"

Heinrich überlegte fieberhaft. „Wenn ich sie ihm nicht gebe, hält der sich nicht an unsere Abmachungen, der Schuft. 10 Uhr 37 schon – er fängt ja doch nichts mehr! . . ."

„Und der Hecht gilt dann!?"

„Gesagt ist gesagt!"

Um 10 Uhr 38 wechselten die letzten sechs Regenwürmer ihren Besitzer. Für fünfzig Mark.

Für 16 Mark 66 fraßen die beiden übriggebliebenen Krebse. Für 8 Mark 33 fraß das lädierte Brüderchen, das ausgerechnet dahin geflüchtet war, wo Franz jetzt seine Angel einsenkte, um den Krebsen nicht mehr zu begegnen. Weitere 8 Mark 33 blieben am Kraut hängen, aber der vorletzte Pieratz . . .

Die in den Trümmern von Franzens ehemaligen Butterbroten herumstochernden Krebse veranlaßten, daß dann und wann ein Bröckchen in Bewegung geriet und allmählich mit der leisen Strömung aus dem Kolk hinaustrieb. Vorher hatten die Weißfische diese Brocken abgefangen. Jetzt schwammen und rollten sie zögerig über den kiesigen Grund bachabwärts davon, einer dort grasenden Barbenfamilie vor die Rüssel. Langsam setzte sich die ganze Herde in Bewegung nach vorwärts; irgendwoher mußten diese angenehm schmeckenden Krümel ja kommen, und dort würden sie wahrscheinlich reichlicher vorhanden sein als hier unten . . .

Um 10 Uhr 42 sah Franz an seinem Floß einen sehr kräftigen Biß. Dem Anhieb folgte eine starke, schwere Flucht in die Tiefe. Eine Barbe ist kein Krebs, mit Barben, oho, da war Franz Fachmann. Franz, der abgehängte, Franz, der zerbrochene – plötzlich war er wieder hundertprozentig auf der Höhe. Wie er den Fisch vom Grunde hob, wie er ihn lenkte an seinem haarfeinen Zeug, das war schlechthin meisterhaft; die Klassiker der Angelkunst, Isaac Walton, von dem Borne, Dr. Heintz, hätten ihre helle Freude an diesem Drill gehabt, hätten sie ihn sehen können.

Um 10 Uhr 46 lag die dreipfündige Barbe am Ufer. Fünf und drei macht acht. Geht ab der Beutel mit höchstens einem halben Pfund, macht siebeneinhalb. Heinrichs Hecht wog nur sechseinhalb.

Heinrich, wie geht es dir? Armer Heinrich, im Finish überholter Heinrich – ach, Heinrich, wie läufst du ferner!

„Franz?"

„Und?"

„Hast du noch Pieräser?"

„Hahaha – bloß noch einen. Und der ist nich zu haben!"

„Franz, du hast doch meine gekriegt!"

„Jawollja – für fünfzig Märker! War übrigens eine ganz gute Kapitalsanlage!"

„Schön, ich gebe dir fünfzig Mark wieder. Für den einen Wurm."

„Hahaha!"

„Franz – hundert!"

„Äh – gib dir keine Mühe!"

„Mein letztes Wort – zweihundert!!"

In Heinrichs Herzen raste die Verzweiflung. Was ist schon Geld, wenn es um alles geht? Was sind zweihundert Mark für Heinrich, den Verlierer? Ein Nichts!

Anders Franz, der Gewinner. In Franz erwachte unvermittelt der werdende Familienvorstand. Zweihundert Mark sind ein schönes Stück Geld. Wie spät haben wir's? 10 Uhr 51 schon! Ausgerechnet in den paar

Minuten wird der, mit dem einen Wurm, noch was fangen? Wo er den ganzen Morgen nichts gefangen hat als diesen Zufallshecht? Aber wenn nun doch?! Unsinn! Zweihundert Mark, für einen, der nächstens heiraten wird – wenn man zweihundert Mark nur ein bißchen anders ausdrückt, dann sind sie plötzlich eine ganze Schlafzimmereinrichtung, mit allem schwelgerischen Luxus ausgestattet, mit dicken goldenen Knöpfen auf den Bettstellen, und rosa Gardinen, und einer wunderbaren, rosa leuchtenden Ampel mitten drin ...

Die Ampel gab den Ausschlag. Um 10 Uhr 53 kehrte der letzte Wurm zu seinem ursprünglichen Besitzer zurück.

Um 10 Uhr 54 verlor ein älterer Aal, der am Grunde des Kolks unter einem Ast verborgen lag, den letzten Rest von Freude an seiner gegenwärtigen Daseinsform. Beleuchtung ist Geschmackssache. Während oben

Franz in Gedanken an seine rosa Ampel schwelgte, sagte der Aal zu sich selbst etwa das folgende:

„Nicht genug, daß man die ganze Nacht über – (er meinte den Tag) – das ekelhafte Geflimmer dieses höchst überflüssigen Beleuchtungskörpers da oben auszuhalten hat, nein, da muß einen auch noch eine Horde elender Weißfische mit seinem Geblinker nervös machen. Nicht genug damit, daß man so enge wohnt, daß man mit dem Kopf aus dem Fenster guckt, wenn man schläft – nein, da darf auch noch so ein häßlicher Bolzen von einem Hecht hier hin- und herfahren und einen ohrenbetäubenden Lärm aufführen – (oberirdisch ausgedrückt: starke, die Seitenlinie irritierende Schwingungen im Wasser hervorrufen). Kaum ist er weg, dann fängt so ein nachtschweifendes Schwein von einer Barbe das gleiche Gegröle an. Und jetzt, wo man endlich Ruhe haben könnte, da muß so ein miserables Gewürm extra zu dem Zweck herunterkommen, um einem auf der Nase herumzutanzen und einem das letzte bißchen Schlaf aus dem Leibe zu kitzeln. Lausewirtschaft!" Dachte der Aal.

Recht hatte er ja. Heinrich hatte ihm den letzten Wurm genau auf seinen über die schützende Deckung des Astes hinausragenden Kopf gehängt.

„Man müßte", dachte der Aal; „weit, weit hinunterschwimmen, immer der Strömung nach, bis man in eine Gegend kommt, wo es ganz tief ist, hundertmal tiefer als hier, so tief, daß kein Lichtstrahl hinunterdringt . . . Schön muß es da sein, urschön, immer so still, immer so dunkel . . ."

Wieder kitzelte ihn der Wurm, störte ihn in seinem liebsten Traum – ärgerlich schnellte er seinen Schlangenkopf vor, um den Störenfried zu vernichten.

Um 10 Uhr 58 rief Heinrich: „Biß!" und gleich darauf: „O Gott, ich hänge fest! . . . Aber es zuckt noch, es zuckt noch!!"

Das konnte nichts anderes sein, als ein starker Aal, der sich irgendwo festgeklammert hatte. Heinrich zog, stetig, geduldig, eisern bei aller Angst, an seiner letzten Chance. Dann begann er zu „telephonieren", in kurzen Abständen auf die krumm gespannte Rute zu klopfen. Vergebens.

„Elf Uhr – Schluß!!" schrie Franz, der entsetzt und flackernden Blickes dabeistand.

„Nix!" knurrte Heinrich. „Was bis elf Uhr beißt, das zählt – und wenn es morgen früh wird, ehe es rauskommt. Was bis elf Uhr beißt! Wörtlich, mein Junge!!"

Endlich begann das Etwas da unten Raum zu geben, sich zu heben . . . Ein Meisterstück war das, wie Heinrich den Aal drillte, samt den Ast daran zuerst, und dann, als der Aal den Ast plötzlich losließ und versuchte, sich umzudrehen und sich in die Schnur zu verwickeln – die Klassiker der Angelei, Brehm, Bickerdyke, der alte Fellner, hätten ihren Spaß gehabt an seiner Geschicklichkeit.

Den Aal im Kescher, rannte Heinrich gute hundert Meter landeinwärts, ehe er es wagte, sich näher mit ihm zu befassen.

Fast zwei Pfund wog er.

Heinrich hatte gesiegt.

Der dicke Mann ergriff sein Glas und leerte es bis zur Neige. „Zeiten ... Zeiten ...“ sagte er trübe.

Der Hagere stand auf, kleidete sich an und verließ das Gastzimmer, ohne ein Wort. Einen langen, neiderfüllten Blick sandte er im Abgehen zu dem Dicken hinüber. Durch das Fenster sahen wir, wie er durch den strömenden Regen schritt, als bemerkte er ihn nicht ... ein hagerer Mann, ein trauriger, alter Mann.

Wir schwiegen, taktvoll und ein wenig bedrückt, eine ganze Weile. Dann bekam Bollram Lust auf etwas Herzhaftes und ging zur Theke. „Wollen ein paar Schnäpse ausknobeln“, sagte er.

Ich ergriff die Gelegenheit. Behutsam, mit gedämpfter Stimme, sprach ich die Frage aus, die mir auf der Seele brannte.

„Verzeihen Sie mir, wenn ich indiskret scheine“, sagte ich, „aber rein menschliches Interesse veranlaßt mich ... nicht wahr, Sie haben diese Begebenheit selbst erlebt, und der andere Herr, Ihr Freund, das ist Franz, der damals verloren hat?“

Der Dicke sah mich verwundert an. „Ach nein“, sagte er. „Dann hätte ich die Geschichte nicht erzählen dürfen. Erlebt haben wir sie schon, wir beide. Aber der Verlierer ...

Franz, der Verlierer, bin ich.“

„Wieso? Ach soo ...“

Bollram kam von der Theke zurück. Er hatte ein paar Streichhölzer in der Hand.

„Kurz verliert, lang bezahlt!“ rief er.

Tja.

Den Eindruck hatte ich allerdings auch.

4 | *Seefahrergemurmel*

Diese verflixte Segelei! Aber Spaß macht es ja, das woll, und es schafft auch. Soviel Makrelen kannst du mit Rudern gar nicht greifen, kein Gedanke dran. Makrelen wollen den Blinker ordentlich in Fahrt sehen, dann haben sie ihren Sport mit ihm, und dann beißen sie, daß es man so knallt. Wenn sie da sind. Du meinst vielleicht, du kannst deine Leine irgendwo ins Weltmeer schlenkern, und wenn du lange genug wartest, hängt sich schon einer dran. Fleutjepiepen! Man muß wissen, wo sie ziehen. So bannig viel Platz, um an den Fischchen vorbeizuangeln, wie du in der See hast, gibt es sonst nirgendswo.

Auf einen langsamen Blinker gehen sie meistenteils nicht, den nehmen sie nicht zur Kenntnis, sie tun, als wäre er überhaupt nicht da, es ist richtig beleidigend. Wie Fiete Musappel, wenn es saure Bohnen gibt, denn die maach er nich.

Segeln ist besser. Bloß, man braucht da Wind für, und Wind macht Wellen, und das Boot schaukelt. Zwei Mann im kleinen Boot, beispielshalber, den ganzen Tag siehst du deinen Partner schräg über dir, schräg unter dir, plitsch oben, platsch unten. Am besten guckst du nicht hin, sondern mehr auf den Horizont, damit du die Orientierung behältst und deinem Magen bescheidsagen kannst, wo oben und unten ist. Denn das muß er wissen, ist ja klar, nicht? Sonst funktioniert er falsch rum.

Aber mal angenommen, deiner weiß es. Wenn du an Land kommst, abends, aus dem schaukelnden Boot, heraus auf das Feste, dann schaukelt das Land, und auch das Haus schaukelt. Du hältst unwillkürlich deinen schaukelnden Teller fest, damit er nicht überschwappen soll, und schaffst balancierend dein schaukelndes Abendbrot in dich hinein. Auch dein Bett schaukelt. Du brauchst nicht frivol zu lächeln, dein ganz einsames Bett schaukelt, bis du einschläfst. Weil der menschliche Gleichgewichtssinn eine eingebaute Relativitätstheorie besitzt. Falls du dies nicht verstehst, schadet nicht, du kannst es dir so merken.

Morgens steht dein Bett vollkommen ruhig. Du schüttest ein bißchen was Heißes in dich und beeilst dich, weil du deutlich spürst, daß heute der

Tag ist für tatenfreudige Meermänner. Denn du hast natürlich nie den richtigen Überblick, so im Hause, wie ungeheuer viel leere See drum herum ist um die Fische, nach allen Richtungen der Windrose und denen dazwischen, und dann noch in der Tiefe, das noch außerdem. Wenn du herauskommst, siehst du sie aber gleich, die ungeheuren Weiten und die dunklen Räume, und hast es nicht mehr so eilig. Womöglich schleppst du nachher deinen glitzernden Köder oben im Hellen, drei oder fünf Meter tief, und suchst vergeblich die Makrelen, die gar nicht zu Hause sind; aber ganz unten am Grunde, auf 25 Meter, wallen die Dorsche in gewaltigen Heerhaufen. Ernsthaft und schweigend wallen die Heerhaufen unter deinem Boote dahin, sie singen keine Lieder, und du weißt von nichts. Im Gegenteil, du hast einen springenden Hornhecht für eine Makrele angesehen, machst noch ein Blei ab, damit dein Blinkfisch ganz oben läuft, fährst aufgeregt, verbohrt und sinnlos herum, wie der fliegende Holländer. Wenden! Halsen! (Ahoi nicht, ahoi mußt du nicht sagen. Es ist der Sportgruß der Männer, die mit Gummibooten auf Flüssen fahren, sonst nichts auf der Welt. Ein Sportgruß wie Gut Holz! oder Petri Heil! oder Brief Mark! Hier sind andere Grüße üblich, am üblichsten gar keine.) Eventuell, wenn du nämlich den sechsten Sinn hast, fällt aber doch, im Bereiche deiner unerforschten Urtriebe, der Groschen, fällt schnell und leise dein Anker und fällt deine schwere Pilke zugrunde; ein Weilchen siehst du sie, bis in der blauen Dämmerung ihr letzter Schimmer schwindet, dann dauert es noch eine Zeit, bis sie unten ist, es ist eine schöne Tiefe. Du straffst deine Schnur und läßt die Pilke tanzen. Rumms! geht es unten. Der Ruck, mit dem der erste Dorsch anbeißt, durchfährt dein Gebein als ein Schreck. Die nächsten quittierst du inwendig mit einem freudigen Ja, wie ein Hochzeiter. Später wird es Handwerk; dann mußt du aufhören. Kann sein, du hast schon so viele, daß du sie räuchern lassen mußt, weil deine Leute sie unmöglich so schnell aufessen können. Das kommt vor, wenn du den sechsten Sinn hast. Oder Glück. Wer beides nicht hat, angelt besser woanders, in weniger Wasser.

Morgens steht dein Bett vollkommen ruhig – ach so, das wußten wir schon. Du begibst dich ans Meer. Das ist kein ausgesprochener Lustwandel, du hast Verschiedenes zu tragen. Den Mast, das Segel, den Baum. Den Anker, und lieber doch auch den Steinanker, den man über den Grund rutschen lassen kann, wenn man die Dorsche erst suchen muß. Die Pilkschnüre, die Schleppangeln. Sicherheitshalber die Stippangel; durchaus möglich, daß du stippen mußt, wenn sie deine Blechköder nicht wollen, und du mußt die kleine Makrele mitnehmen, die du gestern abend für diesen Zweck eingesalzen hast, sonst hast du möglicherweise nichts auf deinen Haken zu tun. Die Riemen, die Ankerleine, die Bojenleine. Wenn du deinen Anker festhängst, dann kannst du eine kleine Boje dranbinden und weißt immer, wo er liegt, bis du abreist. Dann holt ihn Fiete Musappel hoch und läßt ihn dir im nächsten Jahre billig ab, das ist ganz günstig. Das Messer, hast du das Messer? Es ist bei Seegang beschwerlich, eine gestraffte Kokosleine abzukauen, selbst wenn man noch mehrere sehr gute Zähne hat. Die Schöpfkelle! Fahre nie ohne Schöpfkelle, sie kann dir das Leben retten, wenn eines minder schönen Tages der drollige Latschen, in dem du dir Vertraulichkeiten mit dem Ozean erlaubst, vollschlapft, was ja auf die Dauer kaum ausbleiben kann. Sackst du trotzdem ab, hast du dir wenigstens nichts vorzuwerfen, fahre wohl! Freunde der Vorsicht binden ein paar leere Kanister an ihre Gondel, die das gekenterte Boot schwimmend halten oder als Bojen fungieren. An diesen hält sich der Fischersmann fest, bis jemand kommt und alles einsammelt, oder bis ihm die Arme lahm werden, föftein. Auch tut sich Fiete leichter mit dem Bergen abgesackter Boote, wenn eine Boje ihren jeweiligen Aufenthaltsort bezeichnet. Fiete Musappel mit seinem „BLS 13" ist ein ungemein schätzenswerter Bestandteil der Landschaft, sozusagen ein beruflicher deus ex machina, es ist von Vorteil, sich gut mit ihm zu stellen. Wenn auch wohl die vielen Grogs ein bißchen von der Erholung abgehen. Schließlich bin ich lieber ein geretteter Trunkenbold als ein verkluckter Abstinenzler, dies ist mein Standpunkt.

Du wirst das nicht alles zugleich tragen können, infolgedessen begibst du dich nicht nur einmal ans Meer, sondern wiederholt. Da du in diesem Falle die Riemengabeln vergessen hast, begibst du dich sogar nochmals. Es ist durchaus denkbar, daß du zuletzt nicht mehr spontan in den Ruf „Thalatta!" ausbrichst angesichts des Meeres, das du heute morgen schon öfter gesehen hast. Poseidon wird es dir verzeihen. Dagegen ist es sehr schlecht für den Fischfang, daß du überhaupt etwas vergessen hast; das ist ein sehr schlechtes Vorzeichen, spuck dreimal aus. Alle rechtgesinnten Fischmänner sind abergläubisch, ihr Aberglaube ist in Jahrtausenden aus Erfahrungstatsachen erwachsen und stimmt. Die Tatsachen hat wohl niemand statistisch nachgeprüft, nein, aber wer sollte sich auch erdreisten, an diesen dunklen Dingen herumzurechnen? Wer weiß, was man sich bei solchem Frevel für Schaden zuziehen könnte! Aberglaube hilft dem Gläubigen. Mindestens ist er der beste Ersatz für den sechsten Sinn, den nun einmal nicht alle besitzen. Er bringt uns bisweilen dazu, etwas ganz anderes zu tun als das Wohlüberlegte, Vernünftige, und dieses andere ist dann manchmal genau richtig. Die See steckt voller Rätsel und hält sich an keine festen Spielregeln, Aberglaube ist sehr gut, Aberglaube fängt.

Du hast also endlich auch die Riemengabeln. Sie sind so wichtig. Wind, der nicht ist, nennt man Flaute; bei Flaute pätschelst du langsam und unauffällig landwärts, wenn du es wegen Nahrungsmangels nicht mehr länger vermeiden kannst, und die ganze Zeit sind alle Menschen am Strande auf deine Kosten grauenhaft erheitert. Im Hinblick auf dergleichen Vorkommnisse ist es klüger, sein Boot ganz schlicht zu benennen, zum Beispiel „Anna 3“ oder „Schlickschlitten“, und keinesfalls „Windsbraut“.

Indessen, um diese Morgenstunde kann es beliebig heißen, noch bist du allein auf der Welt. Du zerrst dein Bootchen zu Wasser und segelst ab, ganz sacht und still in der sanften Morgenbrise. Nach einiger Zeit nimmt die Brise etwas zu, das Boot beginnt zu schaukeln, plitsch, oben, platsch, unten, blick in die Ferne, es wäre schade ums Frühstück.

Navigare necesse est, Segeln ist notwendig. Manche betreiben es bloß so, ohne Zweck, sie segeln eben, erst eine Weile raus, wo sie hinkommen, ist ihnen egal, und dann wieder nach Hause. Dabei setzen sie, wenn es irgend angeht, jeden Lappen, den sie bei sich haben. Ich will lang hinschlagen, wenn ich begreife, weshalb sie so in Eile sind, sie selbst wissen es auch nicht, ich habe mehrere gefragt. Einer sagte, er müßte um die Kaffeezeit wieder im Hafen sein, während er in Richtung auf die offene See an mir vorüberpretschte. Er hatte sich das wohl nicht richtig überlegt, denn wenn er langsamer hinaus ... und dafür nicht so weit ... nun, es war nicht meine Sache, und außerdem war er längst außer Rufweite, ehe mir alles klar war.

Bei uns Fischern ist das anders, wir segeln stets einem bestimmten Ziele zu, und ganz genau dort müssen wir hin. Natürlich könnte man überall Bojen verankern und draufschreiben: „Dorsche hier bis 50 m ONO“ oder „Hier Wittlinge August bis September“. Es ist aber leider nicht üblich. Deshalb braucht man Landmarken; Kirchtürme, Leuchttürme, Bäume, auch abgeschrittene seitliche Entfernungen, die man über den Daumen anpeilt, mal mit dem linken, mal mit dem rechten Auge. Man kann ausrechnen, wie weit man von ihnen weg ist. Fiete verrechnet sich dabei in jedem Falle und fängt dann trotzdem, es ist eine persönliche Note von ihm und nicht ohne weiteres nachzumachen.

Die eigentlichen Segler haben ein ganzes Buch voll Ausdrücke, die sonst keiner versteht. Man kann es auswendig lernen, aber es nützt nicht viel, hinterher verwechselt man sie doch. Warum sollst du zum Beispiel Klüverbaum wissen, wenn du keinen dran hast? Oder Bramstenge? Eine Gräting wohl, die hast du; es ist der Lattenrost, den du abends immer abscheuern mußt, weil ihn die Dorsche so vollgeschweinigelt haben. Und Bugsprit, hast du auch. Er ist in der kleinen Blechflasche, die vorn im Boote liegt. Damit du nicht so oft dabeigehst, als wenn du sie unter der Ruderbank hättest. Sitzt du auf dieser und richtest deinen sehnsüchtigen Blick auf den Bugsprit, dann ist Steuerbord rechts und Backbord links. Luv ist auch rechts, aber nur, wenn der Wind von Steuerbord kommt. Lee ist, wo der Wind ganz bestimmt nicht herkommt. Der Bug ist vorn, solange in deinem Boot vorne da ist, wo du als ordnungsliebender Mensch möchtest, daß vorne sei. In demselben Sinne ist der Kiel unten. Du wirst das nicht alles gleich verstehen, aber du kannst es dir so merken.

Segeln und auf Makrelen schleppen ist eine begeisternde Häufung von Genüssen, ein gesegneter Akkord, wie Pflaumenkuchen mit Schlagsahne oder Hummer mit Mayonnaise oder Peer Gynt mit Grieg. Das kann so weit gehen, daß es dir vollkommen gleichgültig wird, ob unter dir am Grunde hunderttausend Dorsche wandern. „Na wenn schon" sagst du. „Wieso denn Dorsch?" sagst du, unbeugsam entschlossen, dich in deinem raffinierten animalischen Wohlbehagen durch nichts, aber auch gar nichts stören zu lassen. Es sei denn, daß plötzlich einer von nahebei furchtbar laut tutet. Möglich, daß er allerlei regsame Behendigkeit von dir erwartet in den nächsten Sekunden – es wird gut sein, ihn nicht zu enttäuschen.

Makrelen sind wunderbar schöne Tiere, mit ihren zart abgetönten, leuchtenden Regenbogenfarben; sie stehen höchstens mit Eisvögeln und Pfauenaugen in Konkurrenz, was die Schönheit angeht. Außerdem sind sie rund und fett, wie Würste, die Fisch gewordene Eßbarkeit. Man kann sie abziehen, leicht einsalzen, kühl hinstellen und am nächsten Tage als Matjeshering verspeisen, beispielshalber. Gleichzeitig schön und wohlschmeckend zu sein, ist viel. Manche sind ungenießbar und häßlich und leben doch. Ich habe dich nicht gemeint, aber sage selbst.

Ungefähr um zehn, halbelf kommt deine Familie an den Strand, mit Badezeug, Strickzeug, Spaten, Photoapparat, Buddeleimer, Medizinball, Fahne, Grammophon und dem kleinen Hund der Wirtsleute. Zwecks Naturgenuß. Sie erspähen ein winziges Segel fern am Horizont und stellen fest: „Das ist der Papa!" Darauf beleben sie den Strand nach Kräften, dann gehen sie essen, schlafen ein Stündchen und beleben wieder den Strand nach Kräften. Abends betrachten sie den Sonnenuntergang – ach, diese unbeschreiblichen Sonnenuntergänge am Meer! Am Horizont steht ein klitzekleines Segel, und der kleine Junge sagt erfreut: „Das ist der Papa!" Auch die Mutter sagt: „Tja, das ist der Papa." Vielleicht nicht ganz so erfreut. Immerhin, es ist ein sehr glückliches Familienleben, so auf diese Weise ...

5 | *Oll Blunk*

Allmählich wird der Nebel dünner, die Umrisse der schlafenden Schiffe werden erkennbar und am Flunderkai der Schwarm der vielen Fischewer. Erst vereinzelt, dann allenthalben steigen kleine Rauchsäulen aus den Blechschornsteinen der Kohlenkähne: die „Skippers“ kochen Kaffee. Ein Junge klettert aus der Kajüte, läßt einen Eimer ins Wasser plumpsen und treckt mit dösigen Bewegungen das Waschwasser herauf. Irgendwo jault die Sirene eines Torpedobootes – der Hafen erwacht.

Da draußen, hinter den Molen, wo die See ihre lange Geschichte erzählt, geht jetzt die Sonne auf, zuerst bemerkt vom Leuchtturm, dem sie zur Belohnung eine blitzende Krone aufsetzt.

Das Ding auf dem Bollwerk, das zuerst wie ein Pfahl, dann wie ein Bündel Werg aussah, entpuppt sich als ein alter Mann in ungemein fülligen Kleidern, mit einem hakennasigen Greisengesicht voller Runzeln, das eine weiße, vorbildlich borstige „Schifferfreese“ wirkungsvoll einrahmt.

„'Dammten Krom“, sagt er statt aller andern Begrüßung, als jetzt die Sonne den östlichen Himmel mit Grenadine überschwemmt, und spuckt mißbilligend in die Richtung dieses Naturereignisses. „'Dammten Krom! – Jetz is hier Schluß!“ Und wickelt seine „Tippangeln“ auf.

Wir sind alte Bekannte. Jeder kennt „oll Blunk“. Der ist immer am Hafen, gehört zum Hafen, ist ein Teil von ihm. Wer am Kai entlangbummelt, von der Mole bis zum Fischmarkt, stößt mit Sicherheit irgendwo auf dieses faltige Bündel Kleider, in dem „oll lüttje Vadding Blunk“ steckt. Stundenlang haben wir als Jungens neben ihm gesessen und aufgepaßt, wie er angelte, nebenher eifrigst bestrebt, ihm seine Virtuosität im Durchdiezähnespucken abzulernen. Er trägt die abgelegten Anzüge seines Enkels. Aber dieser Enkel ist ein wahrer Riese, und Vadding Blunk ist so klein geworden, darum sind ihm, wie er sich ausdrückt, seine Sachen 'n büschen kumplett. – „Und so gleicht er unter allen Geschöpfen Gottes am ehesten noch einer getrockneten Morchel“, pflegt der Pfarrer zu sagen, der ihn nicht leiden kann.

Oll Blunk versenkt die Tippangeln und beide Hände in die unergründlichen Hosentaschen, brummelt etwas Unverständliches und zieht breitbeinig ab. Wie ich mich umdrehe, sehe ich eben noch das pittoreske Wellenspiel seines enormen Hosenhängebodens in der Tür zum „Blauen Affen“ verschwinden. Da nimmt er sein „Frühstück“. Bestehend aus einem bemerkenswert nördlichen Grog.

Ich lege eine Tippangel aus, ebenso eine wie Vadding Blunk sie hat: ein Stück Holunderholz, drei Handbreit lang, mit Blei ausgegossen, daran ein Paar Stäbchen zum Aufwickeln der kräftigen Hanfschnur und eine Fischbeinspitze. Über letztere läuft die Leine, die unten etwa ein Pfund Blei und einen Bügel aus Messingdraht trägt. Dieser hängt dicht überm Grund und dicht am Bollwerk. Von dem Bügel klar gehalten, spielen zwei lange Poils mit Haken und Ködern in der Strömung. Primitiv, aber sehr zweckmäßig! Noch eine zweite, ähnliche, an der Wacholderspitze eines sechs Meter langen „Angelschachts“ befestigte, bringe ich zu Wasser, mit Käse beködert.

Unsportlich nennen die Sommergäste aus den Forellengegenden unsere Angelei, bis sie mal selbst probiert haben, wie leicht man seinen Vorrat von in Milch geweichtem Schweizerkäse loswerden kann, ohne auch nur einen einzigen Fisch rechtzeitig anzuhauen; oder bis sie mal gesehen haben, wie zünftig „oll Blunk“ einen zehnpfündigen Blei zu landen versteht.

Vadding Blunk liebt die Kurfremden nicht besonders. „Denn kommen sei hier angeklötert mit ihre witten Buxen, un pedden mi up mine Piermaden, un fragen denn: „Na, alten Herr, haben Sie schonst was gefangt?“ Aberst ick segg denn blot immer: „Ick sitt hier mit mienen Lotblei un paß up, dat de oll Haben nich överlöpt, un stüren Sei mi man nich in mienen sworen Dienst! ’Dammte Apen!“

In meine erbaulichen Gedanken vertieft, verpasse ich richtig den ersten Biß. Gespannt, die Hand an der Rute, warte ich auf den nächsten – da trompetet es hinter mir: „Na Menschenskind, dat is dich denn doch woll kaum unglaublich! Angelt dich dieser unverstännige Schüngling bi diesen Weder und in diesen Strom an’t Bulwark.“ – „Ich verbidde mich jede Kritik!“ antworte ich lachend, ohne mich umzusehen, denn „Kaptein in Ruhesstande Pedersens“ poltrige Stimme hört man unter Tausenden heraus. „Laten’s man sin, Kaptein, ick wier glieks den tweiten Biß hebben.“ „Den tweiten?“ uzt Pedersen, „kann woll sin, bei diese Sströmung driwt einen ja öfters mal ’n Sstück Holt gegen die Schnur – Biß!!“ Ich hatte schon angehauen, aber wieder zu spät. Pedersens Zinnobergesicht strahlt vor Vergnügen. „Wat ick jümmer seggt heww: bi’n Angeln soll ein sick nich unnerhalten! Aberst ick kann dat nu nich länger verantworten, dat Sei hier Ihre Nerven mit die Holtstückangelei rungenieren. Willen man nach 'n Werfthaben gehn – dor ist 'n groten Hekt in.“ – „Dat sin Barse, Kaptein! Ick heww't gistern abend deutlich siehn!“ Gar nichts hatte ich gesehen; aber Kaptein in Ruhesstande Pedersen sieht so ulkig aus, wenn er wütend ist, und das wurde er prompt! – „Dat ist unerhört!“ ballert er los. „Einen alten seebefahrenen Mann so was zu unnersstellen. Ich finde das in höchsten Grade ungebüldt finde ich das. Sall ick up mine ollen Dage nich weiten, wo 'n Hekt utsüht un wat 'n Bors is! Aber laten's man. Ick wier mi dat merken.“

Während dieser Ansprache hatte ich seelenruhig eingepackt, und als wir nun gemeinsam dem Werfthafen zusteuerten, meinte ich: „Dat's nich so slimm, Kaptein. Bors un Hekt, dat geiht noch an. Aberst mich hat ganz vor kurzem wen verdächtigt, ich könnte nich mal unnerscheiden, wat 'n Biß un wat'n Sstück Holt is . . .“ Und wir verkürzten uns den Weg durch einen freundschaftlichen Streit über echte Bisse und falsche.

„All well on board – lüttje Brise is ook unnerwegens, beten wolkig, beten diesig, beten Sonne dor unnermang – scheuner Weder för 'n Hekt giwt 't gornich. Nu man ganz sacht un leise! Dor bi den lütten Schilfhümpel möten wi hensmieten, dor röwert hei mehrstens. De ein rechts un de anner links; dat möt jo woll mit 'n Düwel taugahn, wenn hei denn nich bieten wull. Farig? Na also, denn man jüh! – Ein – twei –“ – „Drei!“ sagt eine Stimme neben uns. Im nächsten Augenblick fliegen drei Köderfische in schönem Bogen durch die Luft, und gleich darauf tanzen drei Schwimmer dicht bei dem Büschel Schilf auf dem leicht gekräuselten Wasser. Der dritte gehört zu Bootsmann Hendriks, der sich vorschriftsmäßig heranindianert hat, unbemerkt von uns bis zu dem Moment, wo er Pedersen zählen half. – „Dor hebben wi den Salat. Överall möt diesen unsympratischen Schleicher sine Näse dortüschenssteckcn. Aberst dat kann 'ck di seggen, Jochen: Wen den groten Fisch hier ruthalt, de möt hüt abend den Grog för alle drei betahlen.“ – „Scheun.“ Hendriks mag sein, wie er will; aber daß er zu viel redet, kann ihm keiner nachsagen. – „Scheun oder nich scheun – jedenfalls will ick die dat nich verheimlichen, Hendriks, diesen Hekt dat ist min Hekt. Du kannst man jümmer dinen Kescher parat legen, denn bist du wenigstens tau wat tau bruken. Dat so 'n ollen gerissenen Hekt as diesen up dine Verbrecherfisigonomie reinfallen täte, dat glöwst du ja denn woll sülben nich. Den Hekt . . .“ – „Wels!“ unterbricht Hendriks. – „Wat?“ – „Wels.“ – Dem Kapitän bleibt der Mund offen vor Staunen. „Jochen, min Söhn!“ – ernst, aber freundlich, wie zu einem Kranken – „sall dat heiten dat du denkst, dies is einen Wels?“ „Yes.“ – Der Kapitän legt seine Rute fest, steht auf, sagt, mit der Miene ehrlichen Kummers: „Ach Kösting, nu passen Sei man 'n beten up min Tügs. Ick will man eben mal rasch röwer nah'n ‚Blagen Apen' un mi dat Mitleid mit diesen armen Irren runnerspäulen, süs ward mi noch ganz dränenklütrig tau Sinne." – Sprichts und verschwindet. – „Prost!" ruft ihm Hendriks nach und grinst.

Pedersens Mitleid mußte sehr festsitzen. Erst nach einer guten Stunde erschien er wieder auf der Bildfläche, eine Dunstwolke um sich verbreitend, die dem Kundigen verriet, daß der alte Seemann den Zweck seines Abstechers keineswegs aus dem Auge verloren, sondern sich der Herunterspülung des störenden Gefühls mit Ernst und Eifer gewidmet hatte. Welchen Eindruck Hendriks kurz, aber treffend zusammenfaßte, indem er sagte: „Grog." Pedersen überhörte dies. „Ich sehe zu meinen Schmerze, daß die Keschers noch dröge sind, un denn wir'ck mi denn doch woll sülben die Mühe maken möten. Na, willen dat ens mit Fischwitterung versöken." Er brachte eine Flasche nebst Gläsern ans Licht. „Köhm!" rief Hendriks.

Das wasserhelle Getränk – der Wirkung nach war es durchaus kein Wasser, und im Geschmack hielt es etwa die Mitte zwischen Oleum und heißer Brennschere – ging zu Ende; aber sein Erfolg als Witterung ließ auf sich warten. Allmählich wurde die Sache bedenklich. Des Tages größte Hälfte lag hinter uns, bei Pedersen machte sich bereits ein gewisser Zungenschlag bemerkbar, und der große Fisch hatte noch nicht einmal geraubt. Ab und zu wurde einer der Köderfische unruhig. Dann stieg die Spannung wieder für eine Weile; aber allemal war es blinder Alarm. – Mehr und mehr überkam uns die berüchtigte „Daueranglerstimmung", das Gefühl der nutzlos verbrachten Zeit, der Zwecklosigkeit des eignen Daseins. Alle Hoffnung war geschwunden. Unerfreuliche Gedanken tauchten auf, längstvergessene Reinfälle wurden wieder lebendig, sorgfältig begrabene Blamagen kamen aus ihren Grüften und waren wie neu ...

Da erhob sich Hendriks. „Schluß maken. Jochen?" – „Nö. Widderung halen." – „Bring man wat tau eten mit. Beten Brot un Rökeraal un so."

Die neue Flasche brachte zwar den Fisch auch nicht an den Haken, dafür aber unsere Laune wieder auf die Beine, und das war ja auch etwas wert. Nur waren wir jetzt nicht mehr so behutsam und vorsichtig, wie es im Hinblick auf die Schlauheit des zu fangenden „alten Herrn" wünschenswert erscheinen mochte. Aber viel war wohl nicht mehr zu verderben: der Wind hatte sich gelegt, spiegelglatt lag der kleine Hafen vor uns; was soll da beißen?

Der Hecht oder Wels oder was es nun sein mochte, blieb seinerseits nüchtern und reserviert, auch nachdem Pedersen unsere Köderfische in Köhm getunkt hatte. Später balancierte Hendriks auf einem Balken herum und mimte eine Seiltänzerin, wobei er uns wiederholt und eindringlich bat, sein Unterfangnetz für einen japanischen Sonnenschirm anzusehen. Es war in Anbetracht seiner angegriffenen Gleichgewichtsorgane eine ungeheuer beachtliche Leistung; wir wunderten uns hinterher alle drei, daß er nicht ins Wasser gefallen war.

„... un so bin ich denn der Meinung", sagte der Kaptein am Schluß einer kleinen Ansprache, „dat wi nu man Feierabend maken un den Hekt dat Lewen schenken, besonders weil mein verehrten Freund Herr Hendriks meint, es is einen Wels. Wels is mich zu fett." Der verehrte Freund entgegnete mit Tränen der Rührung in der Stimme, es könnte sehr gut einen Hekt sein, er hätte sich dann ja woll besstimmt geirrt. Es war eine der längsten Reden seines Lebens. Sie vertrugen sich aufs neue, ohne sich vorher gezankt zu haben, und tranken ausgiebig zum viertenmal Brüderschaft.

Wir beschlossen noch dazubleiben. Denn sowie die Sonne weg war, mußte er ja beißen, das schien uns klarer als viele andere Dinge.

„Oll Blunk!" – „Wirklich – oll Blunk! Un wat hett hei wedder för'n sworen Nettbüdel! Hallo – Vadding Blunk! Lütten Köhm?"

Wer darf sich rühmen, erlebt zu haben, daß oll Blunk einer solchen Lockung Widerstand geleistet hätte? Im Bruchteil einer Sekunde war der „Zweistöckige" hinter seiner Freese verschwunden. Den Deubel auch, was hatte er wieder mal für ein Schwein entwickelt! Ein Zander lag in seinem Netz, unter Brüdern seine achtzehn, zwanzig Pfund schwer; und, ganz klein neben diesem Untier, ein Barsch, der immerhin auch seine drei Pfund wiegen mochte.

Plötzlich, beim Anblick dieser Beute, fuhr mir ein schrecklicher Gedanke blitzartig durch die Dämmerung in meinem Hirn, ich wurde fast nüchtern. „Vadding – wur hebben Sei dat Diert kregen?" Der Alte setzte sein dümmstes Gesicht auf. Sicherheitshalber. Er liebt solche indiskreten Anfragen nicht. „Den Bors? An die Oostmole." Gleich darauf jedoch, nach einem Blick auf uns, die leeren Flaschen, die drei Schwimmer wurde ihm der Sinn meiner Frage klar, und mit einem milden Lächeln setzte er hinzu: „Aberst den Zander heww ick mi hüt morgen, as ik van 't Bullwark weg bin, dor bi den Schilfhümpel ruttreckt"...

Nur langsam kam uns die Sprache wieder. Pedersen erholte sich zuerst und sagte krampfhaft beherrscht: „Et is doch einen Jammer, dat hei all tau oll is, üm em in 't Water tau smieten. Dat segg ick dich, Blunk: den Grog för uns alle drei, den betahlst du un keinen annern." Aber Vadding war seinerseits eingeschnappt: „Nein, meine Herrens", wies er im Hochdeutsch der gekränkten Moral das Ansinnen zurück, „erstens habe ich kein

Geld nich für alkolische Spiritusse. Un wenn Sie angeln, wur keine Zanders nich mehr da sind, denn so kann ick da nich vör. Oder Sie müßten eben 'n beten iehrer upstahn!" – „Richtig!" trat ich ihm in die Seite. „Außerdem is diesen Zander nich Ihren Hekt, Kaptein. Un dien Wels ook nich, Jochen! Oll Blunk is da nich schuld an, wenn wi uns blamieren." – Pedersen kratzte sich hinterm Ohr. „Kinnings – da angeln wir drei Schapsköppe nu den ganzen Tag up einen Fisch, den oll Blunk all in 'n Büdel hett, un wunnern uns, wat hei nich bieten will. Na, is nix an tau ännern. Denn so sall mi dat ja woll up 'n Paar Glas für den ollen Räuber ook nich ankamen. Wat mienst du, Jochen?" – „Blagen Apen", meinte der.

Vadding Blunk beglich mit der einen Hälfte des Zanders seine Schulden im blauen Affen und stiftete die andere der Tafelrunde. Seinen Jüngern, wie er mit Recht sagte, denn wir hatten alle miteinander bei ihm angeln gelernt. Die edle Tat, im Verein mit dem nötigen Quantum „heißen Nördlichen", ließ uns die erlittene Enttäuschung bald vergessen und verhalf den komischen Seiten des Erlebnisses zu ihrem Recht. Es war ein sehr schöner Abend. Pedersen erzählte dreimal die Geschichte von dem Krokodil an der Spinnangel; und jedesmal ganz anders ...

Indessen – die Sache war noch nicht zu Ende! Am nächsten Morgen teilte mir ein Matrose mit, oll Blunk sei in aller Frühe mit einem mordsgroßen Hecht gesichtet worden und habe angegeben, der stamme aus dem Werfthafen.

Ganz aufgeklärt wurde die Angelegenheit nie. Vadding Blunk, diesbezüglich interviewt, sagte nur, er hätte „damals" zwei große Fische gefangen, den einen an der Mole, den andern im Werfthafen, aber welcher nun der erste und welcher der zweite gewesen wäre, das wüßte er nicht so genau – sein Gedächtnis hätte doch schon mächtig nachgelassen – und außerdem wäre es ihm partout egal, ob er einen Hecht an der Mole und einen Zander im Werfthafen finge oder umgekehrt, Hauptsache, er finge sie alle beide.

Hauptsache, er finge sie alle beide ...

Und er wäre es auch leid, uns seine Angelstellen zu verraten. Wir machten doch bloß Krach und verscheuchten ihm die Fische. „Un wi Dösköppe hebben den ollen Gauner noch seinen Grog dortau betahlt!" schimpfte Pedersen.

„Tja – oll Blunk!" sagte Bootsmann Hendriks.

6 | *Brenken und Co.*

Brenken ist ein ausgezeichneter Fahrer. Als plötzlich ein Lichtschein vor ihm in die Kurve huscht, tritt er die Fußbremse, reißt er die Handbremse zurück – der Wagen dreht sich zweimal herum und lehnt sich dann nur noch ganz sanft gegen den Kühler des Lastautos.

Zwei blasse Männer starren sich aus nächster Nähe in die Augen; dann öffnet sich ein bleiches Lippenpaar und spricht ganz leise:

„Jottseidank, det war jrade noch rechtzeitig!" Holt dann tief Luft und fährt viel lauter und fließender fort: „Du Dussel, jeh doch in'n Lunapark, wennde Karussell fahren willst. Oder spiel zu Hause mit die Aufzieheisenbahn. Für auf die Straße bist du zu dämlich. Fahr liebers Kahn, da fällste weicher!" Und der Fahrer Brenken erwidert: „Armer Kleiner, laß dir man mal von Mama ein Kreuz auf die eine Hand machen, damit du immer weißt, wo rechts ist und deine dreckige Ackerwalze nicht auf der linken Seite durch die Kurven polterst. Und gieß mal ein bißchen frischen Tran auf deine Funzeln, damit die Leute merken, daß sie Laternen vorstellen sollen!" Mitten im Schimpfen reicht er dem Gegner eine Handvoll Zigaretten, die jener schimpfend annimmt und in seiner Mütze verstaut. Einander verfluchend in genießerischer Hingabe an den eigenen Redefluß, trennen sie sich endlich.

„Das mit dem Kahn ist eine gute Idee!" denkt Brenken, mit knappen Sechzig weiterfahrend. Das Boot nehmen, losgondeln, verschwinden, all dem Brimbor für eine Weile aus dem Wege gehen, einfach weg sein. Fährt dieser Schafskopf links in die Kurve, unerhört. Aber mein Schutzengel persönlich hätte mir nicht besser Bescheid sagen können. Ganz links, die andern können ja auf die Wiese fahren, so ein Trottel!"

Wenn man die Preewe hinaufsteuert bis hinter Prewenow und nachher im Luch nicht der abgesteckten Fahrtrinne folgt, sondern sich mehr östlich hält, dann bleibt man entweder im Schlamm stecken oder man kommt – aber das ist seltener – zum Wendlingsee. Brenken mußte sein Boot längere Strecken mit hochgeklappter Schraube vorwärts staken. Drei Stunden arbeitete er mit verbissener Hartnäckigkeit, ehe er den Motor wieder anwerfen konnte, aber dann war es geschafft. Das kleine, flache Boot steckte die Nase in die Luft und brummte in voller Fahrt einmal um den ganzen See herum. In der Bucht hinter der Landzunge nahm es einen Anlauf und glitt zischend auf den hellen Sand des Ufers.

Brenken sprang heraus. Er war schmutzig, verschwitzt und an allen Gliedern wie zerschlagen. In der ersten Nacht seiner Reise hatte er eine lange Mondscheinfahrt hinter sich gebracht, die ihm später immer unwirklich erschien, als hätte er sie geträumt. Durchgefroren und schon bedeutend ernüchtert, hatte er den Morgen mit lautem Gähnen begrüßt. Aber später schwand seine Müdigkeit, und er fuhr fast den ganzen Tag hindurch weiter, getrieben von dem Drange, Abstand zu gewinnen. Bloß weg, dachte er, bloß weg.

Der Abend dämmerte schon, als er in Prewenow anlegte. In dem Lädchen des Ortes – Kolonial- und Papierwaren, Flaschenbier, Posamenten und Postamt, größtes Konfektions- und Lebensmittelhaus am Platze – ergänzte er seine hastig zusammengerafften Reisebestände. Schließlich kämpfte er, im muffigen Bett eines trübseligen Gasthofzimmers, einen Kampf gegen den Alpdruck. Er verlor diesen Kampf und vertiefte sich bei dürftigem Kerzenschein in ein Buch, das er unter dem Kopfkissen entdeckte. Das Buch handelte von einer gewissen Kordula von Felsenbruch und einem ungeheuer feinsinnigen Gebirgsbauern; beide legten massenhaft Edelmut an den Tag, wodurch allerlei Komplikationen entstanden. Beim ersten Morgengrauen feuerte Brenken das Buch unter den Kleiderschrank und stand auf. Dann kam die Bärenarbeit im Luch, die auch für einen ausgeschlafenen Mann genügt hätte. Er war dicht vor dem Zusammenklappen – aber er war am Ziel.

Er setzte sich neben seinem Boot in den warmen Sand und dachte: Ich werde jetzt gleich mein Zelt aufbauen. Was für ein herrlicher See, ringsum Wald, so schöne alte Buchen, und dann da drüben die Birkengruppe mit den Kiefern dahinter. Eingebettet in Wald, so muß es heißen. Lauter Leistikow mit Stich ins Böcklinsche. Überhaupt habe ich Hunger und werde mir jetzt sofort vier Eier braten. Oder nein, lieber sechs.

Viel später, als er sich einmal auf die andere Seite drehte, sagte er nochmals: „Lieber sechs.“ Ein gerade das Boot inspizierender Eichelhäher erschrak, flüchtete überstürzt in den nächsten Baum und sagte von dort aus dem schlafenden Mann gehörig seine Meinung.

Als Brenken nach einer langen Kette von Stunden erwachte, stand die Sonne dicht über dem Waldrand. Während er noch darüber staunte, wieso er hier unter freiem Himmel lag, und wieso es Abend war statt Vormittag, griff er schon ins Boot nach Messer, Brot und Wurst.

Gewaltig kauend, in einer Hand einen schiefen Klotz Brot und in der andern die Wurst, sah er sich um. So also ist das, dachte er; so sieht die Welt aus, wenn keine Leute da sind. Seltsam unwichtig sind die Leute, von hier aus betrachtet. Was ist das eigentlich: Leute?

Der Wald lebt, das kann ich deutlich fühlen. Der See auch, der See ist das Auge Gottes. Auch ich lebe; ich gehöre ja dazu, wie ich hier sitze und mächtig esse und mich umsehe und ganz traurig bin vor Freude. Aber Leute – leben die denn?

Gibt es die überhaupt? Zum Beispiel, wenn ich jetzt sage: Bügelfalte! Gibt es das? Hier? Oder Lippenstift. Hahaha! Five o'clock!

Komisch, es gibt Worte, die lebendig sind, und Worte, die es eben nicht sind. Sonne, Mensch, Brot, Waffe, Tat und Gedanke, Wasser und Wolke – das gibt es, das lebt.

Aber – Generaldirektor? Oder: Leute?

Na, Schluß damit, weg damit.

Er stand auf und fuhr sich mit dem Handrücken über den Mund. Dann warf er die Kleider ab und stieg, erfüllt von einem tiefen Wohlbehagen, in den See, der ganz blank, ganz still in köstlicher Unberührtheit vor ihm ausgebreitet lag. Es ist ein besonderes Vergnügen, als erster durch frisch gefallenen Schnee zu stapfen; es ist ein sehr ähnliches Vergnügen, eine absolut stille Wasserfläche durch Hineinschmeißen des eigenen Leibes zu zertrümmern. Gewiß ist es auch sehr hübsch, der allererste Tänzer eines jungen Mädchens zu sein, aber das weiß man ja nie so genau, dachte Brenken. Er schwamm leicht, in großen, ruhigen Stößen, das Wasser fühlte sich lau an und trug ihn wie mit Händen.

Er baute kein Zelt; er zog die Persenning halb über das Boot und kroch darunter in seinen Schlafsack. Als er aus diesem Behälter wieder auftauchte, begrüßte ihn festlich leuchtend das Morgenrot eines neuen Tages. Daraufhin äußerte Brenken mit schöner Bestimmtheit:

„Liebe muß sein wie Morgenrot, meine werte Vergangenheit ist wie Lippenstift. Na, da haben wir verdammt noch allerhand vor uns!"

Kaffeeduft zieht durch die Landschaft. Ein Mann kocht Kaffee über einem Holzfeuer, in einem rußigen Topf. Er trinkt ihn mangels Zutaten schwarz und bitter, was er ansonsten niemals tat, und preist die Vorzüge des Getränkes in geblümter Rede von lyrischem Schwung.

Der Mann faulenzt in der Sonne. Oder er schwimmt. Er ißt Bratfisch und Brot aus Pfanne und Faust, viel und mit Andacht. Oder er sitzt da und denkt in edler Muße nach, zum Beispiel über die prachtvollen lebendigen Worte und über die lächerlichen toten Worte. Meistens fischt er.

Eine leichte Morgenbrise ist beim Ausfegen; sie rollt den Nebel auf dem

See zu Knäulen und bläst die Knäule in den Wald. Der Mann rudert, in seinem Bett sozusagen, und gewaschen hat er sich auch noch nicht. Er rudert, weil es ihm unrecht vorkommt, hier zu so früher Stunde Maschinenkrach zu machen, und hauptsächlich, weil das Benzin schon knapp wird. Hinten am Boot hängt der Anker an acht Meter Leine. Wenn der Mann merkt, daß er nicht mehr von der Stelle kommt, hat der Anker Grund gefaßt, und dann ist da ein Barschberg. Er wirft die Schnur mit dem Bleifisch ins Wasser, nimmt ein wenig Abstand vom Grunde, dann schleudert er seinen Arm in die Höhe, eins zwei drei – ruck, eins zwei drei – ruck, 20mal in der Minute, 1200mal in der, eins zwei drei – ruck, in der Stunde, wenn der rechte Arm, eins zwei drei – ruck, müde ist, nimmt er den linken. Manchmal sendet die Schnur elektrische Schläge in ihn hinein, er sieht erschrocken aus, holt sie hastig hoch und schwingt dann einen dicken, harten Barsch in das Boot. Der Barsch ist smaragdgrün mit breiten, schwarzen Streifen und blutrot leuchtenden Flossen. Der Barsch ist sehr wohlschmeckend. Einmal fängt der Mann einen Zander; der schüttelt sich ein bißchen und läßt sich dann heraufziehen, still wie ein Stein, schwer wie ein Stein, steif wie ein Stock. Der Mann packt zu, erst mit einer Hand, dann mit beiden, und hebt. Der Zander sieht ihn an mit seinen blinden, trüben Nachtaugen. Plötzlich schüttelt er sich noch einmal, schüttelt sich wie ein Igel und rammt dem Mann ein paar Stacheln in die Hände, da liegt er schon wieder im Wasser. Ruhig sinkt er in die Tiefe, als wäre ihm derlei ganz alltäglich. Was für ein Unsinn das war, noch mit dem Ruder nach ihm zu schlagen! – Eine Woche lang ist der Zander nächst Brenken selbst und dem großen Pan das Wichtigste auf der ganzen Welt. Leider beißt er nicht mehr. Wer weiß, in welcher dunklen Tiefe er wohnt und weilt. Zander ist auch sehr wohlschmeckend. Wenn man hat.

Manchmal, wenn dem Mann beide Arme müde geworden sind, liegt er flach auf dem Rücken im verankerten Boot und starrt in den Himmel. Ich könnte ja, sagt er sich, die Angel an den großen Zeh binden und mit dem Fuß weiterzocken. Aber ich kann es auch sein lassen. Denn der Himmel ist eine große Sache, betrachtenswert! Himmel, das ist ein ungeheuer lebendiges Wort. Am Tage ist der Himmel das unendliche Nichts. „Unendlich“, und „Nichts“, das muß sich mal einer vorstellen! Nachts aber, wenn die Sonnen- und die Milchstraßensysteme und die Systeme aus Milchstraßensystemen zutage treten oder vielmehr zu Nachte treten, dann ist der Himmel der unendliche Raum. Das heißt, hier draußen wenigstens; in der Stadt besteht er am Tage aus abziehendem Mief, und in der Nacht ist er die für Zwecke der Lichtreklame zur Verfügung stehende Gesamtfläche, reden wir nicht davon.

Christoph, mein Freund, großer Fänger der Fische, rudernder, grübelnder Mensch – was bist du klein! Von oben besehen bist du eine arme Laus, bist du von derselben Größenordnung wie eine Ameise.

Nicht, daß es auf die Größe ankäme, nein, das nicht! Ein Weltall kann in einem Stäubchen nachgebildet, vorgebildet sein, und die Ameise – lebt sie nicht, fühlt sie nicht, baut sie nicht listenreiche Häuser, führt Krieg, spritzt Säure und melkt Blattläuse?

Lebendig sein, zugehörig sein, echt sein, das ist es! Besser eine lebendige Ameise als eine Bügelfalte von kosmischen Ausmaßen.

Wie ich hier liege, auf dem See, dessen Fische ich jage und esse, bin ich ein sehr zugehöriger, einig gehender Bestandteil; wie ich atme, so atmet der große Pan, im gleichen Rhythmus.

Wie ich hier liege, mitten auf dem See, mitten im Wald, bin ich absolut einsam. Das soll kein Dauerzustand sein, beileibe nicht; aber für jetzt ist es gut so, bekömmlich und heilsam. Freude und Schmerz werden deutlicher, klarer, wenn man so losgelöst ist; die Seele bekommt einmal ordentlich Luft, so in der Einsamkeit, sie brennt heller – sie brennt sich sauber!

Ein Barsch ist wenig. Wenn ich noch einen herauszocken könnte, ungefähr in derselben Preislage, dann würde ich gerade schön dick satt sein, nachher. Das Brot geht ohnehin auf die Neige.

Selten und nicht gern wanderte er ins Dorf, über eine Stunde weit; er brachte dann einen Sack voll Brot und Butter mit. Die Butter wurde später ranzig, es machte ihm nichts, er briet sie in seiner Pfanne aus, da schmeckte sie anders, aber auch gut. Im Wald fand er reichlich Pilze, sammetköpfige Steinpilze, eigelbe Pfifferlinge; sie schmeckten ausgezeichnet, nach lebendiger Erde und dergleichen. Auch ein bißchen nach Fisch, aber das kam von der Pfanne her. So lebte Brenken eine Ewigkeit lang, fast drei Wochen. Dann geschah etwas.

Nahe bei seinem Lagerplatz auf der Landzunge stand eine dicke Weide, die hohl war. Sie sah ziemlich melancholisch aus, sie war ganz allein seit Anbeginn ihres Daseins und würde nächstens auch allein sterben, innen war sie schon hohl; es stimmt nicht heiter, innen schon hohl zu werden und noch ganz allein zu sein. Aber jetzt hatte sie für eine Weile einen Lebenszweck, wenigstens; Brenken hatte in ihrer Höhlung seine Vorratskammer eingerichtet. Er sprach immer sehr höflich mit ihr: „Sie gestatten doch, daß ich etwas Butter und Brot entnehme“, sagte er, „besten Dank.“

Bislang hatte die alte Weide den ihr anvertrauten Vorrat denn auch treulich behütet, soweit sich Brenken entsann. Aber in der letzten Zeit kamen Unregelmäßigkeiten vor von schwer verständlicher Art. Dinge verschwanden.

Bald ein Stück Brot, bald ein Päckchen Butter, ein Ende Wurst. Brenken zerbrach sich den Kopf. Bären gab es hier nicht, leider. Aber Eichhörnchen, viel und dreist. Er hätte gern gewußt, ob Eichhörnchen Wurst und Butter fressen, es ist ein Fehler, daß man derlei nicht in der Schule lernt, dachte er. Vielleicht waren auch Ratten da, bemerkt hatte er noch keine.

Dann verschwand ein ganzes Brot. Damit schieden Ratten und Eichhörnchen aus. Ein Fuchs! Brenken suchte nach Spuren, und er fand eine leichte Riefelung im Boden: das schlaue Biest hatte mit der Rute hinter sich die Fährte im lockeren Sand verwischt. Also wirklich ein richtiger Fuchs!

Er war ganz beglückt von seiner lederstrümpfigen Findigkeit und der aufregenden Begebenheit überhaupt. „Ich und Unkas, hoho! Aber jetzt will ich mir das mal ansehen!"

Er legte eine leckere Blutwurst in den Vordergrund, so daß sie aus der Höhlung hervorsah, versteckte sich unter seiner Persenning und bewachte die Blutwurst eine ganze Nacht hindurch. Der Fuchs kam nicht. „Er fühlt, daß ich lauere, sein Instinkt warnt ihn." Brenken schlief dann bis gegen Mittag; als er endlich erwachte, war die Wurst weg.

Schwer enttäuscht und infolge der durchwachten Nacht ärgerlich gestimmt, beschloß er strenge durchzugreifen und staute alles Eßbare ins Boot; nur die Büchsenkonserven ließ er im Baum. „Sie haben sich das selbst zuzuschreiben", raunzte er die Weide an; „Sie hätten auch mal knarren können, um mich aufzuwecken! Natürlich wird mir im Boot wieder alles verschimmeln."

Die Barsche bissen nicht. Gegen Abend fing er in einer Bucht ein paar starke Bleie. Einer momentanen Regung nachgebend, stieg er weit von seinem Lagerplatz an Land.

Bei der Weide saß ein Mensch. Er hatte einen steifen Hut auf, und um ihn herum lagen einige leere Konservendosen verstreut. Als er Brenkens ansichtig wurde, machte er Miene, aufzuspringen, aber dann zuckte er nur die Achseln und verschlang hastig den Restinhalt einer weiteren Dose. Es waren grüne Bohnen darin. Er schüttete sie von oben her in sich hinein, wobei er mit einer Hand auf den Boden der Büchse klopfte.

Wenn Brenken Haare auf dem Rücken gehabt hätte, dann hätten sie sich gesträubt. Er war durchaus nicht gesonnen, hier Leute zu dulden. Mit steifen Hüten. Wie der Blitz war er über dem Mann, er packte ihn beim Rockaufschlag und riß ihn hoch, um ihn erst einmal durchzuschütteln.

Indessen, der Mann stand merkwürdig fest auf seinen Beinen. Außerdem hatte Brenken in eine entgleiste grüne Bohne gegriffen. Außerdem ließ der Mann die Arme ruhig herabhängen und sah Brenken mit einem ernsthaften Lächeln an. Brenken ließ los; er wischte sich die Hand an der Hose ab und knurrte: „Das ist Diebstahl, wissen Sie das?"

Der Mann antwortete nicht gleich, es gab eine kleine Pause, er ließ Brenken Zeit, ihn zu betrachten. Er hatte einen Gehrock an, der mehrere verschiedenfarbige Flicken aufwies. Offenbar trug er kein Hemd, und an den Füßen hatte er opankenartige Gebilde, aus rötlichem Autogummi geschnitten, oben mit Schnur zusammengefaßt.

„Nu da!" sagte der Mann. Er lächelte ernsthaft und fuhr fort: „Ich mechde Ihn' ein' Vorschlach machn: ärchrn Se sich ne erscht. 's lohnds'ch nich. Diebschdahl warsch nich, bloß Mundraub; Se genn mir das ruhch glaum, ich bin da sozusaachn Fachmann. 'ch bin nämlich uffdr Walze. Wennse auf die Bollizei gähn wolln, das is mächtch weit, un inzwischen freß 'ch Ihn die annern Pixn auch noch auf. Aus Rache. Na, un dorchbriecheln genn Se mich auch nich, das is under gebildten Leidn nich ieblich, un so ä Wiederich sin Sie ooch garnich, des säh ich doch, und die Pixn wärn davon ooch nich widdr voll, newohr? Eichndlich is das auch garnich so leichde, wenn'ch so guhd gegessn habe wie ähmd, awer ich wirde ja nadierlch bis zu einem gewissn Grade schdillehaldn.

... nu häärnse, awwr ä baar scheene Bleie ham Se da! Och hier aas'n See?"

„Nicht?" sagte Brenken unwillkürlich und schwenkte das Tragnetz vor. „Ach so, nein, Unsinn. Eine unerhörte Frechheit war das trotzdem. Sie konnten ja kommen und sich was ausbitten von mir, wenn Sie Hunger hatten!"

„Sähnse?" erwiderte der Mann und strahlte förmlich, „Sie sin garnich so ä Wiederich! Ausbiddn war mir ä bißch'n zu unsicher, ich gannde Sie ja nich. Viel hawe ich ooch nich genomm', bloß immr so das Needigste, schädichn wollde ich Sie ja nich – manchmal da laachn Ihre ganzn Sachn hier draußen, vrleichd middn diggn Bochtmonneh drin, un Sie haddn enne halbe Schdunde zu schwimm'm, bis Se widdr da warn, 's war leichdsinnch, 's gonnde doch einr vorbeigomm? Bloß die Pixn hätt'ch ja nu freilch ne fressn solln. Awr ich dachde mir, Gottfried, dachd'ch, de Worschd un de Buddr sin schon eweg, 's Brod ooch – där hat was gemerkt, un morchn is vrleichd gornischd mähr drinne. Nu, un weil'ch nich wußte, wann ich widdr mal was gächn mein läbhafdn Abbedid wirde undrnähm'n genn'n, da hab'ch ähmte ... Härnse, 'ch mechde Ihn'n noch ä Vorschlach machn. Ich mache Ihn' jetzt ä scheenes Feier an, und denn budds'ch die Bleie und brad se Ihn' scheen gnusbrich, des gann'ch nämlich brima, un Sie lächn sich drweile uff Ihr Gannabee un brauchn nachher bloß zulang'n. Newohr? Drmit Sie sich nich mähr ärchrn.

Iebrichns, mein Name is Goddfried Schulze. Ich bin nämlich uffdr Walze."

Brenken lachte. Was sollte er weiter machen?

Der Mann Gottfried legte seinen Gehrock ab, schlug ihn einmal durch die Luft, daß es knallte, und hängte ihn an einen Baum. Zwischen Hose und Weste trug er einen rötlichen Schal als Schärpe. „Die Wäsde is mr nämlich ä bißchn gorz", erläuterte er. Die Melone behielt er auf.

Im Nu waren die Fische geputzt, er wusch sie im See, und schon brannte auch das Feuer. Er briet die Bleie mit großer Kunstfertigkeit, ließ sie in die Höhe springen, daß sie sich in der Luft überschlugen und schön ausgerichtet wieder in die Pfanne fielen, und während er sie langsam und sicher jenem Zustand zuführte, den man als knusprig und gleichmäßig goldbraun bezeichnet, würzte er die Arbeit mit den Sprüchen der Weisheit eines hartnäckigen Wandersmannes. Auf seinen nackten, sonnenverbrannten Armen sah man im Schein der Flamme die Muskeln spielen. Brenken fühlte sich von Heiterkeit durchdrungen bis in die Fundamente seines Wesens.

„Eichndlich habe ich ja schon geschbeisd", sagte der Mann, zum Mitessen aufgefordert; „awwr en Gorb will'ch Ihn' ne gähm" – und nahm tatsächlich nur den kleinsten Fisch.

Noch lange nachher saßen die beiden um das mählich verglimmende Feuer und plauderten. Gottfried Schulze hatte Kartoffeln in den Hosentaschen; in der heißen Asche gebacken, schmeckten sie prächtig.

Brenken lieh dem drolligen Kumpan sein überflüssiges Zelt. Wenn er morgen trotzdem noch da sein sollte, bedachte er im Einschlafen, dann bekommt er, warte mal, was kann ich entbehren, ein Paar Schuhe, zwei Hemden ...

Er erwachte davon, daß ihm Rauch und Kaffeeduft in die Nase zogen. Der Mann war da und bekam reichlich, denn der Kaffee war gut. Bis an beide Ohren grinsend schüttelte er Brenken die Hand. Bevor er in die neue „Glufft" hineinstieg, nahm er ein sehr energisches Bad, und hinterher sah er ganz manierlich aus in weißer Leinenhose und frischem Hemd. Aber die Melone behielt er auf. „Sonst griech'ch 'n Sonnenschdich in mein Gahlgobb" meinte er; in der Tat war sein Kopf, von unbeträchtlichen Randverzierungen abgesehen, kahl wie ein Ei.

Später schickte ihn Brenken ins Dorf, Proviant holen, und gab ihm einen Zehnmarkschein mit. Als er weg war, geriet Brenken, während er sich vermittels Plötzenfang für alle Fälle ein Mittagessen zu sichern suchte, in eine unbehagliche Stimmung und kam sich verlassen vor. Die zehn Mark, überlegte er, sind für das arme Luder zu viel, sicher mehr als die zehn Tausender, die der dicke Mersheim von mir haben wollte und nicht gekriegt hat, weil ich sie unwiderruflich los gewesen wäre . . .

Aber um zwölf war Schulze zurück. Er schwitzte, er hatte sich beeilt, wegen des Diners. In seiner Abrechnung kamen „for zwanzch Fennje Gorn" vor; dafür waren die Kartoffeln nicht berechnet. Auf Brenkens Frage sagte er, milde verweisend: „Echa, wer goofd denn Gardoffln!"

Brenkens Beute fand seinen Beifall nicht. „Grade Bletzn, will'ch emal schbrechn, die maach'ch nu ni so sehre gerne, se schmeggn mr immer so erinnerlich. Ich war nämlich emal in Bletznsee, 's is schon zähn Jahre här, mr gann ruhch driewr räden. Drbei hadd'ches gornich geglaut. Mei Schwaachr war'sch, des dumme Luhdr. Dän ganzen Gram hadden se in meine Schduwe gedraachn un unnr's Bedd geschdobbt, so, da laach'r, nu sieh zu, wie de ferd'ch wrscht! Nu, des gonnd'ch doch ne angähm, newohr? Der Mann war Briefdrächr, un meine Schwesdr hadde drei gleene Wirmr zu Haase rumloofn. 's war Bech. Nee, Bletzn eß'ch ne gerne. Das hier is enne Rodfähdr, die maach'ch, da gann'ch mir nischd drbei dengn." Er seufzte, wurde aber gleich wieder vergnügt.

„Rodfähdrn fangen machd Schbaß, so middn Heihibbr . . ." – „Mit was?" . . . „Nu, middn Heihibbr, middn Heischbringsl, die so in'n Grase rumhibbn, newohr?"

„Mann, also angeln können Sie auch? Und das sagen Sie erst jetzt?!"

„Doch, des gann'ch", sagte Gottfried Schulze.

Und ob er konnte!

Er stellte zwei Angeln zusammen zum Rotfedernfang. Er ruinierte Brenkens Nagelschere, als er aus Konservenbüchsen Blinker zurechtschnitt. Aus Draht und Blei und einem toten Fischchen wußte er Schleppköder zu machen. Er ging ins Dorf, um Bindfaden zu holen, aus dem Nachtschnüre und eine Schleppleine werden sollten; als er wiederkam, rollte er ein leeres Heringsfaß vor sich her: „Da reichrn mir denn die Aale drin."

All das tat Gottfried Schulze, und Brenken sah ihm andächtig zu, wie ein kleiner Bruder, der alles erst lernen muß.

Heiß brennt die Vormittagssonne auf den großen Wendlingsee herunter. Feine, durchscheinende Federwölkchen stehen unbeweglich am Himmel, gerippt wie Ufersand. Hier und dort bewegt sich das Schilf. Zwei bräunliche, fast nackte Wilde waten darin herum, der eine trägt zur knallroten Badehose eine schwarze Melone. Jeder hält eine Angelrute in der Hand mit einer ganz kurzen Schnur daran, die mit einem Insekt beködert ist. Spähend, visierend schreiten sie vorsichtig durch das knackende und flüsternde Rohr, lassen sie das Insekt mitten im Schilf auf dem Wasserspiegel tanzen. Dann und wann ein Plätschern, ein glitzernder Fisch schwingt durch die Luft und landet im Tragnetz. Messinggelb leuchten die Fische, die sie fangen, haben blutrote Flossen und sind sehr schön.

Es ist Abend. Gelb und groß, ein ungeheurer Kürbis, kommt der Mond aus dem Wald hervor; er wird kleiner und bläulich weiß, als er höhersteigt, und spendet immer helleres Licht dem Werk der beiden abseitigen Gesellen, die nun schon zum fünften Male um den See herumrudern.

Sie ziehen eine gut halbpfündige Rotfeder an der Schleppschnur hinter sich her, Gottfried hat den gesamten restlichen Draht verbraucht, um das Hakensystem dafür zurechtzubasteln. Großspurig sind sie geworden in den letzten Tagen, sie haben Hechte gefangen, Brenken einen Drei- und einen Achtpfünder, der Wandersmann einen fast zehnpfündigen Burschen. Mahlzeiten waren das, von denen sie noch ihren Enkeln erzählen werden, wenn sie je welche haben sollten. Sie schufen ein Gesetz, in dieser Zeit, des Inhalts, daß immer der zu rudern habe, der den größten Fisch gefangen hat, solange, bis der andere einen noch größeren bekommt. Und also rudert jetzt Gottfried. Er rudert langsam und fast lautlos, von den Ruderblättern rieseln Perlen und Silberketten in die sammetschwarze Tiefe. Brenken kauert im Heck des Bootes, in eine Decke eingemummelt, und träumt. Sie haben beschlossen, einen ganz Großen zu fangen oder gar nichts, daher der große Köder. Brenken glaubt nicht recht an die Möglichkeit eines Fanges, aber die Romantik des nächtlichen Unternehmens hält ihn trotzdem in ihrem Bann. Was sind wir doch für zwei Kerle, denkt Brenken und ist restlos glücklich. Schon vor zweitausend Jahren fuhren hier solche wie wir, im Einbaum, einsame Jagdmenschen, allein mit sich und der Nacht. Natürlich waren sie in Felle gekleidet – mit Melone und Gehrock wird wohl keiner dabei gewesen sein.

Die Schleppschnur zieht einen schmalen Silberstreifen neben dem Kielwasser, hübsch sieht das aus. Einmal strafft sie sich. „Halt mal", sagt der Mann im Heck schläfrig, „wir hängen." – „Anhauen, Gottvrdimmich!" schreit Schulze, und der andere haut erschrocken den Arm nach vorn. – „Ach wo, wir hängen", brummt er dann; „halt doch an, die ganze Schnur läuft ja raus."

„Nu wieso leift'n da die Schnur raas?" wundert sich Gottlieb, „där Gahn schdeht doch? Da gann doch die Schnure gornich raasloofn?"

Sie lief aber doch aus, ziemlich langsam und stetig. Es war ein bißchen unheimlich. „Komische Sache!" sagt Brenken; „sind denn hier solche Strömungen? Man muß die olle Gondel doch zum Anhalten bringen können?" Er hielt die Schnur fest und lehnte sich zurück. In diesem Augenblick bekam er einen Ruck, der ihn fast über Bord geholt hätte, und die dicke Schnur pfiff ihm durch die Finger, daß er laut aufheulte. „Du meine

Giede!" sagte Gottfried erschrocken und stemmte sich mit aller Kraft gegen die Ruder, um das Boot nach rückwärts in Fahrt zu bringen.

Brenken stöhnte; das Wesen da unten zog in schweren, langsamen Schlägen davon, mit einer Unbeirrtheit, die keine Hoffnung auf einen glücklichen Ausgang dieses Abenteuers aufkommen ließ. Die Leine im Boot wurde trotz allem Rudern immer weniger.

Plötzlich hörten die Schläge auf; ein sehr schwerer, toter Gegenstand hing an der Schnur, ließ sich heranziehen, kam näher, immer näher. Von dunklem Grauen durchzittert, stieläugig und gänsehäutig starrten die beiden Menschen in das nächtliche Wasser. Da, da war es: ganz nahe bei ihnen wälzte sich ein massiges Etwas an der Oberfläche, gewann unversehens neues Leben und verschwand in gewaltiger Flucht in der Tiefe . . .

„Das geht mein Lähm ni gud aus!" sagte Gottfried Schulze mit schwankender Stimme. „Wenn das man iewrhaapt ä Fisch is – 's war so ägelhaft weiß un vrgwollen, un ä boor Schdacheln warn dran, so lang wie mei Arm, fui Deifel."

Nachts gibt es alles. Nixe, Wasserweiber, lebendige Leichen mit Stacheln, alles. Die Nacht ist keines Menschen Freund. Nachts soll man festen Boden unter den Füßen und eine Tür hinter sich zugeschlossen haben.

In schweigender Übereinkunft ließen sie das Greuel einen gehörigen Abstand gewinnen, ehe sie die Verfolgung wieder aufnahmen. Als es wiederum stehenblieb, holten sie es nicht heran, sondern ruderten rückwärts, bis das Geschöpf abermals lebendig wurde. Das gleiche Manöver wiederholte sich etwa ein halbes Dutzend mal. Jedem der beiden Männer kam die Idee, ein Stück der Gräting an das Ende der Leine zu binden, es ins Wasser zu werfen und das Boot auf dem allerdirektesten Wege ans Land zu rudern. Jeder von ihnen, auf sich allein gestellt, hätte das längst getan. Da sie zu zweit waren, wagte es keiner von ihnen, den verlockenden Vorschlag auszusprechen. Kreuz und quer fuhren sie auf dem See herum. Die Jagd hatte noch keine halbe Stunde gedauert, als sich beide schon fragten, ob es denn gar nicht mehr Tag werden wollte. Dann fuhr das unheimliche Wesen in eine flache Bucht. Man sah die Blätter der Mummeln untertauchen, wo es entlangzog. Seine Bewegungen wurden allmählich träger, wie schläfrig. Manchmal schien es sich in den Grund eingraben zu wollen.

Es wäre Zeit gewesen zur Landung, aber die Landung war gerade das, wovor es den Männern am meisten graute. Unnötig lange ließen sie das Untier zwischen den Wasserpflanzen herumwühlen. Schließlich saß es in einem Krautbett fest. Sie umfuhren es mit dem Boot, in viel zu weitem Kreise; danach saß es noch fester, in der Schnur war keine Bewegung mehr zu spüren.

Was nun? Die beiden Genossen sahen sich ratlos an. Keiner sprach. Und dann kam Gottfried Schulzes großer Moment.

„Echa, 's werd schon ä Fisch sein!“ sagte er, und mit diesen markigen Worten stieg er seitlich über Bord. Das Wasser ging ihm bis an die Hüften, der Boden war schlammig. Mühsam watend, hantelte er sich an der Schnur entlang. „ch muß ähmd uffbassen, daß'ch nich uff die Schdachln dräde!“ äußerte er wiederholt. „Goddvrdimmich!“ sagte er auch mehrmals, und „'s wärd schon ä Fisch sein, newohr, nu was sollstd'n sonst sein!“ Bei dem Krautbett arbeitete er lange Zeit im Wasser herum; in der einen Hand hielt er die Leine, mit der andern riß er büschelweise Pflanzen heraus. Plötzlich schrie er: „Nu mal Schnur ablassen, rasch! Jätzd griech mrn!“ und platschte hastig dem nahen Ufer zu.

Als Brenken aus dem Boot ans Land sprang, war alles vorüber. Gottfried Schulze stemmte einen fast mannslangen Fisch in die Höhe, dem er mit beiden Händen in die Kiemen gegriffen hatte.

„'s is ä Wels“, sagte er feierlich. „Nu gannsde mich ruhdrn, bisde alt und grau wärscht. Denn so een'n fang' mr ni widdr.“

Um seine Schultern lagen zwei Wasserrosenblätter. Aus den Ärmeln seines Gehrocks kleckste Schlamm. Aber seine Melone war ziemlich trocken geblieben.

An einem mächtigen Feuer gelagert, verbrachten sie die letzten Stunden der Nacht mit Essen und Trinken. Umschichtig standen sie auf und besahen den Wels. „Wenn 'ch'n so hebe, da mecht'ch schbrechn – ä Zentnr haddr guhd“, meinte Gottfried. Einen Teil würden sie selbst verspeisen, denn man will doch wissen, wie große Welse schmecken. Den Kopf würden sie einsalzen und als Trophäe aufbewahren. Den Rest würde Gottfried in Prewenow verkaufen.

Zwei Männer haben eine Tat getan und sind stolz.

Blank blitzen die Metallteile eines Außenbordmotors im ersten Strahl der Morgensonne. „Weeß Gnebbchn!“ sagt Schulze, „där hädde sich ooch ä bißchn friehr bemerkbar machn genn, nachrd da hädd'ch jetzt geene Gwäsen uffdn Fingrn!“ ...

Schöne Zeit fließt schnell. Eine lange Reihe sonnenbeschienener Tage hatten die Kumpane am See verlebt, und sie waren vergangen wie Stunden.

Aber dann setzte Regen ein. Zuerst war es ein Regen mit Pausen dazwischen. Gottfried Schulze konnte auch aus nassem Holz Feuer machen; er spaltete dicke Äste auseinander und schnitt Späne aus dem innersten, noch trockenen Teil, als Anzünder. Sie dämpften in den Regenpausen ihre Kleider über dem Feuer und zogen dann die noch warmen, nach Schinken riechenden Sachen mit großem Wohlbehagen wieder an. Am zweiten Regentage dagegen fielen die Pausen aus; klamm und trübe hockten die beiden im Zelt, die ganze Welt war naß und klebte. Brenken schimpfte erbittert auf das „ewige" Matschwetter und stellte fest, daß das Klima dieser Breiten höchstens für Molche passe.

Schulze schwieg. Er hatte seine Gummiopanken wieder angezogen, um die guten Schuhe zu schonen. Wenn er durch den Schlitz der Zeltwand ins Freie schaute, sah er eine neblige, kalte, unwirtliche Landschaft. Nächstens, sehr bald, wird er in diese nebelhafte Landschaft hineinwandern, und es wird ganz gleichgültig sein, ob er nach Norden oder nach Süden geht. Er seufzte.

„... un Windr wird's nu ooch bald", sagte er. „Dr Windr is beese."

Brenken begriff nicht gleich. Wenn er an den Winter dachte, sah er immer seinen Großvater vor sich, wie er seine lange Pfeife rauchte, im Schlafrock neben dem bräunlichen Kachelofen sitzend, in dessen Röhre Bratäpfel prutzelten; die Stube roch nach Bratäpfeln, Knaster und Gemütlichkeit. Brenken fand den Winter gemütlich. Aber als er jetzt mit einem schnellen Seitenblick die dürftige Ausrüstung seines Zeltgenossen überflog, verstand er plötzlich voll und ganz, was der Winter für einen armen Teufel bedeutet, der nur seine ungemütlichen Seiten zu fühlen bekommt. Mitleid stieg in ihm hoch; er schneuzte sich mit einer Kraft und Ausdauer, die eines größeren Zweckes wert gewesen wären. Dann geriet auch er ins Schweigen. Er überlegte. Verschiedentlich kritzelte er etwas in sein Notizbuch.

Als Schulze am folgenden Morgen aufwachte, war er allein im Zelt. Auf Brenkens Schlafsack lag ein Zettel: Mußte geschäftlich weg, iß allein zu Mittag, falls ich länger ausbleibe. Alte Schlafmütze. Gruß Christoph.

„Alleene essen is immr noch besser als alleene nich essen", tröstete sich Gottfried. Trotz dieser Erkenntnis schmeckte ihm alles ein bißchen bitter. So nach Abschied.

Schulze fuhr jählings aus seinem Nachmittagsschlummer von einem entsetzlichen Schrei, der nichts Menschliches mehr an sich hatte. Mit gesträubter Randverzierung stürzte er ins Freie. Brenken war im Anmarsch; er schwenkte eine große Flasche in der Hand und hatte zu jodeln versucht.

„Setz dich hin, alter Knabe", rief er schon von weitem, „ich habe dir was Schreckliches mitzuteilen!"

„Warum soll'chdn mich hier ins Nasse seddsn? Was hasdn da drinne? Ach, 'ch weeß schon, du braachsd mr nischd mähr zu saachn. Abschied feirn, newohr? Als wenn'chs mr nich gedacht hädde – där vrfluchtje Räächn!"

„Quatsch“, sagte Brenken, „alles Quatsch. Also hör schon zu. Setz dich hin. Nein, da auf dem Baumstumpf, altes Roß. Also, erstens habe ich eben den See hier gepachtet. Das heißt, eigentlich habe ich ihn noch nicht gepachtet, die Gemeinde war nicht zuständig, ich mußte nach dem Gutshof, aber der Inspektor hat mir in die Hand versprochen, daß ich ihn kriege. Zweitens: ich mache hier eine Fischerei auf. Mit Netzen und Reusen und so allerhand Zeug, na, du weißt ja. Drittens habe ich schon Holz gekauft für einen Materialschuppen, der kommt hier her, genau da, wo jetzt das Zelt steht, merk dir mal die Stelle. Hast du? Gut. Viertens muß ich noch ein Boot kaufen, damit man die Fische nach Prewenow an die Bahn schaffen kann. Fünftens habe ich vorläufig eine Stube mit Küche gemietet im Dorf, leergewordenes Altenteil, sowas, es ist lächerlich billig. Der See auch. Die Leute vom Gut kommen das ganze Jahr nicht her, sie sind froh, wenn sie einen finden. Kommt jetzt sechstens? Sechstens habe ich natürlich keine Zeit, mich um den Kram hier zu kümmern, ich muß einen Kompagnon haben, der hier den Laden schmeißt. Achtens: der Kompagnon bist du. Abgemacht? Hast du alles verstanden?“

„Nee“, sagte Gottfried. Er hatte den Zeigefinger durch ein Loch in seiner Melone gebohrt und sah kopfschüttelnd zu, wie das Loch immer größer wurde. „Enschulche mal, wie war das? Du hast . . . ich soll . . .“

Er hob den Kopf und suchte Brenkens Blick. Auf seiner Glatze standen ein paar glitzernde Regentropfen. „Gristoff“, sagte er, „mit sowas wirdst du mich doch ni vrgohln wolln? ’s wär nich hibsch von dir, Gristoff?“

„Aber lieber alter Junge, wie werd ich denn! Wenn das dein einziges Bedenken ist . . .“

„Nu Menschensgind, Gristoff! Des gosd doch ä Vermeechn? Un du hasd – un ich soll hier so . . .“

Er wandte sich um und betrachtete den See, auf dem der Regen Blasen zog, eine ganze Zeitlang. Und dann, plötzlich, gab er einen knurrenden Laut von sich, holte weit aus und schleuderte seine Melone in steilem Bogen seewärts in die Luft. Der Wind faßte dahinter, weit draußen fiel der alte Hut schrägen Fluges ein wie eine Wildente. Er trieb vor dem Winde und schwand allmählich im Nebel, ein alter, weitgereister Hut, Banner und Symbol eines Vagabunden, den es nicht mehr gab.

7 *Nawratil wird Angler*

Wenn es leicht ist, Vater zu werden, und schwer, es zu sein, so ist es mit dem Spinnanglerwerden und -sein gerade umgekehrt. Der perfekte Spinnangler lebt einen feinen Tag; aber der Spinnschüler ist ein armer Spielball der tückischen Objekte.

Schadenfreude ist der reinsten eine. Deswegen sollte sich kein Angler das Vergnügen entgehen lassen, andere Leute in seiner Kunst zu unterweisen. In jeder Lehrtätigkeit liegt ein gewisses Vergnügen. Es besteht zum erheblichen Teil aus Schadenfreude. Der Rest ist Freude am eigenen Können.

Nacht muß es sein, wenn Friedlands Sterne leuchten – nie strahlt das eigene Können einem heller, als wenn man es jemandem vorführt, der noch gar nichts kann. Unter diesen edlen Gesichtspunkten hat der Verfasser dieser Zeilen zahlreiche Grundangler zu Spinn- und Fluganglern bekehrt, gewandelt und erhoben. Dagegen hat er nur selten Gelegenheit gehabt, aus einem Vollblutlaien einen Flug- oder Spinnwerfer zu machen.

Kommt ein Mensch, der überhaupt noch nicht geangelt hat, direkt in die hohe Schule der Wurfkunst, ohne zuvor an Hand der sanfteren Grundangelei sich an den Umgang mit Fisch, Wasser, Ufer, Wind und Strauch gewöhnt zu haben, so ist das wie ein Sturz in die Hölle unter Auslassung des vorbereitenden Fegefeuers.

Der anglerische Werdegang meines Freundes Paul Nawratil war von dieser unmittelbaren Art, und war infolgedessen so reich an Zwischenfällen, typischen wie seltsamen, daß er der Mitwelt in Petro überliefert werden soll.

Nawratil, aus dem schönen Wien in unsere kleine Stadt verschlagen und in dieser sofort allenthalben herumgereicht – als betonter Großstädter bei den Leuten vom Lande, als humorvoller Mann der Gesprächigkeit bei den minder Beredten, als Geigenspieler (alle Leute aus Wien sind bekanntlich hochmusikalisch) bei allen zur Musikliebe gesellschaftlich Verpflichteten – Nawratil also traf bald, wie auf jedermann, so auch auf mich.

Ich spreche prinzipiell nur über Fischfang. Nawratil dagegen spricht prinzipiell über alles, was sich bietet. Demgemäß unterhielten wir uns vom Angeln. Es ergab sich, daß Nawratils universelle Natur auch mit diesem Sport bereits vertraut war, und ich erfuhr, daß Österreich ein Dorado für den Angler ist. Überhaupt ist dort beileifig bereits alles vollkommener als bei uns, schöner, besser, billiger und vor allem weiser geordnet; Nawratil leidet sehr, so fern der Heimat. In Österreich ist es leicht, große Forellen in beliebiger Zahl zu fangen, auch ohne Rolle und derlei Raffinessen, ganz schlicht, so wie es Nawratil tat. Er hängte zum Beispiel einen Wurm in einen Bach – schon gab es den bekannten Ruck, und schon flog eine große Forelle heraus. Wie schwer? Beileifig so oan Kilo. Wie lang? So lang. Ich bin ein heimtückischer Mensch und habe als solcher immer einen Zollstock bei mir. Der Zwischenraum zwischen Nawratils Händen betrug 83 cm. Deswegen findet Nawratil heute noch, daß die Forellen bei uns in Deutschland eine merkwürdig gedrungene Form haben. Wie Karpfen. Kurz und dick.

Auch Aitel hatte er auf diese volkstümliche Manier erbeutet. Darum zog ich am nächsten Tage hinaus und fing einen kleinen Aitel. Mit Absicht und vielen Gräten. Nawratil, zu Gast geladen, verspeiste ihn gläubig als Hecht.

So entdeckte ich, daß Nawratil schwindelte. Aber das machte mir nichts; ich tue es selbst. Wichtiger war die Entdeckung seiner hervorragenden Begabung für unfreiwilligen Humor. Dieses seltene Talent, bei Nawratil hinter so viel aktiver Gespaßigkeit verborgen, durfte nicht brachliegen; ich erbot mich, ihn in beiden Sparten der Wurfangelei zu unterweisen.

Wir begannen unsere Übungen, wie üblich und empfehlenswert, auf dem Rasen. Präziser ausgedrückt, über dem Rasen. Im Schnee. Der scharfsinnige Leser folgert daraus, daß es Winter war und wundert sich. Aber er wundert sich mit Unrecht; denn erstens würde er sich noch mehr wundern, wenn ich geschrieben hätte, wir übten im Sommer und angelten im Winter. Und zweitens ist es eine Tatsache, daß in den letzten Jahren eine Unmenge von Anglern die Wintermonate zum Wurftraining benutzt hat. Allerdings, daß zuweilen die Geschmeidigkeit der Finger unter dem Klima etwas leidet, läßt sich nicht leugnen.

Also, die Winterwinde wehen, und Nawratil schmeißt zunächst einmal Spinngewichte im Seitenwurf. „Von hinten unten nach vorne oben“, murmelt er, sich selbst ermahnend: „Ruhiger, wachsender Schwung.“ Er macht einige Probeschwünge in vorbildlicher Kurve, um dann im entscheidenden Moment doch wieder von hinten oben über die Schulter nach vorne unten abzufeuern. Und er vergißt, die Rolle loszulassen, worauf sich die Schnur acht- bis siebzehnmal um seine Beine wickelt, so, wie die Bola des Gauchos in Mexiko und Hollywood die Rinderhaxen fesselt.

Nawratil spult sich wieder ab, tröstet sich mit dem Gedanken, daß er ausnahmsweise keine Perücke zu entwirren hat, und setzt einen Überkopfwurf an. „Senkrecht nach oben werfen wollen!" wiederholt er meinen sturmerprobten Ratschlag, und der Wurf wäre demnach sicher der schönsten einer gewesen, hätte sich nicht die Schnur am Spitzenring verhängt. Jedoch sie hat sich verhängt; man hört den leichten, aber unvergeßlichen Knall der reißenden Seide, und man hört das Gewicht mit sacht abklingendem Pfeifen in Richtung auf das Firmament verschwinden. Wo mag es landen? In einem Schaufenster in Hannover? Im Bodensee? Wir ahnen es nicht. Vielleicht finden wir es dereinst in einem Museum wieder, von weltfremden Forschern aufgelesen als Meteorstein oder als Ohrgehänge aus der Bronzezeit. Oder vielleicht landet es gar nicht mehr, umkreist mit dem Monde die Erde, ein neuer Trabant. Und Nawratil bindet ein neues an. Nicht ohne zu seufzen.

Nichts währt ewig, kein Winter und kein Lehrgang. Der April ist gekommen; der Frühling noch nicht. Über die Weserbrücke gehen dick behalstucht unter ihren warmen, wollenen Regenschirmen die Agronomen Nästrup und Käsdrup, und Käsdrup setzt Nästrup in belehrender Form auseinander, warum im Weserbett Sprengungen vorgenommen werden müssen. Aber es wird gar nicht gesprengt; sondern unter der Brücke steht Nawratil, der erstmalig auf Forellen losgelassen worden ist, und schießt seine Blinker teils ins Wasser, teils auch gegen die Brückenpfeiler, wie's kommt so trifft's. Nawratil arbeitet hier seit einer guten Stunde, und wenn hier niemals Forellen gestanden haben, so macht das nichts aus: den zweiten Wurf hätten sie sowieso nicht abgewartet. Der einzige Bewohner des Brückenviertels, ein Döbel in mittleren Jahren, steht jetzt hundert Meter weiter stromabwärts und kiemt versonnen vor sich hin: „Eine Kugel kam geflogen – galt sie mir oder galt sie dir . . ." Genau alle drei Minuten fällt ein Tropfen schwarzes Sickerwasser vom eisernen Gebälk in Nawratils Genick und verzischt auf seiner heißgelaufenen Wirbelsäule.

Doch dann kamen schönere Tage, und Nawratil nahm auch andere Gebiete in Bearbeitung. Zum Leidwesen der dort ansässigen Friedfischer, denen es der von Nawratils harten Würfen verursachte Seegang unmöglich machte, die zaghaften Bisse der noch verklammten Rotaugen zu bemerken. Um diese Zeit geschah es, daß der neue Jünger Petri seinen ersten Fisch haken und später auch seinen ersten Anhieb setzen konnte. Ich hatte das Glück, diese historischen Momente als Augenzeuge mitzuerleben.

Nawratil beginnt an diesem Tage seine Tätigkeit mit einem enormen

Rollenüberlauf – bekanntlich ein gutes Omen, das er aber nicht mit der nötigen Seelenstärke zu begrüßen scheint; wenigstens holt mein Hinweis auf die günstige Vorbedeutung der Perücke nur ein bösartiges Knurren aus ihm heraus, das später, beim Entwirren der Schnur, in ein von Fauchen unterbrochenes Gemurmel übergeht. Ich entferne mich etwas – man soll sich nicht unnötig Feinde machen.

Nach einer guten Viertelstunde höre ich wieder den unverkennbaren Platsch von Nawratils Spinner und gleich darauf ein wahrhaft satanisches „Ha!", wie es sonst nur in Romanen vorzukommen pflegt. Eine kleine Forelle hat sich an den Köder gehängt, weit draußen im Strom; Nawratil kurbelt sie über die Fluten dahin bis auf zwei Meter vom Ufer. Dann ist die Forelle ab. Der Angler erhebt die Gerte in beiden Fäusten, in der Absicht, sie auf den Steinen zu zerschmettern, worauf er sie vorsichtig bei Seite legt, ehe er beginnt, auf dem diesmal ganz schuldlosen Beinahe-Landungsplatz herumzutrampeln und in der blumenreichen Sprache seiner südlichen Heimat Verwünschungen auszustoßen.

„Blumenreiche Sprache" ist vielleicht etwas unscharf ausgedrückt. Nawratil hat die seltsame Gewohnheit, in Zeiten des Zornes oder der Verzweiflung seine Rede dadurch dramatischer zu gestalten, daß er jedem seiner Worte ein bestimmtes zweites Wort voranstellt. Leider ist das schmückende Beiwort nicht druckfähig. Im vorliegenden Falle sagt er also: „Konnte das –biest von einem –fisch nicht noch die paar –meter bis zum –ufer dranbleiben? Es ist zum – . . ." Der weitere Verlauf seines Ergusses liegt fast ganz auf undruckbarem Gebiet; er enthält im Wesentlichen eine vollständige Aufzählung seiner Angelgeräte und der mit diesen ausführbaren Verrichtungen, die er der Reihe nach in Grund und Boden verflucht.

Als ich endlich zu Worte komme, ermahne ich ihn, sich in Zukunft ständig zum Anhieb gespannt zu halten, immer einen Anhieb entsichert sozusagen in der Hand zu haben, in jedem Augenblick bereit, ihn abzuschießen.

Wir angeln gemeinsam weiter. Einige zwanzig Meter unterhalb von ihm spinnend und ab und zu einen kontrollierenden Lehrerblick hinüberwerfend, bemerke ich plötzlich, daß er mir Zeichen macht. Eilig und eindringlich reckt er eine Hand mit gespreizten Fingern in die Höhe und deutet vor sich auf den Fluß, um dann sofort wieder seinen Köder von sich zu schleudern, das Auge stier auf einen Punkt gerichtet. – „Was is?" frage ich; denn ich stehe in Sprechweite. – „Sch–sch–sch!!!" verweist mich Nawratil im Tonfall einer gereizten Kreuzotter zur Ruhe. – Einmal habe ich gesehen, wie einer verrückt wurde; das war sehr peinlich. Nicht ohne Bedenken trete ich näher und sage: „Gewiß, gewiß . . .", um für alle Fälle nicht zu widersprechen. Darauf raunt mir Nawratil zu: „Fünf! ... Fünf Bisse. Und alle vorbei! Und alle an derselben ..."

„... Stelle!" Das Wort Stelle klingt eine Oktave und einen Meter höher. Die Oktave vor Schreck, und den Meter, weil Nawratil plötzlich senkrecht hochgesprungen ist. Der aufgespeicherte Wille zum Anhieb, zu stark für eine ebenerdige Bewegung, hat sich in einem Sprung entladen. Ich erkenne sofort, daß er einen mächtigen Fisch gehakt hat. „Ruhe! Schnur geben!" rufe ich; denn die Rute ist zum Halbkreis gebogen, und ihre Spitze flitzt nur so hin und her. Nawratil gibt Schnur und springt

zurück; er springt wieder vor und rollt auf, und die Rutenspitze fährt in der Luft herum, daß man es pfeifen hört; Nawratil treten die Augen aus dem Kopf, sein Atem geht kurz und keuchend, und ...

... ja, und dann kommt mir der Fisch so sonderbar vor; ich nehme Nawratil die Rute aus der Hand und halte sie einen Augenblick still. Und schon ist der Fisch auch still. Totenstill. Er kann auch nicht anders. Er ist ein Felsen.

Nawratil hatte die mangelnde Beweglichkeit seiner Beute durch sein eigenes Herumspringen so vorzüglich ersetzt, daß nicht nur für ihn, sondern auch für mich, den Zuschauer, der Drill dieses Felsens sich in nichts von dem eines großen Fisches unterschied. Er sank in sich zusammen, wie aufgeblasen und geplatzt. Ich versuchte ihn damit zu trösten, daß dieser fruchtlose Drill noch viel länger hätte dauern können. Wenn man, wie üblich, eine Minute pro Pfund rechnet, kommen eigentlich auf solchen Felsen immerhin ein bis zwei Tage. Aber er schüttelte nur den Kopf und winkte ab. Und erst nach längerer Zeit erholte er sich soweit, daß er sich wenigstens das Haar raufen konnte.

Nawratil hat Blut geleckt. Infolgedessen verläßt er am nächsten Tage so pünktlich, wie von der Fabrikpfeife hinausgeblasen, die Stätte seines beruflichen Wirkens und erscheint am Wasser zu einer Zeit, in der es noch völlig still und spiegelblank daliegt, weil sich die gesamte Fischwelt einem Nachmittagsschläfchen hingibt.

Zwei Stunden später hat Nawratil einen „Hänger" draußen im Strom, vor einer Buhne. Die Hänger sind bei ihm bereits selten geworden; sein Verschleiß an Ködern hat sich verringert, und es kommt jetzt schon vor, daß er einen und denselben Devon mehrere Tage lang in Besitz hat. Leider hat er seit dem gestrigen Felsendrill eine manische Furcht vor den Steinen des Flusses, und er jagt seinen Spinner auf der Wasseroberfläche entlang in einer Geschwindigkeit, wie sie eben nur mit einer zum äußersten getriebenen Multiplikatorrolle zu erreichen ist. Nach dieser Methode fängt man zwar keine Fische, aber sicher auch keine Felsen. Wenn man nicht, wie soeben unser Freund, einen Überlauf bekommt und nun versucht, die Rollenschnur zu entwirren, anstatt vorerst einmal den Köder mit der Hand einzuziehen.

Er hat das unverdiente Glück, den Spinner wieder freizubekommen, aber ehe er zum Einrollen fertig ist, hat die Strömung den Köder weit hinuntergetrieben, und nun – hängt er schon wieder! Nawratil beginnt mit den üblichen Manövern zum Lösen eines Hängers, die er bereits beherrscht, in denen er, ganz im Gegensatz zum eigentlichen Fischfang, reiche Erfahrungen hat sammeln können. Er läßt also etwas Schnur nach und schüttelt. Mit dem überraschenden Erfolg, daß der Stein oder Ast oder was es nun sonst sein mag, plötzlich in einer langen Flucht davonschießt.

Nawratil erschrickt heftig, und in diesem heftigen Schreck alle mühsam eingebläute Theorie vergessend, bringt er die Rutenspitze genau in Richtung auf den Fisch und beginnt, ihn mit geballter Faust und verbissenen Zähnen gewaltsam zu sich heranzuwinden.

Ich setze mich alsbald in Trab, um zu retten, was etwa noch zu retten sein mag. Als ich Nawratil erreiche, steht er mit schlotternden Knien auf seiner Buhne, ein Bild der Reue. Er betrachtet seinen Köder. An dem Enddrilling des Devonspinners hängt ein kleines, graues Stückchen Forellenoberlippe ...

Da gibt's kein Mitleid – auf Patzen gehört Stauchen. Ich stauchte Nawratil mitleidlos, mit dem Erfolg, daß er danach zum erstenmal in dem einzig anglerwürdigen Zustand wieder ans Werk ging: gesammelt. Gleich darauf bekam er wieder einen Biß. In der Absicht, den Fisch nicht zu erschrecken, tat er des Guten etwas zu viel: er stand etwa zwanzig Meter landeinwärts, als er den Fisch aufs Trockene zog. Hand über Hand nachgreifend, kam er an der Schnur entlanggeschlichen. Und erst im letzten Moment, während er sich zum Zugreifen bückte, ließ er die Leine etwas locker. Die Forelle tat einen kleinen Hupfer und ward nicht mehr gesehen.

Nawratil warf einen verstohlenen Blick zu mir hinüber, und da ich tat, als hätte ich nichts gemerkt, tat er seinerseits, als wäre nichts gewesen.

Am gleichen Abend noch fing er seinen ersten Fisch. Nawratil drillte ihn vorsichtig. Äußerst vorsichtig. Der Drill dauerte genau sieben Minuten. Und wenn man pro Pfund eine Minute rechnet, dann hätte Nawratils erste Beute auf genau 23 Sekunden Drill Anspruch gehabt.

Weil sich die Forelle nach Ablauf der sieben Minuten durch keinerlei Drill mehr zum Widerstande aufreizen ließ, zog Nawratil sie heraus, stürzte sich über sie und stach sie mehrmals gründlich ab. Dann saßen wir beide eine Weile im Gras und betrachteten den Fang, beide gerührt, und ich nahm ihn feierlich in die Loge der Jünger Petri auf und erteilte ihm den Ritterknuff auf den Oberarm, der den bekannten blauen Fleck hinterläßt, den alle Angler tragen und dem von böswilligen Leuten immer eine falsche Bedeutung untergeschoben wird.

Nach dieser Zeremonie ging Nawratil sofort nach Hause und ließ sich ein Drittel der Forelle braten, das zweite Drittel blau sieden und das letzte Drittel mit Mayonnaise anrichten. Es waren keine sehr großen Portionen. Aber wir Angler sind eben nicht materiell, sondern idealistisch eingestellt.

Von jetzt an fing Nawratil. Und in dem Maße, in dem seine Fänge häufiger wurden, mußte ich von meinem Lehrmeister-Piedestal allmählich heruntersteigen, mußte lernen, mit meinem Schüler wie mit einem Gleichwertigen zu reden. Es fiel mir schwer. Hinzu kamen weitere Unannehmlichkeiten: Nawratil trieb seine Pietätlosigkeit so weit, daß er sich nicht entblödete, einen Döbel zu fangen, der schwerer war als mein schwerster Döbel aus der gleichen Strecke. Und kaum hatte ich mich davon erholt, da trat er eines Tages mit einer sechspfündigen Forelle an.

Eine sechspfündige Forelle hatte ich in meinem ganzen Leben noch nicht gefangen. Nichts ist mir so verhaßt wie Rekorde, die andere aufstellen. Ich brach den Verkehr mit Nawratil ab; ich angle zu meinem Vergnügen und nicht, um mich zu ärgern, verdammt noch mal!

Aber dann flaute der Erfolg der Spinnangelei stark ab. Ich nahm den Verkehr mit Nawratil wieder auf, ärgerte ihn damit, daß ich ihm gedruckte Belege dafür beibrachte, daß Anfänger immer die größten Fische fangen, und griff meinerseits zur Flugangel. Es war eine gute Fliegenzeit. Beinahe beliebige Mengen Döbel und Hasel holte ich aus dem Wasser, so nahe wie möglich vor Nawratils Nase, und die mir unter diesen Umständen beliebenden Mengen waren nicht klein!

Das Unvermeidliche geschah; Nawratil kam zu mir und sagte, er möchte flugangeln lernen. Er sah blaß aus dabei; aber seine Stimme war fest. „Gern“, sagte ich. Sonst nichts.

Die Faust des Lehrmeisters ist wieder über Nawratil. Und diese Faust ist um so härter, je mehr Nawratil nebenher mit der Spinnangel fängt. Es gibt, ja, es gibt eine ausgleichende Gerechtigkeit!

8 | *O du fröhliche . . .*

Zu unserem Kummer sind wir Angler gezwungen, das ganze Jahr hindurch furchtbar unartig zu sein. Denn nur den unartigen Kindern bringt der Weihnachtsmann eine Rute mit.

Möglich, daß ich in meiner Produktion durch den Zweck geheiligter Unartigkeiten des Guten zuviel getan habe, jedenfalls stand mein Weihnachtsfest im Schatten einer Rute, die – das heißt, eigentlich weiß ich nicht recht, ob die Bezeichnung Rute auf ein Gerät von so monumentaler Bauart anwendbar ist. Als ich sie zum erstenmal in den Händen hielt, glaubte ich versehentlich (mir war bereits etwas benommen zumute von Punsch und andern Feierlichkeiten) den Weihnachtsbaum ergriffen zu haben. Ich habe sie Balmung getauft. Wenn sie Hackle-Midges unter die Augen kommt, schmeißt er seine alle weg!

Am ersten Feiertag tat ich Balmung in sein Etui, nahm ihn auf mich und schritt hinaus in den Wintermorgen. Balmung ist zweiteilig. „Ski Heil!" sagte der Briefträger, und ich strich ihm im Geiste zwei Mark von seinem Neujahrstaler.

Ab und zu mußte ich die Schulter wechseln. Es war bitter kalt, aber mich fror sehr bald nicht mehr. Auf der Brücke traf ich Bröselmann; er ist Vorsitzender bei uns, ein Mann von strengen Sitten. „Mit dem Hebgarn ist es verboten", sagte er, „von Ihnen hätte ich das nicht erwartet!" – Ich entgegnete freundlich, das sei mitnichten eine Daubelstange, sondern Balmung, schwere Spinnrute, zweiteilig. Bröselmann lächelte höhnisch und wurde noch breiter. Ich habe Eile, wenn ich angeln gehe. „Stellen Sie sich bloß nicht an!" sagte ich. „Das sieht doch eine Blindschleiche bei Neumond, daß es der Mast von meinem Segelschlitten ist! Wenn ich im Verein erzähle, daß Sie einen Mast nicht von einer Daubelstange unterscheiden können, dann . . ." – Bröselmann liebt es nicht, wenn man Sachen über ihn erzählt. Wenige Vorsitzende lieben dergleichen. Darum lachte er, als habe er nur gescherzt, und räumte seine zwei Zentner Lebendgewicht aus meiner Bahn.

Meine ursprüngliche Absicht war, nach einem ca. 4 km entfernten Platz zu wandern, den ich immer aufsuche, wenn ich ein neues Gerät probieren will. Weil dieser Platz eine Garantie für absolute Einsamkeit bietet. Nichts ist bei solchem Debut störender, als eine Anzahl guter Freunde um sich zu haben, die einem mit schadenfrohem Gemecker das Nervensystem zu verheddern trachten, oder auch, im Drang des Pädagogentriebes, einem die Rute mit sanfter Gewalt entwinden, um einige fünfzig Muster- und Probewürfe vorzuführen. Aber meine Schultern waren unter der Last Balmungs schon mürbe geworden, wie das berühmte Beefsteak unterm Sattel des Tartaren. Deshalb entschloß ich mich, nach Klütenpedders Weide abzuschwenken.

Wir Angler leben in Feindschaft mit Hinrich Klütenpedder. Er hat ein kleines Gehöft nahe am Fluß. Nicht sehr viel Land drum herum, aber es ist guter Boden, und Hinrichs Verhältnisse gestatten ihm neben der Befriedigung der täglichen Notdurft auch den bescheidenen Luxus – den einzigen, den er sich gönnt – dann und wann ein Prozeßchen auszufechten. Durch alle Instanzen, jawohl, durch alle Instanzen. Sein Anglerkrieg ist eine hübsche, sichere Pfründe für einen Rechts- und einen Linksanwalt in unserem Städtchen. Indem nämlich Hinrich öfter mal einen Angler verhaut und dann zähe behauptet, er sei bei der strittigen Begebenheit a) schwer betrunken und b) nicht zugegen gewesen. Oder indem gelegentlich ein Angler den Herrn Agronom Klütenpedder durchwalkt. Seltener zwar. Denn einerseits erzeugt die Ausübung des Ackerbaus mehr Körperkraft als die minder bewegte Daseinsform hinter Schaltern und an Schreibpulten, andrerseits bewahrt sie auch eine größere Ursprünglichkeit der Umgangsformen, wie ja bei einem Leben unmittelbar am Busen der Natur nicht weiter verwunderlich. Aber bisweilen vollzieht sich dieser umgekehrte Verlauf eben doch einmal; wie ja denn überhaupt der anglerische Erdenwandel solcher kleinen Tröstlichkeiten niemals ganz ermangelt.

Wir leben im Zeitalter des Gesetzes. Infolgedessen hat der zahlende Anglerbürger das Recht zum Betreten des Ufers. Und infolgedessen nun wieder reicht der Zaun von Klütenpedders Weide bis ins Wasser hinein. Infolgedessen – (notabene, die Ereignisse um Klütenpedder sind fast stets eine ununterbrochene Kette logischer Notwendigkeiten) – überstieg ich besagten Zaun. Infolgedessen trat, während ich Balmungs Hälften ineinanderwuchtete, oben am Horizont Klütenpedder aus dem Gebäude, in welchem er einigen gutgläubigen Kühen einen Teil der von ihm verkauften Milch zu entnehmen pflegt. Was den andern Teil dieser Milch betrifft, so wurde unlängst durch ein Landgerichtsurteil entschieden, daß mit Rücksicht auf die von dem p. Klütenpedder betriebene Viehwirtschaft sein eingezäuntes Grundstück freien Zugang zum Wasser haben müsse und demgemäß solle haben dürfen. Klütenpedder also erschien und war wie üblich mit einem Hunde von bemerkenswert unreiner Rasse bewaffnet.

Mangel an Stammbaum braucht durchaus nicht immer einen Fehler im Charakter zu bedeuten; bei diesem Hunde aber bedeutete er ihn, und infolgedessen fuhr der Hund auf mich los, so schnell seine etwas kopfschwere Bauart – (er war hinten einem Schäferhund, vorn dagegen mehr einer Bulldogge ähnlich) – ihm dies gestattete.

Ich fliehe nicht gern vor bösen Hunden. Einerseits aus persönlichem Mannesmut, andrerseits niemals dann, wenn wie in unserem Falle auf der Flucht Stacheldrahtzäune zu überschreiten sind. Denn dabei ist man genötigt, dem Gegner seine minder kriegstüchtige Front, sozusagen die Etappe, zuzukehren, womit man sich eine empfindliche Blöße gibt. Ich blieb also stehen, den Balmung krampfhaft in den Fäusten, und dachte mir in meiner männlichen Entschlossenheit: „Sauve qui peut – wer nicht peut, der bleibe!“

Da geschah etwas Unerwartetes, etwas nicht Infolgedessenes, sozusagen Reglementwidriges: Klütenpedder pfiff seinen Hund zurück. Und der Hund gehorchte. Eigentlich war es ein ganz nettes Hündchen. Ich war bereit, mein Urteil über seinen Charakter zurückzunehmen.

„Oh Wunder!“ dachte ich. Dann ging mir ein Licht auf. Weihnachten! Fest der Versöhnung! Hinrich Klütenpedders Pfiff war der Friedenspfeife entklungen! Lächelnden Antlitzes schritt ich ihm entgegen, um zur Weihe des Augenblicks durch Überreichung einer Zigarre beizutragen. Man hat mir Zigarren beschert. Ich rauche keine Zigarren. Warum also nicht?

Aber als ich mich Klütenpedder näherte, wandte er sich wortlos um und enteilte; ihm weit voraus sein Hund, geklemmten Schweifes. An dem Schweif war eine Quaste, wie sonst nur bei Löwen; die Mutter dieses Tieres mag einer durchreisenden Menagerie gegenüber nicht gleichgültig geblieben sein.

„Warum diese kalte Schulter?“ fragte ich mich enttäuscht. Aber ich hielt des Rätsels Lösung in der Hand. In der ich dieselbe achtloserweise behalten hatte – Balmung. Das obig mir erglänzte Licht war ein Irrlicht. Klütenpedder hatte jenem einzigartigen Gebild von einem Köter nur gepfiffen, um es vor Balmungs Todesstreichen zu bewahren. Und jetzt also fürchtete er sie für den eigenen Leib.

Meine Depression hielt nicht lange an, heitere Siegesstimmung verdrängte sie aus meiner Brust. Den Hohenfriedberger auf den gespitzten Lippen ging ich nunmehr ans Werk, montierte mein schweres Spinnzeug an Balmung und bereitete mich zum Wurf.

Der zweihändige Wurf mit schwerer Rute ist der schönste von allen.

Besonders im Winter. Frierend wie ein Rehpinscher steht er da, der singelhändige Overheadcastler, ein bebend Rohr im rauhen Winde benannter Jahreszeit. Da lob ich mir mein zweihändig Schwert, meinen Balmung. Welch wärmende Leibesübung, welch edles Spiel der Muskeln unter dem treuen Wollhemd ... Genug; ich schweige. Teils vor Rührung, teils um einem gewissen Kollegen nicht die diesbezügliche Tinte sozusagen aus seinem Füll zu zutschen.

In der Regel beginne ich mit vorsichtigen Würfen. Jetzt aber, in meiner siegbeschwingten Laune, holte ich alsbald zum Weitwurf aus. Ein ziehender Rückschwung, ein markiger Vorschwung, und ...

Was sich in der nächsten Sekunde begab, ist mir erst nachträglich, auf Grund physikalischer Überlegungen, klar geworden. Ich fand mich im Schnee sitzend und spürte im Hirn und Magen das seltsam kreiselnde Gefühl, das häufige Umdrehung um die eigene Längsachse hervorzubringen pflegt. Aus meiner Rolle quoll buschig-wolkig das, was die Franzosen als Perücke, die Berliner als Bubikopf zu bezeichnen pflegen. Meinem taumeligen Blick erschien es eher wie Neoplasma – jene rätselhafte Substanz, die tüchtige spiritistische Medien zur Erbauung ihrer Mäzene zu speien verstehen. Wovon mir auch nicht besser wurde.

Als ich mich erhob, war da, wo ich gesessen hatte, im Schnee ganz deutlich ein großes kaltes Herz abgebildet; ich nahm es als eine Mahnung der Götter, mein Gemüt künftig in dem fischereilichen Idealzustand „kühl bis ans Herz hinan“ zu halten.

Wenn ich einmal in der Unterwelt gelandet bin, wird man mir vermutlich eine unlösbare Perücke in die Hand drücken und mich als Mittelstück und Übergang zwischen Sisyphus und Tantalus placieren – mit einer nie fertig werdenden Arbeit beschäftigt, und vor Augen das lockende Angelwasser um Tantalus herum. (Das übrigens nach dem rapiden Steigen und Fallen zu urteilen eine Talsperre sein dürfte).

Die Leute da unten haben mehr Zeit als unsereiner. Perücke mit kalten Fingern ist eine Zusammenstellung, wie sie diabolischer kein Großinquisitor ersinnen könnte. Ich zog es bald vor, einige große Steine herbeizuwälzen und Balmungs dickeres, noch dickeres Ende in einer Art von Hünengrab festzustecken. Am Drilling des Blinkers brachte ich einen nahezu reifen Camembertkäse an, und ich warf diesen Kombinationsköder einfach mit der Hand aus. Die Erfolge dieser Angelmethode sind unbedingt tödlich; ihre Einzelheiten möchte ich noch verschweigen, um nicht der Erwerbsangelei Vorschub zu leisten. Balmung ragte aus dem Hünengrab wie ein 24er Langrohrgeschütz aus einem Fort. „Ein kriegerischer Tag heute", dachte ich mir. Mit mehr Recht noch, als ich da schon wußte.

Beim Camembertblinkern hat man nur mit großen Fischen zu rechnen; daher ist viel Geduld erforderlich. Um mir inzwischen die Füße zu wärmen, nahm ich die Herstellung einer Schlidderbahn in Angriff. Der Wiesengrund war dem nicht günstig; es war eine Menge Arbeit. Dann erschien oben auf der Weide eine Kuh.

Es ist ganz ungebräuchlich, Kühe im Winter auf die Weide zu schicken; Schnee hat fast gar keinen Nährwert. Die Kuh war also nur ein neuerlicher Versuch Klütenpedders, mich wegzuekeln.

Kühe am Angelwasser sind widerwärtig. Du fütterst eine Karpfenstelle vier Wochen lang an, dann erscheinst du eines Morgens um halb vier in der Absicht, endlich deiner Mühe Preis zu ernten; und siehe da, an deinem Futterplatz battern drei oder sieben Rinder mit albernen Sprüngen im Wasser herum. Oder du indianerst dich bäuchlings an eine dicke Forelle heran, zerpiekst dir die Finger und zersäbelst dir die Backen im taufeuchten Gras, und der Tau weicht deine garantiert waterproofe Lodenkleidung ein, daß du dir vorkommst, als hättest du nach Art griechischer Statuen einen nassen Scheuerlappen um dich geschlagen. Gerade willst du den ersten Wurf riskieren – da wundert sich eine Kuh, was du da wohl suchen magst und kommt in voller Lebensgröße herangestapft, und weil sie nichts entdecken kann, wird sie bestimmt probieren, ob hier vielleicht das Wasser besser schmeckt als woanders. Um sie wenigstens daran zu hindern, schmeißt du ihr einen Stein an den Bauch, worauf sie, erschrocken enthüpfend, ein Gestampfe vollführt wie zwei Schwadronen Kürassiere. Oder etwa, du willst schöne, weite Fliegenwürfe hinauslegen – und hinter dir steht ein Halbkreis von jungen Ochsen, voll Interesse und Verständnislosigkeit, freundlich aber unerschütterlich ... Übrigens betreiben die zweibeinigen Rindviecher all diese Dinge fast ebenso, und sie sind insofern noch übler, als man sie nicht mit Steinen werfen darf.

Im vorliegenden Falle aber ging das Rind ganz ordnungsmäßig auf vier Beinen, und so ergriff ich denn getrost einen handlichen Eisklumpen, den ich ihm ohne Zögern vor das Köpfchen pfefferte, um ihm den Eindruck zu vermitteln, daß ich Angler ein ungesellig lebendes Wesen bin. Die Kuh blieb stehen und sah mich an. Ich nahm einen zweiten Eisklumpen und bedeutete ihr erhobenen Armes, daß ich sie zerschmettern würde bei dem etwaigen Versuche weiterer Annäherung. Darauf ging sie etwas rückwärts und schüttelte das gehörnte Haupt. „Doppelt genäht hält besser", dachte ich und sandte den zweiten Eisklumpen ab. Das war ein taktischer Fehler. Die Kuh senkte die Nase zur Erde und kam mit Wucht und Eile auf mich zugebraust. Kein Zweifel mehr möglich – diese Kuh war ein Bulle.

Hinter mir der eisgekühlte Fluß. Rechts und links kein Baum und kein Strauch, der es ermöglicht hätte, die größere Wendigkeit des Zweibeiners oder sein Klettervermögen zu verwerten und derart einen Guerillakrieg herbeizuführen.

Ich bin nicht der Ursus aus dem Quo vadis, noch auch bin ich als Torero ausgebildet. Daß ich mich auf mein bißchen Boxen und Jiu-Jitsu nicht verlassen mochte, sollte niemanden wundern. Innerhalb einer Sekunde hatte ich die diversen Möglichkeiten erwogen und verworfen. Und wie ich nun schwankte, ob ich lieber im Eiswasser am Herzschlag oder lieber im Schnee an Zertrampelung sterben sollte, brachte mich ein panisches Entsetzen plötzlich um alle Würde, und ich kletterte an Balmung in die Höhe.

Balmung bog sich knarrend. Aber – oh, du mein preisliches Rütchen! – er hielt. Und der Deckel des Hünengrabes wippte, hielt aber auch. Da hing ich, an Balmungs wippender Spitze, über dem rauschenden Strom, mit dem Rücken nach unten, Beine und Hände an Balmung geklammert. Am Ufer aber stand der Bulle, Haß und Rache als weißen Dampf aus unförmigen Nüstern fauchend, und an der Unruhe seiner Vorderfüße war ersichtlich, daß er mich im Geiste (sofern dieser Ausdruck beim Rinde statthaft) bereits zu Brei zertrat. Aber ins Wasser traute sich die feige Bestie gottlob nicht.

„Komm nur herein!" schrie ich. „Mit einer Hand, die ich dann eventuell loslasse, werde ich dich ersäufen, tief genug ist es hier. Ich werde dir helfen, harmlose Angler zu zertrampeln! Nur herein – es wird dir guttun, wenn dein grünspaniger Krokodilspanzer mal abweicht, du Schwein mit Hörnern, du ganz trauriges!"

Leider kamen meine Reden nicht so imposant heraus, wie sie gedacht waren, denn schon klapperten mir die Zähne vor Frost. Von Drohungen, die „tremolando" vorgetragen werden, läßt sich niemand einschüchtern.

Bald begannen meine Finger abzusterben. Etwas später bemerkte ich, daß ich meine Beine nicht mehr fühlte. Und nun konnte es sich nur noch um Minuten handeln, dann würde ich hinabtropfen wie eine überreife Pflaume. Das nasse Grab unter mir schien mich mit einem eisigen Hauch zu grüßen ...

Ich besann mich darauf, daß jetzt Bruchstücke aus meinem Leben an mir vorüberzuziehen hatten, aber nur ein solches fiel mir ein: wie ich im zarten Kindesalter Maikäfer schütteln ging, in aller Herrgottsfrühe, weil sie da so hübsch klamm waren von der Kühle der Nacht und beim leisesten Stoß herunterpurzelten.

Fahr wohl, du schöne Welt! Balde wird sich die Rache der Maikäfer an mir vollziehen, und die Rache der Fische. Und die Rache der Rindviecher, die ich so oft und gern in ihrem beschaulichen Stumpfsinn störte ...

Bei diesem Gedanken packte mich die Wut. Fische habe ich in Legionen hingemordet und Maikäfer schockweise in die Sklaverei verkauft; soweit geht's mir nach Recht und Billigkeit. Aber die Rindviecher? Die mir eher dankbar sein sollten für all die kleinen Aufmunterungen? Und die sollten nun sagen dürfen: „Ja, ja, so muß es kommen, wenn man ...?"

Es ist etwas Heiliges um einen richtigen, ehrlichen Zorn. Besonders im Winter. Er wärmt und belebt. Und manchmal macht er auch erfinderisch. Ich zählte bis drei, dann rutschte ich vorsichtig, aber sehr schnell am Balmung herunter, riß die Rute aus dem Hünengrab, schlug ihr dickes Ende dem Bullen über die Schnauze und setzte in mächtigem Schwunge über den Drahtzaun, Balmung als Sprungstab benutzend.

„Gerettet!" wollte ich aufjubeln, da flog mir etwas Weiches ins Genick: mein Camembert, der den Sprung in hohem Bogen mitgemacht hatte.

Als ich mich umwandte, sah ich den Bullen schleunig dem Stalle zutraben. Von Zeit zu Zeit blickte er ängstlich hinter sich: er fürchtete sich vor Balmung!! ...

Ich habe keine besondere Hochachtung mehr vor den Inhabern berühmter Schwerter wie Roland und Siegfried und so Leuten. Mir scheint, der bloße Besitz einer Waffe von imposantem Format bringt einen auch ohne eigenes Zutun zur Verrichtung von Heldentaten. Wenn beispielshalber der Drache Fafnir sich s. Z. vor dem Originalbalmung so heftig erschrocken hat wie mein Bulle vor Balmung II., dann war seine Abschlachtung keine Ruhmestat, sondern eine unnötige Grausamkeit. Um so mehr, als es sich um ein Exemplar einer schon damals fast ausgestorbenen Echsenart (Princessophagus pyrogenius L.) handelte, das unter Naturschutz hätte stehen sollen. Ich, als Bürger eines humaneren Zeitalters weit davon entfernt, die moralisch vernichtete Bestie noch länger zu quälen, ging heim.

In meiner Behausung angelangt, drückte ich meiner Frau die Hälfte Balmungs, die mit der Perücke daran, in die Hand. Ehe noch mein steifgefrorener Unterkiefer einige erläuternde Worte sprechen konnte, sank mir die Frau um den camembärtigen Hals und rief: „Als wenn ich's nicht gewußt hätte, daß du mir doch noch einen O'Cedar Mop kaufen würdest!!"

Ich ließ die Sache vorläufig ruhen und bekam dadurch ohne Streit mehrere Grogs hintereinander. Dann klingelte es, und einer der beleibten Gendarmen unseres Städtchens erschien.

„Wie kommt ein solcher Messingglanz in meine Hütte?" fragte ich. Grog übt auf mein etwas düsteres Gemüt eine erhebende Wirkung aus, so daß ich manchmal ganz fröhlich werde. Aber er achtete nicht auf meine freundlichen Worte, sondern sagte sofort: „Sind Sie im Besitz eines Segelschlittens befindlich?" – Ich verneinte mit dem Ausdruck des Bedauerns. – „So", meinte er. „Dachte ich mir. – Haben Sie eine Lizenz?" – „Dieses gern!" erwiderte ich und holte meine 38 Angelkarten und den Mitgliedsschein vom Abstinenzlerverband. Der Mann sah die Karten durch und steckte sie in die Tasche. Mir fiel auf, daß er eine ungesunde Röte im Gesicht hatte. „Beamtenbeleidigung", sagte er. Es klang etwas gepreßt. „Werden schon sehen. Also eine Radiolizenz haben Sie nicht. Sie sind heute auf der Brücke mit einem Antennenmast gesehen worden."

Ich dachte einen Moment nach. Dann erhob ich mich und küßte den Braven ernst und feierlich auf beide Wangen. Im allgemeinen übe ich diese Zeremonie nicht, außer etwa, wenn es sich um die Bezeugung väterlichen Wohlwollens einem jungen Mädchen gegenüber handelt. Jedoch, in diesem Falle konnte ich nicht umhin. Antennenmast – der Gedanke war zu dankenswert, um ohne Bewegtheit hingenommen zu werden. Das war die einzig würdige Versorgung für Balmung! Erst jetzt wagte ich es mir einzugestehen: als Angelrute war Balmung auf die Dauer etwas schwer. Und ihn ausrangieren? Meinen Lebensretter zum alten Holze werfen? Niemals! So mochte er denn künftig Wellen aus dem Äther angeln!

Der Mann des Gesetzes war leider aus dem Hause gestürzt, ehe ich mit dem Konzept meiner kurzen Dankesansprache fertig war. Als ich aus dem Fenster schaute, stand er draußen mit Bröselmann und sagte gerade: „Da wird nichts zu machen sein. Paragraph 51." – Ich ließ mir noch einen Grog geben, und dann machte ich mich daran, den Mop zu entwirren.

Klütenpedder hat mich auch angezeigt. Wegen Bedrohung, Mißhandlung, Hausfriedensbruch und Tierquälerei. Mit einer Stakstange bewaffnet sei ich ihm zu Leibe gegangen, ein Grinsen der Mordlust im Gesicht. Ach, du mein weihnachtliches Versöhnungslächeln, wie hat man dich verkannt!

Hoffentlich werde ich ein bißchen verknackt. Ich denke es mir so hübsch, wenn ich zum Beispiel mit jemand Streit anfange, und der Kellner oder wer nimmt ihn auf die Seite und warnt ihn: „Seien Sie doch bloß stille! Das ist doch der, der Klütenpedder und Klütenpedders Hund und Klütenpedders Bullen verhauen hat!!“

Es wird vielleicht ziemlich teuer. Aber das macht nichts. Guter Ruf ist Goldes wert.

9 *Oll Blunk zaubert einen Aal weg*

Auf der Mole wachsen keine Bäume. Ein schmaler Streifen Steinwüste inmitten der Wasserwüste. Kein Schatten weit und breit, und die Luft ist salzig.

An der Mole steckt, grellgelb leuchtend in der Sonne, eine einsame Bambusrute. Die gespannte Schnur vibriert in der Strömung, leise surrend. Ein bißchen verlorenes Wellengeplätscher. Eine milchig-blaue Qualle treibt vorüber und verschwindet meerwärts. Sonst rührt sich nichts.

Plötzlich gibt es in dem verlassenen Angelschacht einen Ruck – und noch einen – und dann wird er langsam krumm und krümmer, zum Brechen krumm – schon ist die Spitze im Wasser, da kommt sie zur Ruhe. Alles wieder still; nichts ist verändert, als daß die vorher gerade hinausragende Rute jetzt flitzbogenartig gespannt daliegt.

Neben den dürftigen Weidenbüschen am Strand erscheint ein wohlbeleibter Herr in blauer Seemannsuniform. Glitschend, stolpernd, mit den Armen rudernd navigiert er sich über die algenglatten Granitblöcke. Kaptein Pedersen hat sich einen Grog gegen den Durst – die Luft ist salzig – und einen gegen die Schattenlosigkeit verordnet. Und einen gegen die Hitze.

Auf fünfzig Meter bemerkt er die Kurve in seinem Angelschacht und liefert einen grotesken Endspurt. Er macht die Stange los und spannt sie noch stärker – abermals kommt ihre federnde Spitze ins Zucken. Nur für ein paar Augenblicke; aber Pedersen ist schon im Bilde. Er lächelt selig und „höllt sstetig gegen".

Fünf Minuten – zehn – eine Viertelstunde. Sein Lächeln löst sich im Schweiße seines Angesichts, tropft auf die Mole und verdunstet. „Sstetig gegenhollen!" ermahnt er sich. Hilft nichts – die Arme werden ihm lahm, und schließlich macht er die Rute wieder in dem muschelbewachsenen Loch zwischen den Randsteinen fest.

„Tschä – wat nu?" Mangels einer Antwort auf diese schwierige Frage smökt sich der Kaptein eine Piep an. „Tschä. Treck ick noch ssträmmer, rit ick de Ssnur af. Dauh ick't nich, sitt min Angel an Enn fast un ick holl mi sülwst taun Naren. Aewer täuw – ick heww jo nich wiet smeten, willen doch ens taukiken, ob nix an die Geschicht' tau seihn is!" Beugt sich hinunter, die Hand über den Augen, peilt und starrt – da liegt etwas Dunkles auf dem weißen Sand, ein Balken oder so, und daneben hängt das Blei. Jetzt sieht er sogar die Schnur, und – Dunner Deubel!

Dunner Deubel, das ist der größte Aal, den Pedersen sein Lebtag an der Angel gehabt hat. Man sieht nur ein kleines Stück von ihm, wenig mehr als den Kopf; der Rest steckt unter dem Balken. Aber dieser Kopf!! Der Aal, der dazugehört, das muß ja ein – Dunner Deubel! Pedersen nimmt vor Schreck die Mütze ab und kratzt sich die üppig wallende Glatze. Dann reibt er sich die Hände und lacht. „Min leiwen Herr Aal", sagt er, „ick bün pengsioniert – ick heww Tied!"

Kaptein Pedersen sitzt auf der Mole und sieht entschlossen aus. Ab und zu brummt er „Dunner Deubel" oder „Wat so'n Beest nicht uthollen kann". Wer ihn kennt, der weiß: hier kann es junge Hunde regnen, er rührt sich nicht vom Fleck. Und dennoch . . .

Durch den anderen Eingang, von der See aus, gleitet an die Buhne ein Boot. Eine klobig gebaute Waschbütte von Kahn, von weitem den Borkenschiffchen gleichend, die man als Bengel schnitzte. Teerschwarz die Planken, graubraun das vielgeflickte Segel; aber am Steven prangt groß in weißen Lettern der Name „Hallelujah". Damit sich der Pastor ärgert. Am Ruder sitzt ein großer Teerhut mit einer weißen Freese und etwas verknittertem Ölzeug darunter – oll Blunk in seiner Segeljacht.

Der Alte landet. Hopst erstaunlich behende ans Ufer, trotz der endlosen Waterstäbeln. „Hals un Bein, Kaptein!" krächzt er. – „Süh an, de fleigende Holländner! Dank ook! Wat kregen?" – „Poor knapp handlange Flunnern, dat's all. Un Ji?" – „Kumm ens her, Blunk, ick will di wat wisen. Sühs du dat Holt dor? Jau? Denn kiek scharp hen, Blunk. Dor – dat's minen Aal sin Kopp."

Oll Blunk kneift die Augen zu. Dann meckert er und wendet sich zum Gehen. „Du wardst in'n Lewen nich klauk! Dat is gor keinen Aal – dat's 'n Knubben." – „Söß Pund", sagt Pedersen unbeirrt. – „Köp di ne Brill! Wenn hei annerthalw hett, is hei grot." – Pedersen lacht, nicht ohne Bitterkeit. „Annerthalw! Öwer ne Stunn sitt ick all und treck an düssen Aalkopp mit min scheunst sieden Ssnur, Blunk!" – „Dat's lang naug – denn smiet em rut, Kaptein." – „Tschä – smiet man! Klaukschieten kann jeder!" – „Un wat nümms du nich'n Bootshaken un halst em dat Holt wech?"

Pedersen fährt herum. „Minsch, Blunk, dat geiht! – Segg ens, Vadding, hest du woll ein' in din Halleluhjacht?" – „Hm. Nä. Dat nich." – „Oh, dat's schad. Aewer hür, Blunk – willst du mi nich den Gefallen dauhn un beten up min Angel passen? Ick sspring denn rasch nah'n Haben rin un lehn mi ein'. Wees man so gaud, Blunk!" – „Oh, ick ... hm. Na, künn ick ja denn woll. Aewer 'n Aal wardst du doch woll nich anhebben, Kaptein."

Pedersen weiß besser, zuckt die Achseln, ab ...

Hendricks und ich sitzen auf dem Rand eines Baggerprahms und hypnotisieren die Fischbeinspitzen unserer Bollwerksangeln. Mit Hendricks zu angeln macht schweigsam. Hendricks spricht selten, aber dann wenig. Sogar als plötzlich der Kaptein dampfwalzenhaft an uns vorüberschnaubt und im vollen Laufen aufgeregte und aufregende Dinge jappt wie „Ungedäum vun'n Aal – puh – Mole, unner'n Balken – pfff, twei Stunn' Drill – Bootshaken halen", kommen keine Worte in uns auf. Als wir hören: „Oll Blunk paßt up", sehen wir uns bedeutsam an, stecken unsere Angeln in die Tasche. Wandern in schweigender Eintracht seewärts, finden den Alten, setzen uns zu ihm. Oll Blunk ist auch nicht sehr beredt heute. Er brummelt was von „Anner Lüd's Angel mit doch nix an" und „bannig warm – in min Öller midden in de Sünn ..." und „de oll Leugenbüdel mit sin' Aalkopp – ick seih nix nich ..." Und dann sagt er: „Paßt ji man wider up!", steigt ohne Gruß in die Halleluhjacht und verduftet. Wir sehen uns bedeutsam an ...

Kurz danach kommt Pedersen mit einem fünfmetrigen Hakenbaum auf der Schulter. Enorm schwitzend, einem rotlackierten Sprengwagen zum Verwechseln ähnlich.

„Is hei noch dor?" brüllt er schon von ferne. – „Weiten wi nich." – „De Schacht is noch krumm, hei möt noch fastsitten. Jöching, du nümms den Haken, nöch? Un denn dreihst du dat Holt üm, nöch? Ick holl wildeß de Ssnur sstramm, dat hei nich ierst wuranners vör Anker geiht mit sin oll verfluchtigen Ringelsteert. Un du, Kösting, griep di man dat Nett, nöch? – Na, nu jüh!" ... Platsch! – geht der Hakenbaum zu Wasser. Hendriks haut ihn in den ominösen Balken, legt sich hintenüber und zieht. Am Grund wirbelt eine Wolke auf, die ganze Geschichte mitsamt uns drei Helden bekommt einen Ruck, Jöching setzt sich unsanft in einen kleinen Muschelteich. Die Angel hängt fest wie je.

„Himmelarmunddunnerdeubel!" flucht der Kaptein, „nu hackt dat Meßding von Angel in dat Holt, un min Aal sall mi woll in de Biesen gahn, oder worüm sittst du dor un verköpst Mulapen, Jochen?" (Der Ärmste lauschte auf die Muschelsplitter in seiner Kehrseite und wußte nicht, ob Wasser oder Blut ihn unterwärts durchfeuchtete.) „Kiek dat du den Balken rutböhrst!"

Hendriks macht sich ächzend ans Werk, Pedersen dunnerdeubelt leise vor sich hin und hält die Leine straff. Endlich, langsam, kommt das Stückchen Unglück hoch – jetzt läßt sich ein Ende packen – „Holl fast, Kösting! Rut mit em!“

Er liegt auf der Mole. Pedersens Angelhaken sitzt darin, fest eingepiekt. Und an dem Haken hängt – eine handlange Flunder ...

Hendriks hält den Moment für würdig, sein Quantum Rede für heute in einem zu verausgaben. „Eigentlich“, sagt er, „eigentlich is es keinen Aal – miehr in Gegendeil ...“

„Wo is't meuglich?“ stammelt Pedersen, total verbast. „Wo is dat blot meuglich? De breede Kopp künn dat jo west sin, is mich denkbor. Aewer wo so'n lütt Beest de Kraft hebben sall min stiewen Angelschacht in't Water tau beigen, dat is mich nich denkbor.“ Aber plötzlich jault er laut auf und trampelt wütend auf den Steinen herum. „Wat? Den Düwel ook! Dat was Blunk! Ick Dömelklas – dat was Blunk!“ Er fuchtelt mir mit dem zappelnden Fisch vor der Nase herum. „Weitst du, wat dat is? Ick frog di: weitst du wat dat is?! Dat is Blunken sin Gemeinheit is dat! Weitst nu?“

Er hebt den Arm, und jetzt würde „Blunken sin Gemeinheit“ zerschmettert auf den Steinen liegen, wenn sie nicht vorgezogen hätte, dem Kaptein beim Ausholen über die Schulter weg zu entgleiten und durch schleunige Flucht in die Tiefe des Meeres sich außer Reichweite seines Zornes zu begeben. Pedersen blickt ihr nach.

Später sagten wir niemals mehr „glatt wie ein Aal“. Sondern immer nur „platt wie ein Aal“. Und „glatt as 'ne Flunder“. Es war eigenartig, auf wie viele glatte oder platte Dinge bei unseren Gesprächen mit Pedersen in der Folgezeit die Rede kam.

10 | *Flußaale und Schicksale*

Der Aal ist ein seltsames, geheimnisvolles Tier. Darin liegt der besondere Reiz des Aalfangs.

Man muß erlebt haben, wie das ist: in einer stockdunklen Sommernacht am Ufer des Stromes herumzuschleichen, Legschnüre einholend oder im Boot zu sitzen, mitten auf dem See, die gespannte Schnur der Grundangel in der Hand. Und wie es ist, dann den Anbiß eines Aals zu spüren: ein zögerndes Knabbern zuerst, und plötzlich den typischen, jähen Ruck, viel stärker, als der Fisch groß ist ... Man muß erlebt haben, was es heißt, in stockdunkler Nacht einen großen Aal in der Hand zu halten, der einem durch die Finger gleitet und sich ums Handgelenk windet und eine gespenstische Kraft dabei entfaltet. Aale am Tage sind eßbare Gegenstände; Aale in der Nacht sind gefährliche Schlangen, unheimliche Geschöpfe der Finsternis.

Die Märchen von Nixen und Schlangen gewinnen eine bedrückende Wahrscheinlichkeit, so im Finstern. Wer kann beweisen, daß sie nicht wahr sind? Wesen mit Froschhänden, Tanghaaren und Totenaugen sind keine lustige Gesellschaft für einen einsamen Angler mitten in der Nacht. Solche Einsamkeit, wie er sie zu spüren bekommt, gibt es am Tage mitten in der Wüste nicht.

Ein Mann geht aus, um nachtens viele Aale zu fangen – und der erste Aal, der da beißt (zögerndes Knabbern, dann plötzlicher, überstarker Ruck) jagt ihm einen Schrecken durchs Gebein, daß ihm der Herzschlag aussetzt!

Aalfang in der Nacht ist eine prachtvolle Sensation. Aber wenn man am Tage arbeiten soll, will man nachtens seine Ruhe haben. Zum Beispiel schlafen oder Skat spielen. Möchte man trotzdem Aale essen, so kann man sie in Körben fangen, deren Betrieb sich bei Tageslicht regeln läßt.

Nawratil und ich haben die Berechtigung zum Aalfang. Aale, die man nicht selber fängt, werden entweder von anderen gefangen oder sie schwimmen weg, nach Mexiko oder so, um sich dort mit irgendwelchen rätselhaften Ausschweifungen zugrunde zu richten.

In der ersten Nacht, in der wir auf Aale angelten, erschraken wir zu Tode über einen Fischereiaufseher, der im Dunkeln auf uns trat und, einen großen Trommelrevolver in der Faust, mit erhobenen Händen um Gnade bat. In der nächsten Nacht waren unsere Nerven bereits so heruntergewirtschaftet, daß wir ein Irrlicht mit Steinen bewarfen, weil unser panisches Entsetzen uns zu Tätlichkeiten trieb. Das Irrlicht gehörte zu einem älteren Herrn von bestem Leumund, der nach Tauwürmern suchte und auf diese Weise erstmalig in unmittelbare Lebensgefahr geriet. Bei Tage hätten wir nichts gegen ihn gehabt.

Dieses Erlebnis hing uns nach bis zum Abend, und dann legten wir unsere Schnüre abermals aus. Entschlossen, uns diesmal von der erschrekkenden Umwelt mit all ihren verdächtigen Dingen und Wesen rundweg abgeschlossen zu halten, spielten wir im bläßlichen Schein einer Karbidlaterne Rommé miteinander, auf einem flachen Stein. Aber es war auch nicht sehr gemütlich, man sitzt so feucht nachts am Wasser, und gegen 1 Uhr wurde das Kartenspiel immer dünner, so daß ich Verdacht schöpfte auf Nawratil. Kurz darauf schöpfte Nawratil Verdacht auf mich, weil er niemals mehr den Joker bekam, und wir mußten das Spiel beenden, da offene Streitigkeiten auszubrechen drohten. Später bemerkten wir, wie der Wind so dann und wann einige Karten in den Fluß blies.

Die ersten beiden Schnüre, die wir aufholten, waren leer, bis auf einen sehr kleinen Aal, der mit einem unserer Tauwürmer kämpfte und offensichtlich nahe am Unterliegen war. Wir brachten ihn vor dem Wurm in Sicherheit und nahmen die nächste Leine vor. An dieser spürten wir ein kräftiges Zappeln, und vielleicht waren wir deswegen ein bißchen zu hastig. Jedenfalls bekam Nawratil einen toten Hund in die Hände und warf ihn im ersten Schreck weit von sich und mir gegen die Schienbeine. Auge um Auge, Zahn um Zahn nahm ich den Hund auf und warf ihn gegen Nawratils Schienbeine. Es war ein sehr toter Hund und nicht mehr recht fest beieinander; wir mußten unsere Stiefel im Wasser ausspülen und unsere Strümpfe wegwerfen.

Da wir die unbedingte Sicherheit in uns fühlten, daß wir mit der nächsten Schnur eine ganz andere Leiche aufziehen würden, ließen wir alles liegen und gingen verstimmt weg. Auf dem Heimweg fiel es mir auf, daß Nawratil hinkte, und ich sagte zu ihm: „Du hinkst ja, Nawratil!“ Aber es war nur, weil sein linker Schuh beim Auswaschen weggetrieben war.

Jeder Enthusiasmus hat seine Grenzen, und am nächsten Tage kamen wir überein, uns jeder einen Aalkorb zu bestellen. Per Eilfracht, denn je früher man seine Aalkörbe hat, desto besser machen sie sich bezahlt. Wir rechneten aus, daß die Körbe sich bis zum September mit etwa 800 Prozent verzinsen würden. Hier sind ziemlich viel Aale, und wir hatten uns schöne, große Drahtreusen verschrieben, wenn schon, denn schon.

Ich beneide immer die Leute, die einen hierzulande seltenen Namen haben wie z. B. Nawratil. Sie kriegen ihre Post- und sonstigen Sendungen sicher und prompt. Die an mich adressierten Aalreusen mußten wir im ganzen Städtchen suchen, weil es hier so viele Leute mit ähnlichen Namen gibt und weil meine Frau den Spediteur wieder weggeschickt hatte mit dem Bescheid, sie hätte keine Vogelbauer bestellt. Daß ich sie bestellt haben könnte, fiel weder ihr noch dem Spediteur ein. Jeder weiß, daß Männer nicht viel zu bestellen haben.

Schließlich erwischten wir unsere Reusen bei einem Mann mit einer werdenden Meerschweinchenzucht, der sie schon auf ihre diesbezügliche Verwendbarkeit hin betrachtete, und schleppten sie triumphierend nach Hause. Einige Kinder folgten uns. Sie riefen „Ratzifalli, Maúsifalli!" hinter uns her. Die Zahl der Kinder nahm unterwegs sehr schnell zu. Man sollte nicht glauben, wieviel Kinder diese ganz kleine Stadt beherbergt; es ist eine fruchtbare Gegend.

An einem Automaten auf dem Bahnhof prägten wir uns blecherne Visitenkarten. Aalkörbe müssen bei uns mit Namen versehen sein. Es ist sehr lustig, seinen eigenen Namen in Blech geprägt aus einem Automaten zu ziehen, und wir stanzten uns unwillkürlich einen ganzen Vorrat solcher Schilder. Einerseits für weitere Aalkörbe, andrerseits ist es ja immer gut, wenn man derlei im Hause hat.

Wer kein Boot besitzt, kann seine Aalkörbe vom Ufer aus ins Wasser werfen, aber das ist eine ganz ungenaue und rohe Methode. Viel besser ist es, hineinzusteigen (nicht in den Aalkorb, sondern in den Fluß natürlich) und die Reusen an einer Stelle von passender Tiefe sorgfältig am Grunde festzulegen. Die Vorzüge des letzteren Verfahrens liegen auf der Hand; dennoch kostete es Mühe, Nawratil von diesen Vorzügen zu überzeugen. Bei dem bloßen Gedanken daran, morgens um 7 Uhr in kaltes Wasser steigen zu müssen, wurde er blaß und kümmerlich und begann mit den Zähnen zu klappern. Nur allmählich gelang es ihm, einige männliche Haltung wiederzugewinnen, die ihn zu einer bindenden Zusage befähigte.

Das nächste Morgengrauen sah uns mit Rädern und Reusen startbereit. Es ist ganz merkwürdig, wie früh hier auf dem Lande die kleinen Kinder auf den Beinen sind. Wir hatten sofort wieder eine interessierte Schar von Zuschauern um uns, die sich zu einem regelrechten Auflauf auswuchs, nachdem unsere ersten Startversuche gescheitert waren. Es ist nicht so einfach, mit einer großen Drahtreuse in der Hand aufs Rad zu steigen und oben zu bleiben, aber schließlich schafften wir es, indem wir einen an der

Straße stehenden Mülleimer als Trittbrett benutzten. Das Gefolge brach in jubelnden Beifall aus; leider konnten wir uns für die Ovation nicht einmal bedanken, weil wir unsere Aufmerksamkeit auf das Balancehalten konzentrieren mußten. Auf der Fahrt durch die Stadt waren wir etwas ängstlich, Bekannte zu treffen; man verlangt hier viel Würde von seinesgleichen, und besonders würdig war unser Aufzug schließlich nicht. Indessen, wir kamen unangefochten hinaus auf den Feldweg zum Fluß.

Dieser Feldweg ist höchst malerisch und abwechslungsreich. Streckenweise besteht er aus nassem Lehm; dort ist er sehr weich. Und dann wieder besteht er aus in Form von tiefen Furchen getrocknetem Lehm; dort ist er sehr hart. Während meines sonst ruhmlosen Soldatenlebens bin ich in Rußland ein Jahr lang Meldereiter per Rad gewesen, und aus dieser Zeit ist mir eine gewisse Virtuosität im Hindernisfahren erhalten geblieben, die mich im vorliegenden Falle befähigte, meine Aalreuse und mich selbst auf dem Rade zu halten.

Nicht so Nawratil. Dieser erblickte gleich zu Beginn des erwähnten Feldweges einen Mann, der bewegungslos wie eine Statue auf einem Acker stand, in Ausfallstellung und mit einer Mistgabel bewaffnet. Beim Herannahen Nawratils kam in die Statue des unbekannten Landmannes plötzlich Leben, sie versperrte an Hand ihrer dreizinkigen Stichwaffe den Weg, und der Radfahrer sah sich zum Absteigen genötigt.

„Keik di dat an!“ sagte der Landwirt. „Dat wöhlt mi de ganzen Buschbohnen um!“ – Der Mann wartete auf den städtischen Maulwurfsvertilgungsbeamten. Ein kleiner Irrtum, der weiter keine Folgen hatte; nur daß Nawratil den Rest des Anmarsches zu Fuß erledigen mußte, denn an eine Neubesteigung des Rades in dieser unwirtlichen Gegend war leider nicht zu denken. Er rief allerlei hinter mir her, aber ich konnte mich nicht umdrehen, ohne gleichfalls abzusteigen, und ließ ihn schreien. Als ich am Ziel anlangte und zurückschaute, war er ein kleiner Punkt am Horizont, der langsam, langsam größer wurde. Später konnte man sehen, daß er schimpfte; zu hören war nichts, denn es ging an diesem Morgen ein starker, kalter Wind, der seine Worte seitlich wegwischte in die weite Welt hinaus; hoffentlich haben sie nicht irgendwo anders jemand einen Schrekken eingejagt.

Wir banden mit Draht große Steine an unsere Reusen, damit sie nicht abtreiben sollten. Dabei wurden uns schon etwas die Finger klamm. Es war nicht das, was man als Badewetter bezeichnen würde. Der Wind war zu frisch, besonders nachher, als es zu regnen begann. Zum Vergnügen würden wir auch vermutlich gar nicht gebadet haben. Nawratil wollte erst mal sehen, wie es mir bekäme, und da ich Nawratils ursprüngliche

Abneigung gegen diese Morgenfahrt mit starken und männlichen Worten bekämpft hatte, blieb mir nichts weiter übrig, als mein quergestreiftes Badetrikot anzulegen und den Vortritt zu nehmen. Entschlossen stieg ich bis an die Knie ins Wasser. Ich sagte zu Nawratil: „Na also, es ist ganz warm; komm nur herein!“ und wollte gerade umkehren und mich erst am Ufer einen Augenblick verschnaufen, als ich auf einen glitschigen Stein trat und sofort hinfiel.

Leute, die sich zwecks Badesport in kaltes Wasser werfen, ziehen sich meist eine derartige Erschütterung ihres Nervensystems zu, daß sie plötzlich einen Tobsuchtsanfall bekommen. Sie keuchen, fauchen und stoßen unartikulierte Schreie aus, wobei sie mit allen vieren blind um sich schlagen. Für den Zuschauer am Lande sieht das so aus, als wenn die Badenden sich vor Vergnügen nicht zu lassen wüßten. Der Schein trügt. Es gibt gar kein Vergnügen, bei dem gesittete Europäer sich derart entfesseln, solange sie nüchtern und bei Verstand sind. In unserem Falle hatte mein Nervenzusammenbruch das eine Gute an sich, daß er Nawratil Mut machte.

Unsere Aalreusen sollten in der Strömung liegen und nicht gar zu dicht am Ufer; aber es ist nicht so einfach, sich aufrecht zu halten, wenn man bis an die Brust in stark strömendem Wasser steht und einen großen Drahtkorb in den Händen trägt. Ich mußte lachen über Nawratils heroische Anläufe, sich naßzuplanschen, rutschte im gleichen Augenblick von der Buhne, auf der ich stand, ab in den Wirbel und fuhr samt Aalkorb jählings in die Tiefe. („Hein, hest Grund?“ – „Blubblubblubb!“ seggt hei, un verswund ...) Als ich wieder zu mir kam, fand ich mich eilig nach der Strommitte hin schwimmend und auch sonst etwas dösig im Kopf. Und ohne Aalkorb. Nawratil sah bläulich aus vor Kälte, war aber sichtlich erheitert. Um nicht dasselbe zu erleben wie ich, legte er seinen Korb in das stille Wasser zwischen den Buhnen. Der meine lag überraschenderweise ganz ordentlich da, kurz unterhalb des Wirbels und nicht einmal sehr tief.

Es ist ein wonniges Gefühl, sich nach einem derartig kühlen Bade wieder anziehen zu können. Wer jedoch, klamm bis ins Mark und inmitten eines naßkalten Morgenwindes, sich ordentlich zuknöpfen will, der muß viel, viel Geduld haben. Aalkorblegerberufskleidung sollte immer mit Reißverschlüssen montiert sein.

Wie lange läßt man Aalreusen liegen, ehe man sie nachsieht? Wir wußten es beide nicht. Ich wollte schon am nächsten Morgen wieder hinaus, um mich wenigstens zu überzeugen, ob alles in Ordnung wäre. Und schließlich war durch nichts bewiesen, daß an jener Stelle überhaupt Aale vorbeikamen. Aber Nawratil fragte, ob ich mich vielleicht zum Seehund ausbilden wollte oder zum Polarforscher. Er seinerseits habe für beide

Berufe kein Interesse. Und wenn er morgens eine Erfrischung nötig hätte, dann brauchte er sich deswegen nicht in Eiswasser zu setzen, denn eine Tasse heißer Kaffee täte bei ihm denselben Dienst und sei ihm bekömmlicher. Kurzum, Nawratil meuterte. Er bestand darauf, mindestens eine halbe Woche abzuwarten. In dieser Zeit hoffte er einigermaßen vergessen zu haben, wie kalt das Wasser gewesen war, das er seinen ungeschützten Leib hatte umspülen lassen müssen.

Da kann man nichts machen. Ich gab klein bei.

Infolgedessen war tags darauf wundervoll warmes Wetter. Als wir es bemerkten, war es zu spät, die Körbe zu heben; wenn man nicht sehr früh aufsteht, sind die Wege am Fluß mit Spaziergängern besät, und es ist keineswegs ratsam, den Standplatz von Reusen publik zu machen. Sonst nehmen einem andere Leute die Arbeit des Aufziehens ab, und man hat beim Nachsehen das Nachsehen. Am andern Ufer die Döbelfliege schwingend, bemerkte ich, daß ausgerechnet in unserer Aalbuhne etwa ein Dutzend Leute „dem Badesport und dergleichen Allotria huldigten", wie sich einer unserer Sportfreunde in einer Beschwerdeschrift so treffend ausdrückte. Für heute war es nichts mit Aalen! Warum es geduldet wird, daß diese Sonnenbrüder auf Volksnahrungsmitteln herumtrampeln, ist ganz und gar unverständlich. Wozu gibt es eine Regierung?

Gegen Abend lief etwa 50 Meter oberhalb ein Frachtkahn auf Grund und blieb dort so gründlich stecken, daß er den ganzen Fluß absperrte und sämtliche Dampfer umkehren mußten. Sonderbar, diese Häufung von Ereignissen rings um unsere Reusen!

Wiederum einen Tag später brach ein dermaßen arktisches Klima über uns herein, daß wir in schweigender Übereinkunft jede Erwähnung unserer Körbe unterließen. Indessen rüsteten wir uns für die Hebungsexpedition: Nawratil ließ nach eigenen Ideen einen Grappen, einen kleinen Bootsanker, bauen und kaufte ein Tau von vertrauenerweckendem Durchmesser, zwecks Bergung der Reusen vom Lande aus. Ich beschaffte mir einige Rezepte für Aal grün und ließ meinen gestreiften Badeanzug stopfen, was sich als nötig erwiesen hatte. Wir gruben einige alte Wildlederhandschuhe aus ihren Versenkungen, weil man mit diesen die Aale gut soll festhalten können. Auch versahen wir uns mit besonders tiefen Fischbeuteln, hergestellt nach Entwürfen von Nawratil; denn Aale krabbeln gern wieder heraus, sicher ist sicher. Meine Frau lud einige nette Leute ein; denn was sollten wir mit den ganzen Aalen tun? Sie fragte jeden, ob er Aal auch gerne möchte; sie mochten alle.

Sehr früh am Morgen setzten wir uns in Marsch, und es war eine festliche Stimmung in uns. Denn, nicht wahr, jetzt gingen wir endlich unseren wohlverdienten Fang holen, voll Spannung und Vorfreude. Und die Kälte konnte uns nichts mehr anhaben. Zum Herausziehen der Reusen hatten wir Nawratils Anker. Und für das Wiederauslegen hatte ich eine ganz vorzügliche Methode ausgearbeitet. Einfach, wie alles wirklich Hervorragende. Man befestigt vorn an dem Korb (oder auch hinten, je nachdem, wie er nun liegen soll) den Draht mit dem Ankerstein, und an diesem Draht einen Strick von passender Länge. Dann läßt man, den Stein mittels des Strickes hochhaltend, die Reuse in der Strömung hinuntertreiben, und wenn sie die richtige Lage hat, läßt man den Stein auf den Grund sinken, wo er sich festlegt. Nun bindet man an das freie Ende des Strickes wiederum einen Stein, aber nur einen kleinen, und wirft diesen Stein ungefähr dorthin, wo der Aalkorb liegt.

Der festgefahrene Kahn war verschwunden. An seiner Stelle lag ein Bagger, der offenbar das Hindernis im Flußbett beseitigen sollte. Mit ungefähr 40 Mann Bedienung.

Nawratil trat zum Ufer, den Landungshaken am Strick in Kreisen schwingend. Er schwang ihn etwas länger als nötig, siegesbewußt, Stolz in der Brust. Es war aber auch wirklich ein hübscher kleiner Bootsanker, und ein schöner derber Strick. Da geht er hin! Platsch! Genau an den Platz, wo Nawratils Aalkorb lag.

Liegen mußte. Oder gelegen hatte? Der Haken kam leer herauf, und Nawratil schwang ihn aufs neue. Schon weniger stolz diesmal, und mit weniger Rücksicht auf die ästhetische Wirkung seines Tuns. Der Haken kam abermals leer ans Licht, und nochmals und nochmals. Nawratil geriet allmählich in eine planlose und zappelige Werferei hinein, er schwitzte und fluchte vor sich hin. Nach einer Weile nahm er den linken Arm, und mit diesem ging es noch viel schlechter. Dann ging ihm plötzlich die Luft und die Hoffnung aus. Er setzte sich auf einen Stein und sah mich an, und wir verstanden uns sofort.

Schweigend nahm ich den Anker, brachte das Tau wieder in Ordnung und warf nach meinem eigenen Aalkorb. Einmal, dreimal, vierundzwanzigmal. Danach suchte ich ruhig und systematisch die ganze Buhne ab. Als ich müde war, gab ich Nawratil den Anker zurück, und er suchte die nächste Buhne ab, ruhig und systematisch. Dann die übernächste. Und dann gaben wir es auf.

Wir gingen zu den Männern, die auf dem Bagger saßen und frühstückten. Diese Männer hatten uns zugesehen, ohne großes Interesse. Wir versprachen ihnen drei Mark für jeden Aalkorb, den sie wiederfinden würden. Aber sie blieben ganz uninteressiert. Merkwürdig. Die Seeleute sind ein merkwürdiges Volk. So teilnahmslos.

Wir haben die Körbe bestellt und haben sie bezahlt. Wir haben sie bekommen, und wir haben sie hinausgefahren zur Weser. Wir sind mit ihnen in den Strom gestiegen und haben sie am Grunde verankert. Gehoben haben wir sie nicht. Nicht ein einziges Mal. Das sind unsere neuen Aalkörbe; sie werden in unserem Geiste neu und blank bleiben allezeit, wir werden sie niemals, niemals vergessen.

Sie sind wie ein Roman, den man nicht hat zu Ende lesen können, oder wie ein schönes Lied, von dem man nur die ersten Takte weiß. Oder wie ein Liebesabenteuer, das aus rätselhaften Gründen zu Ende ging, noch ehe es recht begonnen ...

Wenn ich jemals meinen Aalkorb wiederbekommen sollte, kaufe ich mir einen Kanarienvogel hinein. Aus dem Hause kommt er mir nicht mehr.

Vor mir liegt ein Brief. Vom Herausgeber einer Anglerzeitschrift. Ich hatte ihn seinerzeit in unsere Absicht einweihen wollen.

„Über den Verwendungszweck der Aalkörbe", schreibt er, „scheinen Sie und Ihr Freund Nawratil nicht ganz im klaren zu sein. Wenn Sie erwähnen, daß letzterer bei dem Gedanken daran schon friert, in das feuchte Wasser der Weser steigen zu müssen, dann muß ich annehmen, daß Sie glauben, die Aale werden mit der Hand in die Körbe eingesammelt. Aber ich will nicht vorgreifen, vielleicht haben Sie eine eigene, bessere Methode ausgeknobelt. Trotzdem, ich esse auch auf diese Art in Körben gefangene Aale!"

Mit der Nachtangelei und den Aalkörben bin ich durch. Aber in den obigen (übrigens irrigen) Sätzen des Herausgebers liegt eine vorzügliche neue Idee!

Mit der Hand in Körbe sammeln ... man müßte einen Versuch machen. Ich will mal mit Nawratil sprechen!

II Oll Blunks neue Büx

In der für Eisvögel, Philosophen und Bollwerksangler typischen Haltung saß Jochen Hendriks auf dem Rande des Baggerprahms im Westhafen, eine Bootsangel rechts und eine links. Er beförderte in bemerkenswert kurzen Zwischenräumen Bleie und Barsche in die „Modderyacht" und pfiff in bester Laune, falsch aber gefühlvoll, das berühmte „Seemannslos".

Als der dicke Pedersen, der wortlosen Einladung Jochens in begreiflicher Eile folgend, vom Bollwerk in den Prahm klabasterte, da geschah es, daß mit einem leisen aber bösartigen Geräusch die Umhüllung seiner unteren Extremitäten an entscheidender Stelle barst.

„Dal setten, dal setten, Kaptein!!" raunte Hendriks erschrocken; der Kai war ziemlich belebt. Pedersen gehorchte augenblicklich, wobei sich das ominöse Geräusch abermals vernehmen ließ, und erbleichte. Zum erstenmal seit jener fernen Zeit, in der er seinen Sinn für die Freuden des Lebens in Gestalt von Grog und Rotspohn entdeckt hatte, wurde er blaß.

In Jochens durch das „Seemannslos" auf Moll gestimmtem Herzen ließ dieses Phänomen allen Lachreiz erkalten. „All nich slimm, Kaptein", tröstete er. „So lang as Sei up dat lütte Mallöhr sitten bliwen, is jo nix tau marken! Ick hal Sei von Hus 'n anner Büx un wildeß angeln Sei 'n beten." – Pedersen stöhnte. „Ja, Jöching. Dauh man. Is dankenswert vun di. Wenn't blot nich doch ook in'n Sitten tau seihn is, Jochen? Ach du leiwe Gott, wat för Saken!" – „Kömmt all wedder in de Reih', Kaptein! Gewen S' mi man de Slöteln, un denn ..." – „Slöteln? Heww ick kein'. Dat Hus is jo ümmer – Dunnerdeubel, nu dat noch! Min Husdrachen is tau Maarkt, un denn is de Dör tauslaten. Ach du leiwe Gott, wo ditt woll ward?!" – „Dat mokt nix – denn hal ick 'n Büx vun mi", sagte Hendriks treuherzig. Pedersen sah ihn kritisch an, etwa so wie man einen mindermaßigen Uckelei an der Brachsenangel betrachtet. „Büs woll nich klauk, Jochen! Ich bün all in gröttere Büxen insegent as du mit föftig Johr warst bruken könen!" – Hendriks kratzte sich den Kopf. „Bliwt noch oll Blunk", meinte er. „Vadding Blunk sien wiern jo ümmer wat füllig." – „Oll Blunk?!" schrie Pedersen. „Kiek di üm, Jöching. Ick segg, kiek di üm. Un wenn du em finnst – sett em unner Grog un smiet em in't Water, un denn vertell em, dat sei hüt öwerall bieten, blot hier nich. Denn wenn hei hier vörbikömmt, denn is 't allens ut!"

„Tschä, Kaptein, aewer wat ..." – „Dat is't, Jochen. Wat?! Ach du leiwe Gott! Ick öwerlew dat nich." – „Ick weit noch wat, Kaptein. Sei möten sick hier in die Neeg versteken und trecken de Büx ut, un ick loop denn fixing mit ehr nah'n Snieder." – „Dat seggst du ook wedder so hen. Versteken, ganz scheun! Aewer wo?" – Hendriks machte den Hals lang und hielt Umschau. „Dunnerlüchting, Kaptein, dor steiht an 'ne Stieg vun de scheunsten Isenbahnwagens dicht vör unse Näs'. Man rin! 'n beter Trockendock könen Sei sick nich wünschen."

Den havarierten Kaptein auf das Bollwerk hinaufzuwuchten ohne Erregung öffentlichen Ärgernisses war ein schweres Stück Arbeit, aber immerhin weniger aufregend als das, ihn über die fünfzig Meter bis zum Sondergleis der Werft zu bugsieren. „Jung, dat du achter mi bliwst", flehte er immer wieder, „scharp achtern." Alle Augenblick mußten sie blitzschnell die Front verändern, der Passanten wegen.

Rücklings kroch Pedersen in einen leeren Güterwagen. „Gah beten up un dal, Jochen. In twei Minuten gew ick di de Büx rut."

„Min Ssnuren!" Hendriks ist ein menschlicher Mensch und ein guter Kamerad. Aber vor allem Angler. Wer mag ihn verurteilen, wenn er jetzt in gestrecktem Galopp zum Wasser hinuntereilt, um die zwei Minuten Frist zur Bergung seiner kampferprobten, altersschwarzen Bollwerks-Tippen zu benutzen? Altes Angelzeug – materiell wertlos, ideell unschätzbar, ans Herz gewachsen. Es kommt, wenn auch selten, vor, daß ich meine kostbare neue Fliegenrute aus der Hand gebe. Aber es kommt nicht vor, daß ich den unmodernen, nie mehr benutzten Hickory-Spinnknüppel ausleihe, mit dem ich damals die großen – aber das glaubt ja doch keiner!

Jochen sprang in den Prahm und erwischte eine der Angeln gerade in dem Moment, als sie über Bord gehen wollte. Es lag nicht in seiner Art, mit Bleien von kaum zwei Pfund viel Federlesen zu machen. Immerhin dauerte es ein Weilchen, bis der Fisch abgehakt und die Angel zum Heranholen ihrer Zwillingsschwester benutzt werden konnte, deren Holz in ein paar Meter Entfernung schwamm und Bewegungen zeigte, die sich bei bester Skepsis nicht auf die Strömung zurückführen ließen. Nach ein paar Fehlwürfen faßte das Blei die Leine; gottlob, sie kam. Aber die Schnur ist noch nicht der Fisch – der Bursche äußerte entschiedene Abneigung gegen eine nähere Bekanntschaft mit Jochen, dafür eine unsympathische Vorliebe für Fluchten unter den flachen Kahn hinunter. Bis er endlich seine bräunlich-olivgrüne, breit angelegte Persönlichkeit vorzuzeigen sich entschloß und unser Hendriks aus der Entzücktheit seiner Fangfreude (was für eine Augenweide sind doch sechs Pfund Brachsen in einem Stück!) auf die Erde zurückgekehrt war, hatten sich die zwei Minuten zu einem guten Viertelstündchen gerundet.

„Na, de ward scheun schimpen!" ahnte Jochen, als er mit einem hastig zusammengerafften Gewirr von Fischen, Schnüren, Poils und Haken im Arm nach dem Zufluchtsort von Pedersens Gesittung zurücktrabte. Und „... scheun schimpen!" wiederholte er zerknirscht, nachdem er sich nochmals und genau davon überzeugt hatte, daß in den dort stehenden Waggons weder Pedersen noch seine pensionierten Kapitänshosen enthalten waren.

„Nu is dat unglückselig Worm vör Arger, dat ick em täuwen let, in desen Taustann dörch all de Straten sülben nah 'n Snieder lopen", sagte er und irrte sich.

Als der Kaptein sich der schadhaften Umhüllung seines massigen Unterbaus entledigt hatte, wisperte er: „Jochen! Hier, Jochen!" und hielt, da keine Antwort kam, die Hose aus der Schiebetür des Wagens, abgewandten Antlitzes um die Verheimlichung der entschleierten Körperpartien bemüht. Die Hose wurde ihm sofort abgenommen. Er spürte einen Händedruck, den er als Ermutigung aufnahm und kräftig erwiderte. Dann zog er sich in die dunkelste Ecke zurück, um dort die weiteren Ereignisse abzuwarten. Diese entwickelten sich leider in ganz unvorhergesehener Weise.

Draußen wurde es laut. Plötzlich lugte ein blau bemütztes Haupt herein. Pedersen machte sich so schlank wie unmöglich; er spürte sein Herz im Halse hämmern – offenbar, weil es mangels Büx ihm nicht in diese fallen konnte – und seine Knie bewern. Die Dienstmütze verschwand, ohne daß er sich darüber klar wurde, ob er entdeckt war oder nicht. Mit einemmal flogen die Schotten dicht, schrille Pfiffe, ein Bums, ein Rumpeln – und der Waggon setzte sich in Bewegung, rollte unmißverständlich ab.

Reisen ist genußreich, wenn man es zum Vergnügen betreibt und danach angezogen ist. Pedersen war zur Zeit nicht im geringsten reiselustig und wäre, als der letzte Hoffnungsstrahl – „sie rangieren nur" – erlosch, vor Verzweiflung beinahe ins Freie gesprungen. Danach wankte er in seine Ecke zurück. Er breitete seine Jacke über die bloßen Beine, denn ihn fröstelte. Unausführbare Rettungspläne und Schreckbilder der zu erwartenden öffentlichen Schande wechselten kaleidoskopartig in seinem Hirn. Wohin? Wie lange wird das dauern? Wie soll ich hier jemals herauskommen? Wer wird mich finden? Tausend brennende Fragen und keine Antwort.

Das Wesentlichste am Menschen ist sein Verstand. Seine Seele. Sein

Gemüt. Wirklich? Es gibt Leute genug, die von all dem keine merkbare Menge in sich tragen. Sie dürfen überall herumlaufen, fallen nicht auf, freuen sich des Lebens. Das Wichtigste am Menschen ist, gestehen wir es ein, daß er was an hat. Was ist ein Mann ohne Hose? Ein hilflos Wesen, den Launen des Zufalls ein Spielball. Ausgestoßen aus der menschlichen Gesellschaft, geächtet, verachtet, flieht er angstvoll seinesgleichen. Lichtscheu ersehnt er das Dunkel der Nacht, möchte er sich in die Erde verkriechen, ein pelzloser Maulwurf, ein Pieratz. Armer Pedersen! ...

Nach einer Ewigkeit von einer Stunde quietschten die Bremsen, fuhr der Zug langsamer, hielt. Entschlossen sprang Pedersen zur Tür in der Absicht, durch einen schmalen Spalt die Lage zu peilen.

Die Tür klemmte. Pedersen stemmte sich, zog und riß. Die Tür flog auf. Unmittelbar davor stand eine Dame, die einen Hund auf dem Arm hatte. Der Hund fiel herunter und die Dame in Ohnmacht. Dann fuhr der Güterzug sofort wieder ab. Warum er am Personenbahnsteig gehalten hatte, wir ahnen es nicht. Er hielt noch mehrmals, jedoch Pedersen kam aus seinem Schmollwinkel nicht mehr hervor.

Lange Stunden kauerte er so und zermarterte seinen Geist um einen Ausweg. Über die Maßen erschöpft von all der Aufregung sank er schließlich in einen unruhigen Schlummer, voll schreckhafter Traumbilder. Er träumte, er stände inmitten einer großen Gesellschaft. Herren mit glitzernden Orden, Damen in Balltoilette, und dort hinten der Präsident im Kreise der Minister. Pedersen stellte sich zu den Damen, um weniger abzustechen, zur Hälfte bloß wie er war. Mimikry. Später raffte er eine Tischdecke an und um sich, deren Muster war blumenreich wie die Sprache Arabiens. Pedersen wunderte sich selber, daß niemand etwas an ihm aufzufallen schien.

Plötzlich erblickte er zu seinem Schrecken – oll Blunk. Der hatte an einer Halskette einen großen, goldenen Fisch vor der Brust baumeln, ähnlich wie ein Gendarmenschild, und trug einen Frack, der vor Übermaß an Weite in Spiralen um ihn lag und dessen Schöße an der Erde schleppten. Der Kaptein empfand ein bitteres Gefühl des Neides um die schöne, weite Büx und begriff: oll Blunk ist Angelminister geworden. Der Alte hatte ihn auch schon entdeckt und kam stracks auf ihn zu; wo er vorbeiging, verneigten sich die vornehmen Damen und Herren und flüsterten voll Ehrfurcht: „Petri Heil, Excellenz!"

Er nahm Pedersen bei der Hand und führte den Widerstrebenden direkt vor den Präsidenten. Der Kaptein fühlte aller Augen auf sich ruhen. Jetzt mußte er sich verneigen, wußte er, und gleichzeitig wußte er auch: dafür ist die Decke zu kurz. Ein Moment erstickender Peinlichkeit

– und dann machte Pedersen einen Knicks. Einen richtigen niedlichen Kleinmädchenknicks. Und dazu sprach er geistesgegenwärtig die Worte: „Salem aleikum!“ Dies tat er, um den Glauben zu erwecken, er sei der Prinz von Abessinien. Wer wollte ihm hier beweisen, daß man in Abessinien nicht Tischdecken um die Beine trüge und knickste?

In diesem entscheidenden Augenblick fühlte er etwas an der Decke zerren. Sie rutschte, sank, entglitt, und schon rannte das heimtückische Biest von Angelminister mit Triumphgeschrei im Saal herum, die Decke schwenkend wie eine eroberte Fahne. Da stand er, der alte Kaptein Pedersen, der sein Leben lang auf Anstand und Würde gehalten hatte, nacktbeinig zwischen all den hohen Herrschaften. Der Präsident aber sprang plötzlich auf ihn los, boxte ihm in die Rippen und schrie:

„Wat maken Sei denn hier? Wat sall dat bedüden?!“ Das tat er noch, als ihm schon ein schwarzer Bart und eine blaue Mütze gewachsen waren und er überhaupt in einen Bahnbeamten sich verwandelt hatte. – „Wo kamen Sei in desen Uptog hier her? Wo heiten Sei?“ – „Ick? Och, ick bün man de Prinz vun Appelsinien . . .“ stammelte Pedersen.

Daß er sich gleich darauf seines ehrlichen Namens und der Ereignisse der letzten Stunden nur zu genau entsann, konnte ihn nicht mehr davor bewahren, als gemeingefährlich verrückt in Haft genommen zu werden. Der Beamte sagte immer wieder: „As ick em funn, harr hei keen Büx an un seggt, hei wier de Prinz vun Ickweitnichwat.“ Und auch die Kunde von dem Attentat auf die Mopsdame war mittlerweile bis hierher gelangt . . .

Erst am nächsten Tage entließ man ihn, mit strenger Vermahnung und einer Ersatzhose versehen. Beide fand er durchaus unpassend.

Vom heimischen Bahnhof steuerte er geradenwegs zum Schneider, um das tückische Bekleidungsstück unverzüglich in seine Gewalt zu bringen. Er versprach sich einige Tröstlichkeit davon, es in den Ofen zu stecken und es in Rauch und Gestank aufgehen zu lassen.

„Dag ook, Meister. Jochen Hendriks hett Sei 'n oll Büx vun mi bröcht. Dei wull 'k mi affhalen.“ – „Oewer min leiwe Herr Kaptein, ick heww jo doch Ehr Büx nich! Hendriks was ook all hier un wull weiten, wat Sei woll ein bröcht harren.“ – „Nix för ungaut“, sagte Pedersen und ging. Sonderbarerweise fiel ihm gerade jetzt sein Traum wieder ein. Oll Blunk hatte so weite Hosen angehabt – hatte ihm die Hand gereicht – ihm seine Bedeckung abgeluchst . . . „Wenn dat man nix tau bedüden hett“, sagte er sich.

Als er, unterwegs mit sich selber redend und aufgeregt gestikulierend, vor dem „Blagen Apen“ erschien, verließ oll Blunk diese gastliche Stätte durch die Hintertür. Die marineblauen Hosen, die der Alte heute trug, waren bemerkenswert. Sie überboten den bei ihm gewohnten Faltenwurf um ein Beträchtliches und waren hinterwärts geflickt, unter Verwendung von hellem Segelgarn, einem soliden, aber auf dunklem Grunde recht augenfälligen Material.

Oll Blunk hatte gesehen, wie Hendriks in den Waggon hineinsprach und dann weglief. Oll Blunk ist ein Mann von vielseitigen Interessen, er ging nachsehen. Als er ankam, streckte ihm eine wohlbekannte, reich tätowierte Seemannshand besagte Hose hin. Der Alte dankte dem verborgenen Wohltäter mit einem Händedruck. „Un denn is hei affreist; wurhen weit ick nich“, hatte er seinen Bericht geschlossen.

Pedersen wurde im blauen Affen von einer verdächtig heiteren Anglerrunde stürmisch begrüßt. Als er spät am Abend herauskam, hatte er – in vino veritas – den mit heuchlerischem Bedauern lauschenden Freunden alles anvertraut, was sie nicht von Vadding Blunk und Jochen hatten erfahren können.

Dies reute ihn später sehr, denn ein großes Gelächter ging um im Hafen, das lange anhielt. Aber dann passierte gottlob das tolle Ding mit Fischer Jörnsen und der feinen Dame aus Altona, und Pedersens Reise ohne Büx sank in Vergessenheit.

12 | *Eine Reise mit Fehlschlägen*

Es gibt ganz verschiedene Arten von Reisen. Sie unterscheiden sich hauptsächlich im Gepäck, sind an diesem von außen kenntlich, mehr noch, werden von ihm genetisch bestimmt!

Leichtbeschwingter Fußwanderer, schweifst du durch die Gegend, sofern dein Gepäck aus Handtuch, Seife und dem bißchen Angelzeug besteht. „Zahnbürste im Knopfloch, das Gaff in der Hand, so ziehe ich wandernd von Lande zu Land", singst du. Es geht dir gut, du entbehrst nichts; wenn du deine drei Blinker verangelt hast, machst du einen lebenden Fisch an oder läßt dir beim Dorfschmied ein paar Löcher in deinen Eßlöffel schlagen.

Im Laufe der Jahre wird der Rucksack voller. Du bist zu der Erkenntnis gekommen, daß drei Blinker nicht genügen, daß du etwa dreißig haben mußt. Dazu vier Rollen statt einer, und dann den ganzen Fliegenkram. Du sagst nicht mehr: „Meine Angelrute habe ich auch mit." Sondern sprichst bekümmert: „Es ist jammerschade, daß ich ausgerechnet die halblange, mittelleichte Barschrute zu Hause gelassen habe." Die Leute fragen dich, den Wanderer mit dem Stangenbündel, ob du Land vermessen wolltest und wo.

In diesem Stadium bist du noch einigermaßen transportabel, noch relativ freizügig.

Die Jährchen verrieseln. Eines Tages merkst du, daß dein Reisegepäck zu schwer geworden ist, um es mehr als hundert Meter weit zu tragen. Weil du „doch lieber" eine Garnitur extra warme Unterwäsche mitgenommen hast, und den Regenmantel, und natürlich das Watzeug. Ein Mann in deinem Alter kann doch nicht mehr stundenlang halbnackt im kalten Wasser herumsteigen; erstens kriegt er vielleicht Rheumatismus und zweitens, was sollen die Leute davon denken! Wenigstens der blaue Anzug muß ja auch mit, sicher wird man wieder Bekannte treffen, da kann man doch nicht so als Strauchräuber . . .

Tja.

Lieber Freund, wenn du in diesem Stadium angelangt bist, dann trachte, zu Hause zu bleiben. Oder zumindest, dein großes Gepäck mit deiner Wenigkeit zusammen nach einem bestimmten, endgültigen Ort zu verladen, an dem du stationär verbleibst bis zur Heimkehr.

Gelingt dir beides miß – nun, so helfe dir Gott. Denn du bist kein Mensch mehr, sondern eine Karawane.

Und so fuhr ich denn also trotzdem Anfang September 1933 über Berlin nach Stettin, weniger des Reimes wegen, als weil in der Weser keine Welse sind, in der Oder dagegen, einem on dit zufolge, sehr wohl.

Wegen eines kleinen Aufenthalts in Berlin (nie bin ich durch Berlin gefahren, ohne dort aufgehalten zu werden, es muß am Klima liegen) erreichte ich Stettin um ungefähr 1 Uhr morgens. Dort ächzte ich meine beiden Koffer und das Rutenbündel in ein schlafendes Auto und versuchte, den Fahrer zu wecken, was mir aber nur andeutungsweise gelang.

„Zur Dampferhaltestelle", sagte ich, und er antwortete: „Uhuh!"

Seltsame Kurven fuhr dieser Mann in seinem Schlaf; ich wollte protestieren, ließ es dann aber, denn es war nicht ganz ausgeschlossen, daß ich mich irrte. Infolge des kleinen Aufenthaltes in Berlin.

Als ich versuchte, dem Somnambulen den Betrag zu zahlen, den die Uhr anzeigte, gähnte er: „Eie Waak Ssuschlach!" So fest schlief er also wiederum nicht. Na, egal, eine Mark Zuschlag ist nicht viel für einen Mann, der im Schlafe chauffieren muß und dauernd mit einem Fuß im Grabe steht.

Überdies hatte er mich an der richtigen Stelle abgeladen. „Dampfer nach Swinemünde", entzifferte ich und fand im Fahrplan beim Schein eines Streichhölzchens die Zahl „2 Uhr 17". Alles in Ordnung. Ich setzte mich dicht am Wasser auf meine Koffer und schlief sofort ein.

Ich erwachte davon, daß mir jemand sanft auf die Schulter klopfte. Aufblickend gewahrte ich einen älteren Herrn mit Vollbart, der nach Weinbrand roch und vielleicht irgendwo einen kleinen Aufenthalt gehabt hatte. Milde und ernst sah er mir in die Augen und sprach:

„Tun Sie es nicht, junger Mann, tun Sie es nicht! Gehen Sie ruhig nach Hause, alles wird gut werden!"

Ich versprach es ihm. Warum sollte ich ihn enttäuschen? Ehret das Alter! Wenn er zufällig diese Zeilen zu Gesicht bekommt, soll er sich die Mark, die er mir schenkte, von dem Schlafwagenchauffeur wiedergeben lassen.

Meine Uhr zeigte auf halb vier. Der Fahrplan meinte vielleicht, was weiß denn ich, 2 Uhr 17 nachmittags. Ich lastete meine Koffer zu einer ferne leuchtenden Hotelklingel. Der Hafen war still wie ein Friedhof.

„Wollen Sie geweckt werden?"

„Keinesfalls jetzt. Lieber in 2 Stunden, zum ersten Dampfer . . .“

Es ist ganz ungerecht, daß in den Hotels zwei Stunden Schlaf ebensoviel kosten wie vierzehn, nicht?

Sehr früh am Morgen fahre ich stromab, dem Haff entgegen, und konstatiere: Dampferfahren ist schön! Leichte Nebel heben sich, lösen sich, schwinden. So aus der Landschaft, wie aus mir. Ganz flach liegen tausend Inseln in dem stillen Wasser, kein Hügel hemmt die Aussicht, man sieht den ganzen Himmel, und jede Wolke zeigt restlos ihre allseitigen Rundlichkeiten.

Rechts und links der Fahrt sitzen die Bleienangler in ihren Booten und starren verbiestert auf die Fischbeinstäbchen und Knirkspitzen ihrer Grundangeln. Die Boote sind an langen, quer zum Fluß gespannten Seilen befestigt. Wünscht man die Tiefe zu wechseln, zieht man sich einfach ein Stückchen am Seil entlang. Die Fische werden dabei viel weniger gestört, als wenn man zwei Stechstangen herauszieht und wieder einrammt. Diese handliche Befestigungsart, für die man nur eine Wäscheleine und einen Ankerstein benötigt, wird deswegen auch in anderen Gewässern mit Nutzen zu verwenden sein.

„Gott, wie stumpfsinnig!“ lispelt eine junge Dame neben mir, und ich bemerke mit Vergnügen, daß der Ausdruck ihres Puppengesichts die alte Regel bestätigt: Je blöder die Gans, je schärfer das Urteil.

Welche erlesenen Sensationen so ein vibrierendes Stäbchen vermitteln kann, weiß allerdings nur der Kenner. Früher war es gar nicht selten, daß ein Angler mehr als einen halben Zentner große Bleie nach Hause brachte. Heute wird es auch hier wohl ärmlicher zugehen. Immerhin habe ich ein Weilchen später das Glück, Drill und Fang eines etwa vierpfündigen Stückes beobachten zu können, sozusagen vom „Ersten Rang“ aus. Schon vom Zusehen aufgeregt atme ich erleichtert auf, als der dicke Brocken aus patinierter Bronze endlich im Kescher liegt. Gleichzeitig sagt die junge Dame: „Hach, so ’ne Tierquälerei, nöch?“ Merkwürdig verschieden ist der Mensch voneinander!

Scharf umrissene grüne Flächen liegen im Haff. Das Wasser blüht. Es mag aber gerade noch klappen mit der Spinnangelei . . .

Möwen segeln um die Masten. Möwen leben fein. Sie führen kein Gepäck und haben trotzdem immer ein Boot und ein Flugzeug bei sich, sozusagen. Groß, weiß leuchtend, unendlich elegant, segeln sie ihre Runde und machen dir deutlich, was du, oh, bekofferter Mensch, für ein betrübniswertes, parterres bißchen Unglück bist.

Swinemünde. Der gute, alte Hafen mit seinem Duft nach Teer, Seilwerk, Seewind und Räucherflundern empfängt mich freundlich. Ich stelle meine Koffer in einem Gasthof ab und eile äußerst spornstreichs hinaus auf die Mole. Mancher wird solche Eile kindisch oder gar theatralisch finden – und mancher wird sie sehr gut verstehen. Mit der See ist es wie mit dem Angeln: wer kennt, der weiß; wer nicht, sagt Stumpfsinn.

Bojen, Baaken, Weidensträucher, und plötzlich liegt sie dann vor einem ausgebreitet, die See! Lange Zeit hocke ich auf der Spitze der Mole und bin zutiefst erfreut. Sie hat sich gar nicht verändert, die See. Im Gegensatz zu unsereinem. Die tausend Vergänglichkeiten, aus denen sich das bekofferte menschliche Dasein zusammensetzt, schrumpfen ein, angesichts der See, auf das ihnen gebührende unbeträchtliche Maß. Menschlicher Kummer schrumpft, angesichts der See, zu einem geringen Nuwennschon, und wenn es ein ganz bedeutender Kummer ist, dann darf er vielleicht leise ein bißchen mitsingen in der großen Musik, die hier gemacht wird.

Dieses nennt man die Heilkraft der Seeluft.

Auf dem harten Sandstreifen seeseits der Tanglinie gehe ich nach Swinemünde-Bad hinüber. Trotz schönsten Sonnenwetters ist der Strand jetzt, Anfang September, bereits völlig verödet. Fünf Leute zähle ich insgesamt. Drei baden, einer sitzt auf einer Bank und liest, einer macht sich lustwandelnd die Nägel sauber. In jedem Fenster liegt rot ein abgehäutetes Bett; es macht den Eindruck, als streckten einem alle Zimmer die Zunge heraus. Selbst hier unten am Strand wird man das Gefühl nicht los, beim Großreinemachen im Wege zu stehen.

Hier kann man nicht bleiben. Ich spaziere durch die schönen Parkanlagen zum Hafen zurück, um nachzuschauen, wie es an der minder herrschaftlichen Rückseite der Inseln aussieht. Dort liegen, friedlich gelagert an breiten, stromlosen Strömen oder am Haff, schöne, alte Fischerdörfer, Pritter, Kaseburg, Klüs, und wie die netten Nesterchen alle heißen. Dort kann man in aller Ruhe auf Barsche, Stromgüstern und Bleie angeln, auch einmal einen Zander oder, wenn man Glück hat, einen besonders schweren Hecht erwischen, und bei alledem äußerst billig leben.

Ich lade meine Koffer und mich in eine Droschke, alsdann die Droschke mit Koffern, Kutscher, Pferd und mir auf die Fähre und fahre hinüber nach Klüs. In Klüs bekommt man gratis ein Angelboot gestellt; der Gasthof liegt unmittelbar am Wasser; das Wasser ist ganz still; es ist angenehm und erholsam, eine Weile in Klüs zu leben. Vorausgesetzt, daß ...

Nicht, daß ich besonders nach sowas hinsehe, aber es fiel mir auf, daß die weibliche Bevölkerung hier so merkwürdig scharfe, unregelmäßig vorlaufende Kanten an den Beinen hatte. Es konnte mir gleich sein, ich war der Fische wegen hergekommen, aber ich fand es unschön. Später erfuhr ich, daß sie unter den Strümpfen Papier um die Beine trugen.

Ich sah Leute über die Heidewege eilen, die hielten belaubte Äste in den Händen und kasteiten sich mit diesen unermüdlich hinten und vorn. Und dann war ich plötzlich selber mitten drin.

Mücken, Mücken, Mücken!

Ich bin gar nicht empfindlich gegen Mücken. Meine trockene Gestalt schmeckt ihnen nicht so. Aber diese hier waren eine besondere Sorte. Winzig klein waren sie, eine Hungerform wahrscheinlich – Hunger hatten sie jedenfalls. Gierig wie Geier, feindlich wie Flieger, Piranhas der Luft, stürzten sie über einen her. Sie stachen blitzschnell, ohne sich erst zurechtzusetzen, wie es Mücken sonst wohl tun; sie stachen durch dicke, wollene Strümpfe und durch den Anzug; und je kleiner die Mücke, desto dicker die Beule, die sie hinterließ. Die Angler in den Kähnen, weit draußen auf dem Wasser, sahen wie Araber aus, weil sie Taschentücher im Nacken flattern hatten. Im ersten Abenddämmern schon ruderten sie hastig und um sich schlagend davon, eine Fantasia rudernd gewissermaßen.

Man hat hier keineswegs immer unter Mücken zu leiden, und daß die Mückenplage so stark ist wie diesmal, ist selten. Das flache Land hatte weithin unter Hochwasser gestanden, nachher waren tausend Pfützen zurückgeblieben; daher!

Wenn ich meine Zahnbürste im Knopfloch gehabt hätte, wäre ich augenblicklich wieder umgekehrt. Da ich eine Karawane war, beschloß ich, drei Tage zu bleiben. Die Koffer, das Fahrgeld, das ewige Hin und Her, nun bin ich schon mal hier ...

Rasch also – die Mücken beflügeln den eilenden Fuß – wandere ich zurück nach dem Hafen, um mir die Befugnis zu verschaffen, drei Tage lang mit einer Handangel beliebige Verheerungen unter der Fischwelt jener weiten Gewässer anzurichten. Früher ging das sehr einfach: man erlegte beim Hafenamt eine geringe Summe und erhielt dafür den schriftlichen Segen der zuständigen Behörde gleich für ein ganzes Jahr. Wobei die Absicht, überhaupt einen Angelschein zu erwerben, stets einiges Befremden auslöste. Denn die meisten angelten ohne.

Die Verhältnisse haben sich geändert. Die Beamten im Hafenamt sind rühmenswert freundlich und hilfsbereit, aber erst im dritten Büro bekomme ich die richtige Auskunft. Dahingehend, daß die Karten jetzt im Oberfischmeisteramt ausgestellt werden, das sich in Swinemünde-Bad befindet.

Nun, bis zum Strand, das ist ein längerer Weg. Ich nehme die Beine in die Hand, aber als ich ankomme, ist das Oberfischmeisteramt geschlossen.

Ich bin ein schicksalsgläubiger Mensch und würde zu mir sagen: „Köster, es soll nicht sein, fahr ab“ – wenn ich eben nicht eine solche bedauernswerte Karawane wäre. So aber verbringe ich eine mückensummende Nacht in Klüs. Zerstochen und unausgeschlafen finde ich mich zu früher Stunde erneut im Schreibhause des Herrn des Meeres und der Küstenflüsse ein. Sein Beauftragter empfängt mich mit einigem Groll, dessen Ursprung ich nicht kenne. Vielleicht sehe ich seiner Schwiegermutter ähnlich.

Er fällt seinen Spruch über mich, und dieser Spruch ist zerschmetternd. Es gibt zweierlei Angler: Kurgäste und Einheimische. Klüs ist kein Kurort. Somit bin ich kein Kurgast. Da ich auch kein Einheimischer bin, so bin ich, amtlich gesehen, überhaupt nicht da. Kurgäste können Ferienkarten zu ermäßigten Preisen bekommen. Aber auch diese ermäßigten Preise sind noch ungemein saftig für einen, der die Karte nur drei Tage lang benutzen will, und der obendrein nicht nur die Floßangel, nicht nur die schon etwas höher besteuerte Bodenbleiangel, nein, auch die Raubfischangel betätigen will, welches verwerfliche Gerät durch einen besonders hohen Tribut für die Allgemeinheit unzugänglich gemacht ist.

Betrübt entschreite ich in Richtung Klüs. Um mich ein wenig aufzuheitern – schließlich reist man zu seiner Erholung – frage ich die Angler am Bollwerk, wo es denn hier die Angelkarten gäbe. Im ganzen frage ich ihrer acht. Und sechs davon geben mir die bündige Auskunft:

„Ick weit nich – ick heww kein."

Wonach es mir fast so scheint, als wäre die Erhöhung der Angelkartenpreise kein besonders wirksames Mittel zur Bekämpfung der Schwarzangelei.

In Klüs erbat ich mir einen Wagen zum Bahnhof. Die Mücken summten. Zum ersten Male schied ich aus dieser Gegend heiteren Herzens.

Mein Trachten ging oderaufwärts, aber zunächst fiel ich in Angermünde in ein etwa vierstündiges Loch im Eisenbahnverkehr, wie ja denn überhaupt auf dieser Reise recht vieles fehlschlug; ihre Beschreibung mag denen, die zu Hause bleiben, ein Trost, und den Reisenden eine Warnung sein.

Als ich Schwedt an der Oder erreichte, war es Nacht.

Der Morgen meines vierten Reisetages – geangelt habe ich immer noch nicht! – sieht mich auf der Suche nach einem Auto, das mich Karawane nach Nieder-Saathen fahren soll. Schließlich finde ich eins, aber der Fahrer schläft noch, wie man mir sagt. Es müssen unerforschte Zusammenhänge zwischen dem Autofahren und der Schlafsucht bestehen. Der Mann erscheint gerade, als ich mir soeben ausgerechnet habe, daß ich zu Fuß jetzt schon da wäre. Ich frage ihn nach dem Preis, er aber blickt mich mit entwaffnend treuherzigem Lächeln an und sagt: „Och, das is nich schlimm, da werden wir schon einig drüber.“ Schätzungsweise gerechnet habe ich dieses treuherzige Lächeln mit drei Mark extra bezahlt. Ich habe schon billigere Lächeln gesehen. Aber auch schon teurere. Im ganzen genommen bin ich mehr für brummige Leute.

In Nieder-Saathen steige ich im Gasthof ab und begebe mich sofort auf die Suche nach dem Gemeindevorsteher. Um unterwegse Gemeindevorsteher aufzuspüren, muß man ein geschulter Fährtensucher sein. Diesen jedoch finde ich ziemlich bald – und richtig, er ist nicht zuständig. Denn Angelkarten gibt es im Gasthof.

Der Gasthof von Helmut Kremzow in Nieder-Saathen ist einer der ganz wenigen Lichtpunkte der hier geschilderten Irrfahrt. Ich bekomme ein großes, freundliches Zimmer und sehr ordentliches Essen für billiges Geld. Außerdem aber kriege ich, als Sommergast, eine Angelkarte – gratis! Und obendrein wird mir, ebenfalls gänzlich kostenfrei, ein Angelkahn zur Verfügung gestellt. Ich beschließe, an dieser gastlichen Stätte für längere Zeit vor Anker zu gehen. Aber . . .

Nieder-Saathen muß ein Paradies sein für Jeesenangler; ich habe dort bei anderen Anglern prachtvolle Jeesenfänge gesehen mit fünf- und sechspfündigen Stücken darunter. Wenn mich das Schicksal je wieder in diese Gegend führen sollte, nehme ich unbedingt ein paar Dosen Konservenerbsen mit und richte mich, floßangelbewaffnet, auf einem passenden Senkstück häuslich ein. Auch für die Flugangel sind unterhalb des Dorfes einige Plätze vorhanden, die man auf einem beachtlich schönen Waldweg erreicht. Große Strecken Altwässer mit gutem Bestand an Barschen u. dgl. gehören ebenfalls zum Revier.

Meinerseits aber wollte ich tiefspinnen, auf Welse. Jeder hat so seinen kleinen Tick, nicht? Und gerade das ging hier nicht. Ein tiefes, sehr ruhig fließendes, angetrübtes Gewässer mit tiefgeführtem Spinner abzusuchen, ist bedeutend aussichtsloser, als ein Fuder Heu nach einem Angelhaken Nr. 15 zu durchstöbern. Ich fing mit dem Spinner an einer Drehe ein paar kleinere Rapfen, in den klaren Altwässern ein paar Barsche – und dann überkam mich die Vorstellung, daß weiter oberhalb in der Oder, im helleren, stärker strömenden Wasser ein langbärtiger Rekordfisch auf mich warten könnte.

Die Götter rieten ab; an dem Morgen, an dem Kremzow junior mein Zubehör zum Postauto karrte, regnete es nicht Bindfäden, sondern Seile. Dennoch und erst recht: ich reiste ab.

In Königsberg i. M. frachtete ich mich in die Eisenbahn um. Alles an mir und um mich war kalt und sehr naß. Von einem Köfferchen, das mir vor Jahren in Brüssel ein galizischer Handelsmann anschwur, weichte der Handgriff ab, das Köfferchen knallte auf den Bahnhof, und innen krachten die Rollen, rollten die Bleie, flogen die Fliegen.

Die Landkarte und mein untrüglicher Instinkt wiesen mich an, in Neumühl auszusteigen. Ich schüttete das Gerätegulasch aus dem nicht mehr handlichen Köfferchen in den Rucksack, schwang mein Rutenbündel auf die Schulter, vertraute das größere Gepäck dem Stationsvorsteher an und enteilte. Ich bin, dachte ich mir, endlich mal wieder ein leichtbeschwingter Wanderer, Sträußchen am Hute und so. Aber das war ein Irrtum. Wer seine Karawane unterwegs verläßt . . . nun, man wird sehen.

Neumühl liegt eine halbe Stunde von seinem Bahnhof entfernt. Warum? Wer weiß. Von Neumühl bis Clewitz geht man eine weitere halbe Stunde. Man kann auch nach Hälse spazieren, von Neumühl aus, das ist auch nahe an der Oder. Aber Clewitz liegt außerdem noch an einem kleinen Nebenfluß, der Mietzel, deshalb entschloß ich mich für dieses.

Der Gemeindevorsteher in Clewitz war zu Hause, und richtig war er nicht nur nicht zuständig, sondern auch. Er machte die Tür gar nicht erst auf, verhandelte mit mir durch einen schmalen Spalt. Außer ihm befand sich hinter der Tür ein nettes Hündchen, das durch wutheiseres Gebelfer seine Ablehnung jeglichen Fremdenverkehrs eindeutig zum Ausdruck brachte. Angelkarten gäbe es hier nicht, sagte der Vorsteher und machte die Tür zu. Ich fange höchst ungern Streit an mit bissigen Hunden, aber ich wollte hier angeln, schließlich; ich war sogar weit gereist, um hier zu angeln, von der Weser über Berlin–Stettin–Swinemünde–Schwedt. Deswegen klopfte ich bescheiden ein zweites Mal und fragte, wem denn hier die Fischerei gehörte, an wen man sich denn wegen der Angelerlaubnis wenden könnte. Der Vorsteher sah mich nicht besonders freundlich an. Vielleicht erinnerte ich ihn an seine Schwiegermutter. „Das geht hier nicht!“ sagte er; „hier is nur Interessentenfischerei!“ Ich wollte geltend machen, daß auch ich ein Interessent wäre, aber meine Worte gingen unter im Getöse des Köters, und schon war auch die Tür wieder zu. So wandte ich mich mit einem Seufzer und suchte mir den klitzekleinen Gasthof. Hier bekam ich zu meiner Freude nicht nur eine große Weiße, sondern auch die Beschreibung der Häuser einiger „Interessenten“ ausgefolgt. Der erste Interessent war ein wirklich netter Mann, aber er hatte die Maurer im Hause, sonst hätte ich bei ihm wohnen und als sein Gehilfe nicht nur angeln, sondern sogar fischen dürfen. Den zweiten hatte seit Tagen niemand gesehen, er befleißigte sich hartnäckig eines unbekannten Aufenthaltes, vielleicht war er tot, was weiß denn ich. Der dritte wußte von

Angelkarten nichts, das war ihm noch nicht vorgekommen, aber eventuell der vierte, sagte er, beim vierten würde ich eventuell bestimmt eine kriegen. Der vierte gestand, er habe nicht mal Tinte im Hause; ich gab ihm meinen Füll, und er kam in große Verlegenheit, der er sich dann durch einen Hinweis auf den Interessenten Nr. 5 entzog. Auf der Suche nach Nr. 5 durchirrte ich weite Äcker und Wiesen, bis ich in einen freundlich gesprächigen Lustwandler lief, der mir mitteilte, die Interessenten hätten alle keinen Zweck, mein Mann sei der Fährmann unten an der Oder, der einzige, der Bescheid wüßte. Ich dankte ihm sehr herzlich und eilte an dem hübschen kleinen Fluß entlang zur Oder hinab. So etwa ein halbes Stündchen weit.

Die Fähre in Clewitz ist keine gutgehende Fähre, der Fährmann ist ein armer Kerl, der in einem winzigen Häuschen mit seinen diversen Kindern sichtlich auf der Schattenseite des Lebens vegetiert. Er verriet mir, daß die „Interessenten" in Zwietracht lebten mit dem Gemeindevorsteher. Ich müßte mich an das – allerdings heute geschlossene – Amtshaus in Neumühl wenden. Wenn ich überhaupt hier angeln wollte. Was keinen Zweck hätte. Denn die Buhnen wären leergekrebst, und auf der Mietzel hätten sich jahrelang die Schwarzfischer der ganzen Gegend Stelldichein gegeben, jetzt sei da auch nichts mehr drin.

Nach Neumühl zurück mochte ich nicht mehr. Überhaupt war ich nicht mehr ganz so begeistert von Clewitz wie vorhin im Zuge, bei Betrachtung der Landkarte. Ich beriet mit dem Fährmann, ob ich mich zur Rechten wenden sollte, nach Kienitz, oder zur Linken, nach Kalenzig. Mir war das gleich. Er war mehr für Kalenzig. Vielleicht, weil er mich nach Kienitz hätte übersetzen müssen.

Und also wanderte ich nach Kalenzig.

Wandern ist nicht ganz wörtlich zu nehmen. Ich hinkte, sprang und watete.

Einen Weg längs der Oder zu verfolgen ist manchmal dem Herumirren in einem Labyrinth bedenklich ähnlich. Unversehens schneiden einem Altarme den Weg ab. Versucht man diese landeinwärts zu umgehen, schießen sie auf heimtückische Art seitliche Verzweigungen von sich. Die sich abermals verzweigen. Bis man sich endlich auf einem inselähnlichen Gebilde gefangen sieht. Man kann froh sein, zum Ausgangspunkt zurückzufinden, wo man sich dann der Schuhe und Strümpfe entledigt, um das Hemmnis zu durchwaten, oder sich in kühnem Sprunge darüber hinwegzusetzen. Ob man dabei bis zum Halse oder nur bis zum Bauche naß wird, hängt vom Wasserstand und vom Glück ab. Sonntagskinder kommen meist mit nassem Bauche davon. Ich bin an einem Freitag geboren.

Gottlob konnte mir das in diesem Falle gleich sein, denn es regnete immer noch. Obendrein hatte sich ein häßlicher Nordwind aufgemacht. Mich auf diesem schonungslos flachen Lande sehen und losblasen, stark und scharf kalt, war für den Nordwind eins. Ich war ihm offenbar nicht sympathisch, vielleicht erinnerte ich ihn an seine Schwiegermutter. Leider war ich sehr dünn bekleidet; meine dickeren Garnituren – siehe Einleitung – befanden sich beim Gros der Karawane auf jenem entfernt mit Neumühl verwandten Bahnhof.

In meinen leichten Halbschuhen befand sich außer nassem, grobem Odersand und meinen Füßen nichts mehr. Die dünnen Strümpfe waren ab bis zum Schaft. Weg, in Atome zerrieben. Pulswärmerförmige Attrappen blieben übrig. Es ging sich nicht gut in ihnen.

Dafür wurde ich allmählich sehr hungrig. Ich beschloß, mitten im Regen und Wind zu frühstücken. Aber die Eier, die mir Frau Kremzow fürsorglich mit auf die Reise gegeben hatte, waren von dem Geschaukel im Rucksack sämtlich flüssig geworden. Aus dem ersten lief mir ein dünner, scheußlicher Saft in den Ärmel. Die übrigen goß ich Stück für Stück in die Oder. Ich war hungrig, ich lahmte, und das Klappern meiner Zähne übertönte zuzeiten das Brausen des Nordwinds.

Denn wer von seinem großen Gepäck desertiert, ist deswegen noch längst kein leichtbeschwingter Wanderer. Er ist ein für sich allein nicht existenzfähiger Karawanenbestandteil, vom Schicksal bestimmt, in der Wüste umzukommen.

Im Gasthof in Kalenzig stieß ich auf einiges Mißtrauen. Das war kein Wunder, mein Äußeres befand sich in einem grausigen Zustand der Auflösung. Es war ein kleiner, sehr stiller Gasthof. Man gab mir ein kleines Zimmer, mit Kerzenbeleuchtung. Gleichviel. Ich war unter Dach, und ich hatte ein Bett.

Von dem ich ausgiebig Gebrauch machte. Denn außerhalb desselben fror ich wie ein Rehpinscher. Ich fror drei Tage lang, ehe ein Wagen nach Neumühl ging, der meine Koffer von der – in der weiteren Umgebung benannten Ortes gelegenen – Eisenbahnstation mitbrachte. Als ich endlich meine für Einbrüche polarer Luftmassen vorgesehene Sonderkleidung in Händen hatte, wurde das Wetter schön.

Flaches Land, weiter Himmel, weiße Wolken, grobkörniger weißer Sand, Baumgruppen, Binsen, Schilf und viele Weidenbüsche, das sind die Requisiten der Oderlandschaft. Und als die Seele von allem der große Strom. Mit seinen mächtigen Buhnen und seinen tausend Altwässern. Unter riesigen Segeln, die im Spiel der Sonne und der Wolken bald elfenbeinfarben, bald schwärzlich grau erscheinen, ziehen die Lastkähne langsam den Fluß hinunter. Netze wehen im Winde. Dunkel, schief und ein bißchen melancholisch hängen zahllose Fischkästen im Wasser, von kleinen Wellen umgluckert.

Meinerseits steige ich, weitgehend barfuß, in der Oder herum und schwinge die Spinnrute. Freundlich begrüße ich einen Fischersmann von der anderen Fakultät, er aber tut nicht dergleichen, es eilt ihm, mir einen starken Eindruck mitzuteilen, den er soeben empfangen hat, er sagt: „Wissen Sie, wie Sie aussehen? Nee, wirklich, wissen Sie, wie Sie aussehen? Jenau wie'n Fischreiher!!" Das Leben in der Natur schärft die Beobachtungsgabe. Der Mann hat ungemein recht.

Und, nebenbei: Angeln ist kein Sport, sondern ein Schicksal, durch Veranlagung bedingt. Ich kenne Angler genug, die aussehen wie Fischottern, Haubentaucher, Walrosse. Das ist alles ganz in Ordnung.

Der Fischer lebt in einem kleinen Hausboot auf dem Fluß. Zusammen mit seinem Kumpan, einem Greise, dessen grünlicher Bart nur selten einen brummenden Seufzer durchläßt, nie aber ein Wort. Ich bin überzeugt, daß diese Leute sich durch die wechselnde Art verständigen, in der sie den Priemsaft ausspucken. Beide riechen nach Teer und haben Hände aus braunem Holz.

Eine seltsam stille Daseinsform. Kaum minder still ist meine eigene, derzeit. Lange Stunden des Tages liege ich auf den Buhnen herum und schlafe. Ich habe Zeit dazu. Denn die Fische, ja, die Fische ...

Nur bei sehr ernsthafter Bemühung gelingt es mir, ein paar Rapfen und Döbel zu fangen. Dreipfündige, bestenfalls. Kein einziger Hecht ist zu kriegen. Mich um einen Wels zu bemühen, fehlt mir jeder Mut.

In einem der Nachbardörfer fängt ein Fischer einen Wels, nachts, mit dem Treibgarn. Ein anderer fängt auf dieselbe Weise einen Lachs von fast einem halben Zentner. Aber das ist auch so ungefähr alles, was man von Fängen hört. Nach stundenlanger Arbeit mit dem dreiwandigen Stellnetz kommen die Fischer ohne einen einzigen Hecht nach Hause.

Die Oder ist immer ein fruchtbarer Fluß gewesen, von gewaltiger Erneuerungskraft. Aber in der letzten Zeit geht es rapide rückwärts mit der Oder. Verwaist stehen die Ankerpfähle der Jeesenangler an den Buhnenköpfen. Die Netzfischer klagen schwer, und die leeren Fischkästen beweisen, daß sie Grund dazu haben.

Der Kalenziger Fährmann schläft auf einer Schütte trockenem Schilf in der Sonne; sein kleiner schwarzer Hund ist darauf dressiert, ihn zu wecken, wenn einer kommt oder von jenseits ruft. Der Fährmann ist einem kleinen Plausch nicht abgeneigt, und er weiß Bescheid darüber, was vor sich geht am und im Strom. Er erzählt mir, wie die Altwässer zugeschüttet werden. Durch lange Rohrleitungen wird der Sand aus dem Fluß in die toten Arme hineingepumpt. Das Wasser läuft ab, der Sand bleibt liegen, und die Welt ist um eine kleine Sandwüste reicher, um einen Teich, ein Wasserreservoir, eine Fischbrutanstalt ärmer. Aus den Sandflächen sollen, verspricht man sich, Wiesen werden, nach Jahr und Tag. Aber man versteht nicht recht, wie. Wenn doch schon die vorhandenen Wiesen verdorren infolge Absinkens des Grundwasserspiegels. „Und dann die Abwässer", sagt der Fährmann, „na, da werden Sie ja in den nächsten Tagen selber sehen ..."

Dann die Aalfänge, ein Kapitel für sich. Was in diese Flügelreusen, die in der starken Strömung stehen, von anderen Fischen mit den Aalen zusammen hineinkommt, ist am nächsten Morgen kaputt. An jedem Aalfang allnächtlich ein Massensterben von Jungfischen! Kam da einmal vor ein paar Jahren einer der Großen in der Fischerei auf die Fährbuhne und erläuterte seinem Gefolge mit tiefgründiger Rede, daß nur die blasenkranken Fische in die Aalfänge getrieben werden können. „Dat also die Aalfänge eine richtige hyänische Bedeutung für die Fischwelt besitzen. Und da schießt mir das so mit eins durch den Kopp", sagt der Fährmann, „un ich jeh hin und sage, na denn, Herr Fischereirat, sage ich, denn nehmen Se doch ens dat kleene Boot un setten sich rin un rudeln denn ens rüber vor den Aalfang, denn können Se mal sehn, ob Sie woll blasenkrank sin oder nich!" ...

„... aber er wollte nich", sagt der Fährmann.

Früher, berichtet er weiter, hatte er einen netten, kleinen Nebenberuf, im Sommer, während der Ferien. Als Blinker-Losmacher. Die Berliner Angler zoddelten ihre Spinner in den tiefen Buhnen herum, alle Augenblicke saß einer fest und manchmal rief es gleich von drei Seiten auf einmal: „Fährmann, Fährmann!" Aber jetzt wäre es aus mit dieser Nebeneinnahme. Die Angler würden immer seltener. Sie fingen nichts mehr.

Schlimm. Kalenzig hat die schönsten Buhnen, die man sich nur wünschen kann. Wenn hier die Hechte knapp werden, wie mag es da anderwärts aussehen?!

Eines Morgens, als ich gut ausgeruht und tatendurstig ans Ufer eile, bietet sich mir ein seltsames Naturschauspiel dar. Eistreiben im Frühherbst! So weit das Auge reicht, ist der Fluß dicht bei dicht überdeckt mit Schollen, leuchtend weiß und dick beschneit! Aber beim Näherkommen erweist sich, daß die Schollen aus einer schaumigen, ekelhaft klebrigen Masse bestehen. Allmählich, nach Stunden, sackt der Schaum zusammen zu zähen, grauen, überall anhaftenden Fäden, die Netze und Schnüre, Ufer und Buhnen verdrecken. Das vom Fährmann prophezeite Abwasser, das, wie er mich belehrt, aus einer oberhalb gelegenen Stärkefabrik stammt.

Kundige Genossen in Petro werden mir auf die hier geschilderte Reise hin bestätigen, daß ich nicht leicht zu entmutigen bin. Aber der Stärkeschleim gab mir den Rest.

Liebe, alte, arme, mißhandelte Oder: ich fahre ab.

Denn schließlich – keine Welse, keine Hechte und schmutziges Wasser – das habe ich zu Hause bequemer.

13 | *Der stille Theo*

Nawratil hat eine alte Fehde mit Klütenpedder.

Die haben viele, gewiß. Der Agronom Hinrich Klütenpedder ist der personifizierte Stunk; jeder zweite Mensch im Städtchen hat Krach mit ihm.

Aber in der Sache mit Nawratil liegt etwas Besonderes: die grundsätzliche Verschiedenheit der Kräfte, die da miteinander ringen. Zwei fremde Welten sind aufeinandergestoßen.

Klütenpedder hat kaltwasserfarblose Augen und eine Stimme wie eine hölzerne Kinderknarre. Gib ihm den Schimmer eines Scheines von Buchstabenrecht, und er wird sechs Prozesse gegen den Flieger führen, der in zweitausend Meter Höhe über sein Grundstück geflogen ist. Denn es ist sein Grundstück.

Nawratil, sonniges Kind einer südlichen Heimat, in der ein gottgesegneter Schlamassel von tausendjähriger Kultur die eherne Härte des Gesetzes angenehm rundet, ölt und mildert, in der man immer „halt amal a Ausnahm macht", in der man über die Bahnhofsgeleise geht und nicht dafür aufgeschrieben wird, sofern man sich nicht überfahren läßt – (und wenn man sich überfahren läßt, ja, wer möchte denn alsdann das Herz haben und so a arms Hascherl auch noch oazeign, net?) – Nawratil ist Klütenpedders hundertprozentiges Gegenteil.

So verschieden wie die Männer sind die Waffen und der Kampfstil.

Eines Tages betrifft der Agronom Klütenpedder den Angler Nawratil innerhalb der Umzäunung, die Klütenpedders Gehöft und eine Viehweide umschließt. Er betrifft ihn dort zum, sagen wir, zweiunddreißigsten Male. Darauf entspinnt sich der folgende typische Dialog:

„Da schau her, Grießgott, der Herr Peddenklüter!" (Dies Kind, kein Engel ist so rein.)

„Wat moaket Sei hier up mien'n Grundsstück!?" (Rapide aufkommendes Gewitter.)

„Oba geh! Sie Schäker! Des ham'S do glei derraten, daß i fisch!" (Scherzo capriccioso.)

„Rut heier, Sei!“ (Bullerabumm! Der erste Donner.)

„Psst! Wann S' sehgn wolln, wie ma Fisch fangt, dürfen S' net so brilln, Herr Peddenklüter. Sonst verscheichen S' s'!“ (Freundliche Belehrung eines wilden Knaben.)

„Sei sallen sick rutescheren! Oder mött ick Sei öwern Tuhn smieten?!“ (Gleich, gleich schlägt es ein!)

„No, gut, redn ma halt im Ernst. Alsdann, wann ich Sie recht versteh', mechten S', daß i hier herausgeh. Warum?“ (Armer Irrer, du stehst vor deinem Arzte!)

„Weil dat heier mien Grund und Boden is, weil heier 'n Tuhn um is, weil ick mi vun Sei nich mien Gras verpedden loate, Sei däömlicket Beist!“ (Äußerste Lautstärke, man hört schon den Rückkoppler mitpfeifen.)

„Nu heerst? Wie reden S' denn mit mir? Wenn ich Sie desweng verklagn tät, da mechten S' scheen einihupfn, Herr Peddenklüter.“ (– und notiert die grobe Beleidigung mit Datum zu den einunddreißig früheren in sein Taschenbuch.) „Sso! – No, also des mit dem bisserl Gras, da weern ma schonn einig. Hier, Freinderl, ham S' fuffzig Greizer. Damit ist der ganze Schaden bezahlt, den wo ich Ihnen bereits in den nächsten fünf Jahren hier mochn werd. Wann S' dees von a jeden Angler bekommeten, der wo hier einisteign tut, da kennten S' Ihnen a kloans Heiserl hier ans Wosser baun und auf Ihre olten Täg am Fenster sitzn und beim Fischn zuschaun, net?“ (Du siehst, o Volk, dein Fürst hat eine offene Hand.)

„Rrraaaahhhuuuöööhhhrrrkkt!“ (Klütenpedder hat eine ganze Weile mit dem Fünfzigpfennigstück in der Hand dagestanden und stößt nunmehr ein Gebrüll aus, weil die menschliche Kehle nicht geeignet ist, sich in der von ihm gewünschten Tonfülle noch artikuliert zu äußern.)

Das Fünfgroschenstück pfeift durch die Luft und verfehlt sein Ziel. Nawratil, im Begriff, mit der ruhigen Grandezza eines venetianischen Edelmannes über den Zaun zu klettern, fängt es im Fluge.

„Also, des hätt i mir gleich denken könnan, daß Sie's net bezahlt nehmatn. Anständig wie immer, der Herr Peddenklüter. No, alsdann Servus fier heit, hobdjähre, Herr Peddenklüter!“ – (Herzlicher Abschied von einem alten Freunde, mit Ausblick auf baldiges Wiedersehen.)

Klütenpedder ist, zweifelsohne und leider, vom Standpunkt eines Juristen aus betrachtet, im Recht. Menschlich, moralisch, tja, da ist natürlich Nawratil im Recht. Wieso, fragt er sich und die Welt, wieso soll er alsdann und bereits und ieberhaupt in einem Stück Weser nicht angeln, wann er doch Pacht dafür bezahlt?! Und wann er doch dabei nicht das kleinste bisserl Schaden anrichtet, kein Gras zertritt, niemandem im Wege steht, nichts?!

Auf das Juristische pfeift Nawratil. No also erlaub du mir – so an Guatsch!

Klütenpedder, seinerseits, tut auf das Moralisch-Menschliche denselben Pfiff. Wenn nichts Schlimmeres.

Ich habe Nawratil gefragt: „Weswegen muß du Unglücksmensch denn ausgerechnet auf Klütenpedders eingezäuntem Grundstück angeln, immer wieder, und öfter als irgendwo anders? Da ist doch gar nichts los?“ Worauf er:

„Oba geh! Halt weil i mir des net verbietn loß?!“

Man könnte einwenden, das sei kein Grund.

Es ist einer.

Klütenpedder hat eine Wut auf viele Menschen.

Aber eine solche überlebensgroße, grünblaurote Pfundswut wie auf Nawratil hat er auf sonst niemand.

Diese Wut geht nicht nur bis zur Sinnlosigkeit, sondern sogar bis zu Barausgaben. Hinrich Klütenpedder hat sich ein Gewehr gekauft.

Er hat Stein und Bein geschworen, daß er dem nächsten Angler, den er auf seinem Grundstück sieht, eine Ladung Schrot hinten hineinjagt.

„Du, das macht der!“ sage ich.

„Ah was, des tuat der net! Des riskiert der net.“ Sagt Nawratil.

„Wetten?“

„Also gut, wett ma. Zwonzg Schilling?“

„Sagen wir zehn Mark.“

„Gut is!“

Wir setzten uns zu einem kleinen Getränk nieder und zerbrachen uns ein wenig unsere nicht unfindigen Köpfchen. Dann gingen wir zu Herrn Meiserich und sagten: „Hören Sie mal, Herr Meiserich, ist Ihr Theo abkömmlich?“ – Na gewiß war Theo abkömmlich, haha. Erledigt.

Nawratil und ich haben mit der Frühaufsteherei schlechte Erfahrungen gemacht. Zum Beispiel damals bei der Sache mit den Aalkörben. Scheußlich war das. Aber am nächsten Morgen standen wir dennoch früh auf, um vier Uhr, und eilten ans Wasser. Mit Theo.

Wir mögen Theo nicht leiden und haben unsere guten Gründe für diese Antipathie. Theo ist . . . nun, ich sehe schon, daß ich um eine Beschreibung Theos doch nicht herumkomme. Der Herausgeber hat mich wiederholt angewiesen, den Geschmack der geschätzten Leserinnen unausgesetzt im Auge zu behalten bei meinen Berichten. Er würde die Beschreibung Theos nachfordern, wenn ich sie unterschlüge. Die Herren Angler tun am besten, den folgenden Abschnitt auszulassen: er ist für unsereinen gänzlich ohne Interesse und eher unangenehm.

Theo ist ein schöner Mann. Groß, schlank, rotblond onduliert. Sein Blick besitzt die Bläue der Kornblume. Ein wenig müde ist sein Blick. Hat jene hochinteressante Müdigkeit, die für den schönen Mann von heute obligatorisch ist. „Ich weiß, daß ich schön bin", sagt sein Blick. Und: „Du wirst sehr glücklich mit mir sein, aber eines Tages werde ich dich verlassen, wie alle andern vor dir ..." Sagt er. Die nervigen Hände Theos und die amerikanische Linie seiner Schultern reden von Sport und von Training und von gewonnenen Ehrenpreisen. Der gebräunte Teint seines markanten Gesichts läßt einen an weite Reisen denken. Pernambuco, Spitzbergen,

Hollywood, Biarritz. Theo ist in der Konfektionsbranche tätig. Herrn Meiserichs Laden verdankt ihm einen überraschenden Aufschwung. Männer, die so aussehen, sind gewöhnlich – halt!

Von hier ab die Herren Angler, bitte, wieder mitlesen!

Männer, die so aussehen, sind gewöhnlich grützdumm. Es ist nicht schwer, sie in kleinen, ihnen freundlich scheinenden Gesprächen so zu blamieren, daß ihr Nimbus dahinschwindet wie Butter in der Hosentasche. Das ist von der Natur weise so eingerichtet, damit eben andere Leute auch mal eine Chance haben sollen. Bei Theo – leider, leider – verschlägt diese Methode nicht: Theo ist außerordentlich schweigsam und gibt sich keine Blöße. Neben Theo ist jeder Mann im Städtchen schlechthin ein Mießnick.

Kommt hinzu jene lässig-vornehme, selbstverständliche Eleganz Theos, die unsereiner nicht nachmachen kann. Theo ist immer wie aus dem Ei gepellt – sogar schon morgens um Vier.

Nawratil und ich sind von Theo ziemlich weitgehend verschieden in Physiognomie und Architektur und so. Nicht zu unserem Vorteil.

Infolgedessen also mögen wir Theo nicht besonders.

Und infolgedessen hatten wir, in seltener Einhelligkeit, Theo für die Hauptrolle in unserem netten kleinen Plänchen auserlesen. Die kommenden Ereignisse lagen auch für uns noch im Nebel; wir konnten nicht mehr tun, als sie ins Rollen bringen, wohin sie rollen würden – nun, ich bin kein Hellseher, und Nawratil hat auch eine recht erdgebundene Mentalität. Aber daß es ausnahmsweise schöner sein würde, die Hauptrolle jemand anders – (und vorzugsweise Theo) – zu überlassen, schien uns beiden fast sicher.

Quer durch die Morgenfrische trieben wir Theo zu Klütenpedder auf die Weide. Theo sah noch ein bißchen schläfrig aus. Wir gaben ihm eine kurze Rute in die Hand und montierten ihm ein Bodenblei und einen Tauwurm. Theo ist Laie, aber vielleicht würde er wirklich was fangen, vieles ist möglich.

Ich gab ihm die letzten Anweisungen. „Also, nun passen Sie mal auf, Theo“, sagte ich. „Diese Stelle ist gut, sehr gut. Sie ist Nawratils Lieblingsfleckchen, er angelt sonst immer selbst hier, aber für heute tritt er Ihnen diesen Fangplatz ab. Ich hoffe, Sie werden das gebührend zu würdigen wissen. Sie, als unser lieber Gast, haben das Recht und die Pflicht, hier zu angeln, und sollte etwa jemand kommen und Sie darin beirren wollen, antworten Sie ihm am besten gar nicht. Zeigen Sie ihm die kalte Schulter, strafen Sie ihn mit Verachtung, aber halten Sie die Stellung. Resumi? Hugh, ich habe gesprochen.“

Nawratil schlug ihm in einer Anwandlung von Weichherzigkeit den Kragen hoch; denn es war kühl. Gleich darauf aber reute ihn dieser schöne Zug, und um ihn wettzumachen, heftete er heimlich hinten an Theos Mantel einen Zettel, auf dem groß und mit Rotstift eine häßliche Aufforderung geschrieben stand, mit mehreren Ausrufungszeichen ornamentiert.

Darauf schlichen wir entmenschtes Paar davon. Es lag keine besondere Veranlassung zum Schleichen vor; jedoch schien uns diese Art der Fortbewegung zu unseren Intrigantenrollen am besten zu passen. Gelegenheitshalber bereicherten wir uns um ein paar Hände voll Haselnüsse aus Klütenpedders Besitz, ehe wir in geeigneter, das heißt reichlicher Distanz einen alten Weidenbaum zum Beobachtungsstand erwählten.

Wie ein Affe und ein Eichhörnchen saßen wir im Baum und knackten Nüsse. Es war ganz gemütlich da oben, und wir fühlten uns wie in der Etappe: gut verproviantiert und weit vom Schuß.

Theo stand und angelte.

Im Hintergrunde begann die Landwirtschaft, die üblichen Geräusche des Erwachens von sich zu geben. Ein Schaf blökte, ein Pumpenschwengel quietschte rhythmisch, Schweine grunzten, und diverse Vögel machten sich mit Krähen, Schnattern und Gackern an die Begrüßung des neuen Tages.

Nur Geduld, gleich wird mit den andern Rindviechern auch Klütenpedder Hinrich auf der Bildfläche erscheinen – und siehst du wohl, da ist er schon. – „Ob der sich g'wascht hat? I glaab's net!" äußerte Nawratil, das Auge am Feldstecher.

Weise einem Bullen ein rotes Tuch, und er wird mit Gebrüll darauf losfahren. Weise Klütenpedder einen Angler, und der Effekt wird der gleiche sein.

„Hööhh! Sei!"

Theo dreht sich nicht einmal um. „Bravo!" flüstere ich.

Klütenpedder erblickt den Zettel. Und liest ihn, worauf er sich veranlaßt sieht, mehrere Benimmstufen zu überspringen.

„Rut heier, Sei daömlicket Beist!" – Nawratil, für sich: „T–t–t! Hot keinen reichen Wortschatz, dieser Mann!"

Theo schweigt.

Klütenpedder krempelt sich bereits die Ärmel auf.

In diesem Moment rollt Theo seinen müden, blauen Blick zur Seite auf den Gegner. Und rollt ihn müde wieder zurück, geradeaus, ins Leere ...

Dieser Blick – ich halte den Atem an, und Nawratil ächzt leise: „Donnerwetter!"

Dieser Blick ist nicht die Spur anders, als Theos Blick sonst und immer ist. Theo hat gar keinen anderen Blick zu verschießen. Aber das ist es gerade!

Diese absolute Ruhe.

Diese nonchalante, leicht verächtliche Müdigkeit.

Dieser Blick, in dieser Situation, ist schlimmer als die gemeinste Beschimpfung und schlimmer als ein Faustschlag mitten ins Gesicht. Er ist die vollständige moralische Vernichtung.

Dieser Blick kann nur mit Blut abgewaschen werden, selbstverständlich.

Klütenpedder ist ganz blaß geworden.

„So!" Sagt er. Nichts weiter.

Und geht mit festen Schritten zum Haus hinauf.

Einmal hält er unterwegs an, wendet sich um und will nochmals „So!" sagen, sagt es aber nicht. Weil der Zettel ihm schon antwortet, noch ehe er gesprochen hat.

Aus einem Fenster des Klütenpedderschen Hauses schiebt sich der Lauf eines Gewehrs, und Hinrichs Stimme röhrt: „Rut jetzt, taum letzten Moale, oder eck scheite! Eck tähle bet drei. – Een ... twee ..."

Theo schaut sich nicht um. Theo rührt sich nicht.

Von seiner Rückseite, grell, höhnt der Zettel ...

„Drei!“

Bumm! ...

Ein wenig Rauch steigt vom Fenster auf und zerflattert.

Theo fällt merkwürdig gerade und steif vornüber. Mit dem schönen Gesicht platt in den nassen Lehm. Er bleibt ganz still liegen. Ganz still. Aus.

Tja ...

Ich strecke Nawratil meine hohle Hand hin und sage:

„Zehn Mark.“

Nawratil zahlt.

Alles ist ruhig ringsum. Ab und zu das leise, trockene Krachen einer zerbissenen Haselnuß. Wir warten.

Theo liegt ganz still.

Nach einer Viertelstunde schleicht Klütenpedder aus dem Hause. Ich lasse mich aus dem Baum gleiten und setze mich in Marsch, mit Richtung auf Theo. Auf halbem Wege erblickt mich unser lieber Hinrich und huscht ins Haus zurück. Hinter einer Hecke schlage ich einen Bogen. Ich setze mich wieder in den Baum. Wir warten. Kalt, unerbittlich. Zwei nüsseknackende Erynnien.

Zehn Minuten später ist Klütenpedder wieder da. Nawratil springt zu Boden und nähert sich ebenfalls dem Häufchen Theo. Der Ökonom flitzt ins Haus. Nawratil kehrt in derselben Kurve, wie vorher ich, zum Baum zurück. Wir haben Zeit. Wir fühlen kein Mitleid mit Hinrich und keines mit Theo. Wir stehen hier, oder vielmehr, wir hocken hier in einem Dienst, der eiserne Nerven verlangt. Do feit si nix.

Diesmal dauert es nur noch fünf Minuten, bis Hinrich wieder auftaucht. Wir springen beide gleichzeitig aus unserem Hochsitz und gehen auf Theo zu. Klütenpedder ist schon wieder weg. Der Zettel hinten hat mehrere bösartig aussehende, kleine Löcher.

Wir richten Theo auf und sehen: es steht schlimm um Theo, sehr schlimm. Nawratil sticht eine Art Uhrschlüssel in Theos Rücken und dreht. Inwendig in Theo kiext was, aber sonst geschieht nichts; Theo gibt keinerlei Lebenszeichen von sich, und Nawratil sagt: „Kaputt. Hat ihm genau in den Augenroll-Mechanismus geschossen, des Schwein, des öllende!“

Theo war beim Fall mit dem Kopf in einer Pfütze am Ufer gelandet. Von seiner Schönheit war nichts mehr sichtbar. Aber wir hatten keine Veranlassung, ihn abzuwaschen. Wir hatten ihn nicht hingeschmissen.

Ihn in die Mitte nehmend, bogen wir uns seine Arme um die Hälse und schleppten ihn heimwärts. Seine langen Beine schleiften in einer traurigen und hoffnungslosen Weise hinten nach.

Auf Klütenpedders Hof hielten wir einen Augenblick an, um zu verschnaufen. Aus Theos zerweichter Frisur troff eine unappetitliche, rötliche Sauce vorn herunter. Er sah grauenhaft scheußlich aus. Komischer Geschmack, dachte ich, eine männliche Schaufensterpuppe ausgerechnet rothaarig zu wählen.

„No, Servus!“ sagte Nawratil sehr laut; „der is so tot wiara derseifte Ratzen!“ „Mausetot“, bestätigte ich. „Glaubst du, daß es ein Selbstmord ist?“ – „Ah geh, sei net bleed“, erwiderte Nawratil ernst und laut; „sich mit an Schuß durch die Nieren selbstmerdern, des kann doch nur a Schlangenmensch! Naa, Freinderl, des is a glatter, runder Mord und sonst nix. Also, gemma, ho – ruck!“ –

An Klütenpedders Fenster wurde mehrmals ein bleiches Antlitz sichtbar. Aber immer nur für den Bruchteil einer Sekunde.

Hinrichs Nerven waren dem schaurigen Anblick seines Opfers nicht gewachsen, Hinrich war so weit …

Wir machten Theo ein bißchen zurecht und lieferten ihn ab. Dabei war uns etwas flau zumute wegen der Reparaturkosten.

Aber Herr Meiserich zeigte eine menschliche Größe, die uns überraschte. „Meine Herren“, sagte er, „die Sache ist nicht so schlimm, wie sie aussieht. Und ich bin ein Mann, der gerne lacht und gern eine saftige Geschichte erzählt. Der Spaß ist mir die Spesen wert; Theos Reparatur geht zu meinen Lasten.“

Erst später erfuhren wir, daß auch Herr Meiserich eine alte Fehde mit Hinrich Klütenpedder laufen hat …

Auf dem Wege zu einem wohlverdienten kleinen Imbiß rannten wir in den Landjäger, und da wir den dunklen Drang in uns spürten, hinter diese Begebenheit ein Ausrufungszeichen zu setzen, schickten wir ihn zu Klütenpedder. „Er möchte sie dringend sprechen, läßt er ihnen bestellen. Er hat", flüsterten wir verheißungsvoll, „er hat heute geschlachtet!"

Der Wachtmeister betrat die Klütenpeddersche Behausung mit den freundlichen Worten: „Na, gratuliere zum Schlachtfest!"

Hinrich mochte nicht nach rohen Witzen zumute sein.

Er stand wortlos auf und streckte dem Hüter des Gesetzes beide Handgelenke entgegen ...

14 | *Das Brett*

Früher, in den guten alten Zeiten, wenn da einer keine Lust mehr hatte zum Umgang mit der menschlichen Gesellschaft, dann ging er hin auf einen Berg oder in den großen Wald oder, wenn er besonders gründlich die Nase voll hatte, eventuell in die Wüste. Dort zähmte er sich eine milchende Gemse, oder er erlernte die Sprache der Vögel und beredete dieselben, sich von ihm braten zu lassen. Beziehungsweise, er gewöhnte sich an Flugnahrung und aß Heusprengsel.

Einsiedlernaturen gibt es auch heute noch. Aber einsiedeln lassen sie einen ja nicht mehr. Heutzutage kann man höchstens massensiedeln, und das ist natürlich genau das Gegenteil. Die Eremiten sind ausgestorben.

Der belesene Leser wird mir entgegenhalten, da wären doch noch welche. Zum Beispiel in jenem griechischen Kloster auf dem Berge Spinathos und auf der Südseeinsel Auakalaua und so. Diesen Leser kenne ich! Er widerspricht immer. Dabei weiß er genauso gut wie ich, daß bei diesen modernen Einsiedlern tagaus, tagein die Reiseberichterstatter und Kinooperateure und die weltumgondelnden Dollarianer Schlange stehen bis raus auf die Autostraße. Eremiten sollen das sein? Erimitationen sind das!

Nein.

Die Einsiedlernaturen von heute – lieber Gott! Der eine arbeitet dicht bei dicht zwischen hundert anderen Leuten an einem laufenden Band. Der andere muß, wenn er mal umzieht, mächtig aufpassen, daß er nicht die falsche Visitenkarte abmacht, denn da pappen sechs bis neun Stück an seiner Wohnungstür. Der dritte lebt – (was man so leben nennt) – mitten in einem Büro mit zwanzig rasselnden Schreibmaschinen. (So auch Joachim Klöterfuß.)

Und jeder einzelne von diesen muß unentwegt so tun, als wäre er gar keine Einsiedlernatur. Sonst fliegt er raus und muß stempeln gehen; dann tritt er gleich millionenweise auf und kommt natürlich erst recht ins Gedränge.

Wenn einer so tut, als wäre er ein normaler Mensch, und er ist gar keiner, dann nennt man das eine Verdrängung. Verdrängungen sind Krankheiten, mit deren Heilung sich die sogenannten Psychoanalytiker beschäftigen; diese decken die Verdrängungen erst auf und machen den Leuten dann Mut, daß sie es doch tun, und hiervon – so greift im Wirtschaftsleben eins ins andere – leben dann wieder die Rechts- und Staatsanwälte; aber das führt zu weit. Kommen wir zur Sache.

Joachim Klöterfuß ist eine Einsiedlernatur und lebt, was man so leben nennt, in einem dicht mit Schreibmaschinen bewachsenen Kontor. Er lebt dort schon längere Jahre, und man merkt ihm dieses an. Er sieht so aus, als wäre er im Bureau geboren. Sein irdisches Ich ist ein Ding geworden, das gut und gern einer Kreuzung zwischen einem verwelkten Aktenstück und einem knarrigen Papierkorb entsprossen sein könnte.

„Sicherlich ist Klöterfuß durchaus nicht auf solche alräunchenhafte Manier in die Welt gelangt. Bestimmt war er als Kind auch einmal heiter, zutraulich und hübsch, wie jedes andere Kind. Man sollte nicht über ihn lachen; er kann nichts dafür, die Verhältnisse formten ihn." Sagt der oben schon einmal hervorgetretene Leser mit dem Widerspruchsgeist.

Lieber Herr Antipol, ist das mein Klöterfuß oder vielleicht ihrer?!

Und außerdem – lache ich denn?!

Seinen einsiedlerischen Neigungen kann Klöterfuß nur sonntags frönen. Selbst dann freilich nur unvollkommen und zeitweise. Auf sonntäglichen Ausflügen per Eisenbahn scheint manchmal auch geselligeren Naturen die vorhandene Masse Mensch übertrieben reichlich und gar zu nahe.

In seinen jüngeren Jahren tätigte Klöterfuß regelmäßig größere Fußwanderungen. Den schwarzweißgemusterten, waffelartigen Strohhut schräg abwärts nach vorn in die Stirn gerückt, damit ihm die Sonne nicht in die Brille schien; auf der Schulter, Griff nach hinten, den sturmerprobten Regenschirm; hüftlings die sogenannte Botanisiertrommel am grünen Bande, mit dem Frühstück darin – (manche Kinder taten außer dem Frühstück auch Schmetterlinge und Maikäfer in die Botanisiertrommel, daher der Name) – so strich Joachim durch die Lande und unterschied sich äußerlich von dem Gros der übrigen Ausflügler nur dadurch, daß er abseitigere Wege aufsuchte.

Wenn man mit der Vorortbahn rausfährt bis Pritzkow-Heinichen und sich dort gleich hinter dem Dorf halb rechts in den Wald schlägt, dann kommt man nach einer guten halben Stunde an einen Bach, das heißt, eigentlich ist es kein Bach, sondern ein Fließ; der Unterschied zwischen einem Bach und einem Fließ besteht darin, daß der Bach fließt, und daß das Fließ nicht fließt oder doch mindestens fast nicht fließt, daher der Name. Diesem nicht fließenden Bach folgte an einem schönen Sommermorgen – man schrieb den ersten Sonntag im Juni des Jahres 1904 – auch

Joachim Klöterfuß. Vor ihm ging ein vielstimmig singender Verein, den er nicht überholen mochte. Hinter ihm lustwandelte eine achtköpfige Familie, ebenfalls auf einer „Landpartie“ begriffen.

Nach einer Viertelstunde ungefähr mündet das Fließ in die Havel. An dieser Stelle verhielt Joachim den Schritt und zögerte, unentschlossen, ob er nicht lieber umkehren sollte. Er hatte sich die Gegend einsamer gedacht.

Der Verein vor ihm machte eine Linksschwenkung, ohne sein Lied (es war „Im Grunewald, im Grunewald ist Holzauktion“) zu unterbrechen. Rechts war das Fließ. Die Achtköpfige hinter ihm bog ebenfalls links ab. Klöterfuß hörte die Worte: „Vater, ham Brombeean Beene? Nich? Denn hat Lieschen ehm 'n Mistkeeba jefressen!“ Er schüttelte mißbilligend den Kopf; denn dieser Witz war auch damals schon sehr alt. (Seltsam übrigens, daß man ihn heute noch kennt; er hat seine Epoche, die Zeit der Landpartien und Kremserfahrten, überlebt.)

Vorn die Havel, rechts das Fließ und links die Menschheit. Vielleicht würde man das Fließ durchwaten können? Nein, es war zu tief. Resigniert wandte sich Klöterfuß rückwärts. Er hätte eben doch nach Puhlkesruh gehen sollen. Da war es nicht so schön wie hier, dafür aber auch nicht so belebt. Ekelhaft, das Papier überall und die Eierschalen. Als wenn man die Woche über nicht genug Papier zu sehen kriegte! In seinem gerechten Ärger vergaß Joachim, auf den Weg zu achten. Plötzlich trat sein linker Fuß ins Leere. Er schlug vornüber, kam ins Rollen und wäre um ein Haar ins Wasser gerutscht. Als er wieder auf den Beinen stand, war sein Klemmer weg. Dieser Klemmer, der in melancholischer Schiefe, mit einem trübseligen Mangel an Symmetrie von Joachims wundgequetschter Nasenwurzel herabzuhängen pflegte, war nicht schön und nicht wertvoll. Er hatte keineswegs die Fähigkeit, Klöterfußens dürftigem Typ jene durchgeistigte Note zu geben, die in späteren Jahren die Schöpfung der Hornbrillen zum Allgemeingut hat werden lassen. Klöterfuß trug ihn nur, weil er ihn brauchte; er sah so gut wie nichts ohne Glas.

Blind wie Maulwürfe eilten seine Hände durch Gräser, Nesseln und Blumen, ehe er ihn endlich fand. Der Klemmer lag auf einem ebenen, glatten Ding; als Joachim wieder sehen konnte, war es ein Brett. Dicht verborgen unter den hohen Kräutern, feucht und schwarz, mochte es schon seit sieben Ewigkeiten hier gelegen haben. Nur ein Blinder konnte es finden!

Klöterfuß blickte nieder auf das Brett und fühlte eine unverhältnismäßig starke Rührung in sich einziehen. „Dies“, sagte er, „ist eine Fügung, gewissermaßen geradezu eine Fügung.“

Ein Lyriker hätte vermutlich geäußert: „Großer Pan, ich höre deine

Stimme!“ oder so ähnlich. Joachim sagte nichts dergleichen, meinen aber tat er sicherlich dasselbe.

Das schwarze Brett über das Fließ zu legen, war eine ungewohnte, mühevolle Arbeit. Joachim kam in Schweiß dabei, schaffte es aber und schritt, mit dem Schirm balancierend wie ein Seiltänzer, hinüber. Er war sehr heiter in seinem Herzen, als er das Brett nachzog und jenseits versteckte.

Hier drüben lag kein Papier, kein einziges Fetzchen, stellte er mit Verwunderung fest. Hier drüben ging auch kein Weg. Über Wurzeln und Farnkräuter hin stieg Joachim weiter fließaufwärts, jedesmal rasch im Walde verschwindend, wenn am anderen Ufer ein neuer Trupp Ausflügler in Sicht kam.

Er war noch nicht weit gegangen, als plötzlich der Boden unter seinen Füßen weich wurde. Sumpfdotterblumen wuchsen hier, und Binsen, mit ölig opalisierenden, kleinen Wasserlachen dazwischen. Joachim sprang eilig zurück, als es ihm naß und kühl von oben in die Schuhe lief. Vor ihm lag eine kleine Mulde. Nur ein paar Meter breit zwar, aber doch immerhin ein richtiger Sumpf. Er brach einen trockenen Ast ab und steckte ihn mit ausgerecktem Arm vor sich in die Erde. Unheimlich leicht ging das; er hörte einen schmatzenden Laut, als er den Ast wieder herauszog, und das Loch füllte sich mit Wasser.

Joachim stieß einen kleinen Pfiff durch die Zähne. „Abenteuerlich!“ dachte er. „Da fährt man mit der Vorortbahn nur ein bißchen raus, und plötzlich ist man mitten im Urwald ohne Papier, mit einem richtigen Sumpf, wo man drin ertrinken kann. Herrlich ist das, gewissermaßen geradezu herrlich!“

Geschwellt vom Tatendrang, ging er am Rande der Mulde weiter, von Zeit zu Zeit den Boden prüfend. Dies dauerte einige Zeit; der Sumpf zog sich gehörig in die Länge – und schließlich versperrte eine dichte Mauer von hohem Schilf den Weg.

Die Havel!

Joachim eilte an der Havel entlang und kam zur Mündung des Fließes. Er stolperte am Fließ hinauf und kam abermals zum Sumpf. Er tastete sich am Rande des Sumpfes entlang und stieß auf die Schilfmauer der Havel. Kein Zweifel mehr möglich: Dieses gesegnete Stückchen Erde hatte nur einen einzigen Zugang – das Brett.

„Daß es sowas gibt!“ sagte Klöterfuß und sah ganz blaß aus; „daß es solche Fügungen gibt!“

Einem Schwächegefühl in den Knien nachgebend, ließ er sich im Schatten einer dicken, alten Kiefer zu Boden fallen. Über eine Stunde lag er so und schwelgte in den Schönheiten seiner „Insel". Seine Gedanken schweiften in die Zukunft, bauten Luftschlösser, stürzten sie wieder um und bauten neue. Als er seine sämtlichen Butterbrote aufgegessen hatte, war er erstaunt – er hatte gar nichts davon gemerkt.

Dann machte er sich aufs neue an die Durchforschung seines kleinen Reiches. Im Wald fand er eine Eidechse, die sich sonnte, und ein Eichhörnchen, das aber leider weder auf „Fifi" noch auf „Pussy" hörte, sondern es vorzog, den Fremdling vorerst einmal aus sicherer Höhe zu betrachten. Als Klöterfuß ein Kind war, hatte er zwei Eichhörnchen besessen, die diese Namen trugen, und die kamen, wenn man sie rief; aber das würde schon werden, meinte er und freute sich. Am Sumpf betraf er einen Salamander, der auf seine seltsam menschenhandähnlichen Füße gestützt dasaß und ihn furchtlos ansah. Im klaren, flachen Havelwasser entdeckte er einen Schwarm großer Roddos, blutrot und silbern leuchtend in der Sonne. Und dann kam noch ein ganz großes Ereignis.

Draußen hinter der Schilfmauer lag ein dunkles Etwas, das sich bei näherer Betrachtung als ein Kahn erwies. Kopfschüttelnd zog Joachim seine Schuhe und seine selbstgestopften Socken aus. Mit den Händen die hohen Halme auseinanderbiegend, watete er vorsichtig näher. Waren da am Ende doch wieder Leute? Würden sie ans Ufer kommen und seine Einsamkeit stören? Was suchten sie gerade hier, wo man nicht einmal mit einem Boot ans Ufer kommen konnte?

Klöterfuß atmete erleichtert auf: Der Kahn sah alt und verfallen aus, offenbar war er unbewohnt. Er lag auf Grund, das Heck mit dem morschen Steuer hoch herausragend im ganz flachen Wasser, der Bug etwas draußen und tiefer. Es hatte sich hier zur Ruhe gesetzt, das alte Fahrzeug. Im Laufe der Jahre oder vielleicht Jahrzehnte war das Schilf drum herumgewuchert und hatte es mit einem dichten, grünen Zaun umgeben.

„Gewissermaßen geradezu romantisch!" sagte Klöterfuß und kletterte über das Steuer an Deck. Der Kahn war eine „Zille" kleinen Formats, nur etwa 12 m lang, mit breitem Boden, flach gebaut, wie sie früher die Bauern aus den Haveldörfern benutzten, als sie ihre Äpfel noch selber nach Berlin fuhren.

Die Kajütentür zog Joachim magisch an; sie ächzte laut, als er sie öffnete, und eine der verrosteten Angeln brach. Der Eingang war von Spinnweben überwuchert. Auf den Stufen lag Staub und Sand, aber Joachims mäßiges Gewicht konnten sie schon noch tragen. Entschlossen drang er ins Innere vor.

Unten stand etwas Wasser. Doch das machte nichts; an der einen Wand war ein Tisch befestigt, auf dem konnte man sitzen und die Füße auf die

Bank davor stellen. Die obere der Schlafkojen sah so aus, als wenn sie noch fest genug wäre – wirklich, sie würde halten, man brauchte sie nur sauberzumachen und eine Decke mitzubringen, dann könnte man hier ...

Auch das kleine Fenster war überraschenderweise heil geblieben; Klöterfuß opferte sein reines Taschentuch dafür, es klarzureiben. Oben in der Wand steckte ein hölzerner Zapfen, der als Kleiderhaken gedient haben mochte. Er hängte seinen Strohhut darauf, und mit einem Schlage schien ihm der Raum bewohnt, ja, geradezu gemütlich. Ein prachtvoller Unterschlupf, wenn es mal regnen sollte!

Joachim brannte sich eine Zigarette an. Er saß auf dem Tisch, die Füße auf dem Bänkchen, den Rücken an die Wand des alten Kahnes gelehnt und betrachtete durch sein Fenster das leise wogende Schilf und die „Schmackeduzien", die braunen Schilfkolben. Ein unendlich wohltuendes Gefühl der Geborgenheit überkam ihn; er seufzte tief und sprach:

„Was für eine Fügung!"

Später, auf der Rückfahrt im Eisenbahncoupé, hatte Klöterfuß vielerlei zu bedenken und in seinem Taschenbuch zu vermerken. „Handfeger", schrieb er. „Angelrute. Bratpfanne, Kochtopf. Kartoffeln. Kleine Lampe, Petroleum. Seife. Bücher." Zuweilen lächelte er verloren vor sich hin; die Leute im Abteil stießen sich an und flüsterten: „Bei dem piept's." Aber als Joachim laut vor sich hin sagte: „Badehose!" erschraken sie und verstummten.

Die Woche war eine der längsten in Klöterfußens Leben. Schon am Montag sah er alle halbe Stunde nach der Uhr. Am Sonnabend ließ er sich den Nachmittag freigeben, weil er es nicht mehr aushalten konnte. Beladen wie ein Mausefallenhändler eilte er zum Bahnhof.

Das Brett lag unangetastet in seinem Versteck. Gottlob. In der Zwischenzeit war ihm alles so unwirklich vorgekommen, als hätte er es nur geträumt, aber jetzt war es wieder beglückende Wirklichkeit.

Zwei Stunden lang scheuerte und hämmerte Klöterfuß in der alten Kajüte. Dann stieg er an die Oberwelt empor und machte einen Rundgang um seine Insel. Den Salamander begrüßte er freudig als alten Bekannten, aber das Eichhörnchen war nicht zu Haus; er hinterließ ihm eine Handvoll Haselnüsse als Visitenkarte und ging wieder „an Bord". Er hatte Lust bekommen auf ein Sonnenbad und zog seinen Badeanzug an.

Schön war er nicht, wie er so dastand, mit Strohhut, Zigarre und Klemmer, in seinem schlotterweiten, quergestreiften Badeanzug, dessen Beine auf halbmast hingen. Seine Glieder waren erbärmlich mager, und seine bleiche Haut erinnerte an jene blutlosen Pflanzen, die im Dunkeln wachsen. Aber, da ihn niemand sah, was schadete es schließlich?

Einen dicken Spazierstock in der Hand, balancierte er zum vorderen Ende der Zille hinüber. Dort setzte er sich nieder und schraubte die Zwinge von seinem Spazierstock. Der Stock war hohl, ein Rohr, das in seinem Innern zwei engere Rohre und ein dünnes Stöckchen verbarg, die man herausnehmen und aufeinanderstecken konnte – eine geheime Angelrute. Joachim haspelte die Angel von einem kleinen Brettchen, befestigte sie an der Rute und beköderte den Haken mit einem winzigen Stückchen von einer gekochten Kartoffel, das er mit seinem Taschenmesser sauber zurechtgeschnitten hatte. Dann senkte er die Angel vorsichtig und lautlos in eine kleine Lichtung im Schilf.

Ganz still saß Klöterfuß da und blickte auf den kleinen, roten Federkiel. Dürftig sah er aus, wie ein Geier in der Mauserzeit. Sein Lächeln nahm sich komisch aus, in seinem grauen, säuerlichen Bureaugesicht, aber nichtsdestoweniger war es ein Lächeln ungetrübter Wonne. Wohlig durchwärmten ihn von außen die Sonnenstrahlen, und von innen her das große Glück seiner Einsamkeit.

Der Schwimmer zuckte ein wenig. Versunken in seine Behaglichkeit, kam Joachim mit dem Anschlag zu spät; das Stückchen Kartoffel war weg. Lächelnd besteckte er den Haken neu und warf wieder aus.

„Da – schon wieder einer!“ Diesmal erwischte er den richtigen Augenblick, und eine handlange Rotfeder zappelte in der Luft. Kurz darauf fing er eine zweite Rotfeder. Danach kam ein Uckelei, der den Köder gar nicht erst untersinken ließ, dann, in größerem Abstand, zwei Plötzen und ganz zuletzt, als es schon dämmerig wurde, der beste Fisch des Tages: eine große Güster; ein ehrgeizigerer Mann als Klöterfuß hätte beschworen, sie wäre ein Blei.

Joachim fröstelte, es wurde kühl. „Feierabend!“ sagte er. Eilig schuppte und wusch er seine Fische, hinten beim Steuer im flachen Wasser stehend. Er zog seine Kleider an, in denen noch die Sonnenwärme saß, und verschwand in der Kajüte, begierig, den guten, neuen Spirituskocher einzuweihen.

Purpurn färbt sich der westliche Himmel; die Sonne geht unter. Ein leichter Nebel überzieht den Fluß. Langsam, lautlos, breit strömt die Havel dahin. Stille ringsum.

Nur aus dem alten, verlassenen Kahn im Rohr tönt ein feines, prutzelndes Geräusch. Aus der kleinen Luke fällt schwaches, warm rötliches Licht; es versickert im Schilf. Und aus der offenen Kajütentür steigt ein köstlicher Duft von Bratfisch und Kaffee.

Nun liegt Joachim in seiner Koje, in seine warme Wolldecke gewickelt, den zusammengerollten Anzug als Kissen unter dem Kopf. Er raucht eine allerletzte Zigarre; wenn er die Asche abstreift, zischt es ganz leise. Weil sie ins Wasser fällt. Joachim liest beim Schein seiner kleinen Petroleumlampe in einem Buch. Er besitzt im ganzen acht Bücher. Sie handeln alle von Einsiedlern. Augenblicklich liest er den „Robinson“.

Sehr satt und sehr behaglich liegt er da und weiß genau, daß er nie in seinem Leben so glücklich war wie jetzt. Als er am Sonntagabend Abschied nehmen mußte, wandte er sich mehrmals um. Eine Woche ist eine lange Zeit, wenn man sie vor sich hat; sie ist wie ein langer, grauer, staubiger Weg mit vielen Leuten drauf.

Nachher war sie gar nicht so endlos; Klöterfuß bemerkte mit Erstaunen, daß seine Arbeitswochen sich jetzt kürzer anfühlten. Wenn man einen richtigen Lebensinhalt hat und ein ordentliches Ziel vor Augen, wenn man in der Freizeit Pläne schmieden und sich auf den Sonntag freuen kann, weil er schön werden muß, ob er nun will oder nicht – dann sind so sechs Tage herum wie nichts.

Außerdem hat auch Arbeit ihre Vorzüge. Man verdient Geld damit. Und Klöterfuß brauchte jetzt dringend Geld. Viel Geld. Er arbeitete einen abgefeimten, bis ins Kleinste durchdachten Sparplan aus, um es schneller zusammenzukriegen.

Eine Reihe prachtvoller Einsiedlersonntage verlebte Joachim. Meistens schien die Sonne, dann saß er draußen auf seinem Kahn, wärmte sich im Licht und angelte seine Plötzen. Er bekam einen Sonnenbrand und dann eine neue, braunere, wetterfestere Haut. Manchmal regnete es. Dann saß er in seiner Kajüte und sah zu, wie die Regentropfen auf den Schilfblättern herunterliefen, oder er lag, warm in seine Decke gehüllt, in seiner Koje und las; auf dem Deck trommelte der Regen, und Joachim freute sich, daß die neue Dachpappe so schön dichthielt.

Es kam der große Tag, an dem Joachim seinen ersten Blei fing. Der Schwimmer hob sich plötzlich nach oben, legte sich auf die Seite. Klöterfuß zog an, und sofort ging unter Wasser ein großer Spektakel los; alle Künste mußte er spielen lassen, um den Blei vom Rohr zurückzuhalten. „Jetzt reißt er ab – jetzt reißt er ab!“ flüsterte er immer wieder. Und zu guter Letzt, als der Blei schon müde auf der Seite lag, mußte er sich noch ins Wasser gleiten lassen, um ihn mit den Händen herauszuholen; denn hochheben hätte er ihn nicht können an seiner dünnen Schnur und dem kleinen Haken. Es lohnte sich aber; zwei gediegene Einsiedlermahlzeiten in einem Stück waren das.

Es kam der große Tag, an dem das Eichhörnchen zum erstenmal in Joachims Beisein eine von seinen Haselnüssen holte. Nachdem es Klöterfuß lange genug von oben betrachtet hatte, huschte es plötzlich am Stamm herunter und lief auf die Nüsse zu. Schon hatte es eine im Fang, und schon saß es auch wieder oben im Baum und schaute herunter. Joachim hatte keine drei Meter entfernt gestanden; was für ein Erlebnis!

Es kam der große Tag, an dem Klöterfuß den guten neuen Lattenfußboden in der Kajüte fertig hatte. Wenn jetzt etwas herunterfiel, wurde es nicht mehr naß. Man konnte auch nicht mehr versehentlich im Wasser landen, wenn man morgens aus der Kajüte kroch. Zu sehen war die Nässe noch. Aber nur durchs Gitter, luxuriöserweise! (Übrigens verstand es das Taschenmesser, doch noch hineinzufallen.)

Allmählich wurde es Winter; man konnte nicht mehr draußen schlafen. Aber jeden Sonntagmorgen, mochte es noch so blasen und schneien, war Klöterfuß zur Stelle. Er legte einen Futterplatz an für die Meisen, der sich unter den Spatzen bald herumsprach und immer leer war, wenn er wiederkam. Als Frost eintrat, brachte er im Gewande verborgen ein Beil mit und hackte in stundenlangem Bemühen rings um seine Zille herum das Eis auf.

Bei dieser Arbeit überraschte ihn ein Förster, der seinen Spuren im Schnee über das jetzt zugefrorene Fließ gefolgt war, in der Hoffnung, einen Frettchenjäger oder Schlingensteller zu erwischen, die damals noch häufig waren in den Wäldern um Berlin herum. „Was machen Sie denn da?“ rief er, und Klöterfuß antwortete ganz aufrichtig: „Ich hacke das Eis auf.“ Der Förster wußte nicht recht, ob er das nun verbieten sollte oder nicht. Es war ihm noch nicht vorgekommen, daß einer zum Vergnügen das Eis aufhackte. Einerseits war er als Beamter schließlich zum Verbieten da. Andererseits war die Hackerei ganz nützlich; denn dann kriegten die Fische Luft. „Wenn Sie hier angeln wollen, müssen Sie einen Schein haben!“ sagte er zweifelnd. Joachim fragte artig, wo es die Scheine gäbe, und nahm sich vor, einen zu kaufen. Der Förster ging weg. Unterwegs entdeckte er das Vogelhäuschen und die Haselnüsse. Sie berührten ihn sympathisch, deswegen rief er über die Schulter zurück: „Na, denn hacken Se man ruhig weiter, aber lassen Se sich de Beine nich kalt weern.“

Klöterfuß erstand eine Angelkarte und fing einen großen Beutel voll Plötzen aus einem Eisloch. Er briet sie zu Hause, legte sie in Essig und sparte die ganze Woche über die Wurst zum Abendbrot. Damit waren die Unkosten schon wieder hereingebracht; die Scheine waren noch billig damals, weil es noch mehr Fische gab und die Havelfischer noch nicht so ausschließlich von der Angelscheingebühr leben mußten wie heutzutage.

Ein neuer Frühling kam und ein neuer Sommer, und mit ihnen neue Einsiedlerfreuden. Klöterfuß fing einen Hecht; ein Erlebnis voll abgründiger Sensationen war das, und er mußte ihn zweimal durchschneiden, ehe er in die Bratpfanne paßte.

Unter den Schiffern und Fischern der Havel entstand das Gerücht, daß auf der alten, kaputten Zille im Rohr ein Spuk sein Wesen triebe. Die ältesten unter ihnen entsannen sich noch, daß der Kahn dem Vater Ziesekow gehört hatte. Vater Ziesekow war auf seiner Zille gestorben. Weil er nicht runter wollte. „Nee, nee", hatte er immer gesagt, „ach Quatsch, laßt mir man liebers hier – hier bin ick nu schon so lange." Ja. Und nun ging Vater Ziesekow also um. Manchmal, wenn es ganz dunkel war, konnte man ihn husten hören. Ein Fischer hatte in einer stürmischen Nacht ein grünes Licht dort leuchten sehen, das gespenstisch flackerte. Ein Irrlicht.

Es kam nichts danach. Die Aufgeklärten wußten, daß es keine Spükers gibt; sie brauchten nicht erst hinzugehen und nachzusehen. Und die Gläubigen wußten sich was Besseres als hinzugehen, wo es spukte, Gott bewahre!

Jahre gingen hin. Klöterfuß nagelte allerlei neues Holz von inwendig in seinen Kahn, stützend und versteifend, was gar zu wackelig wurde. Er verlebte einen vierzehntägigen Urlaub auf seinem Grundstück. Als er wieder in die Stadt zurückkam, war er heiser wie eine Eule, aber braun wie der Neger im Zirkus Schumann.

Klöterfuß sparte, sparte, sparte. Langsam floß die Havel dahin, und mit ihr die Zeit. Das Sümmchen, das Joachim auf der hohen Kante liegen hatte, war schon ganz hübsch und rundlich geworden; nur ein wenig Geduld noch!

Und dann war er da, der große Tag der Erfüllung.

„Also, meine verehrten Mitbürjers", sagte der Gemeindevorsteher des Dorfes Pritzkow zu seinen Gemeinderäten, „diss hier is nu also der Herr aus Berlin, wo das Stück Wald kaufen will, was zwischen das Hainicher Fließ und den Modderjraben liecht. Weil er sich da 'n kleenet Heiseken hinbauen will. Wir haben da ja nu jestern schon drüber ins Einvernehmen gesessen, und hin und her, na kurz, also wir haben jedacht, fuffzehnhundert Mark muß es bringen."

Klöterfuß hatte mit zweitausend gerechnet. Aber so dumm war er ja nicht, daß er nun etwa gleich ja gesagt hätte. Er stand seufzend auf und sagte, so teuer hätte er sich die Sache nicht vorgestellt, und er müßte sich dann leider doch wohl woanders umtun, nichts für ungut.

Seine Position war stark. Da unten an der Havel war ja nichts als gelber Sand und Sumpf. Da wuchs ja nichts. Und was man für die paar Krüppelkiefern kriegen würde, lohnte das Abholzen kaum! Abspringen lassen durfte man ihn auf keinen Fall, darüber war sich der Gemeinderat in der Vorbesprechung klar geworden. Denn so leicht würde man keinen andern finden, der bereit war, sein gutes Geld in Streusand anzulegen.

Besonders der Maurermeister hatte diese Gründe immer wieder ins Treffen geführt, weil Klöterfuß ihn um einen Kostenanschlag gebeten hatte für ein kleines, aber massives Haus. Stube, Kammer, Küche.

Und außerdem spukte es dort; ein Argument, das von niemand erwähnt, aber von allen bedacht wurde.

Klöterfuß zahlte elfhundert Mark bar auf die Hand. Das Dorf Pritzkow war im Bilde über ihn: ein reicher, älterer Junggeselle aus Berlin, etwas verrückt im Kopp, wie die meisten Berliner.

Das Häuschen im Walde wuchs heran und gedieh zur großen Freude des Bauherrn. Es hatte eine Veranda mit Blumenkästen, einen richtigen Herd und einen ganz besonders konstruierten Rauchfang, in dem man Aale räuchern konnte. Im August wurde es fertig, die Maurer verschwanden, Joachim machte drei Kreuze hinter ihnen her und rieb sich die Hände: Das große Werk war vollbracht.

Wie damals am ersten Tage schritt er die Grenzen seines Reiches ab, steifbeinig vor Besitzerstolz.

Das Brett war nicht mehr da. An dem Platz, wo es gelegen hatte, führte jetzt eine hübsche, kleine Brücke über den Bach, mit einer festen, verschlossenen Tür. Die Tür war rings umgeben von einem Strahlenkranz von Latten, und die Latten waren mit Stacheldraht durchflochten. Ohne Schlüssel konnte niemand hinüber. Und Schlüssel gab es nur einen.

Das alte Brett war jetzt ganz woanders. Es bildete die Rückenlehne der Bank, die auf Joachims Veranda stand. Komisch genug sah das aus, das helle, neue Holz der Bank, und dann dieses stumpfe, schwarze Brett. Der Tischler hatte sich gesträubt. „Mein lieber Herr", hatte er gesagt, „das kann ich doch janich machen, da lachen ja die Leite drieber. Und denn – 'n neues Brett kost 'n paar Jroschen, da sparen Sie doch an die janz falsche Stelle, das hält denn wenichstens. Da mach ick mir ja drei Hobels stumpf dran, und die Arbeet, na, ick danke, det is nich billjer, nee, det kost Ihn'n mindestens 'n Dahler mehr!"

Joachim hatte ganz schlicht erwidert: „Bewilligt."

Wenn er abends auf seiner Veranda sitzt und eine gute Zigarre raucht, gemütlich die Arme über die Lehne gelegt, dann kann er freundschaftlich mit der Hand auf das alte Brett klopfen und sagen: „Na, Alterchen, wie geht's uns denn immer noch so?"

Sacht bei sacht hat Joachims Haar eine mausgraue Farbe angenommen. Nun wird es nicht mehr lange dauern, dann ist er reif zur Pensionierung. Sein Häuschen steht bereit, ihn für dauernd aufzunehmen, die Stadt wird ihn nicht mehr zu sehen kriegen, die Drängelei und das Getümmel sind dann vorbei.

In Joachims Testament steht, daß das alte Brett einen Bestandteil seines Sarges zu bilden habe. Als Universalerbe ist ein junger Mann aus seinem Bureau genannt, der keine Braut hat, sondern eine schiefe Schulter. Joachim weiß von ihm nicht viel mehr, als daß er keinen richtigen Vater besitzt und sonntags mutterwindallein im Grunewald herumzustiefeln pflegt. Klöterfuß lächelt vergnügt. „Der wird sich vielleicht wundern!" sagt er.

15 *Oll Blunk und die Meerfrau*

Jeder will was erleben.

In den Großstädten begibt sich viel. Man braucht bloß so eine Zeitung anzusehen, wie sie die Sommergäste kriegen: dascha 'n richtiges Buch, ischa das ! Dick voll mit Einbrüchen, Paraden, Ausverkäufen, Entführungen und was nich noch all för Sehenswürdigkeiten. Da erlebt jeder selber was, braucht sich um die andern gar nicht groß zu kümmern. Da wachsen die Sensationen wild, sozusagen, und man hat es nicht nötig, aus kleinen Tatsächelchen mühsam welche heranzuzüchten, auf dem Wege der mündlichen Nachrichtenweitergabe.

Im kleinen Städtchen begibt sich die meiste Zeit gar nichts. Das sieht vielleicht von weitem schön und ruhig aus. Aber mit jedem Tage vergeht ein Stück deines einmaligen, unwiederbringlichen Lebens. Und wenn du zum Beispiel eine ältere Dame bist, und du bist nicht die Mutter einer Familie mit viel Arbeit für die Hände und das Herz, sondern im Gegenteil ein Fräulein, dann wird dir dein Leben vorkommen wie eine leere Tüte. Die du füllen mußt mit Sensatiönchen aus dem Leben der andern. Auf dem Wege der mündlichen Nachrichtenweitergabe. Vermittels Tratsch.

Der Stoff für Tratsch ist knapp in deinem kühl gelegenen, nördlichen Städtchen. Mit aller Sorgfalt mußt du ihn einernten bis auf das lütteste Finzelchen und ihn mit aller Schärfe des Verstandes und der Zunge verarbeiten, wenn er halbwegs reichen soll! Die Piepenbrinksche Heirat ist bald zu Ende besprochen, wenn es dir nicht gelingt, alsbald die ersten Anzeichen einer Zerrüttung der jungen Ehe auszuknifteln. Und Lehmanns entflogener Kanarienvogel wird sich ja nur dann über vier Wochen langziehen lassen, wenn du wahrscheinlich machen kannst, daß das Tierchen bloß deshalb dem Kreise der Lehmänner entwotz, weil es die skandalösen Familienverhältnisse in diesem Hause nicht länger ertrug . . .

Fräulein Rosine Stakenbrodt, s–prich S–takenbrodt, Kaptein Pedersens Wirtschafterin, sitzt an ihrem Lieblingsfenster und strickt ohne hinzusehen. Diese Art des Strickens ist eine nützliche Kunst; wenn man sie beherrscht und einen kleinen Spiegel, einen „S–pion“, vor dem Fenster hat, dann kann man alles in sich aufnehmen, was draußen geschieht, ohne sich durch müßiges Heraushängen des Oberleibes in den Ruf der Faulheit und Neugier zu bringen. Viele, viele Spione blicken das blitzsaubere Gäßchen entlang. Da bleibt nichts verborgen, und gestern stellten sie fest, daß bei der Schultschen vor der Tür ein Grashalm wuchs, so eine Schlamperei!

Es geht auf den Abend zu. Der Spion meldet ein Pärchen; eingehakt, auf offener Straße, Sommergäste natürlich. Genieren sich ja wohl mit gar nichts, diese Großstädter. Kein bißchen Moral haben diese Leute, nein, Moral haben sie nicht die Spur! Und wie die baden, alle durcheinander, mit beinah ohne was an – wenn man das so sieht, das kann man gar nicht sehn, kamman dascha. Wenn das unsereiner machen wollte, da wöäde man schadennwoll eher stääben vor Scham, nööch? Bei dieser Vorstellung überläuft Fräulein Rosine ein – (übrigens nicht völlig unsüßes) – Gruseln, und sie muß sich mit einer Stricknadel in die Haare fahren, um die Gänsehaut abzustellen. Ein junges Mädchen erscheint im Spiegel, mit einer Mappe in der Hand. Auf der Mappe steht in goldenen Lettern „Musik", das ist wohl Zollrat Vietjens Älteste. Aber „die Musik", Klavierlehrerin Fräulein Pape, wohnt doch ganz wo anders lang?! Hat womöglich ein Rendezvous im Park gehabt, das gnädige Fräulein? Na gewiß war das Vietjens Älteste, immer läuft die den linken Absatz schief – ja, ja, mit Kleinigkeiten fängt es immer an. Das trifft sich gut, morgen ist Kränzchen bei Vietjens, da wird man Fräulein Pape mal fragen, wie das denn ist, nöch? Was wohl die Zollratsche für ein Gesicht machen wird, wo die sich immer so aufspielt mit ihrer Tochter, gottogott! „T–t–t!" macht Fräulein Rosine und zieht ihren Mund zusammen, daß er sich fältet wie die Schnurre eines Frühstücksbeutels.

Aber plötzlich läßt sie alle Ruhe und Würde fahren und gerät in das zornige Gehaben eines aufgeregten Kakadus. Der Spiegel weist zwei seltsame Gestalten: einen besonders schlaksigen, blonden Seemann und einen sehr kleinen, sehr alten Mann in viel zu weiten Matrosenkleidern. Jochen Hendriks und oll Blunk. Oder, wie Fräulein Stakenbrodt sich ausdrückt, leider wieder mal dieser langarmige Dämelklaas Hendriks, und dieser olle Saufaus und Lügenpeter Blunk, der immer die Aalkörbe s–tiehlt.

Nach Fräulein Rosines Anschauung sollen emeritierte Kapitäne vormittags einen kleinen Spaziergang in den Park machen und mit den anderen angesehenen Leuten reden, die auch dort sind. Und dann ihrer Wirtschafterin verzählen, was die andern angesehenen Leute meinen, oder wohl mal büschen was aus der Zeitung vörlesen. Vornehmlich aber sollen sie meistenteils warm angezogen zu Hause bleiben. Dann können sie keinen Rheumatismus kriegen, und keine Grogs über den Durst weg, und bringen nicht S–pott und Schande auf sich und ihr Haus.

Im Leben ihres Kapitäns ist, von Rosine aus betrachtet, oll Blunk das Prinzip des Bösen, der ewige Verführer. Wenn sie ihren würdigen, aber schwachen Kapitän aus seinen Klauen reißen kann, wird er brav und häuslich sein immerdar. Ein jedes Tierchen kämpft mit seinem Stachel, Rosines Waffe ist die s-pitze Zunge, und als eines Tages Pedersen, Pohlmann und Ocke Niendörp ihre Aalkörbe vermissen, macht sie oll Blunk im Handumdrehen zum Saufaus, Lügenpeter und Dieb.

Als man oll Blunk diese freundliche Meinung hinterbrachte, sagte er nachdenklich: „Suput? Dat sall ehr hengahn. Ick kann in meinen Öller nich anfangen un Limmenoor trinken, denn vielleicht bekömmt es mich nich. Läugenpieter? Schiet. Wenn Ein' so veel erlewt hett as ick, un is nich sstill un redt dor öwer, mött hei sick nich wunnern, wenn de oll Stauwenhuckers vun em seggen, hei lücht. Weil sei nicht weiten, wat't all giwt. Äwer Oalkörw heww ick nich stahlen, mien Leewdag nich. Denn dat geiht gegen den seemännischen Ehrenpodex, geiht dat. Oalkörw un Fisch un Bööte, da schast du nech an rühren, steiht dor in; un ook nich an dat Mäten von'n annern Seeler, wenn hei up Fohrt is. Oalkörw sstahlen, kiek an! Na, täuw man, Frollein Stackelboars, dat will'ck di woll wiesen!"

Seither ist Krieg zwischen oll Blunk und Fräulein Stakenbrodt ...

Als die beiden Seefahrer vor dem Pedersenschen Häuschen angekommen sind, bleiben sie stehen. Oll Blunk – (nie wird er, nebenbei, begreifen, was einem Kapitän im Ruhestande zukömmt und was nicht) – erhebt die Hand zum Munde, und ein schauerlicher Pfiff gellt durch die Gasse. Alle Spione konzentrieren sich, fühlbar fast, auf Rosines Fenster. Rosine sstickt sich rot an, strickt in verdoppeltem Tempo, tut aber nicht dergleichen. Darauf kommen weitere Pfiffe geflogen, einer immer schnittiger als der andere. Rosines Strickzeug fällt zu Boden; sie reißt das Fenster auf, sieht einem Kakadu ähnlicher als je und kreischt: „Für Sie und Ihresgleichen ist der Herr Kaptein nicht zu ssprechen, määken Sie sich das!" Bums klirr, macht das Fenster.

Oll Blunk strahlt. Die wasserblassen Augen aufwärts gerichtet, gräbt er aus dunklen Tiefen seiner Gewandung ein nicht mehr ganz weißes Stückchen Zucker und quakt begeistert: „Lora, Lora, Zuckerchen – komm, segg't noch ens, mien Säutje!" Jochen zupft ihn am Ärmel und gibt, däumlings weisend, den Wunsch zum Weiterwandeln kund; aber der Alte weicht nicht vom Platze, bis er Rosine auf seiner Mundharmonika ein Ständchen geblasen hat. Ein schmachtendes Liebesliedchen. Alle sieben Verse.

Man kann es nicht hören noch sehen, und weiß es doch: hinter allen Spionen, außer einem, kakelt Gelächter ...

Während dieser Ereignisse wartet Kaptein Pedersen ahnungslos im Vorgarten des „Blagen Apen“ und erzählt mir eine etwas verschwommene Geschichte, deren Schauplatz allmählich von den Shetlandsinseln nach Melbourne hinunterrutscht. Pedersen, breit in einen Lehnstuhl hingegossen und in seinem großzügigen Umriß einer mittelstarken Seekuh nicht unähnlich, kräftigt sich bereits mit dem vierten „Nürdlichen“. Denn es ist Sommer, man muß etwas gegen die Hitze tun.

Als die beiden andern auftauchen, raffen wir uns selber und unsere Geräte – den Kasten mit den Bollwerksangeln, die Vorräte an Flunderlebern und in Milch geweichtem Schweizerkäse – auf und bummeln zum Hafen hinunter. „Hopp in, Kösting“, sagt oll Blunk. Ich fühle mich gehoben, denn, weiß der Deubel, weshalb, es gilt nun mal als besondere Ehre, diesen schabernakschen Meergreis rudern zu dürfen. Pedersen zum Beispiel kommt so leicht nicht dazu – und es kränkt ihn! „Hei is un is mich zu ballerig“, meint der Alte. Jochen Hendriks und der Kaptein fahren einzeln ab, jeder in seinem Boot.

Wir haben eine Zeitlang „Instrom“ gehabt, das Wasser ist haffwärts geflossen; jetzt ist der Instrom schwach geworden, bald wird er umschlagen. Oll Blunk hat gesagt, heute Nacht läuft der Blei – und wenn er es nicht weiß, wer sollte es wissen?

Der Wind reicht nicht aus zum Segeln. Eine gute Stunde lang rudern wir, mit ruhigen, kurzen Schlägen. Ein Mann im Skiff flitzt an uns vorüber. Er flitzt mit aller Kraft irgendwohin, wo zu sein keinen Sinn hat, um, dort angelangt, wieder zurück zu flitzen und auszusteigen. Wenn der Mann meinem Meergreis sein Tun verständlich machen wollte, würde er Mühe haben. Vermutlich würde ihm der Alte kurz und schlicht erwidern: „Moas“. Das heißt auf Hochdeutsch: „Vielleicht kommen Sie vom Mars, geehrter Herr, Ihre Sprache ist mir völlig fremd, leben Sie dringlichst wohl!“ Gegenwärtig faßt er seine Betrachtungen über das schwanke Fahrzeug und seinen Betreiber in der Weise zusammen, daß er backbords einen scharfen, bräunlichen Strahl hinausschießt und schweigt.

Wir, unsrerseits, arbeiten unsere Boote, die keine Boote, sondern Bööte sind, ernsthaft und langsam vorwärts, bis wir genau da ankern, wo jetzt zu sein einen Sinn hat. Wenn man auch nicht viel davon merkt, zunächst. Wir werfen die Schnüre aus und gedulden uns. Ich probiere verschiedene Köder: Erbsen, Flunderleber, Käse und Wurm. Oll Blunk nimmt nur eine Sorte, oll Blunk weiß. Aber er zeigt mir nicht welche. Aus pädagogischen Gründen.

Ganz flach dehnt sich das Land zu beiden Seiten des Stromes; hier und da unterbricht ein Schiffahrtszeichen, selten ein Baum die glatten Linien des Horizontes. Durch keinerlei nennenswerten Vordergrund behindert, entfaltet die sinkende Sonne ihr Farbenspiel.

Das letzte bißchen Wind geht schlafen. Der Himmel bewölkt sich. Mit einem allerletzten, violetten Schimmer empfiehlt sich der Sommertag zur freundlichen Erinnerung. Es wird kühler und äußerst dunkel. Die Nacht ist wie Tinte. Von Jochens Boot, das am weitesten draußen liegt, glänzt Laternenschein zu uns herüber, manchmal von Nebelfetzen verschleiert, die unendlich sacht zwischen den Booten dahinschweben.

Plötzlich höre ich ein Plätschern, und Pedersen, der irgendwo dahinten liegen muß, sagt leise: „Hei kömmt!" Fast gleichzeitig beginnt oll Blunk eine lebendig gewordene Schnur hereinzuholen. Ein leises Zupfen an meiner zweiten Angel, mehr geahnt als gefühlt, ein blitzschneller Anhieb, und auch ich habe das Vergnügen, einen starken Blei zu drillen. Das ist, als zöge man ein quergebundenes Brett durch das Wasser; man hat ein Gefühl in den Fingern, als hielte man einen Papierdrachen mit zu leichtem Schwanz, der „schießt". Ich schöpfe einen guten Vierpfünder auf. Mit einem Schluchzer verschwindet er im Fischkasten.

Als ich meine andere Schnur nachsehe, sind die Köder abgefressen. Ich komme nicht mehr dazu, sie auszuwerfen, denn jetzt folgen die Bisse Schlag auf Schlag. Wir nehmen uns abwechselnd den Kastendeckel aus der Hand, der Alte und ich.

Selten, höchst selten habe ich solche Fangnacht mitgemacht. Mehr als dreiviertel Zentner Blei bringen wir in den nächsten zwei Stunden ein. Dann ist unvermittelt Schluß. Ein Nachzügler meldet sich noch – und ist schon kein Blei mehr, sondern nur so ein kleines Bündel gesträubter Stacheln: ein Kuhlbors. Aus.

Wir sind nicht böse darüber; uns reicht's für ein leichtes Frühstück, was, Vadding? Jetzt kann man die Klingelchen auf die Fischbeinstäbe setzen; Jochen ist auch schon soweit, wie ich höre. Man kann sich die Hände waschen, eine Pfeife anbrennen, sich enger in den Mantel einwickeln. Und nachdenken. Oder druseln.

Möglich, daß ich ein bißchen geschlafen habe; ich erschrecke bis ins Steißbein, als die Schelle losschrillt. Beide Angeln hochreißend, spüre ich einen heftigen Ruck, der mir den Arm hinunterbiegt, begreife, daß ich den besten Aal des Jahres am Haken habe – und da sitzt auch schon die Angel irgendwo fest! Verflixt und zugenagelt, noch nie habe ich Aale geangelt, bei Nacht, ohne mich zu giften. Auch diesmal hat die Bestie einen massiven Unterschlupf gefunden und das Blei verhängt, oder sie hat die Leine um ein Hindernis gewickelt, jedenfalls ist die Leine tot und der Hänger unlösbar.

Schließlich reiche ich das Gerät dem Alten hinüber. Ich höre das Fitschen der Schnur, die er nun seinerseits hin- und herzerrt, dann ein Geflüster – vermutlich ist das eine Formel zum Besprechen verwurzelter Aale – dann nichts mehr. „Wat is, Vadding? Hest afreten?“ – Keine Antwort. – „Hallo, Blunk! Büs versupen?“ – Schweigen ...

Mich fröstelt ein wenig. Ein so alter Mann – einmal wird er in seinem Kahn sitzen und endgültig stille sein ...

Aber diesmal noch nicht. Jetzt ertönt seine Stimme; und wenn auch diese Stimme für gewöhnlich schütter ist und knarrt, wie ein Tau auf einem Pfahl, jetzt klingt sie nach Heulbojen und Nebelhörnern und hallt schauerlich über die düsteren Fluten dahin.

„Dat is kein Fisch. Dat is – nä, ick will't nich utspräken, wat't is. Äwer dat willk Di seggen: snied af oder lat gahn!“

Pause. Dann ruft der Kaptein: „Ahoi, Blunk! Hett de Klabautermann anbeten?“ Und aus Hendriks' Gegend kommt ein Gelächter. Aber beiden hört man die künstliche Forsche an, und der Alte fährt unbeirrt fort: „Uuuuhh, da spodde Du man nich öwer, min Söhn! Klabautermann – un Du lachst, wat? Du schüllst noch nich mol sienen Namen ropen. Öwerhaupt nich nachtens, un nich up't Water. Ick kenn em – un ick segge Di, schnied af! Uhuh, jajaja ... ick kenn em ...“

Tja.

Also ein aufgeklärter Mensch kann über solchen Aberglauben ja wirklich nur lachen, nicht? Ob er jedoch „nachtens un up't Water“ ein ehrliches Bedürfnis zum Lachen in sich spüren wird, ist eine andere Frage.

Wir zum Beispiel, da hocken wir nun in unseren nächtlichen Booten. Man kann ja wohl meilenweit hören, scheint mir; jeder Laut dröhnt noch eine lange, bange Weile nach. Wir sind allein in einer unsichtbaren, fremden, feindlichen Welt. An unserm bißchen Boot saugt die Tiefe unter uns. Nicht vieles deucht uns unmöglich, hier; wer weiß, was in den Wassern schwimmt, wenn sie die Nacht verbirgt.

Oll Blunk erzählt:

Vor Jahren war das, und beinahe am gleichen Platz. Eine Nacht, genau wie diese so dunkel, und die Bleie bissen wie toll. Dann, plötzlich, waren sie weg, als hätte sie einer verscheucht, da unten. Als hätte sie einer verscheucht.

Oll Blunk fühlte ein Gruseln in seinem Herzen. Irgend etwas stimmte nicht. Er wollte hier weg und zu anderen Menschen. Eine feste Tür hinter sich zumachen können und Licht sehen. Aber da war etwas, das ihn lähmte und hielt. Das ihm sagte, du findest ja doch nicht ans Land. Es war auch alles so ohne Hoffnung, und als hätte das Leben keinen rechten Sinn und

Wert mehr. Er hätte sich sinken lassen können ohne Kampf, hinunter zu dem, was da zog . . .

Was an der Leine zog, die festsaß.

Wenn man an ihr riß, gab sie ein wenig nach, wurde aber gleich wieder zurückgezerrt. Unheimlich war das. So lebendig, und doch wieder nicht richtig lebendig.

Nicht richtig lebendig . . .

Da nahm sich oll Blunk zusammen und wuchtete mit aller Kraft an der Leine, und sprach dabei einen Spruch, den hatte ihn einer gelehrt, der wußte. Uhuh, jawohl, der kannte mehr solche Sachen. Ein Fischer war das, ein gewisser Larsen, und einmal hatte er den ganzen Kutter voll Fische von einer Sorte, die noch nie einer gesehen hatte. Damals, als oll Blunk dieses schaurige Abenteuer hatte, war der alte Larsen schon gestorben, soviel war ja nun mal sicher, och ja, da war kein Zweifel. Bloß, ob er richtig tot war oder nicht richtig tot, darüber konnte man ja denn woll verschiedener Meinung sein. Oder war etwa seine Mütze angetrieben, oder ein Knopf von seiner Jacke, oder auch nur ein lüttes Finzelchen Holz von seinem Boot, wie? Nichts!

Oll Blunk fürchtete sich sehr, aber er sprach den Spruch. Und da kam die Angel . . .

Der Alte verstummt. Ich tue einen tiefen Zug aus einer Flasche mit seelenstärkendem Inhalt, weil ich das ziemlich nötig habe. Bestimmt bin ich ein aufgeklärter Mensch. Aber besonders bei Tage.

Oll Blunk sagt, daß man so was vielleicht lieber gar nicht erzählen sollte. Auch sei ihm trocken im Halse. Ich fuchtele mit der Flasche herum, bis er sie ertastet hat, und höre ein Gluckern. Dann grapsche ich meinerseits in der Finsternis hierhin und dahin, bis ich einsehe, daß es keinen Zweck hat.

Ja, also die Angel kam. Was daranhing, war schwer wie Stein, aber weich wie ein Wesen, das konnte man fühlen beim Ziehen. Er starrte gebannt hinunter, etwas Helles brach durch die Oberfläche: ein menschlicher Arm. Ein weiblicher Arm, genauer gesagt, grünlich leuchtend!

Oll Blunk ließ die Leine fahren, als wäre sie glühend und sank entsetzt auf seiner Ruderbank zusammen. Mählich rieselte die Schnur über den Bootsrand. Er griff nach der Haspel, um sie über Bord zu schleudern. Jedoch, kaum hatte er sie berührt, als ihn auch schon eine bei aller Furcht höchst sündige Begierde nach dem Unding am anderen Ende der Schnur überkam. Ein Meerweib . . . seltsam süße Künste hatte ihnen der Fischer zugerühmt . . . kurz, über ein Weilchen begann oll Blunk, die Kreatur sachte wieder heraufzuzurren, eher besorgt, daß sie abfallen könnte.

Wieder erschien ein Arm. Eine runde Schulter. „Ob sie wohl schön ist?" dachte er, und das Herz schlug ihm oben im Halse. Unversehens packte er zu, spürte mollige Formen und hob, hob ...

Ah! ...

„Na und? Na nu man tau doch, Vadding!" ruft Hendriks, offenhörlich sehr bei der Sache. Indessen, der Alte läßt sich bei seiner Kunstpause nicht stören. Kluckluckluck, geht es drüben, und ich finde endlich meine Flasche wieder. Leider leer.

Aaah, das war ein Gesicht! Ein Gesicht? Den Düwel ook, eine Fratze war das! Wie ein Papageienfisch sah das aus, nur viel grausiger. Und dieses Beieinander von molliger Weiblichkeit und gespenstischer Fratze war so scheußlich, daß er mit einem lauten Aufschrei das Greuel von sich stieß. Klatsch, versackte es abermals. Mit flatternden Fingern wühlte oll Blunk sein Messer aus der Tasche, um in großer Hast die Leine zu kappen. Jedoch, das Messer hatte die Schnur noch gar nicht berührt, als schon ein ganzes Bündel knasternder Funken herausschlug. Vor Schreck ließ er es fallen, blupp, da ging es hinter der Meerfrau her. Er griff nach der Leine, um sie zu zerscheuern oder zu zerbeißen, ganz gleich – und in diesem Augenblick befiel ihn solches Entsetzen, daß alle seine Haare peilgerade von ihm wegstanden und seine Zähne klapperten wie eine Weckuhr. Denn er spürte, wie etwas Hand über Hand sich an der Schnur heraufwuchtete aus der Tiefe. Das war nicht die Meerfrau, o nein, da saß eine ganz andere Gewalt dahinter! Er preßte die Hände vor die Augen, um wenigstens nichts zu sehen. Das Boot neigte sich nach Steuerbord bis fast zum Umschlagen, erbebte in allen Fugen unter dem klatschenden Aufprall einer weichen Masse und kam schaukelnd wieder hoch. Während eine gewaltige Stimme die Worte dröhnte:

„Dor is Dien Metz, Du Döskopp!"

Und verstummte.

Von der unvermeidlichen Gewaltigkeit abgesehen, hatte sie nicht mal so unfreundlich geklungen.

Als oll Blunk nach einer Weile die Augen zu öffnen wagte, lag vor ihm das entfallene Taschenmesser. Ferner die Meerfrau. Der Klabautermann hatte sie ihm ins Boot geknallt.

Tja. Da lag sie nun und schlief. Oder vielleicht tat sie nur so, weil ihr die Sache genierlich war. Denn, das muß man ja sagen, alle, aber auch alle Veranlassung hatte sie ja dazu. Im ganzen genommen, war sie übrigens gar nicht so übel; nur der scheußliche Fischkopf mit dem Papageienschnabel, brr! Um der Schicklichkeit Genüge zu tun, bereitete Oll Blunk seine Jacke über diesen.

Er nahm sich nicht mehr die Zeit, seinen Anker zu heben. Man konnte ja auch nicht wissen, was da wieder dranhängen würde. Sondern er kappte einfach das Tau und ruderte los, was die Arme nur hergeben wollten.

So war es noch Nacht, als er im Hafen anlangte, und kaum ein Mensch unterwegs. Er wickelte seine Meerfrau in ein altes Segel und schaffte sie unter Dach. Schön war sie ja nicht. Immerhin, vielleicht konnte man sie an einen Wanderzirkus verkaufen!

Als er sie auswickelte, schlief sie immer noch. Nein, schön war sie wirklich nicht. Außerdem roch sie schlecht. Nicht nach Fisch; mehr so nach Mottenpulver. Oll Blunk fand, daß diese Angelegenheit immer peinlicher wurde und hoffte, daß recht, recht bald ein Wanderzirkus kommen möge.

Da sah er den Zettel an ihrem Halse.

Uhuh, jawohl. Mit einem Stückchen alter Angelschnur war er angebunden, und es stand was Geschriebenes drauf.

„Täuw ens, ick heww em jo noch!" sagt oll Blunk. Wir hören Papier knistern, und dann liest uns oll Blunk den einzigen eigenhändigen Brief des Klabautermanns vor, der jemals bekannt geworden ist. Er lautet:

„Mien leiwen Blunk!

Düsser olle Suput un Läugenpieter – Du weitst jo woll, wem daß ich meine! – hett sick rasch noch penschonieren laten, iehr dat ick em verwischen kunn. Äwer Strafe mött sin, und hei dörp mi nich dör de Maschen gahn; denn wat süllen süs de annern Geisters von mi denken!

Ditt hier nu is Frollein Stackelboars.

Treck ehr beten wat an'n Liew, dat't nich miehr so upfällt. Süs markt hei am Enn doch wat – wenn hei ook man dusselig is. Un dat Du ehrn Plaster up'n Achtersteven klewst, wo Du Döskopp ehr Dien Metz hinsmeten hest!

Hei hett nah'ne Wirtschafterin insereert.

Drah sei em hen!

Dien leiwen ollen ehrwördigen Klabautermann."

Tja.

Also schull sei Pedersen hebben, nich ick, un da was't jo nu nix mit'n Verköpen. Na, wat möt, dat möt; ick heww ehr'n Kleed versorcht un heww sei bi Pedersen vör de Dör sstellt. Recht was't mi nich, äwer ick dacht mi so, hei ward sei jo doch woll nich nehmen – hei hett doch Oogen in'n Kopp, wenn ook süs nich veel! Äwer wo hei nu rutkäm, kiek an, mit eins müntert sei sick up, un redt ook, un dat ging man so in Einen weg mit Herr Kaptein vörn un Herr Kaptein hinnen. Un richtig – hett hei se sick angascheert . . .

Düsse schröckelige Kenntnis, dat Pedersen 'n Meerfru in'n Huse hett un betahlt ehr ook noch föftein Dahlers 'n Monat, de heww ich nu all die Jahren mit mi rümsleppt.

Äwer denn käm die eine Nacht, dor heww ick wedder ens den Klabautermann sine forchbare S–timme hürt, un es war ein öntsötzlücher S–turm, so S–tücker S–tärke ölf, un da s–prach de. Klabautermann zu mir un sagte: „Balunk!" sagte er, „nu schast Du em dat vertellen. Damit er ook weit, dat't ne S–trafe is. Süs is er im S–tande un gewennt sick dran, as an Lüttjedünn, un denkt wurmeuchlich noch, es is'n Genußmiddel! Wenn hei Di äwer nich glöwen will – na denn, Balunk, denn hett sei jo ümmer noch achtern die kleine S–telle von Dien Metz. Na, nöch? Kann hei sick jo den Beweis ens ankieken?!"

Wie er düsse Worte ges–prochen hatte, da dunnerte er, un denn s–tieß er eine forchbare Lache aus, ungefähr so: „Uuhuuhuh haahaahah hühühühü!"

Als oll Blunk mit der erschütternden Darstellung eines klabautergerechten Gelächters fertig war, hörten wir leise, schwächer werdende Ruderschläge. „Pedersen!" klang die Stimme des Alten durch die Dunkelheit, „Pedersen, büs Du noch dor?" Wir lauschten in die Nacht.

Aber es kam keine Antwort.

*„Nimm dich das an, Hein:
Haupssache is, du s-tells ümmer
genau handbreit oewer Grund!"*

16 | *Der Springer*

Der letzte Sonntag im Mai war, man wird sich entsinnen, heiß wie ein Julitag und keineswegs lenzgemäß lindlau. Solche Witterung, fehl am Platze, macht die Menschen unruhig. Wenn ein sechzehnjähriger Backfisch Glutblicke rollt, geraten Wüstlinge und ehrenfeste Würdenträger gleichermaßen in Verwirrung, Verlegenheit und Zorn. Nein, nein, alles zu seiner Zeit, nicht wahr!

Die Fische bissen auch nicht. Von der Fliege nahmen sie keine Notiz und vorm Blinker Reißaus. Die übliche Sonntagsangelei.

Es ist verflixt merkwürdig und schwer verdächtig, an wie vielen Sonntagen die wettermachende Instanz die ganze Angelei verkorkst. Vielleicht hat Petrus sonntags frei und sein Stellvertreter einen Pik auf die Angler.

Immerhin soll man nichts unversucht lassen; zwischen den Weiden an der Poller Weserfähre fing ich mir Maikäfer. Die gab es reichlich. Ich hatte keine Schachtel bei mir und überlegte gerade, daß der Aufbewahrung dieser Köder in der Hosentasche ihre natürliche Lebhaftigkeit ebenso entgegenstände, wie der Aufbewahrung unter der Mütze ihr reger Stoffwechsel.

In diesem Augenblick kam eine junge Dame vorbei. Schön, sittsam und ganz mein Typ, schritt sie mählich an mir vorüber. Meinerseits frisch geschwommen und hell gekleidet, wie man so ist an solchen Tagen, sah ich bestimmt weit über meine Verhältnisse vorteilhaft aus. Ich unternahm es daher, sie anzulächeln.

Vielleicht hätte ich sie vom Fleck weg geheiratet und an ihrer Seite sehr glücklich gelebt bis in mein hohes Alter und nachher noch längere Zeit ihr Grab mit Rosen geschmückt. Aber nun krochen mir die Maikäfer aus der rechten Hand in den Ärmel, und ich mußte in meiner Gewandung nach ihnen suchen, mit der linken Hand, in der ich auch welche hatte. Da erhob die junge Dame die Augenbrauen um ein Geringes und betrachtete durch mich hindurch die blühenden Auen, so daß ich mir vorkam wie eine Fensterscheibe im Blumenladen. Das Mädchen ging vorüber und hat nicht sollen sein. Tja. So ist das Leben.

Ich stand eine lange Zeit sehr still, bis der letzte Maikäfer brummenden Fluges aus meinem Kragen startete. Später jedoch, als ich mich zu träumerischen Zwecken auf einen Meilenstein setzte, verspürte ich achtern, daß es erst der vorletzte gewesen war. Seltsam; so ähnlich diese Tiere einander sind, so verschieden ist ihr Sinnen und Trachten. Die Natur ist voller Rätsel. Das verstimmte mich, und ich begab mich in einen ländlichen Gasthof, um einen Bittern zu trinken.

Dort saßen zwei Mann und lauerten auf einen Dritten zum Skat. Nach ihren Bräuchen zu schließen, hatten sie dieses Spiel im Wartesaal vierter Klasse erlernt. Ich verlor eine Mark dreißig, die ich eigentlich auf lichtere Weise hatte verjubeln wollen, und wanderte, nunmehr völlig umdüstert, zur Poller Fähre zurück. Es gibt so Tage.

Das schöne Mädchen war nicht mehr da und hatte sich wohl einem andern, minder bekäferten Frühlingsgespielen zugesellt. Ich aber fing mir, weil es ja nicht mehr darauf ankam, zwei neue Maikäfer; ich tötete sie mit etwas Äther und betäubte sie dann durch einen Schlag zwischen die Augen, denn so will es das neue Gesetz. Einen davon ließ ich schwimmen. An einem bewährten Forellenstandplatz nahm ihn ein guter Fisch. Ich schickte den zweiten Käfer am Haken hinterher und landete einen zweipfündigen Döbel.

Tja.

Also, ohne bestreiten zu wollen, daß man den Döbel unter ganz verschiedenen Gesichtspunkten betrachten kann. Aber alles an seinem Platz, nicht wahr, alles an seinem Platz. Und nicht Squalius drahtverhajus am Sonntag im Forellenkolk. Wenn man weit und breit niemand weiß, der ihn zurechtmachen möchte.

Ich hockte mich in den Schatten eines Strauches und starrte trübe in den wandernden Fluß, bis er ein Paddlerpärchen anspülte. Diesen Fahrenden gab ich den Döbel. Sie kannten von der Fischkost kaum mehr als Goldbarsch, und so hatten sie wenigstens eine Vorfreude. Wenn nicht mehr; solche Sonnenkinder im Urlaub sind unbeugsam entschlossen, alles wundervoll zu finden. Speien eine Handvoll Gewölle aus und behaupten im gleichen Atemzuge, es sei ein ausgezeichnetes Gericht gewesen und mal ganz was anderes.

Da ich kein Sonnenkind im Urlaub bin, hob ich mich seufzend hinweg und traf Lebrecht.

Lebrecht sah mich hellblau an und sprach: „Ich wollte Sie mal was fragen. Gestern stehe ich da vorm Beverbach und angle . . .“

„Nanu?“ fragte ich erstaunt. Denn Lebrecht steht immer vorm Beverbach und angelt.

„... mit Kartoffel. Und da, wo das Bachwasser nach links in das Buhnenfeld zieht, kriege ich einen Biß."

„Ist das die Möglichkeit!" rief ich. (Man bekommt dort immer einen Biß, weil tausend Ukeleis da sind, die nichts vorbeilassen.)

„Hören Sie doch mal zu! Also, ich kriege einen Biß ..."

„Nein", unterbrach ich, „Moment, lassen Sie mich mal. Sie setzen einen Anhieb, ruck, und schon geht der Spektakel los; der Fisch quittiert mit einer rasenden Flucht, 20 Meter, 30, 40 Meter, die Rolle kreischt, die Rute biegt sich zum Halbkreis, in letzter Sekunde bringen Sie das Tier zum Stehen, aber schon schießt es zum Ufer, Sie können kaum so schnell aufrollen; schließlich bringen Sie ihn in flaches Wasser, er zeigt Ihnen den weißen Bauch und Sie ihm den Griff, weil das Umgekehrte ziemlich unwahrscheinlich klänge, schon glauben Sie ihn sicher zu haben, greifen zum Kescher ... da plötzlich ein Klatsch, und ... nun sind Sie wieder dran!"

„Alles Unsinn", sagte Lebrecht. „Der Fisch machte überhaupt keine Fluchten. Er sprang nur. Und er sprang nicht wie andere Fische, steil heraus und dann, platsch, zurück; sondern jedesmal in einem flachen, eleganten Satz von mehreren Metern Länge. Mit diesem Bogen sprang er vom Ufer bis draußen zur Stromkante, dann zum Schilf zurück, wieder an die Stromkante, nochmal zurück – und dann war er ab. Ich kann ihnen versichern, es war verdammt aufregend! Rute senken, Schnur geben, Fühlung nehmen, alles ganz hübsch gesagt, aber mit diesem Tempo war einfach nicht mitzukommen. Haben Sie eine Ahnung, was das gewesen sein kann?"

„Ein Wasserfloh", schlug ich vor. (Den ganzen Tag nichts als Ärger, und dann noch solche ausgefallenen Geschichten glauben, wie? Nicht bei mir!)

„Mit Ihnen ist wieder mal nicht zu reden!" bemängelte Lebrecht. „Aber nun ernsthaft: kennen Sie solchen Fisch?"

„Hm. Vielleicht! Hatte er Beine? Nämlich, wenn er Beine hatte, dann war es ein Lachs."

„Seit wann haben denn Lachse Beine?"

„Na immer! Haben Sie nie von Lachsschinken gehört?"

„Pfui Deubel!" schrie Lebrecht. „Sie sollten sich schämen! Zum Dank dafür, daß ich Ihnen einen hochinteressanten Fisch verrate, verpesten Sie die Luft mit Ihren Kalauern. Gehen Sie hin und besehen Sie ihn selber, Sie ungläubiger Thomas!"

Er stieg auf sein Rad und entwich. „Erzählen Sie mir bald mal wieder was!" rief ich ihm nach und zog in entgegengesetzter Richtung davon, um endlich eine leere Zigarrenkiste zu beschaffen.

Als ich die Kiste und abermals neue Käfer erbeutet hatte, stellte ich mit bitterer Befriedigung fest, daß jetzt auch die Döbel streikten.

Da sandte ich die Zigarrenkiste mit den Maikäfern an einen mir nahestehenden kleinen Jungen in einem Berliner Vorort, der dortzulande keine kriegen konnte und dringend welche brauchte.

Die Schachtel aber ging zu Bruch, und die Käfer entwichen sämtlich in die ernsten Räume des Vorortpostamtes.

Das gehört nicht zur Sache. Jedoch wenn man Gelegenheit hat, einer edlen, menschlichen Tat ein Denkmal zu setzen, soll man das allerorten tun, und darum berichte ich: Als die Maikäfer in die Amtsräume entwichen waren, da erwachte in den besonnenen und würdebewußten Machthabern dieses Postamtes die Erinnerung an ihre Kinderzeit und ein großes Verständnis für den kleinen Jungen, der so nötig Maikäfer brauchte. Und es stiegen diese Männer in ihren Amtsgewändern verschiedenen Dienstgrades auf die Stühle und auf die Schreibtische, und sie fingen sämtliche Käfer wieder ein, teils an den Lampen, teils an den Fenstern, die der darüber hinzukommende Postdirektor rasch und eigenhändig geschlossen hatte. Sie taten die Maikäfer in die behelfsmäßig reparierte Schachtel zurück, räusperten sich kurz und begaben sich wieder an ihre Pulte.

Ich habe dieses drollige und prachtvoll menschliche Geschehen nicht erfunden, es hat sich tatsächlich ereignet; der Briefträger, der das heikle Päckchen vorsichtig in beiden Händen trug, hat es erzählt. –

Montags angelt es besser.

Am Montag schien die Sonne durchaus nicht mehr. Es regnete, die Bäche kamen trübe heraus. Deshalb ging ich stromauf, bis ich oberhalb des Beverbachs sauberes Wasser für meine Fliege fand.

Vor der Bachmündung fing ich ein paar Hasel, weiter draußen einen pfündigen Döbel. Dann ließ ich meinen Palmer auf der Grenze zwischen dem grauen Bachwasser und dem klaren Weserwasser nach links in das Buhnenfeld treiben. In diesem Augenblick fiel mir Lebrechts Erzählung wieder ein, und fast gleichzeitig bekam ich auch schon – da, wo sonst immer die tausend Ukleis stehen – einen Biß. Ich hauchte blitzschnell einen geradezu zärtlichen Anhieb hin. Hehe, das ist nämlich gerade das Kunststück! Ein 1x-Vorfach dranhaben und beim Biß die Leine schnell und wuchtig zurückreißen kann jeder. Aber mit „4x“ und einer Gerte von der steifen Trockenfliegensorte einem größeren Fisch den ganz leisen und dennoch sehr raschen Anhieb zuflüstern, das muß ja denn woll bißchen geübt sein, nich?

Indessen, es blieb mir keine Muße, mir meinen Beifall auszusprechen, wie ich es sonst gern tue, wenn ich was Kräftiges am Haken habe. Denn der Fisch begann sonder Aufschub das, was er sich unter einem Drill vorstellte, und es wurde sofort offenkundig, daß sich seine und meine Auffassung dieses angelsportlichen Begriffes in keiner Weise deckten.

Schließlich muß es in jedem Sport gewisse Regeln geben, an die sich die Gegner zu halten haben. Wo kämen wir sonst hin! Man könnte ja in einen Boxring steigen, dem Gegner den niedlichen Handschuh schütteln, dabei mit der Linken eine Kanone aus der Badehose ziehen und bautz! – schon gewonnen. Man könnte das tun, aber man tut es nicht, es ist nicht üblich.

Üblich oder nicht, meinem Partner war das schnurz egal. Offenbar hatte er neue Spielregeln für seinen Privatbedarf erfunden. Und, Deubel nochmal, er verstand es, sie durchzusetzen.

Er machte keine „Fluchten". Er sprang. Kann er ja machen, nicht? Aber wie er sprang, das war die Sache!

„Springen", sagte er zu mir, „steil hoch und dann, platsch, zurück, das kann jeder. Nein, sieh mal hier: einen flachen Satz über zweieinhalb oder drei Meter, raus zur Stromkante, flitz, eine Wendung, Anlauf, und hupp, ein flacher Dreimetersprung zum Ufer – und dann genau dasselbe nochmal und nochmal und abermals hin und zurück – tja, das muß ja denn woll bißchen geübt sein, nich?"

Und er hatte es geübt, das war deutlich. Er wußte genau, was er wollte, führte seine Sprünge und Kehren mit unheimlicher Präzision und Geschwindigkeit vor.

Mein eigener Anteil an diesem Drill beschränkte sich fast ganz auf möglichst rasches Abgeben von Schnur. Kein Gedanke an straffe Leine. Mit 4x-Vorfach, du liebe Zeit! Wenn ich nach einem Sprung auf leichte Fühlung mit ihm gekommen war, dann war er schon beim nächsten.

Plötzlich war er ab. Ohne daß ich spürte, wie das Vorfach riß. Bei völlig loser Schnur! . . .

Mir sind schon scheußlich viel Fische abgekommen. Aber nur sehr wenige abgerissen. Jedesmal, wenn mein Zeug riß, habe ich mich schwer geärgert. Diesmal nicht. Dafür war die Schaustellung zu elegant, das Erlebnis zu großartig gewesen. Ich stand sprachlos da und war begeistert.

Nur eines tat mir leid: Daß ich nicht recht hatte sehen können, wen ich vor mir hatte, so im Gegenlicht.

Was wußte ich von ihm? Er mochte etwa zwei Pfund wiegen, glänzte silbern wie ein Weißfisch und war auch ziemlich breit, war aber doch wohl der Form nach eher ein Salmonide. Er fraß künstliche Fliegen und, nach Lebrecht, Kartoffeln. Aber vielleicht waren ihm die Kartoffeln in der Strömung lebendig vorgekommen?

Dringendem Erfrischungs- und Mitteilungsbedürfnis nachgebend, ging ich in den Gasthof. Lebrecht hier? Nein, Lebrecht war heute nicht in Sicht gekommen; aber Zurmöhle und Knappe saßen da und tranken große Biere mit Köhm.

Knappe gehört zu der ruhigeren Sorte von Anglern. Er fährt mit seinem Auto dicht an den Fluß, bringt ein paar Bodenangeln zu Wasser, legt sich auf die Wiese und schläft dort ein. Er kann sich das leisten, sein kleiner Junge paßt auf und weckt ihn, wenn was beißt. Manchmal, wenn ich abends an Knappe vorbeikomme, ohne Beute, aber von dem ewigen Werfen und Herumlaufen müde in allem Gebein, sagt Knappe: „Na?“ Dann muß ich einsehen, daß Knappe verdammt recht hat und gifte mich.

Aber jetzt ist Knappe geradezu aufgeregt. Er erzählt Zurmöhle eine Geschichte, und der scheint auch nicht abgeneigt, das Ding zu glauben. Vielleicht will er nachher auch was erzählen, was geglaubt werden soll, eine Hand wäscht die andre. Dagegen der Wirt, der zuhört, grinst.

„Wenn ich ihnen doch sage, es ist Tatsache!“ schreit Knappe; „das Biest springt zwei, drei Meter weit, und immer hin und her, hin und her, und mit'm Mal – – ab! Warum soll ich Ihnen denn was vorkohlen?“

„Ja“, sagt der Wirt. Er kennt schon viele Anglergeschichten, ach du lieber Gott, Bücher voll! Es ist ein richtiger Anglergasthof. Der Wirt glaubt bloß, was er sieht.

Ich hätte nun wohl mannhaft aufstehen und Knappes Wahrhaftigkeit beglaubigen sollen, aber Knappe sagt manchmal abends „Na?“ zu mir. So was vergißt man nicht so leicht. Ich schweige und breche auf.

Zurmöhle geht mit. „Olle Kamellen“, brummt er, als wir draußen sind. „Das Satansvieh habe ich auch schon drangehabt, nicht einmal, nein, dreimal, Schlieper auch. Und Schmidt. Alle. Es ist immer dasselbe: Sprung, Sprung – und ab! Nichts zu machen.“

„Wissen sie was“, erwidere ich mit mahnender Stimme, „das ist eine ganz große Schweinerei. Sie und Knappe, Schlieper, Schmidt und Lebrecht, alles alte Angler – es ist beschämend, ist das. Ich kann verstehen, daß ein Fisch abkommt. Daß er abreißt, nicht. Es darf nicht passieren.“

Zurmöhle runzelt die Brauen und faßt sichtlich einen Groll auf mich. Jedoch kann mich das nicht in der Ausübung meiner Pflicht beirren. Man soll erzieherisch auf seine Sportfreunde einwirken, wann immer die Gelegenheit sich bietet.

„Lassen Sie den Fisch ein, zwei Wochen in Ruhe, und wenn Sie ihn dann angehen, nehmen sie eine neue Schnur, ein starkes Vorfach und einen klebescharfen, geprüften Haken. Suchen Sie sich vorher einen geeigneten Landungsplatz aus und legen Sie den Kescher griffbereit. Sie werden sehen ...“

„Ich werde sehen, daß er auf dicke Vorfächer nicht beißt“, schreit Zurmöhle, „und das brauche ich nicht mehr zu sehen, denn das habe ich schon gesehn! Ach, Sie dachten, ich tüdere mir meine Schnur aus'm ollen Strumpf und lande meine Fische mit'm Tee-Ei, wie? Das mit dem Landungsplatz wußte ich schon, als Sie noch von hinten gepudert wurden, junger Herr! Gehen Sie doch hin und fangen Sie ihn, wenn Sie so schlau sind!"

„Na endlich", denke ich; denn auf diese Aufforderung habe ich mich gespitzt. Zurmöhle kann furchtbar unangenehm werden, wenn man einen Fisch wegholt, von dem er glaubt, es sei seiner ...

Dienstag war ich schon vormittags etwas nervös. Sprechler nahm Witterung und schloß sich mir an. Das war ein gutes Vorzeichen; dieser Mann hat einen sicheren Instinkt dafür, wo es etwas Gutes zu essen geben wird. Er ist kein Angler, er huldigt ausschließlich dem Eß-Sport. Doch ist er mit mehreren Anglern befreundet. Außerdem mit Jägern, Gutsbesitzern, Gastwirten und dicken älteren Damen, die so aussehen, als wenn sie ausgezeichnet kochten. „Ich esse wenig", sagt Sprechler, „aber oft – und dann viel, dafür aber nur wirklich nahrhafte Essenspeise."

Schlag 16 Uhr entfiel die Arbeit meiner Hand. 16.15 Uhr stand ich geduckt an der Beverbachmündung und stieß wilde Drohungen aus gegen Sprechler, der verheißen hatte, er würde sich im Hintergrunde halten, jetzt aber offenbar magnetisch angezogen wurde von dem Buhnenfeld, das sein eventuelles Nachtmahl barg. Gierig starrte er hinter einem Weidenstamm hervor.

Prrr–kluk – ich schieße einen kleinen Löffel hinaus. Kaum zwei Zentimeter lang ist er, und er hängt an der „Zwirnsfadenangel". Man kann das leichtsinnig finden, bei dem übel beleumdeten Vorleben des zu erbeutenden Hüpferlings. Aber wenn man diese leichteste Spinnrute kennt – ach, ein Gedicht von einem Spinnrütchen, wie weich das jeden Schlag pariert! – und wenn man weiß, daß die zugehörige Wenderolle einen ganz besonderen Trick in sich hat, einen Kniff, einen Pfiff, für die brenzligsten Augenblicke im Zwirnsfadendrill, dann findet man es eben doch nicht so ganz leichtsinnig.

Außerdem muß man ja nicht alte Anglersmänner belehren wollen, die vielleicht schon mit wehenden Bärten an den Wassern standen, als man selber noch von hinten gepudert wurde, nicht? Hat es denn Zweck, an flachen, ruhigen, klaren Stellen mit dickem Zeug herumzukrebsen? Kann man denn einen ganz leichten Köder an dicker Schnur werfen, oder kann man einen schweren Köder sauber über große Steine führen, die bloß eine Handbreit Wasser über sich haben, ha? Na also!

Ich lasse den winzigen Löffel nahe am Ufer heraufkommen, führe ihn hin und her, so daß er immer wieder in dem trüben Streifen Bachwasser verschwindet und immer nur für ein paar Sekunden sichtbar wird. Mir scheint das sehr reizvoll; ein Fisch mit sportlichem Ehrgeiz müßte sich durch so was stark zu Taten angeregt fühlen, meine ich.

Da! War das nicht eine Ahnung von der Spur des Schimmers eines schwachen Aufblitzens, da unten? Noch einmal die Fahrt, kleiner drolliger Löffel, und daß du mir lecker flimmerst!

Jetzt müßte er wohl steigen, wenn er es war. Nein, kleiner Irrtum, schade.

Biß!

Anhieb!

Ssss—ping. Das Löffelchen ist in die Ufersteine geflogen, Fehlbiß.

Verflixt und zugenagelt, Himmel, Wolkenbruch und Zwirnsfadenangel! Muß diese Bestie so lange überlegen, bis der Blinker fast schon im Trocknen ist und dann vorbeischnappen!

Immerhin, er kann mich nicht gesehen haben, vielleicht kommt er noch einmal. Ich hole aus zum neuen Wurf – und in diesem Augenblick geschieht es. Platsch! Unmittelbar vor mir, in der Bachmündung, schlägt der Fisch auf und flüchtet in blitzschneller Fahrt in den offenen Strom; ich sehe sein Kielwasser, bis er in der Tiefe verschwindet.

Er ist hergekommen zu mir, dieser Teufelsbraten, er hat mir einen Besuch gemacht; mal nachsehen, welcher von diesen Trottels heute dasteht, hat er wohl gedacht. Natürlich fuhr ihm der Schreck in alle Gräten, als ich so mit vollem Arm ausholte, und ab ging die Post . . . Aus für heute.

„Sprechler“, rufe ich, „haben Sie das gesehen? Das war unser Abendbrot!“

„Famos“, ruft der zurück, „er beißt also, was?“

„Idiot!“ erwidere ich schlicht.

Bedrückten Gemütes hocke ich mich auf die Steine am Bachrand und hadere mit den Göttern. Das Schilf wispert, der Bach spielt ein trübselig sinnloses Spiel mit einer Luftblase, die er hinter einem Kiesel gefangen hält, und ich tue mir leid. Ich könnte ja weggehen, aber ich bleibe da. Weil ich sehen will, wie weit die Gemeinheit geht.

Sprechler ist auf den Uferdamm gestiegen und stromaufwärts davonspaziert. Nach einer Weile schreit er herüber: „Hier oben rauben drei große Fische!“ Ich antworte nicht, um mich nicht zu wiederholen; ich kenne diese Fische, es sind Barben, ihrer Hopserei räuberische Zwecke zu unterstellen, ist abwegig. Bis mir einer was Besseres vorschlägt, nehme ich an, daß sie versuchen, sich die Blutegel abzuklatschen. Sprechler hebt die Arme und läßt sie schlaff wieder herabfallen; was wird, um Gottes willen, aus der abendlichen Essenspeise?

Im Buhnenfeld rührt sich nichts. Trotzdem beginne ich schließlich, es nochmals gründlich abzusuchen, auch in den Tiefen; aber es meldet sich nicht einmal ein Barsch. Ich vertausche den Köder gegen einen kleinen, vergoldeten Devon und nehme, da der auch nichts bringt, wieder das Löffelchen.

Und dann, ohne jede Warnung und sehr plötzlich, bekomme ich den Biß. Ein wenig weiter draußen als vorhin und etwas tiefer. Mein Anhieb kommt reichlich spät, ich war schon achtlos geworden.

Aber er sitzt. „Heidiwitzka!“ denke ich.

Der Fisch nimmt seinen bewährten Anlauf – jedoch, auch mit einer Zwirnsfadenangel kann man allerlei ausrichten; ich bringe ihn durch stetigen, seitlichen Zug der tief gesenkten Rute aus der Richtung, und der flach und weit geplante Sprung geht steil in die Luft. Das gleiche wiederholt sich ein paarmal; es ist ein ziemlich wilder Drill, aber immerhin einer nach den üblichen Regeln. Ich kann sogar dauernd Fühlung mit ihm halten, selbst bei seinen Luftsprüngen, denn der „Kniff in der Rolle“ gibt bei jedem scharfen Ruck leise schnurrend Schnur ab.

Sprechler hat das Klatschen gehört; aus den Augenwinkeln sehe ich, wie er in vollem Galopp herangesaust kommt. „Wegbleiben!“ brülle ich – mit unversehens fangwütig gewordenen Laien habe ich schon die tollsten Sachen erlebt, man weiß nie.

Durch den anstürmenden Eßsportler erschreckt, fährt der Fisch in einer schönen, langen Fahrt hinaus. Was mir lieb ist; da draußen gibt es kein Schilf, und als er zurückkommt, kann ich ihn ausheben.

Er ist, ja, sollte man es für möglich halten, mehr ist nicht an ihm: Er ist ein gut zweipfündiger Regenbogner. Ziemlich breit in der Form, der Kopf klein, das Maul fast oberständig. Besondere Merkmale: keine.

Keine? Und was hat er da am Mundwinkel? Ach, es ist jammerschade, daß ich diesen wahren Bericht zu guter Letzt um alle Glaubwürdigkeit bringen muß, doch es läßt sich nicht ändern: Da am Mundwinkel hatte er tatsächlich meinen klitzekleinen Rotschwanzpalmer vom Montag.

Sprechler ist mein Zeuge – aber als wir dem lächelnden Wirt die Sache erzählten, meinte der nur, er habe Angler auch schon vierstimmig schwindeln gehört.

Gleichviel, auch ohne diese Besonderheit war der Fisch mehr wert als schlechthin zwei Pfund Regenbogenforelle. Ich habe schon größere seiner Art gefangen; aber ein so toller Bursche war nicht darunter.

Außerdem schmeckte er besonders gut. Nicht nur, weil es ein so berühmter Fisch war, stark umworben, einer mit Erlebnis, mit Vor- und Nachgeschichte. Sein Fleisch war prachtvoll rosa und von so feinem Krebsgeschmack, wie sonst nur bei Bachforellen. Auch kam gerade Knappe dazu, als der Fisch aufgetragen wurde. Er hatte eigens dicke Schnüre angeschafft und so Zeugs für nächtliche Gewaltmaßnahmen. Entschieden ernste Absichten hatte Knappe.

Bald nachdem die duftende Fischplatte sozusagen unter seinen Nüstern vorübergeglitten war, ging ihm ihre Bewandtnis auf. Sein Gesichtsausdruck ließ das deutlich erkennen.

Ich sagte denn auch gar nichts weiter.

Bloß mal: „Na?!“

17 *Mit Bogus in die Ferne*

Der Ofen knistert. Schön ist das und tröstlich. Nicht jeder hat so einen guten Ofen; Kratoschnik seiner zum Beispiel – na, schrecklich!

Ich hebe einen Augenblick den Fenstervorhang: Vom Himmel kleckert weich wie Schlick der sogenannte Schlackerschnee. Derselbe ist eine Erfindung des Teufels und zu gar nichts zu gebrauchen; daher lasse ich den Vorhang wieder fallen.

Überhaupt, der Winter ... Vielleicht konntest du im Dezember noch einen allerletzten Zander fangen, oder ein paar kälteschläfrige Barben, in einem tiefen Buhnenfeld. Oder du kennst einen Mann, der verwandt ist mit einem Freund von dem Schwiegervater des Pächters einer Strecke, in der früher einmal Huchen gewesen sein sollen. Beneidenswert! Kann ja auch sein, du fängst eine Mahlzeit Plötzen unter dem Eise. Aber ehe man ein Loch ins Eis hacken kann, muß erst mal welches da sein, nicht? Meist gibt es keins, sondern nur Matsch, die Landschaft gleicht einem mißratenen Sülzkotelett und ist zum Bewandeln somit ungeeignet. Tja – da sitzen wir nun, wir Angler, verlassene Bräutigame der schöneren Jahreszeit, und sind betrübt. Ein Sommer dahin, ein Jahr dahin. Wieder ein Jahr.

Aber tragen wir's mit Würde! Rücken wir näher, Freunde, zum tröstlichen, knisternden Ofen. Wir stellen das Rauchzeug zur Hand, knipsen die schummerige Stehlampe an – und nun kann es losgehen mit dem gemütlichen Anglerplausch!

Von den vier Jahreszeiten ist die beste die fünfte: der Urlaub. Denn im Urlaub kann man eine Reise tun. Vergessen wir den Schlackerschnee und plaudern wir von der Urlaubsreise.

Vor Jahren habe ich mich unter dem Titel „Eine Reise mit Fehlschlägen" öffentlich auseinandergesetzt mit einer seltsamen Naturerscheinung. Der Erscheinung, daß mit zunehmendem Dienstalter des Anglers sein unentbehrliches bißchen Reisegepäck wächst und wächst an Stückzahl und Gewicht, bis er schließlich kein genießender Wanderer mehr ist, sondern eine Art Karawane, die unter Strapazen und Entbehrungen allerlei Sperrgut durch unwegsame Gegenden schleppt.

Die Zuschriften, die ich auf diesen Bericht hin erhielt, habe ich alle aufgehoben, damit dermaleinst meine Urenkel sehen können, was ich unter den Fängern der Fische für ein bedeutender war. Viele Zuschriften gingen ein; die Zahl meiner Leidensgenossen war offenbar groß. Es war ganz so, als wenn zuerst ein einsamer Wolf die Schnauze mondwärts erhebt und ein Klagelied anstimmt, und plötzlich, drüben, hüben, allenthalben in der Nacht, fallen andere Wölfe ein, und auf zum Himmel schwingt sich ein brausender Chor, den Sternen erläuternd, wie doch das Leben der Wölfe eines der schwersten sei.

Desgleichen ist schön und erleichtert.

Wenn es auch sonst weiter keinen Zweck hat. Die Briefe stimmten mir bei, doch Abhilfe wußten sie keine. Ich auch nicht.

Solange nicht, bis eines Tages Bogus in mein Leben rollte.

Bogus? Nun, das ist mein Automobil. Ich sage absichtlich nicht: mein Wagen. Zu der Zeit, als Bogus modern war, hatten Wagen entweder vorn Pferde oder innen Babys.

Sein voller Name ist „Bogus-Nebraski". Ein greiser Tankwart erzählte mir, daß Washington N. Bogus der kaufmännische Direktor der Fabrik war. Eines Tages steckte er 75 v. H. der Konkursmasse in seine Westentasche und haute ab. Umsichtigerweise in einem Mercedeswagen. Mr. Nebraski dagegen war der Konstrukteur und technische Leiter, der vom Geschäftlichen nichts verstand, infolgedessen dablieb und eingebrummt wurde.

Ich nenne mein Auto kurz Bogus. Allerdings nur, solange er frei schweift. Wenn es wo festsitzt, sage ich Nebraski zu ihm.

Dieser, mein Bogus also, hat viele Vorzüge. Daneben natürlich auch – hm – Besonderheiten. Einige davon werden im Verlaufe dieser Schilderung zu erwähnen sein; auf alle einzugehen, verbietet sich. Denn Bogus, scheint mir immer, hat überraschend viele Eigenschaften, mehr als ein gewöhnlicher, jüngerer Wagen. Etwa so, wie eine interessante Witwe, wie mir gesagt wird, vielseitiger ist in ihrer Psyche als ein junges Mädchen. Auch Bogus ist ja kein unbeschriebenes Blatt mehr, auch Bogus ist bereits vertraut mit den Freuden und Rauheiten des Lebens, auch Bogus wurde antiquarisch erworben, aus zweiter Hand.

Wir schrieben bereits Mitte September, als ich endlich Bogus mit meinem Reisebedarf beladen durfte. Gut ging das! Nicht mehr nötig, der Gepäckbeschränkung wegen die mittellange, halbleichte Barschrute zu Hause zu lassen, oder Schlepphaspel, Schlauchboot und die dicke Seelenwärmergarnitur für den Fall (drei Kreuze!) des berüchtigten Einbruchs polarer Luftmassen. Immer mit, immer hinein, Bogus ist geräumig. Im

Kofferraum zwar wird alles naß beim Wagenwaschen, dort kann man nur Wasserfestes unterbringen. Darum würde ich mir, wenn ich einen Erbonkel hätte, und er stürbe, einen Wagen kaufen mit nur von innen zugänglichem Kofferraum. Denn niemand ist fröhlich, wenn er eine Tüte mit Rost und strähnigem Gefieder in der Hand hält und weiß: Das war mein Vorrat einst ach so stolzer Maifliegen.

Ganz zuletzt band ich mein Frühstück an eine Stoßstange, füllte eine Handvoll Bleischrot durch das Ventil ins Reserverad und trug den Dorschpilker in meine Wohnung zurück: Bogus war voll. Weil man ja nie weiß, was man auf einer Fahrt ins Blaue alles benötigen wird.

Gerade der Pilker z. B. hat mir später sehr gefehlt. Ich erwarb in Berlin einen neuen und steckte ihn in die Hosentasche. Von wo aus er mich oft zur Unzeit ins Bein stach.

Wenn ich einen Erbonkel hätte, und er stürbe, kaufte ich mir ein Lastauto.

Schon nach halbstündiger Fahrt machte mich Bogus auf eine neue Seite seines Wesens aufmerksam, indem er eine Dampfwolke aus der undichten Füllschraube seines Kühlers stieß. Wir befanden uns in diesem Augenblick auf einem Berge, der mit einem Restaurant zur schönen Aussicht behaftet war.

„Elender Nebraski“, rief ich, „was heißt schöne Aussicht, wenn du gleich zu Anfang deinen Kühler leerkochst?!“ Man konnte sehen, daß er sich schämte, und ich, der ich leicht zu rühren bin, kaufte ihm einen Topf Regenwasser. Außer Milch und Zitronenbrause war das die einzige auf diesem Gipfel habbare Flüssigkeit; und ich hätte ihm lieber Limonade spenden sollen, denn das Regenwasser bekam ihm offenbar fehl. Bis Berlin spuckte er wie ein Säugling und verbrauchte er Wasser wie eine Lokomotive. An jedem Brunnen mußten wir halten. Als wir auf die Autobahn Magdeburg–Berlin kamen, da war es Nacht, und ich trug eine große Blechkanne mit Wasser auf dem Schoß, weil sonst kein Platz war.

Die Autobahn lag da vor unseren Reifen, wunderbar glatt und weit. Unwillkürlich trat ich auf den Gashebel. „Wischscht!“ machte Bogus und blies in der Art eines Walfisches eine Fontäne durch die Nase. Ich füllte ihm alles Wasser aus der Kanne ein und fuhr die schöne, lange Autobahn im 40-km-Tempo. Bei Nacht.

Dann und wann überholte mich ein Lastzug. Aus dem ersten beugte sich ein Mann heraus und rief: „Na, Ollerken, solln wa dir’n bißchen ziehn?“ Aus dem zweiten beugte sich ebenfalls ein Mann heraus und rief wörtlich das gleiche. Als sich der Mann aus dem dritten Lastzug herausbeugte, kurbelte ich mein Fenster auf und schrie: „Na, Ollerken, solln wa dir 'n bißchen ziehn?" Jener hatte den Mund schon offen, äußerte aber nichts, sondern sah nur erschrocken aus und so, als wenn ihm etwas Dickes im Halse steckengeblieben wäre. Sehr viel Gas gab er und war bald verschwunden; vielleicht war es ein abergläubischer Mensch.

In Berlin brachte ich Bogus in eine Werkstatt. Der Meister schaute in ihn hinein und behorchte ihn, Sorge im Antlitz; es war wie beim Arzt. Schließlich sagte er: „Hm, allerhand ..." Ich wußte nicht, was er meinte, aber einmal sah ich seinen Blick zur Seite schweifen, zu einem Schild auf der anderen Straßenseite. Darauf stand: Autoschlachthof.

Ich sah Bogus an, und Bogus sah mich auch an. „Dann muß man das wohl dranwenden", murmelte ich, denn ich bin leicht zu rühren.

Das Anzuwendende war die Hälfte meines Reisegeldes. –

Nun hatte ich ein paar Tage Zeit. Ich kaufte mir, wie gesagt, einen neuen Pilker. Und ein bißchen Bleischrot. Denn mit dem im Reserverad ist das so eine Sache. Nämlich, wenn ich das Rad so drehe, daß das Ventil mit der Öffnung nach unten zeigt, ist das Bleischrot nicht beim Ventil, sondern auf der gegenüberliegenden Seite des Reifens. Und wenn ich das Rad so drehe, daß das Ventil unten ist, steht dessen Öffnung nach oben, und das Schrot kann ja nicht herausfallen, klar? Nein? Also wenn ich das Rad so ... na, ist ja egal. Es geht nicht heraus!

Am Halleschen Tor traf ich Kratoschnik. „Wo gehst du, altes Chaus", fragte er. „Entgegengesetzt", erwiderte ich, denn ich kann Kratoschnik nicht vertragen, weil ich am nächsten Tag immer einen Kater habe. „Fein", sagte er, „chaben wir selben Weg. Wo fahrst du? Bist du mit Auto? Fahrst an Brieme?" – „Nach der Brieme? Nein!" – „Na cheere, aber du mußt fahren an Brieme, cheerst du! Ballermann ist da, und Prandtl auch, ist auch da! Wenn ich doch sage! Mußt du ja! Was meinst du, wie die, und freuen sich, wenn du pletzlich und da kommst du?!" –

„Also schön, Wenzel, ich fahre an die Brieme; ich bin auf einer Fahrt ins Blaue ..." – „Gutt! Ich weiß chier prrrachtvollen Ausschank, ieber gar nicht weit, kennen wir gleich gehn!" – „Ausreden lassen, Wenzel! Erstens weißt du immer überall einen prachtvollen Ausschank, und zweitens meinte ich ein anderes Blau. Ich spendiere dir drei Schnäpse für den Tip, und dann trennen sich unsere Wege. Abgemacht?" – „Und dann spendiere ich drei Schnäpse, weil, pletzlich da kommst du, und ich freie mich!" – Was kann ich, der ich leicht zu rühren bin, dagegen tun? Kratoschnik ist so treuherzig.

Aber schon nach dem zweiten Schnaps fiel mir ein Ausweg ein. „Wenzel!" sagte ich, „du bist doch stark in Mathematik. Paß auf: In meinem Reserverad ist Schrot drin. Wenn ich nun das Rad so drehe, daß ..."

„Fein!“ schrie Kratoschnik. „Werrst du gleich sehn, seh mal!“ Er begann sofort auf einer Papierserviette zu zeichnen. Als er bei der vierten Serviette und der Integralrechnung angekommen war, sagte ich ihm Lebewohl, aber er machte bloß „Pssst!“ und hielt sich die Augen zu. –

Am Morgen danach holte ich Bogus ab – zunächst allerdings nur, um ihn nach fünf Minuten wieder in die Werkstatt zu lenken. Unter Stoßgebeten, daß mir nichts in den Weg kommen möchte. Denn das Bremspedal war abgebrochen, und ich beteiligte mich am Großstadtverkehr wie ein Äpfelchen, das nicht weiß, wohin es rollen wird.

Dieses Unglück kostete mich einen weiteren Tag. Dafür aber stand dann Bogus da wie neu, seine Bremsen zogen scharf, die Ventile schnurrten in beglückendem Gleichklang, die Federung war hinten links nicht mehr so asthmatisch, und Bogus glänzte in der Sonne, daß es eine Freude war. Zuletzt bekam er noch eine Medizin ein, große Mengen eines weißen Pulvers in den Kühler. „Mit 70 können Sie ihn ausfahren“, sagte der unheimlich kundige Mechaniker, „lassen Sie ihn ruhig mal ein bißchen kochen, dann löst das desto besser!“

Und nun: heidi! Das heißt, mit Maßen heidi; zunächst fuhr ich langsam und mich vor dem Hauptverkehr drückend einen großen Halbkreis durch die nördlichen Vororte. Unsere Schupos haben weniger Säbel, weniger Bart, aber viel mehr Herz als die Schutzleute von früher; und in Berlin sind sie milde wie Väter mit Leuten, die ein weiches B (das hieß damals Braunschweig) oder dergleichen auf ihrem Nummernschild haben. Immerhin, es könnte einem ja auch mal ein besonders verkehrssittenstrenger begegnen, nicht? Ein Umweg ist besser als ein Strafmandat.

Gänzlich unaufgeschrieben erreichte Bogus auf diese listige Weise die Ausfallstraße nach Osten. Eine herrliche Fahrbahn! Anfangs fuhr ich sehr brav die verordneten Siebzig. Hügel, Wälder, Seen, eine Windmühle, wieder ein Wald – ach ja, es ist schon eine Freude, so zu fahren. Ein kleines bißchen mehr trat ich auf den Pulsbeschleuniger, da hatten wir Achtzig, und es war eine noch größere Freude. Schööön!

Da räusperte sich Bogus, und plötzlich klatschte eine Unmenge von einer dicken, braungrauen Brühe gegen die Windscheibe. Krietsch, sagte die Bremse. Wir hielten. Wo wir hielten, sah ich erst nach dem Aussteigen: Wir befanden uns auf der Straße. Es war mir lieb.

Bogus hatte, durch die undichte Füllschraube das lösende Mittelchen von sich gegeben. Ich wusch ihn beim nächsten Hause – aber schon hatte das Medikament ein waschechtes Zebramuster auf die Haube geätzt. Nächstens werde ich mich mal erkundigen, wieviel Jahre Kasten der Mr. Nebraski gekriegt hat, es interessiert mich.

Nun hieß es wieder langsam fahren, und Langsamfahren macht die Wege weit. Es war bereits dunkel, als ich zu der Ortschaft kam, von der seitab ein kleiner Weg zu dem Forsthaus führt, das Ballermann sich als Operationsbasis ausgesucht hat. Bei Tage findet man hin, wenn man Glück hat. Im Finstern verirren sich Sonntagskinder im Walde; wochentags Geborene dagegen fallen in die Brieme. Deswegen setzte ich vom Gasthof aus das eigentlich schon geschlossene Telephonfräulein in Tätigkeit.

Nach längerem Bemühen meldete sich eine gähnende Stimme. „Wer ist da? Wer? Kenne ich nicht, falsch verbunden. Wen? Ballermann? Schläft schon. Herr Prandtl auch schon. Nein, übernachten kann hier keiner weiter. Weil das hier doch kein Hotel ist!"

Ich ging so weit, Ballermann wecken zu lassen. Und erhielt den Bescheid, Herr Ballermann wünsche von niemand, von niemand, mitten in der Nacht aus dem Schlaf geholt zu werden. – „Mitten in der Nacht?! Sie haben wohl da 'ne Opiumhöhle für Schlafkranke, Sie Dornröschen!" brüllte ich. Leider in die bereits wieder tote Leitung.

So muß es ja kommen. Da sitze ich nun, ein weitgereister Mann, der sich auf einen vergnügten Abendskat mit guten Kameraden gefreut hat, einsam in einem fremden, fernöstlichen Dorf.

Feine Freunde sind das! Stellen sich tot, wie die Mistkäfer! Prächtige Fahrt ins Blaue! Muß mir ausgerechnet dieser dämliche Hund, der Kratoschnik, in den Weg laufen, wo ich doch eigentlich an die See wollte! Mit meinem Pilker!

An die See? Und was kann mich hindern, jetzt gleich noch hinzufahren, quer durch die Nacht? Habe ich nicht Bogus? Jawohl, wenn ich will, kann ich im Morgengrauen am Strande stehen und Thalatta rufen, oder lieber, ahoi altes Mädchen, wie geht es dir!

Dieses Gefühl der Freizügigkeit ist so gut und beruhigend, daß ich nach kurzem Schwanken ganz gern hierbleibe. Nur über Nacht, selbstverständlich. Das erste Licht des Tages wird mich meerwärts rollen sehen. Ganz allein werde ich in einem Bootchen herumsegeln und Dorsche fangen – schööön! Im Traum hörte ich die Brandung rauschen und das Dünengras flüstern.

Als ich jedoch morgens beim Frühstück saß und im Contiatlas den nächsten Weg zur See heraussuchte, erschien urplötzlich Ballermann in der Gaststube, strahlend von Herzlichkeit. Ehe ich noch richtig den Mund frei hatte, um ihm meine Meinung über die Schlafkrankheit bei falschen Freunden zu sagen, war ich schon umgestimmt. Ich bin leicht zu rühren. Ist ja auch rührend, nicht? Kommt eigens in der besten Angelzeit herüber, um mir den Weg zu zeigen! Ein Prachtmensch!

Ein Prachtmensch – mit einem Prachtwasser. Im oberen Teil der Strecke fließt die Brieme, dort ein eher mittelgroßer als kleiner Fluß, bald zwischen bewaldeten Steilufern, bald zwischen moorigen Wiesen dahin. Hier hohe, alte Buchen und Eichen, dort feingezeichnete Erlengruppen – ein Ausblick immer schöner als der andere in der ständig wechselnden Landschaft. Und wie diese, wechselt der Charakter des Flusses: tiefe, stille Biegungen mit wunderbaren Hechtplätzen und einem Schwarm Döbel am Eingang, darunter ein Äschenfließ mit vielen Krautbetten, und plötzlich eine kleine Stromschnelle, eine Rolle, an deren Ende ein paar starke Forellen stehen. Den unteren Teil der Strecke bildet ein kilometerlanges, sehr tiefes und breites Stau, von großen Karpfen, Bleien und Hechten bevölkert. Am Auslauf dieses Staus wiederum stehen zehnpfündige Barben. Dort kann man, wenn man Glück hat, die Lachse laichen sehen ...

Ballermann und ich gehen unbewaffnet, ganz platonisch sozusagen, am Wasser spazieren. Von weitem sichten wir Prandtl, der in einem Kahn auf dem großen Stau herumstakt und blinkert. Prandtl hat einen Riesenkarpfen gesichtet, bei einem versunkenen Baum, und ihn mit gewaltigen Mengen Kartoffeln und Lupinen angefüttert. Auch müht er sich eifrig um Hechte, um die großen Barben, selbst um Barsche – aber all das leider vergeblich, wie er mir, nicht frei von Zorn, herüberruft.

Prandtl ist von den mecklenburgischen Seen, wo nur mittlere Hechte beißen wollten, herübergekommen an die Brieme in dem sicheren Gefühl, daß er hier rühmenswerte Taten vollbringen würde. Prandtl hat nur einmal Urlaub jährlich; die Erfolge, die er in den paar kurzen, rasch verfliegenden Wochen einheimst, müssen ihn wärmen bis übers Jahr. Vierzehn Tage versäumt – ein Anglerjahr versäumt!

Ach nein, so viele Anglerjahre lebt man nicht, daß einen das kalt lassen könnte. Sie beißen nicht, die Tage rieseln einem weg, bald ist der Urlaub um, und sie beißen nicht. Bitter ist das, verdammt bitter!

Wen kann es wundern, daß es Prandtln mächtig umtreibt? Daß er die Suppe kalt werden läßt, weil er rasch noch sein Gerät für den Nachmittag fertig macht? Daß ihn die Furcht, eine unwiederbringliche, vielleicht einzige Gelegenheit zu verpassen, wegjagt von der Karpfenangel am Ufer zu der Schleppschnur im Kahn, und jetzt aus dem Kahn wieder ans Ufer, weil er hinaufspringen muß zum Haus und in die Wathosen hineinzappeln und die – (verflixt nochmal, ausgerechnet gerade soeben zerlegte!) – Flugangel holen? Wenn er doch vorhin die kleinen Fische hat spritzen sehen, und jetzt gleich zwei muckende Äschen auf einen Schlag?! Prandtl plagt sich ehrlich; er rudert hierhin und rudert dahin, keine Kletterei an den Steilufern ist ihm zu mühsam oder gefährlich, und er schluchzt in seinen

Langschäftern unbedenklich durch die sumpfigen Wiesen, hinter sich eine lange Reihe tiefer, schwarzer Löcher, die sich langsam mit Wasser füllen. Aber trotz alledem beißt nichts, Kruzitürken noch amoi, beißt gar nichts. Prandtl hat eine gerechte Stinkwut auf dieses elendige Prachtwasser, das nix hergibt, und flucht. Ich kenne nur ganz wenige Leute, die ebenso fließend und ausführlich fluchen können wie Prandtl; meisterhaft ist das.

Trotzdem stört es Ballermann. Er ist der Entdecker dieses Fischwassers, das ist sein Fischwasser. Auf das er zur Zeit selber eine Stinkwut hat; er ist der Gastgeber, möchte seinen Gästen etwas bieten, etwas zeigen, ihnen beweisen, was das für ein Prachtwasser ist – und kann es nicht! Die müssen ja denken, hier sind gar keine Fische, sagt sich Ballermann. Immerhin, es ist ja sein Gewässer, nicht? Darauf haben doch andere nicht zu fluchen! Ist ja Unverstand zu denken, hier könnte man nichts fangen. Was für schwere Burschen habe ich hier schon herausgezogen. Und wir haben doch auch diesmal ein paar kapitale Stücke gesehen! Deshalb auf das Gewässer zu fluchen, ist kindisch! Überhaupt, man muß ja nicht immer was fangen! Es gibt doch auch noch mehr hier zu erleben, die Einsamkeit, die reine Luft, und hier, seht mal da, die Landschaft! Jawohl, die Landschaft! Aber dafür muß man eben Sinn haben. Hat eben nicht jeder. Manche wollen bloß immer fangen, fangen, fangen! Stur, nenne ich das! Die Fische beißen nun mal nicht immer – daran bin ich doch nicht schuld! Jetzt soll ich wohl noch schuld sein, daß die Fische nicht beißen, das wird ja immer schöner!

Landschaft, denkt Prandtl, und was für Freude an der Landschaft ich haben würde ohne dieses bedrückende Gefühl, daß mir hier mein bißchen Urlaub wegläuft ohne jeden Erfolg! Der Ballermann hat gut reden, der kann das gar nicht so verstehn, ihm kann's ganz gleich sein, wann sie diesmal net beißen tun, naa kommt er halt in a paar Wochen wieder her. Wenigstens feststellen möchte ich doch, ob ich hier überhaupt was fangen kann; vielleicht passen meine Geräte, meine Methoden nicht für diesen Fluß. Dafür glaubt der nun womöglich, ich wäre so ein Sturbock von einem Nurfänger, der für Naturschönheiten kein Auge hat!

Oh, sie verstanden sich ausgezeichnet vorbei, diese beiden! Weil Prandtl auf das Wasser fluchte, nahm es Ballermann in Schutz und pries es in immer höheren Tönen. Ein Loblied, das Prandtl als versteckten Tadel seiner anglerischen Fertigkeiten empfand. Ah so, das Wasser ist ausgezeichnet, bloß i kann net fischen, ha? Dös fehlat mir grad no! Prandtl war verstimmt – worin wiederum Ballermann den Vorwurf witterte, Prandtl an ein vollends unmögliches Wasser gelotst zu haben . . .

Wir Männer sind ziemlich drollige Geschöpfe. Man sperre ein paar Männer ein längeres Weilchen von der Umwelt ab, auf einer Insel, in einem Boot, an einem entlegenen Angelwasser – unweigerlich kriegen sie Stunk miteinander, und immer ist es ein Stunk um nichts! Typisch die Sache damals mit Bogisch und Felgentreff, auf der Weichseltour. Zehn Jahre ist es her, und verfeindet sind sie immer noch. Nur weil Felgentreff ein etwas ungewöhnliches Räuspern an sich hat. Nicht so ein „Ähem!“ mit Ausrufungszeichen am Ende, wie es Bogisch von jedem richtigen Mann verlangt, sondern ein leises „Böh–öh–öh“, das allerdings ziemlich unwirksam klingt. Bogisch versuchte, Felgentreff ein energischeres Räuspern zu lehren – und fertig war die Feindschaft fürs Leben! (Noch schlechter als Männer vertragen sich eigentlich nur Familien miteinander, am Angelwasser. Wobei meist die Frauen ganz leise einen Stunk in Gang bringen und dann die Männer stökern, bis die ihn brüllend ausfechten.)

Deshalb habe ich immer die Polarforscher bewundert. Sie bringen es fertig, in ihrem Schiff oder Iglu einen ganzen nächtlichen Winter hindurch sich gegenseitig am Leben zu lassen!

Prandtl, Ballermann und ich sind als Polarforscher nicht geeignet. Bei meinem Eintreffen an der Brieme hatten jene beiden ihre Mißverständnisse im besten Gange. Ich spürte das Gewitter in der Atmosphäre, erriet aus Andeutungen und Mienenspiel einiges richtig, anderes falsch, unternahm ein paar schüchterne Vermittlungsversuche – und schon zuckten, bums krach, die Entladungen hernieder auf mein, mein unschuldiges Haupt. Ich war gerade richtig gekommen – als Blitzableiter!

Ahnungslos erklärte ich nach kurzem Bemühen das Spinnangeln für momentan fehl am Platze. „SOS“, sagte ich; „Spinnangler Ohne Schangsen“, und wunderte mich, daß diese Feststellung Ballermann ärgerte. Später saßen wir im Kahn und fingen viele kleine Rotaugen; das war ganz spaßig, aber als ich grinsend vorrechnete, daß ich um dieses miekrige Waidwerk an die 800 Kilometer gereist sei, bekam Ballermann auch diesen Vermerk in den falschen Hals. Das wären mindestens zum Teil keine kleinen Plötzen, sondern solche würden in Berlin in der Markthalle als große Plötzen gehandelt. Er versteifte sich darauf, und obwohl ich ihm entgegenkam und sagte, daß es ziemlich große Kleinplötzen, ja, geradezu kapitale Kleinplötzen seien, blieb offenbar ein Stachel in ihm zurück.

Tags darauf fuhren wir alle drei nach dem obersten Teil der Strecke. Ganz vergnügt zunächst und optimistisch, Prandtl mit der Spinnangel, ich mit der Fliege, Ballermann, der sich in schönem Verzicht auf das Führen und Beraten beschränken wollte, ohne alles. Das war edel gedacht von ihm, aber ein Fehler. Denn so recht wußte er selbst nicht dort oben Bescheid. Und leider waren in dieser Gegend die Plätze, an denen man den Spinner oder die Fliege betätigen konnte, erschütternd selten; wir gingen,

gingen, gingen, immer dichter wurde der Wald, höchstens alle Viertelstunden tat sich ein Plätzchen für ein paar Würfe auf. Prandtl wurde knurrig und stiefelte weit voraus. Mir war die Sache nicht so wichtig, ich hatte meinen Urlaub noch vor mir und plante ganz andere Taten anderwärts. Aber Ballermann ärgerte sich über seinen eigenen Regiefehler – und statt das zuzugeben, schwärmte er von der Landschaft, von den Standplätzen, schließlich sogar von den Wurfmöglichkeiten, die wir offenbar nicht richtig auszunutzen verstanden.

Einmal entdeckte er eine Äsche; oh, eine Staatsäsche, mindestens zweipfündig! Nur starke Stücke standen hier. Nicht sehr zahlreich, wie wäre das auch möglich, aber was für welche, mein Lieber, was für welche, oha! Jedoch, der Teufel hatte seine Hand im Spiel, und ich brachte diese Äsche wirklich zum Steigen. Alles, was sie an sich hatte, war ein knappes halbes Pfündchen. Ich hängte sie an die Waage und rief: „Ballermann, komm doch bitte mal herunter – ich kann nicht genau erkennen, ob es fünf Pfund sind oder nur 0,5!"

Mancher Gütige wird solche Aussprüche als niederträchtig bezeichnen. Möge er sich in meine Lage versetzen: Ich soll mit aller Gewalt etwas fangen, da, wo ich nicht einmal werfen kann, und das nur, um Prandtl, der mir nichts getan hat, zu beweisen, daß „man" hier was herausholen könnte, bloß er nicht! Und während ich mich abmühe, zwischen Bäume hinten, Sträucher vorn und Kraut im Wasser brauchbare Würfchen einzuschmuggeln, tönt in stetigem Ablauf Ballermanns mahnende Rede aus der Höhe zu mir hernieder, des Inhalts, wie ich werfen soll und wohin, wie er hier werfen würde, daß es ganz einfach sei, und ob ich etwa diesen wunderbaren Kolk auslassen wolle!

Jawohl, das will ich. „Nun, wie du meinst", sagt Ballermann übertrieben sanft. Also werfe ich doch. Erster Leerwurf, zweiter, Rückschwung – jetzt! Fssst, macht die Schnur. Weil die Fliege hinten im Baum hängt. Ich sehe Ballermann an; er schüttelt, leise lächelnd, den Kopf. In meiner Seele ist ein lebhaftes Feuerwerk im Gange. Ich drücke ihm die Rute in die Hand, dringlicher als üblich. Er möchte nicht, nein, er möchte durchaus nicht. „Wie du meinst", sage ich, übertrieben sanft. Also wirft er doch. Erster, zweiter Leerwurf, Rückschwung – fssst! Fliege hängt im Baum. Ich packe langsam und deutlich mein Gerät zusammen. Immer, wenn Ballermann mich ansieht, lächle ich leise und kopfschüttelnd.

Innerlich weißglühend, schreiten wir lächelnd nebeneinander durch den Wald, bis wir Prandtl finden. Der steht in einer Wiese und wirkt viel kleiner als sonst, denn die Wiese ist weich.

„Holdrioh, Prandtl! Was gefangen?" Ballermann ist gleich viel herzlicher mit Prandtl, weil er mit mir Stunk hat. Ich bin auch betont herzlich mit Prandtl. Denn so ist der Mensch.

Aber Prandtl hat zur Zeit gar keine Verwendung für Herzlichkeiten. Die Frage nach seiner Beute ist Pfeffer auf seine Wunden.

„G'fangt, han?“ fragt er düster über die Schulter. „Jojojo, g'fangt scho! A ganzes Diner!“ Er greift um sich in die Wiese, ohne sich zu bücken, denn dieselbe befindet sich in Höhe seiner Knie. Schluchze, schluchze, kommt er auf uns zugestiegen. Er schleudert uns ein großes Bündel langsträhniger Wasserpflanzen vor die Füße: „Da habt's eier G'mies!“ Dann zieht er mühsam einen seiner Langschäfter aus, gießt einige Liter schwarze Flüssigkeit aus dem Stiefel über das grüne Geschlängel. „Und da die Soß!“ sagt er. Worauf er sich den Stiefel wieder anquält und kurzerhand den Heimweg antritt, ohne weiter von uns Notiz zu nehmen.

Drei Männer wandern durch den Wald. Sie pfeifen vor sich hin, leise, aber scharf. Und jeder pfeift ein anderes Lied ...

Wir aßen noch gemeinsam zu Mittag. Freundlich wie Hyänen und lieb wie Klapperschlangen. Dann fand ich, es sei an der Zeit, von dem größten, wunderbarsten und rühmenswertesten Vorzug meines Bogus Gebrauch zu machen: dem Vorzug, daß man in 10 Minuten allen Kram und sich selber in ihn hineinstopfen kann und hui! – schon weg sein.

Anfangs war ich so wütend, daß ich von Zeit zu Zeit vor mich hinfauchte. Allmählich aber wuchs aus der Verwirrung meines schwer vertüderten Gemütslebens eine schöne und klare Freude am Fahren, und ich mußte lachen, wenn ich mir vorstellte, daß Prandtl und Ballermann nun wohl in herzlicher Eintracht auf mich schimpften. Endlich hatten sie eine Basis zur Verständigung! Ich gönnte sie ihnen, ich war ihnen wieder wohlgesinnt – ich war weg!

Später fiel mir auf, daß es Wegfahren für sich allein nicht gibt. Fährt man irgendwo weg, kommt man gleichzeitig woanders hin. Hätte ich das gleich bedacht, wäre ich seewärts gereist. Schon wegen des Pilkers. Aber nun war ich einmal in anderer Richtung im Rollen, und es war ja eine Fahrt ins Blaue. Mal sehen, was die Landkarte meint, nicht?

Die Karte meinte, daß man in dieser Richtung zur Warthe und Netze kommen könnte. Nach Zantoch zum Beispiel; da hat man sie beide. „Zantoch ist gut!“ hatte Ballermann mir gesagt – und so ist Ballermann ja nun nicht, daß er einem schlechte Tips geben würde. Als ich jedoch in Zantoch meinen Kaffee trank, drangen aus einem Nebenzimmer die Worte an mein erschrockenes Ohr: „... also, wat soll ick dir saren, wie ick an die tiefe Buhne komme und stippe meinen Jrindling ein, mit'n Mal – rrruck! – na, un nu jing ja det Theata los, vaschtehste! ...“

Da stieg ich still wieder in meinen guten Bogus und fuhr weiter. Denn vom Gesellschaftsangeln hatte ich einstweilen die Nase voll.

Schon das nächste Dörfchen hielt mich fest. Es hieß aus unerfindlichen Gründen Pollychen und besaß eine richtige Kurpromenade von einem Warthedamm. Als ich mit dem Fischermeister auf diesem Damm stand und ihn gerade fragte, ob er ein paar Raape für mich dringelassen hätte, schlug dicht bei uns ein tüchtiger Bursche auf. „Na also", sagte ich, „da meldet sich ja schon einer freiwillig!" – „Der?" meinte der Fischer, „den kriegen Sie nich! Das is'n ganzer Schlauer! Da bin ich schon lange hinterher. Manchmal, wenn er in der Buhne drin räubert, stelle ich sie vorne mit dem Staknetz zu. Aber wenn ich dann denke, diesmal habe ich ihn – platsch! – da raubt er schon drei Buhnen weiter!"

Selbstverständlich bleibe ich hier! Es ist ein bißchen schwierig, Quartier zu bekommen. Ein wildfremder Mensch, keiner kennt ihn, der so unwahrscheinliche Sachen erzählt und bloß hergekommen sein will, um hier Raape zu angeln ... verdächtig! Dafür wohne ich dann recht billig und bei ausgezeichneter Verpflegung im „Gasthof mit Schlachterei" – wo der Wirt obendrein die Getränke spendiert, denn er verliert mit schöner Beharrlichkeit einen „Bierlachs" nach dem andern!

Früh am Morgen bin ich an der Warthe; wir haben klares, sonniges Wetter, ich vermute, daß die Rapfen nur morgens beißen werden, solange die Sonne noch niedrig steht, und allenfalls abends ein Weilchen bei Dämmerung – eine Voraussage, die sich genauer bewahrheitet, als mir lieb sein kann.

Gleich am ersten Morgen fange ich einen; nicht den dicken, ein mäßiges Kerlchen nur. Immerhin, ein gutes Mittagessen für einen Einzelgänger. Und immerhin: einen Raap! Mein Ansehen in Pollychen wächst ein wenig; es gibt gar nicht so furchtbar viele Angler, die hingehen können und sagen: „Jetzt will ich mal einen Raap fangen!" und die dann wirklich einen kriegen. Im Gegenteil sind viele Angler dort im Osten noch immer der Meinung, der Raap ginge überhaupt nicht an die Angel. So mancher andere hat zufällig mal einen an der Hechtangel erwischt, hat dann versucht, diesen Erfolg zu wiederholen – und hat nach einer Weile seine Bemühungen als hoffnungslos aufgesteckt.

Über die Methode des Rapfenspinnens, die meines Wissens bisher das einzige wirklich ergiebige Verfahren ist, habe ich mich schon mehrfach unter dem Kennwort „Flachspinnen" ausgelassen. Sie liegt nicht jedem, einfach deswegen, weil die meisten Spinnangler immer noch mit viel zu schwerem Zeug zu Werke gehen.

Rapfenangler sind selten. Und auch die Berufsfischer stellen dem Rapfen wenig nach, es lohnt sich wirtschaftlich nicht, der Fang ist schwierig und der Raape „lebt nicht“, er geht im Fischkasten meist ein.

Daher gibt es gottlob noch Rapfen genug. Hier in Pollychen rauben sie allenthalben. Gegenwärtig allerdings nur noch in den Buhnenfeldern. Das ist ungünstig; fast immer beißt der Rapfen besser, solange er draußen steht, auf und neben dem Buhnenkopf. Jetzt „spielt“ er nur noch; ab und zu steigt einer nach meinem Köder, ohne das Maul aufzumachen, schlägt einen Kreis, winkt mit dem schwärzlichen Schwanz und ist verschwunden.

Eine Sensation erlebe ich noch: der „Freiwillige“, der „dicke Raape beim Fischermeister vor der Tür“, wechselt von einer Buhne in die andere. Ich sehe nicht den Fisch selbst, aber ich sehe sein „Kielwasser“, wie er über den Buhnenkopf heraufzieht.

Dunnerlüchting! . . .

Ich hole meine Fliegenrute, um einmal nachzuschauen, ob noch ein paar „Jeesen“ im flachen Wasser stehen, fange aber nur Döbel. Sie kommen wohl nicht mehr herauf, die Nächte sind schon zu kalt. Außerdem werden die Alande, ebenso wie die Barben, hauptsächlich in den Netzefluß steigen, der beim Zusammenfluß die stärkere Strömung führt. Dafür finde ich weiter oben wunderschöne Buhnen, nicht zu groß, mächtig tief und wie geschaffen für den Ansitz mit Kartoffel am Limerick Nr. 15! Bleie sind da, Döbel und gute Plötzen. Vermutlich auch Karpfen. Es ist schön und ruhig hier und durchaus einsam. Still fließt der dunkle Fluß und fließt die Zeit; die Pause zwischen den Rapfenbeißzeiten am Morgen und am Abend ist erstaunlich kurz. Und nachher rundet den Tag ein tüchtiger Skat mit dem zahlenden Wirt und dem herzlich freundlichen, dicken Bürgermeister.

Den großen Raap kennen sie alle; auf meine Aktion hin ist er zum Ortsgespräch erster Klasse aufgerückt. Die Meinungen darüber, ob ich ihn kriegen werde, sind geteilt. Fast alle, die selber etwas vom Angeln verstehen, sind skeptisch, besonders wegen meiner viel zu dünnen Schnur - das bißchen Zwirn reißt der beim ersten Schuß ab. Auch wegen der Blinker; wenn er schon keinen richtigen Fisch annimmt, da wird er ja nicht ausgerechnet diesen Blechkram schlucken, oder? Ich erzähle vom kunstgerechten Drillen und Landen, von früheren Rapfenfängen, aber es klingt nicht recht glaubwürdig. Obwohl ich mich jetzt, nach dem dritten Mampe, ganz sicher fühle, daß ich den Burschen erwischen werde.

Weit weniger sicher bin ich am Morgen danach. Ich bin zu spät aufgestanden, die Sonne ist schon da. Etwas oberhalb stelle ich mich auf und beobachte angespannt die drei Buhnen, die sein Revier bilden. Da! Ein starker Schwall, dicht hinter der Vorlage, an seinem Lieblingsplatz. Beim Fischermeister vor der Tür!

Unendlich vorsichtig schleiche ich mich an; kein Steinchen darf klappen! Ich halte mich in Sichtdeckung hinter Buhne und werfe kniend; langsam rollt der kleine Blinker näher, immer näher – und plötzlich sehe ich den Rapfen steigen! Ganz ruhig geht er nach dem Köder auf, sieht ihn sich an – dann dreht er sich zur Seite, ich sehe ihn in seiner ganzen, imponierenden Breite aufleuchten, ehe er in der Tiefe verschwindet ...

Dunnerschlag! ...

Beim zweiten Wurf rührt sich nichts mehr. Beim dritten Wurf, den ich noch langsamer hereinhole, habe ich einen Hänger. Aus für heute!

Ich lege die verhängte Angel zur Seite und rauche eine Beruhigungszigarette. Gesplißte Ruten sind teuer! – Ich wünschte, ich hätte mich gestern abend etwas weniger zuversichtlich ausgesprochen über Fischmeisters dicken Raap. Na, ist nicht mehr zu ändern. Es ist eine Art Ehrensache geworden, daß ich innerhalb von ein paar Tagen diesen einen Rapfen fange. Leider!

Das Hindernis muß erst mal weg. Ich beschaffe mir einen Kahn und lande einen halben Fahrradrahmen. Mit Lenkstange und Klingel. Dann gehe ich Plötzen stippen.

Ich treffe den Bürgermeister. „Na", fragt er, „was macht der Dicke?!" Der Fischer steht vor seiner Tür und raucht eine Pfeife. „Na? Jaja, das ist ein Schlauer!" – Meine Fehde mit dem dicken Raape ist eine Gemeindeangelegenheit und steht im Brennpunkt des Interesses.

Er muß raus. Aber die Tage vergehen, ohne daß etwas geschieht. Ich fange mir allerkleinste Weißfische, an einer Fliege in Hakengröße 18, und führe sie dem Rapfen am Einhaken vor. Ohne Erfolg, er geht nicht einmal danach auf. Das Wetter ist noch ungünstiger geworden, noch blanker, und die Beißzeiten noch kürzer. Aber ich lasse nicht nach, zu jeder Beißzeit bin ich da.

Eines Abends unterbreche ich mein Plötzenidyll in großer Hast und Eile: Der kleine Raap, der dort oben steht, von mir zum Generalmanager der Beißzeiten ernannt, hat ungewöhnlich früh zu rauben begonnen! Die Spinnangel ist immer fertig montiert zur Hand, im Laufschritt sause ich zu dem Buhnenfeld mit den Fischkästen; es ist recht weit, ich fürchte zu spät zu kommen. Aber der Dicke teilt mir schon aus der Ferne mit, daß er zu Hause ist. Prrtsch! Die Ukeleis funken nach allen Richtungen!

Unmittelbar an der Buhnenspitze raubt er jetzt. Es ist verteufelt schwierig, den Köder dorthin zu bringen, ohne an den Faschinen hängen zu bleiben. Kurz entschlossen steige ich in das flache Wasser des oberen Feldes. In Halbschuhen ...

Ich werfe den kleinen Bleikopfspinner in den Hauptstrom, lasse ihn herumkommen, führe ihn sachte in der Stromkante herauf und bringe ihn dicht vor den Steinen fast zum Anhalten, um ein paar letzte Augenblicke zu gewinnen, ehe ich ihn ausheben muß. Kostbare Augenblicke, die den entscheidenden Biß bringen können wie – den entscheidenden Hänger! Da steht der kleine Spinner, wirbelnd, macht „auf der Stelle getreten marschmarsch“ ...

Biß!

Es ist ein sehr starker, heftiger Biß, er fährt mir als großer Schreck durch alles Gebein, und der Schreck tritt im gleichen Sekundenbruchteil als Anhieb wieder zutage. Als leichter Anhieb! Das ist vielleicht das Schwierigste überhaupt: in einem solchen Moment, in dem sich die aufgespeicherte Anspannung von Tagen entlädt, einen richtig bemessenen Anhieb zu setzen. Diesmal ist es geglückt. Sonst hätte es unweigerlich einen leisen Knacks gegeben, und die sehr dünne Schnur wäre plötzlich ganz, ganz leicht geworden. Denn der Raap ist gleichzeitig in die Tiefe geschossen. Ich habe die Hemmung eingeknipst, die Rolle kreischt in den höchsten Tönen – er sitzt!

Die leichte, lange Barschrute, die dünne Schnur, der fadendünne Stahldraht, und daran dieser tobsüchtige Bursche, der jetzt in voller Fahrt die Vorlage der Buhne ansteuert, dann einen eleganten Salto schlägt, mit der breiten Schwanzflosse winkt, die ich nun schon lange kenne, und in sausender Flucht stromabwärts davonzieht. Hoffentlich, denke ich bangenden Herzens, hoffentlich findet er nicht die andere Hälfte von diesem verfluchten Fahrrad! ...

Ach ja, Raapenangeln ist schön!

Nach dem Verrauchen seiner ersten Wut hole ich ihn schleunigst in das stille Wasser. Das gefällt ihm nicht, er „tückscht“ – ich muß ihn näher heranbringen als mir lieb ist; aber dann sieht er mich, und in einem Riß ist er wieder mitten im Buhnenfeld. Er kämpft an dem leichten Gerät mit großer Ausdauer, und der Drill ist keineswegs einfach: Bei seiner plötzlichen Art zu tauchen, habe ich alle Mühe, Vorfach und Schnur aus dem Bereich seines kräftigen Körpers zu halten. Dabei kann jeden Augenblick der kleine Haken ausschlitzen! Nein, ich bin schon heilfroh, als er endlich manierlich wird, sich auf eine flache Sandstelle fahren und ausheben läßt.

Da liegt er, lang und breit und silbern, ich habe ihn! ...

Freilich, ich habe schon weit größere Rapfen gefangen. Aber hier war dieser der größte ringsum, und er hatte auch etwas Besonderes an sich. Eine Ehrensache war er, der „dicke Raape beim Fischermeister vor der Tür“, und „ein ganz Schlauer!“

Tags darauf lande ich mit einem der ersten Würfe einen zweipfündigen

Hecht. Ein ganz freundlicher Anfang. Dennoch werfe ich meinen Blinker so lieblos und achtlos in der Gegend herum, daß es mir schließlich selbst auffällt. Ich habe keine Lust mehr, hier zu angeln. Diese Warthestrecke scheint mir heute ohne Reiz. In der Fischkastenbuhne ist alles still – „er" ist raus!

Da gehe ich kurzentschlossen zum Gasthof zurück, packe meine Sachen, und ab rollt der Bogus in Richtung Berlin. Ich habe Verwandte dort, die einen ausgezeichneten Bierfisch zu machen verstehen; und Rapfen in Bier gehört zum Besten, was es gibt!

Das ist schön an Bogus: daß man so wunderbar leicht abfahren kann! Landsberg, Küstrin – da liegt auch schon Berlin vor mir. Es fällt mir ein, daß meine Fischmahlzeit etwas groß ist für eine kleine Familie, und ich hole Kratoschnik ab, der im Kleinkriegen großer Fische Erstaunliches leistet.

Kratoschnik bewohnt eine Mansarde am äußersten Rande der Stadt. Augenblicklich geht er in dieser Mansarde mit Mantel und Hut spazieren, denn wir schreiben nun bereits Oktober; in diesem Monat heizt mein Freund Wenzel nur, wenn er Geld hat, und auch dann vorzugsweise von innen, mit Nordhäuser. Einmal lieh ich ihm fünf Mark für Briketts, da ging er zu seiner Wirtin und sagte: „Heite man ieberhaupt nich braucht heizen, weil, ich komme zurick ganz spett!"

„Mit Kollen, weisdu, mit Kollen bin ich knäuserig", sagt Kratoschnik. „Zehn Kollen, wenn du vielleicht tust in Offen, nach Weile machst du Offen offen, kuckst rein, was is? Furrt? Aaaach – is ja, weisdu, schrecklich!"

Kratoschnik ist sofort bereit, mitzufahren. „Chasdu Fiche? Laß ansehn! Nu cherrlich, cherrlich! Wo hasdu gefangen, nu ich weiß doch, in Brieme, mit Ballermann – schöön!" Er muß nur schnell noch eine offene Flasche Gummi arabicum in seine Manteltasche stecken, dann gehen wir.

Später essen wir Rapfen in Bier, bis uns die Luft ausgeht. Dann sitzt Kratoschnik auf dem Teppich und angelt einzeln die Schrote aus meinem Reserverad. Mit Hilfe eines dünnen Pinsels, den er ab und an in die Tasche seines Mantels taucht; denn der Kleister ist, wie erwartet, ausgelaufen. „Siehsdu, sag ich doch: is ganz einfach!" knurrt er.

Gegen Abend kauften wir noch einige Pilker, Wenzel war begeistert von der Aussicht auf Dorschfang und wollte mit. Am folgenden Morgen rollten wir munter in Richtung Stettin dahin, Bogus, Wenzel, die Pilker und ich. Aber in der Gegend von Angermünde bogen wir rechts ab und fuhren an die Oder. Weil es ja eine Fahrt ins Blaue war, und weil uns plötzlich die Rapfen lockten und der schöne, große Fluß.

Der große Fluß, auf dem die Lastkähne entlangziehen mit ihren ungeheuren braunen Segeln, die so aufleuchten in der Sonne und schwarz werden im Wolkenschatten. Der große Fluß in dieser unglaublich abwechslungsreichen Herbstlandschaft, die jede Stunde anders ist, weil sie ja fast nur aus Himmel und Wolken besteht, mit Schilf und Fluß, bunten Baumgruppen und blauen Silhouetten am ringsherum wunderbar weiten Horizont.

In kurzen Etappen ziehen wir flußaufwärts. Manchmal, wenn die Sonne scheint, braten wir Fische am Spieß über einem Holzfeuer, Kratoschnik malt eine Skizze oder zwei, und ich lasse genießerisch die Zeit vergehen an einer Brassenstelle. Manchmal, wenn es regnet und ein kalter Herbstwind bläst, wandern wir weite Strecken hin und her zwischen den Rapfenbuhnen, in Regenmäntel und Kapuzen vermummt, arbeiten mächtig gegen die Kälte und kochen an einer geschützten Stelle auf dem Petroleumöfchen einen schwer beschreiblichen, aber wunderbar heißen Kaffee, in den wir Rum hineinschütten. Manchmal wieder, nach einem besonderen Fang oder einem schwarzen Tag, schlemmen wir abends, im Gasthof eines dieser abseitigen Dörfchen, in Bierfisch oder in Rührei mit Speck – wie es die Götter geben, ist es uns recht.

Abends fallen wir in die Betten, wie abgemäht, schlafen ohne Träume; aber frühmorgens sind wir zur Stelle. Wir wickeln ein dickes Halstuch um die Kaffeekanne, setzen ihr einen Anglerhut auf, damit sie warm bleibt, denn das Frühstück dauert eine Weile. Brot, Butter, Honig, Käse, Wurst – wer hungrig ans Wasser kommt, friert zu leicht. Ach, Frau Wirtin, das Brot ist schon wieder alle – haben Sie wohl noch einen kleinen halben Meter?

„Aaaach – cherrlich!“ schreit Kratoschnik.

Das ist schon ein Kauz, dieser Kratoschnik! Wenn er eine Skizze fertig hat, hält er das Bildchen mit gestrecktem Arm vor sich hin, kneift ein Auge zu und sagt: „Sehsdu? Cherrlich!“ Einmal kommt er in Sturm und Regen angestiegen, eine ausgeregnete Pfeife im Mund, blau gefroren, triefend naß, und ruft: „Cherrlich, waas?“ Und als ich loslache, ist er tief erstaunt.

Er hat Recht; es ist herrlich.

Obwohl wir die ganz Großen nicht kriegen können. Es sind welche da, doch, zwei wahre Prachtkerle machen wir ausfindig. Voll Zuversicht legen wir fest, welcher Kratoschnik und welcher mir „gehört“. Aber leider sind die Burschen verteufelt weitschweifig, sie rauben mal hier, mal da, und fast immer an Stellen, die wir nicht erreichen können. Wir mühen uns schwer um diese beiden. Umsonst; als es mir endlich gelingt, den einen für meinen Spinner zu interessieren, stößt er mit geschlossenem Maul auf den Köder. Ein Haken verfängt sich an der Brustflosse, mein Rapfen quittiert mit einem Luftsprung, und der größte Fisch des Jahres ist verloren. Tja – ist bitter.

Eines Tages beißen auch die kleineren Stücke nicht mehr, das Wasser ist zu kalt geworden. Ein Anglerjahr ging zu Ende ...

Schweigend fahren wir der Stadt, fahren wir dem langen Winter entgegen. Sogar Kratoschnik ist voller Kummer. Aber als wir in Berlin ankommen, sagt er: „Wejsdu? Noffemberr – Detzemberr – Januar – Febbrruar – bißchen fimf Monnat, mit Mal, wenn Marrtz die Sonne scheint, schonn fangt man wieder! Cherrlich!"

Ja, das war so meine Urlaubsreise.

18 | *Oll Blunks starker Tobak*

„Bleien", sagte Kaptein Pedersen, „Bleien in Beer, dat 's 'n scheunes Eten." Und mit einem kleinen, inniglich schaukelnden Gelächter ließ er den eben gelandeten Brachsen in den Setzkescher gleiten.

„Öwer blot, wenn 'n weck hett", setzte er noch hinzu. Denn dicht neben seinem Boot lag das von oll Blunk – und der Alte hatte heute Pech. Er war früher am Platze gewesen als der Kaptein, hatte aber bisher noch nicht den kleinsten Biß zu verzeichnen; eine Situation, deren Seltenheit ihre gründliche Ausschlachtung dringend gebot!

„So – nu kömmt de fiewt." Pedersen legte die neubeköderte Angel wieder auf den Bootsrand zu den übrigen, wobei ihn abermals das kleine, wohlige Gelächter durchbebte. Freude, schöner Götterfunken, Tochter aus Elysium, Bleie in Bier schmecken gut und Rache süß. „Sei bieten, Blunk. Unner twei Dutzend gah ick hüt nich nah Hus, dat segg ick. Hest du ook all 'n poor?" – Der Alte murmelte eine Antwort, aber die kleinen Wellen trugen sie fort und taten recht daran, undruckbar wie sie, sogar auf Hochdeutsch oder dann erst recht, gewesen wäre.

Schon fuhr der prophezeite fünfte herauf. Breit und fett lag der Fisch im Unterfangnetz und schmatzte mit den dicken Lippen. „Hürst em, Blunk? De freut sick all up sin Beer un Peperkauken!" – Es schien nicht so, als ob Vadding hörte. In sich versunken saß er schrumpfig da und schwieg das dunkle Wasser an.

Auch bei ihm bog sich jetzt eine der Fischbeintippen nach unten; aber langsam und ruhig, man sah gleich, was los war. „'Dammten Krom, 'dammten oll Tüderkrom!" knurrte er, als er das strähnige Bündel Fadenalgen hereinzog.

Pedersens Gebäuch schwabbelte wie ein Pudding vor Wonne. „Blunk", rief er, „dat heww ick mi ook nich drömen laten, dat du noch in din' Öller 'n Vegetarier warden würdst!" – „Wat för einen?!" – „'n Vegetarier, Vadding. Ick seih jo, dat du kein' Fisch miehr angelst, blot noch Gemüs' un Salat. Na, 't sall jo siehr gesund sin, un wenn 't di man bekömmt!"

Oll Blunk holte die Ankerleine auf und schwang den schweren Stein ins Boot. Ganz leise übrigens, ohne zu poltern. Fische vergrämen ist jenseits allen Schabernacks, die Angelstelle tabu. Sein Boot schwamm ab ...

Abend am Hafen. Pedersen, oll Blunk und ich lehnten am Geländer der Anlegestelle, gemütlich qualmend, und blickten mit amüsierter Mißachtung auf jene fremde Welt voll Seide, Parföngs, Hochdeutsch und Bügelfalten, die auf dem „Salondampfer" ihr schwerverständliches Wesen trieb. Unser Interesse war das von gänzlich Außenstehenden – etwa wie im zoologischen Garten.

Ich bot dem Alten meinen Tobak an, Pedersen gab mir von seinem, und als der Kaptein leergeraucht hatte, reichte ihm oll Blunk seinen Tobaksbüdel. Das ist so Sitte und schöner, alter Hafenbrauch, und auch wir wußten, was sich gehört. Obschon wir nicht so „frisiert" waren wie die Salonmenschen da drüben, unsern festgefügten Sitten- und Ehrencodex hatten wir deswegen genausogut oder noch besser. Z. B. verscheuchten wir wie gesagt keine Fische, während es uns recht eigentlich zum Wesen von „dei dor", wie wir sie ablehnend nannten, zu gehören schien, daß sie störend auf das Unterwassertum wirkten, ob sie nun segelnd oder rudernd auftraten oder auch bloß am Ufer ihre laienhafte, kiebitzende Neugier spazieren trugen, in weithin leuchtender, weißer oder grellbunter Kostümierung. – „As Häuhner un Gäus – bunt un witt un jümmer dömlich kakeln", faßte oll Blunk seine Eindrücke zusammen. Das bedeutete gleichzeitig einen pädagogischen Rippenstoß für mich, der ich mich eines früheren Tages in eins der buntesten Häuhnerkens rettungslos verknallte und – doch lassen wir diese Entgleisung einstweilen begraben sein, jedenfalls beeilte ich mich jetzt, zur Vermeidung längerer diesbezüglicher Ansprachen mein volles Einverständnis zu erklären.

Währenddessen hatte ein wunderliches Gebaren von seiten des Kapteins begonnen. Er spuckte oft und unökonomisch, räusperte sich und krächzte. Dabei peterte er immer wieder an seiner Pfeife herum und brummte „Dunner Deubel ..." und „Ick weit ook gornich ...", bis oll Blunk endlich im Tone väterlichen Mitleids fragte: „Min Shag ist dich woll 'n beten sstaak, schunger Mann?" – „Ach wat nich noch!" – Pedersen rauchte mit grimmiger Selbstbeherrschung weiter, mit dem Resultat, daß er plötzlich in einem wahrhaft grausigen Hustenanfall explodierte. Der Alte klopfte ihm den Rücken und meinte besorgt: „Tschä – is woll beten däftig, de oll Fienschnitt. Paßt nich för scheden." – „Bleudsinn!" ging Pedersen hoch. „Dat is 't doch nich! Dor möt wat in min Piep sitten, wat dor nich in hürt, 'n Hoor oder so!" – „Na, wenn 't wider nix is, denn klopp ehr man ut un sstopp di 'n anner", begütigte oll Blunk.

Mit einem Seufzer der Erleichterung machte sich der Kaptein an eine gründliche Reinigung seines Nasenwärmers, füllte ihn mit aller Sorgfalt, nachdem er oll Blunks bereitwillig präsentierten Tobaksbüdel erst mißtrauisch beschnuppert, dann aber beruhigt hingenommen hatte, und setzte wieder Dampf auf.

Nach zwei Zügen fuhr er herum. „Blunk – segg mi ens iehrlich, Blunk – wat is dat för Tobak?!“ – Der Alte wiegte den Kopf. „Tschä, Kaptein“, sagte er, „genau genommen – genau genommen ist es miehr Vegitar'schen. Öwer ick heww ook beten Dän'schen mang. Ganz ahn Dän'schen sstinkt de Vegitar'sche wat fischig. Sall öwer siehr gesund sin.“

Pedersens Pfeifchen fuhr mit einem Gluck und einem leisen Zischen ins Wasser. Er rammte die Hände tief in die Taschen und verschwand wuchtigen Schrittes und wortlos in der Dämmerung.

„Tschä“, meditierte oll Blunk, „hei hett mi sülwst up den Gedanken bröcht. Ick heww mi de oll Tüderkrom von hüt Morrn up 'n Aben drögt; 't sach ut as Fienschnitt. Möt öwer doch woll nich den richtigen Aroma hebben; mi dücht, hei smeckt em nich. Wenn hei sick nu man nich den Apptit up sin Bleien in Beer verdarwen hett, 't süll mi leed dauhn.“

Während er den ledernen Beutel ausklopfte bis auf das letzte Stäubchen, sagte er noch: „Kann öwer ook sin, dat 'n poor lütte Finzel Pierdshoor von min Ssnur dormang hacken blewen sin.“ Und schloß, nicht ohne Anerkennung:

„Dat hett hei doch rutsmeckt – kiek an.“

Der Kibitz

1

2

3

4

5

19 *Winde, Wellen, dunkles Walten*

Manchmal wird es allerdings unangenehm windig auf der See. Dann rumpeln die Geräte im Boot herum. Die Thermosflasche veranstaltet ein Wettrollen mit der Schicklichkeitsbüchse und dem Schöpfeimer. Die drei bis sieben langen Makrelenruten patschen vorne ins Wasser und versuchen sich hinten selbständig zu machen – nein, ich weiß, mein Rutenhalter ist nicht das richtige Patent, ich muß einen noch ganz anderen bauen, aber man hat ja nie Zeit, und während ich unter der Gräting nach dem hindurchgefallenen Messer grabbele, wird zur Freude meiner Begleitmöwen das Papier mit dem Frühstück vom Winde verweht, lebe wohl, ade. Damit wir uns nicht mißverstehen, ich rede hier nicht von Sturm, nur von einer mittelfrischen Brise, Stärke 5 zunehmend 6.

Es klingt unwahrscheinlich, aber ich angle tatsächlich zum Vergnügen. 5 zunehmend 6 von der offenen See her ist meinem Vergnügen abträglich und macht mich nervös, besonders, wenn dann auch noch meine drei bis sieben Makrelenschwimmer gegen den Wind an mir vorüberfahren. Dieses befremdliche Verhalten der Langstielposen bedeutet leider fast nie, daß sieben Fische gleichzeitig gebissen haben; sondern, daß sich der Anker auf Wanderschaft begeben hat. Ein Phänomen der Relativität. Ich raffe daraufhin meinen Kram hastig zusammen und verfüge mich, ganz nach Christian Morgensterns Ratschlag, „in andre Paradiese, beispielshalber weg". Nicht, daß ich irgendwem ein so unheroisches Benehmen zur Nachahmung empfehlen möchte; ich mißbillige es selbst aufs strengste.

Andere Angler haben eine viel ernstere Dienstauffassung. Manche führen eine Art Guerillakrieg mit den Elementen. Elastischer Widerstand ist ihre Methode. Sie rudern, segeln oder tuckern in den Windschatten hinter der Mole oder hinter der Halbinsel und gehen dort erneut vor Anker. Daß sich an beiden Plätzen keine Fische aufzuhalten pflegen, ist bedauerlich, jedoch ohne prinzipielle Bedeutung. Mir selbst liegt diese Taktik nicht, weil der Wind etwas gegen mich hat, rein persönlich. Sobald ich mich an einer überwindigen Stelle vor ihm versteckt habe, dreht er sich. Nicht schnell, wie ein Kampfstier, sondern wie ein Nashorn, langsam und wuchtig. Während ich noch dabei bin, meine komplizierte Apparatur – ich muß das mal ganz anders bauen, aber man hat ja nie Zeit – auf Aale und kleine Flundern umzustellen, faucht er schon wieder auf mich los, in den Böen bis 7, mit Brechern oder mit stehenden Wellen, je nachdem, wo er mich erwischt. Dann wird die Sache mühsam und brenzlig, vielleicht muß ich stundenlang gegen ihn anrudern, oder er fegt mich quer über die Seekarte auf „gß. St.", große Steine. Ich denke da nur an Endrukats schönes, neues Boot. Denn das hätte er ja nie, wenn nicht Ingwersen und Dr. Karlowitz sein altes mal eben ausgeborgt hätten, als er nicht zu Hause und der schwarze Ball schon oben war. Sie kauften ihm ein anderes, und die vielen, guten Bretter von dem alten hat er auch fast alle eingesammelt. Segen des Meeres.

Offenbar ist Endrukat dem Wind sympathischer als ich, das ist Geschmackssache. Ich fahre mein eigenes Boot, halte es mit Morgenstern und bin, falls mich jemand suchen sollte, in der kleinen Hafenschenke leicht zu finden. Durch das Fenster kann man die starken, harten, unerschrockenen Männer schaukeln sehen, die auf jeden Fall draußen bleiben, und kann sich heimlich freuen, daß man nicht dabei ist.

Dieses sind die echten, die eigentlichen Meeresangler. Sie haben entsprechend schwere Anker und wettern die Sache einfach ab, was da auch komme. Bei in den Böen 7 geben sie allenfalls zu, daß etwas Wind unterwegs sei, so streng ist ihr Comment. Eine kleine Gemeinschaft prachtvoller Kerle, die, na selbstverständlich doch und obwohl sie es nicht sagen, alle Menschen mit weniger Beton im seelischen Fundament über die Achsel ansehen. Rechtens. Daß sie die meisten Fische fangen, geht nebenher. Aber hüte sich jeder, etwa aus Ehrgeiz dazwischen zu geraten, wenn er nicht von Natur das richtige Format hat. Es rächt sich bitter.

Wie etwa an Bredenkamp, der in tausend Ängsten lebt, nur um als eisern zu gelten. Eines Morgens winkte mich Bredenkamp auf einen kleinen Kutter, der mit ihm und elf anderen Anglern schon reichlich besetzt war. Einer posthumen Regung meines längst verkümmerten Geselligkeitstriebes folgend, stieg ich ein. Damit waren wir, na, wieviel? Stimmt. Und immer, wenn die Zahl 13 im Spiel ist, begibt sich mancherlei, darauf ist Verlaß. Ein Mensch wie ein Angler, oder wie ein Seemann, ein Mensch, der alle Rätsel der Natur unmittelbar vor Augen hat, darf auf keinen Fall abergläubisch sein. Er muß einen klaren Verstand haben und die Tatsachen nehmen, wie sie sind. Auch das ist ja Aberglaube, wenn einer so vielfältig erprobte Erfahrungstatsachen ableugnet, bloß weil es der Wissenschaft noch nicht gelungen ist, die metaphysischen Grundlagen genügend aufzuhellen. Jawohl! Unter diesem Gesichtspunkt besehen, sind die

Wissenschaftler meines Bekanntenkreises, vor allem Dr. Karlowitz, abergläubischer als sonst wer. Sie sind im Unrecht, man sieht es an dem, was sie fangen, oder richtiger, an dem, was sie alles nicht fangen. Und konnte er nicht an Land bleiben, wo der schwarze Ball schon hoch war? Nein. Ostwind dauert drei Tage, oder neun, und wenn er dann noch anhält, sieben Wochen, bekanntlich. Aber Meteorologie, metaphysikalisch-astrologische Beißzeittabellen, Fischwitterung, alles Aberglaube für Karlowitz. Nur nichts einsehen, lieber ein neues Boot kaufen. Na, laß ihn. Also, wir waren dreizehn, und kaum waren wir an der letzten Boje vorbei, fing es auch schon an zu blasen. Aber wie! Ich war gleich sehr beunruhigt. Zunehmend 6 am frühen Vormittag, da weiß man nie, was noch alles nachkommt, bei dreizehn Mann an Bord. Wenn es nach mir gegangen wäre, konnten wir gleich wieder abtuckern, mit Kurs auf andere Paradiese. Indessen war es mir peinlich, inmitten der zwölf Unerschrockenen solche Meinung zu äußern. Meine Hüftknochen bohrten sich allmählich durch mein geringes Sitzfleisch zur schaukelnden Holzbank hin. Die Tataren hatten es besser – das Fleisch, das sie mürbe ritten, war nicht ihr eigenes. Ich litt und fing nebenher ohne viel Interesse drei große Makrelen. „Lohn der Angst", dachte ich, das war der Titel eines gerade laufenden Katastrophenfilms. Danach fing ich längere Zeit nichts mehr. Niemand fing.

Bredenkamp, neben mir, sah mich mehrmals prüfend an und schüttelte den Kopf. Dann sah er die restlichen elf Unerschrockenen prüfend an, schüttelte wiederum den Kopf und schien enttäuscht. In diesem Augenblick erreichte uns die erste von drei Wellen, die viel knuffiger waren als alle bisherigen. Die zweite. Die dritte. Wumm – prrtsch! Da brach aus Bredenkamp heraus, was er dachte. „Deuwel auch" schimpfte er, „Deuwel auch, wird denn ausgerechnet heute kein Mensch seekrank?!" Sieh mal einer! Du kleiner Hochstapler, mimst den Eisernen, aber bist bloß ein armes, angstvolles Würstchen wie unsereiner! Wartest, daß einem andern flau wird, damit du einen Vorwand hast zum Türmen!

Er hätte sich diese Blöße nicht zu geben brauchen. Keine Minute später hing einer achtern über Bord und ekelte sich vor seinem Innenleben. Und flugs waren die Unerschrockenen sämtlichst um ihn bemüht, voll Mitgefühl und Besorgnis. Kein Zweifel, daß man den armen Kranken schleunigst an Land schaffen mußte, um seine Leiden abzukürzen. Anker hoch, weg! Es war ein einhelliges Beispiel von Nächstenliebe, sehr rührend, bei so harten Männern.

Oder sollte vielleicht jemand der Meinung sein, die restlichen zehn wären auch nicht so ganz echt gewesen? Es hätte ihnen, ganz wie mir, Bredenkamp und dem Seufzenden, einiges für maritime Heroen Wesentliche leider gefehlt? Etwa, weil er sie an einem anderen, minder stürmischen Tage erlebt hat, als sie das gramvolle Ringen eines seeweichen Schiffsgenossen mit fröhlichen Reden begleiteten, ihm versicherten, nach den ersten drei, vier Jahren gebe sich das von selbst, ihm dankten, daß er das Anfüttern übernahm, nur weiter so, junger Freund? Und gar nicht auf den Gedanken kamen, den Anker zu lichten, wo das Wetter so schön ungefährlich und die Fische so bissig waren? Sie hätten stramme Haltung markiert und bloß nicht gestehen mögen vor all den andern, daß sie herzlich gern nach Hause wollten?

Ich meinerseits teile diese Meinung nicht. Ich weiß, daß es eine Gilde von Meermännern gibt, die ich ehrlich bewundere, teils mit Neid und meistens ohne. Das darf ich wohl ruhig einmal sagen, wenn ich mich so spärlich ausdrücke, wie diese Leute das mögen. Ich schulde ihnen Dank für allerlei technische Hilfe, manchmal sozusagen entscheidende Hilfe. Und ich will lieber zehn Unechte zu ihrem exklusiven Klub rechnen, als einem von ihnen unrecht tun.

Außerdem gibt es ja immer, wo man Lebewesen nach Qualitäten sortiert – Hirsche, Dorsche, Seefahrer, Mastgänse, von Aalen ganz zu schweigen – gleitende Übergänge. Kannten Sie Ole Peersen? In einem höchst unwahrscheinlichen Bottich, den er für ein Boot ansah und liebte, fuhr er hinaus auf Makrelen, wann immer er sich eine leidliche Chance dafür ausrechnen konnte, daß die Sache auch diesmal noch gut ausgehen würde. Und wenn er einmal draußen lag, dann blieb er da, ob es nun blies oder blus. Das Wasser, das er aus seinem angeblichen Boot geschöpft hat in all den Jahren, würde einen hübschen kleinen See füllen. Einmal überrollte ihn ein Fischkutter. Peersen, schnaufend und bärtig wie ein Walroß, tauchte auf, wurde hochgehievt, an Land gesetzt und getrocknet. Dann nagelte er seinem Bottich zwei Brettchen auf die Bauchseite, schmierte einen Quast voll Teer darüber und gondelte zur gleichen Angelstelle zurück. Ein anderes Mal verbiesterte er sich im Nebel, wußte nicht mehr, wo hier ist und wo Dänemark. Am nächsten Morgen fand ihn, rein zufällig, ein Fischer und schleppte ihn landwärts. Bei der roten Tonne warf er den Tampen los – tschüs, besten Dank ook, bäten angeln, sagte Ole Peersen.

Er brauchte die Makrelen, die er fing, sie waren ein wichtiger Posten in seinem Etat. Auch war er im Rudern nicht mehr so tüchtig wie in seinen jüngeren Jahren, er vermied es nach Möglichkeit. Und seinen überwiegend aus Flickstellen bestehenden Teerkahn einem Landemanöver in starker Brandung auszusetzen, schien ihm wohl selber bedenklich. Gleichviel, die nordische Varietät von Stoizismus, die er praktizierte, war imponierend.

Ganz so aufregend sollten alte Männer eigentlich nicht sein, fanden wir. Eines Tages würde es ihn erwischen, würde er in der See ums Leben kommen, das stand fest, für uns wie für ihn. Aber durch die diversen Rettungen verzögerte sich die Sache, und was tut Ole Peersen? Geht hin, hat einen Unfall im Binnenland und stirbt im Bett. Es war das erste, was wir ihm ernstlich übelnahmen. Er fehlt uns sehr, denn auf wen soll man nun aufpassen?

Manchmal nehme ich ein scharfes Glas mit in die kleine Hafenschenke und sehe dann zum Beispiel Dr. Karlowitz, wie er einen Seeteufel fängt, schön bunt, schön groß, besonders der Kopf. Er ködert ihn vorsichtig ab, bewegt die Lippen, setzt den knurrigen Stachelfisch behutsam in die See zurück. Den gleich anschließend erbeuteten kleinen Wittling dagegen wirft er in hohem Bogen einer jungen, noch braun gefleckten Möwe zu, die in ihrem jugendlichen Unverstand gerade auf Karlowitz ihre Hoffnungen setzt und geduldig bei ihm bleibt, seiner weiteren Taten harrend. Auch Möwen darf man bekanntlich nicht verstimmen, genausowenig wie Seeteufel, es bringt Unglück. Das sind so Erfahrungstatsachen. Einen Seeteufel läßt man seines Weges ziehen, nachdem man sich höflich bei ihm entschuldigt hat, wegen der Störung. Wenn er einen freundlichen Eindruck mitnimmt, schickt er große Fische.

Dr. Karlowitz lernt zu, wie ich sehe. Seit er ohne Biß daneben saß, als Ingwersen die starken Dorsche fing, an einer Stelle, wo es gar keine gibt. Vor Schleimünde nämlich. Dort sind sie schon vor 1854 verschwunden, nachdem ein scheußliches Mädchen einem Dorsch einen Splitter durch beide Augen stach und ihn wieder schwimmen ließ, hoffentlich haben sie der lieben Dame wenigstens gründlich den, ach so, ganz recht, ich meine, hoffentlich hat man sich wenigstens nachher noch erzieherisch um sie bemüht. O nein, das ist keine Spökenkiekerei, da sind keine Dorsche, und außerdem ist das alles wissenschaftlich verbürgt, siehe Duncker, „Die Fische der Nordmark", Hamburg 1960. Unter Gadus morrhua L. Natürlich hätte auch Ingwersen dort keine finden können. Aber er verfügt über ein selbst in Anglerkreisen ungewöhnliches Maß von persönlichem Scharm und hatte sich vorher das Wohlwollen dreier Seeteufel gesichert, die ihm auf die Flunderangeln gingen.

Aberglaube, sagen manche. Andere drücken sich gebildeter aus und sagen: Anglerpantheismus. Glauben aber auch nicht dran.

Na gut, bitte sehr. Wir werden ja sehen, wer mehr fängt.

20 *Oll Blunk und der Lord*

Es war Hauptsaison, alles wimmelte von Badegästen, der ganze Strand roch nach Hautcreme und Mückenbalsam. Deswegen hatten wir uns auf das Hafenviertel zurückgezogen, wo feine Leute nur selten und vorübergehend auftauchten. Auch bissen die Fische nicht; kein Blei, kein Aal, kein Barsch, kein Dorsch, wir hatten alles versucht – vielleicht schmeckte ihnen das Wasser zu sehr nach Menschen, und sie waren in ferne Tiefen geflüchtet. Unsrerseits saßen wir im „Blagen Apen" und nahmen Erfrischungen zu uns, denn es war heiß. Unter Erfrischungen versteht man an den nördlichen Küsten ganz allgemein die verschiedenen Arten von Grog.

„Scheunen Verdeenst", sagte Jochen Hendriks. Jochen ist kein gesprächiger Mensch; er gibt seine Worte sozusagen nur en detail ab, Stück für Stück.

„Wat för Verdeenst, Jochen?"

„Och, ick mein man. De mi fleuten geiht."

„Wat för Verdeenst geiht Di fleuten, Jochen?"

„Och, mit den Lord, nöch?"

„Lord? Wat för'n Lord?"

„Na, so'n englischen Lord doch."

Und so weiter, immer hübsch langsam und bröckchenweise. Vorgefallen war dieses, daß Jochen einen „Lord oder so" spazierengesegelt hatte; der Lord oder so hatte an Hand seines Lexikons geäußert, daß er hier auf „very groß Fisch" zu angeln wünschte und für eine Woche ein Boot mit Führer mieten wollte. Leider hatte dann ein anderer von Jochens Passagieren – vermutlich beredter als dieser – die Unterhaltung an sich gerissen und dem englischen Herrn erklärt, hier gäbe es gar keine großen Fische. Und da war es ja nun mit Jochens Verdienst eben leider Fleutjepiepen.

„Jochen", sagte oll Blunk, „büs'n Dömelklaas. Hättst dienen Lord düchtig wat vertellen möten, von Swienfisch un Seelachs un för mienentwegen Haifische un so. Na, is jo nu vörbi un helpt nich miehr."

„Vadding", sagte ich, „künnen wi den Lord nich wedder Lust maken, dat hei 't doch noch ens versökt?"

„Kiek eins“, meinte der Alte; „is gornich so dumm. Müßt jo ook woll tau maken sin. Könen uns dat jo ens bedenken . . .“

Und eine Weile später sagte er: „Ick weit all wat . . .“

Wir besprachen die Sache genau und gründlich. Und dann gingen wir zu Hendriks nach Hause und machten aus einem Stück alter Segelleinwand und zwei Latten ein Ding, das einem großen Kinderdrachen ähnlich war. Wir banden einen ziemlich großen Stein daran, und schließlich malten wir solange mit dem Teerpinsel daran herum, bis das Produkt von weitem so aussah, wie wir uns einen Pantherrochen vorstellten . . .

Am nächsten Morgen ging ich den Strand entlang, in der Hand eine schwere Spinnrute, montiert mit einem Blinker von der Größe einer mittleren Gemüseplatte. Als ich zum neunten Male den Strand entlangging, sah ich den Lord mit zwei Damen aus seinem Hotel herauskommen. Ich erkannte ihn sofort, teils an seiner karierten Mütze, teils überhaupt. Fünf Meter vor ihm steckte ich mir laut hustend und umständlich eine Pfeife an. Der Lord ließ ohne ein Wort die beiden Damen stehen und schoß auf mich los wie ein Hecht aus dem Krautbett. Als die beiden Damen mein Angelzeug sahen, gingen sie weg, vielleicht weil sie sich gleich dachten, daß es länger dauern würde; die jüngere lächelte, aber die ältere sah auf eine aristokratische Art sehr gereizt aus.

„Stop!“ sagte der Lord, und „have a drink?“ – Man konnte gleich merken, daß er ein sympathischer Herr war. „Allemal“, sagte ich, „allright.“ – Er zog sofort ein rotes Buch aus der Tasche. Ich wußte ohne hinzusehen, daß in diesem Augenblick die Fahne auf dem Strandpavillon eingeholt wurde. Der Piccolo Paul im Strandpavillon ist von Jochen Hendriks Brüdern der kleinste.

Wir setzten uns auf die Terrasse und hatten einen Drink. Draußen auf der See kreuzte ein kleines Boot. Der Lord empfand dringenden Bedarf an sachverständiger Auskunft über den landesüblichen Fischfang – und ich hatte dringenden Auftrag, sie ihm zu geben. Jemand hatte ihm erklärt, hier gäbe es keine großen Fische?! Entschuldigen Sie, wenn ich darüber laut und herzlich lachen muß, Sir. Sehen Sie meinen Blinker an, Sir: glauben Sie, Sir, daß man mit Gemüsetellern auf Stichlinge angeln kann?! Der Lord blätterte in dem roten Buch und fragte: „Welche groß fish?“ Dann nahm ich das rote Buch und sagte: „Sea-salmon und – Cod – and –“, aber das Wort für Rochen, das ich besonders nötig brauchte, stand nicht drin, deswegen malte ich einen Rochen auf den Marmortisch. Man sah gleich, was es vorstellen sollte; ich hatte ja nun auch schon Übung im Rochenmalen. – „Ouh!“ sagte der Lord, „a ray! Large ray?“ – „Yes“, sagte ich, „solche Laatsche von Rays, und plenty plenty“, und der Lord freute sich.

Draußen kreuzte ein kleines Boot. „Da“, sagte ich, „auch Fischer, professional.“ – Der Lord beäugte das Boot durch seinen Feldstecher, und ich stand auf und hielt meine Hand über die Augen. Ich wußte, daß gleichzeitig die Flagge über dem Strandpavillon wieder hochging. Der Lord hatte kaum sein Glas eingestellt, als er auch schon energisch und wiederholt nach dem Kellner rief.

Wir rannten den Strand hinunter, sprangen in eine Mietsgondel und ruderten los wie die Teufel. Die Leute da draußen mußten ein Ungeheuer von einem Fisch an der Leine haben. Ab und zu sah man ein Stück von ihm über Wasser, mit Pantherflecken darauf. Es war schrecklich aufregend. Das Ende des Kampfes spielte sich leider hinter dem Boot ab, wir konnten nichts davon sehen. Rufend und winkend gaben wir den Fischern zu verstehen, wir wollten an Bord genommen werden; der Lord mußte unbedingt den „large ray“ besichtigen. Zu unserer schmerzlichen Enttäuschung stellte sich jedoch heraus, daß diese merkwürdigen Menschen den Rochen freiwillig hatten abflattern lassen; sie hatten nur ihre Schnur hereingeholt, um sie kurz vor dem Fisch zu kappen. Zwei Fischer waren es, ein junger und ein alter. Der junge sagte gar nichts; der alte, ein sehr biederer Greis mit „Freese“, Südwester und riesigen Faltenstiefeln, erklärte uns die Sache. „Rochen snied ick ümmer aff. Ick will mi nich dootstecken laten. Woför denn ook – eeten kann ’n se jo doch nich, un de köpt keen Een, de oll Fladdermüs.“ Ich hatte das besondere Vergnügen, meinen neuen Freund mit Vadding Blunk bekannt zu machen. Als wir voneinander schieden, hatte der Lord sich das Boot nebst Mr. Hendriks auf eine Woche gesichert, gegen eine Gage von zwei Pfund pro Tag und eine Belohnung von fünf Pfund für jeden Großfisch, als Umsatzprämie.

Hendriks hat es verzweifelt nötig, ein bißchen Geld zu verdienen. Zwei Pfund pro Tag, dunnerlüchting; er war ganz aufgeregt und stotterte so etwas wie er täte es auch für die Hälfte. Aber auf die Fangprämie legte nur der Lord allein besonderen Wert.

Übrigens behauptete er, er wäre gar kein Lord. Weil er sich jedoch so nobel zeigte und uns auch sonst kolossal gefiel, ließen wir es bei dem Titel. Zum Teil auch deswegen, weil wir seinen richtigen Namen nicht aussprechen konnten.

Am liebsten hätte unser neuer Gönner gleich jetzt eine Schleppangelfahrt improvisiert. Das ging ja nun leider nicht, sorry, Sir, heute nicht possible, morgen früh um Klock veer in der Morning. Denn wir hatten vorher noch eine dringende Arbeit zu erledigen. Eine gewisse nächtliche Besorgung.

Diese erwies sich als ein recht schweres, schmutziges Stück Arbeit, mit Tang und Muschelscherben und rostigem Eisen, und auch gefährlich, so in der Finsternis, in der Strömung zwischen den beiden Molen. Aber wir spuckten in die Hände, dachten an den guten Zweck und schafften es ...

Als das Boot, bemannt mit Hendriks und mir, in aller Frühe die Dampferbrücke ansegelte, stand der Lord schon da und trat von einem Bein auf das andere.

Man kann von einem Rochen nicht erwarten, daß er flachlaufende Blinker annimmt. Deswegen refften wir eine Menge Leinwand weg und ließen unsern toten, allseitig mit Haken garnierten Hering ganz langsam über den Grund trudeln. Mit dem Erfolg, daß wir in ziemlich schneller Folge vier Dorsche fingen, die alle etwas kleiner waren als der Hering. Dann suchten wir tiefes Wasser auf und fingen dementsprechend gar nichts mehr. Eine Stunde, zwei Stunden. Der Lord begann zu gähnen und gähnte immer mehr, bis wir alle seine Goldplomben von Ansehen kannten. Es war Zeit, daß etwas geschah.

„Zwischen the moles", sagte ich, denn ich war der Dolmetscher, „sind manchmal plenty laatsche Fisch. Wat mien you?" – „Well", sagte der Lord. – „Na, Jochen, denn lat uns ens dor henkieken, ob sei hüt woll dor sitten."

Es war der richtige Tip. Zwanzig Meter rechts von der vierten Boje bekam unser Gönner den ersten anständigen Biß. Es mußte ein schwerer Bursche sein; er ruckte ein paarmal mit erstaunlicher Kraft – und ab war er. „Sorry", sagte der Lord beherrscht. Wir nahmen die Stelle ein zweites und ein drittes Mal, immer langsamer, und plötzlich, bums, saß der Bengel wieder dran.

Der Lord verstand seine Sache, das sah man gleich. Sein Anhieb kam, wie aus der Pistole geschossen, die Schnur wurde keinen Augenblick schlaff, die kurzen Kommandos, die er uns zurief, hatten Hand und Fuß. Aber mit all seiner Kunst konnte er nicht verhindern, daß der Fisch bei jeder Flucht näher an die Boje kam. Es mußte ein wahrer Riese von einem Fisch sein. Ein Rochen? Vermutlich. Manchmal schien es, als wenn er matt würde; zehn, zwölf Meter weit kam er mit. Aber nur, um eine noch heftigere Flucht folgen zu lassen. Hendriks hatte das Segel eingeholt und zu den Riemen gegriffen. Bei jedem Nachgeben des Fisches holte er das Boot ein Stück weiter von der Boje weg.

Vergebens. Nach einem atemraubenden Drill von etwa zwanzig Minuten Dauer saß der Fisch unter der Boje fest und rührte sich nicht mehr.

Der Lord straffte die Schnur, daß sich die schwere Rute zum Halbkreis bog, und klopfte mit dem Gaff auf dem Handteil herum – nichts! Dann gab er dem Fisch eine Zeitlang lockere Leine. Nichts. Wir fuhren ein halbes Dutzend mal rechts um die Boje herum, dann doppelt so oft links herum, umsonst, die Schnur war nicht mehr freizukriegen. Schließlich gab es einen kleinen Knacks, und die Geschichte war zu Ende.

„Sorry“, sagte der Lord. Zwischen den geschlossenen Zähnen hindurch, aber beherrscht.

Wir schleppten noch eine Weile weiter, aber da jeder Erfolg ausblieb, beschlossen wir, eine Pause zu machen und gingen an Land. Am Hafen kaufte der Lord die stärkste geklöppelte Leine, die wir finden konnten; Erfahrung macht klug. Dann setzten wir uns vor den „Blagen Apen“ und nahmen einige Erfrischungen ein. Dabei erzählten wir uns gegenseitig allerlei Interessantes, und weil die Fischersprache zum großen Teil aus Gebärden besteht, ging die Konversation recht glatt vonstatten. Drüben in der Badegegend mochte jetzt „Mylady“ gelangweilt beim Five o'clock-tea sitzen und auf ihren Mann warten und allmählich einsehen, daß ihre Mama ganz recht hatte ... Aber dem Lord schien das egal zu sein. Er hatte Blut geleckt und dachte an nichts als an Großfische.

Gegen Abend fuhren wir wieder hinaus nach den Molen. An der Stelle des Großkampfes von heute morgen rührte sich nichts. Dafür bekamen wir diesmal einen schweren Biß auf der anderen Seite der Boje. Auch dieser Fisch schoß sofort auf die Boje los. – „Forcieren!“ schrie ich, „lat em blot nich wedder dorunner!“ und Hendriks brüllte: „Treck doch, Düwel ook!“ Der Lord versuchte den Fisch mit „pumping“ seitlich aus seiner Richtung zu bringen und setzte einen gewaltigen Zug auf die neue, starke Schnur. Fast schien es, als sollte er diesmal Erfolg haben – da kam plötzlich der Köder heraufgeschossen. Der Hering war ein bißchen zerrissen, der eine Drilling etwas aufgebogen, sonst war nichts daran zu sehen.

„Sorry“, sagte der Lord. Seine Beherrschung war eine sichtlich mühsame, aber nichtsdestoweniger imponierende Leistung.

Als wir ihn an der Dampferbrücke absetzten, war es schon spät; er tat uns leid, wie er so in der Dunkelheit verschwand; teils wegen der Unterhaltung mit seiner Schwiegermutter, die ihm, Lord oder nicht Lord, doch wohl bevorstand, und teils auch sonst.

Wir aber fuhren wieder hinaus an unsere schwere Arbeit.

Der Fangplatz mußte verlegt werden. Nach dem Drill am Vormittag hatte oll Blunk den „Großfisch“ auf die andere Seite der Boje gebracht, vermittels eines Bootsankers an einem Seil. Aber jetzt, nach dem zweiten Biß, genügte das nicht mehr. Wir mußten das Ding in eine andere Gegend bringen; es wirkt unwahrscheinlich, wenn alle Rochen immer bei derselben Boje beißen.

Jedoch, dies ist alles schwer zu verstehen, wenn man den Mechanismus unseres Großfisches nicht kennt.

Unser Rochen selbst war eine Art „Spanischer Reiter“, ein kleiner Balken mit einem Holzkreuz an jedem Ende, mit etwas Alteisen als Ballast behängt, und, um ihm eine gewisse Beißfreudigkeit zu geben, vielfach mit starkem Draht umschlungen. An diesem Rochen war ein langes Seil befestigt, das zum Anker der Boje lief. An dem Bojenanker saß eine Holzrolle. Nicht von Natur, sondern weil wir sie da angebunden hatten. Das Seil des Rochens also lief durch die Holzrolle und von dort zur Mole, wo es zwischen zwei Zementklötzen verborgen herauskam. Hinter dem Steindamm der Mole wiederum saß während der Beißzeiten oll Blunk und brachte Bewegung in den Rochen, wenn es soweit war. Wenn der Drill lange genug gedauert hatte, zog er den Rochen bis an den Bojenanker heran, band das Seil am Ufer fest, und die Sache war aus.

Es war ein schlichter, aber schöner Apparat. Und raffiniert. Denn wenn einer einen großen Fisch an der Angel hat, der zu einer Boje hinflüchtet, dann denkt er nicht daran, daß irgendwo seitlich, im rechten oder spitzen Winkel zur Zugrichtung, ein Mann versteckt sein könnte, der seinerseits auch an diesem Fische zieht. Nicht einmal, wenn er den Mann sehen würde, brächte er ihn mit dem Fisch in Verbindung.

Das Unangenehme an unserer Arbeit war, daß wir die eklig schwere Kette der Boje mit dem muddigen Anker daran heraufwuchten mußten, um die Holzrolle mit dem Seil ganz tief unten festmachen zu können.

In dieser Nacht nahmen wir die Rolle von der vierten Boje ab und legten sie an die neunte. Die Rochen konnten weiter beißen. Alles ging gut, wir durften zufrieden sein.

Dennoch bekamen wir auf der Heimfahrt Streit. Zuerst über die

Frage, ob Rochen Fische sind oder nicht. Oll Blunk sagte, es sind natürlich keine Fische. Weil sie ganz anders aussehen. Und keine Flossen haben. Nicht mal Gräten, und Fische ohne Gräten gibt es ja nun mal nicht, das weiß ja wohl auch der Dümmste. Hendriks aber blieb taub gegen alle Argumente und erwiderte, hartnäckig wie alle Wortkargen: „Un Fisch sin et doch!" – Soso. Aha. Dann wären womöglich am Ende Aale auch Fische? – „Sin sei ook!" – Du lieber Gott! Da konnte ein alter, seebefahrener Mann, der ja schließlich seine Erfahrungen hatte, nur laut drüber lachen, wenn so ein Grünschnabel und Negenklauk herkam und wollte mit eins die ganze Zoologie umschmeißen. Und Seesterne, Taschenkrebse, Muscheln? Alles Fische? – „Ierst recht!" sagte Hendriks. Immer hübsch konsequent – er konnte doch jetzt nicht plötzlich umschwenken!

Ich beteiligte mich nicht an dieser Auseinandersetzung. Eine bloße Wortklauberei; ob Aale Fische sind oder nicht, das hängt ganz davon ab, wonach man die Tiere einteilt. Es soll sogar Leute geben, die behaupten, auch Delphine und so wären keine Fische. Nu wenn schon, von mir aus. Man sieht bei Delphinen deutlich genug, was sie sind, scheint mir. Aber wenn es wem Spaß macht, sie meinetwegen für Säugetiere zu halten, warum soll man ihm seinen Aberglauben nicht lassen?

Gleich im Anschluß daran sagte oll Blunk, morgen wollte er mal im Boot mitfahren und den großen Mann spielen, und Hendriks sollte sich mal auf der Mole braten lassen. Ihm wäre das nun zu langweilig, und er könnte das auch nicht mehr, in sienen Öller un den ganzen Dag midden inne Sünn'. Aber Hendriks weigerte sich, obstinatsch, wie er durch die zoologischen Knifteleien einmal geworden war. Mein ist der Lord, und mir gehört er zu, das war ungefähr der Sinn seiner Worte. – „So?" sagte oll Blunk, „un dat mit die falschen Rochens, hest du dat ook utklambüsert? Oder wer?" – „Äwer du kannst jo nich Englisch, Vadding!" – „Wat nich? Hest du dat hürt, Kösting? Ick nich Englisch! Minsch, ick heww all Englisch spuckt, da wierst du noch gornich up de Welt. Halloh, olt boy, giff mi der Wisky! Dis der long wee nah Tipperary! Ick un nich Englisch!"

Diesmal nahm ich Partei, schlug mich auf Hendriks Seite. Bloß nich oll Blunk mit ins Boot! Dann war man vor nichts sicher. Wer weiß, was er wieder für einen Schabernack ausknobeln würde! Am Ende vergrämte er uns noch den Lord, mit irgendeinem faulen Witz! Der Alte wurde einfach überstimmt, und fertig war's.

Es ist nicht schwer, einen Rochen wie den unsrigen an den Haken zu kriegen, wenn man genau weiß, wo er liegt, und wenn man den Köder schön tief und langsam schleppt. Am nächsten Morgen drillte der Lord den Rochen (und oll Blunk) bei der neunten Boje. Der Drill dauerte diesmal sehr, sehr lange und war entsetzlich aufregend. Bis der Rochen endlich wieder unter der Boje saß und sich nicht mehr rührte.

Unser Lord war ein Wunder an Selbstbeherrschung. Daß sie ihn jetzt verließ, wen konnte es verwundern? Er nahm sogar die Pfeife aus dem Mund – und das war selten an ihm – um besser fluchen zu können. Er fluchte volle zwei Minuten, ohne ein einziges Mal abzusetzen, es war eine wirklich hervorragende Leistung, für einen Aristokraten.

In diesem Moment erblickten wir alle drei zugleich auf der Mole einen kleinen, alten Mann. Genaugenommen nicht viel mehr als ein Paar mächtiger Transtiefel mit einer „Freese" und einem ledernen Südwester darüber. Oll Blunk war auf den Steindamm geklettert.

Der alte Mann erhob sofort ein lautes Geschrei, das Englisch gemeint war. „Schipp ahoi!" rief er. „Olt Lord! Treck noch a little un denn you heff em. Hol him in, Mister!" Mit Gebärden des Schnurziehens.

Das Gesicht unseres Rochenfängers war ein einziges großes Fragezeichen. Achselzuckend nahm er schließlich die Rute wieder auf und versuchte einzurollen. Es ging schwer. Aber es ging.

Das Blei tauchte auf, dann das große Ködersystem, und an diesem der spanische Reiter. Der Lord hob den Drahtverhau ins Boot und bemerkte das Seil. Er holte eine ganze Menge von dem Seil herein, bis es nicht mehr weiter ging, sagte „What the devil . . ." und blickte fragend zu oll Blunk hinüber.

„Kiek hier, Mister!" schrie der Alte; „ruck – ruck – ruck –" und zerrte an seinem Seilende, daß der Lord, vertattert und ganz instinktiv, mit einem mächtigen Anhieb quittierte.

Oll Blunk legte beide Hände als Sprachrohr an den Mund und sagte laut und fröhlich: „Jochen, sühst nu, wat ick Englisch kann? Hei versteiht mi all right!" – Sprach's, schmiß sein Seil mit einem Klatsch ins Wasser und stapfte breitbeinig ab in Richtung auf die Küste.

„Ouh!" sagte der Lord. In diesem ouh lag allerlei von jener Ruhe, welche die extra schweren Gewitter einzuleiten pflegt.

Es war sozusagen eine peinliche Lage für Jochen und mich. Ich überlegte mir gerade, daß es immer noch das Einfachste sein dürfte, sich mit einem Hechtsprung über Bord aus der Affäre zu ziehen, da begann der Lord leise zu lachen.

Danach lachte er lauter, und schließlich lachte er mit allen seinen vierundsechzig Pferdezähnen. Erst über uns beide, die wir dasaßen wie begossene Pudel. Dann über oll Blunk, dann über den Drahtrochen. Als er damit fertig war, was einige Zeit erforderte, begann er über sich selber zu lachen, seinen Fangeifer, seine Drills und seine Wut.

Als er zu Atem gekommen war, holten wir die Ankerkette der Boje herauf und schnitten die Holzrolle ab. Der Lord saß auf der Ruderbank und wischte sich die Tränen ab. Er griff mit schwachen und zitternden Fingern nach der Rolle und steckte sie sofort in die Tasche. Darauf zückte er seine Portefeuille und überreichte Jochen Hendriks eine Fünfpfundnote.

Die Fangprämie.

Hendriks wollte nicht. Nee, das wäre ja denn doch woll. Aber der Lord sagte: „Nothing doing – you take it – (rotes Buch) – Sie nehmen es.

It is das most wonderful Rocken ick immer fangte in mein Leben. Ick habe gewesen immer sehr langueilig in das Hotel, and heute ick habe gehabt a really glorious time, einen berühmten Sseit, angling for Euer Rocken. You take it. And nun laß uns haben a drink.“

Oll Blunk fanden wir im Blagen Apen. Wir hatten einen drink, dann nahmen wir einige Erfrischungen zu uns. Als wir den Lord in sein Hotel brachten, war es ziemlich spät, und wir waren etwas heiser von den Toasts und Three Cheers und Dreimalhochs, welche die Erfrischungen begleitet hatten.

Tags darauf krebsten wir stundenlang im Weltmeer herum nach dem Rochen Nr. 1, dem gepantherten Kinderdrachen, und fischten ihn schließlich heraus.

Bei seiner Abreise hatte der Lord eine große Kiste bei seinem Gepäck, in der zwei künstliche Rochen, ein langes Seil und eine Holzrolle verstaut waren. Er nahm sie als kleine Andenken mit, und um einige Beweisstücke zu haben für seine Freunde in England. Auf Mitnahme der beiden Bojen hatte er aus technischen Gründen leider verzichten müssen, very sorry!

Übrigens bauten wir die Sache gleich wieder neu auf.

Da waren noch mehr Angler unter den Badegästen.

Und welcher Angler fängt nicht gern auch einmal einen Großfisch? ...

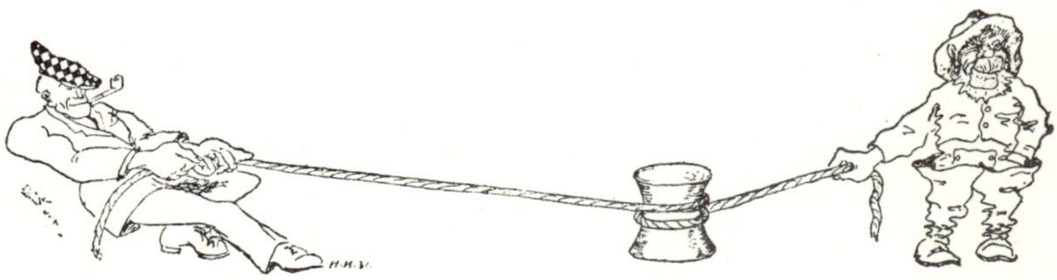

21 *Aalallergisches Allerlei*

Weiß der Teufel, wie wir, ein sonst gemütlicher Stammtisch, in das schwierige Gespräch hineingerieten. Kenntnisse, die man nicht öfter mal auffrischt, benagt der Zahn der Zeit und macht sie löcherig. Was wir an Überbleibseln vorzuweisen hatten, war nicht glanzvoll.

Architekt Pauloff stand auf und wischte mit der Hand quer über den Tisch, das Gespräch symbolisch zum Kehricht hinunterfegend. „Aalprobblemm“, sagte er, „biologgisches, ist geleßt, chat Jochannes Schmidt alles lange geforrscht. Psychchologgisches Probblemm, das ja, aber Ihr? Kein Worrt! Aaach – iberchaupt! . . .“ Sprach's, rammte mit der Linken den schwarzen Sombrero aufs Löwenhaupt, winkte uns mit der Rechten als störende Bestandteile aus seiner Landschaft und ging.

„Knallkopp“, sagte Dr. Karlowitz, in dem sachlich diagnostizierenden Ton, mit dem er sonst Ziegenpeter feststellt oder Darmkatarrh. „Franz, gib uns die Skatkarten!“ Wir lachten alle. Es ist drollig, wenn sich bei Menschen mit unzureichendem Wortschatz der vom mangelhaften Sprechanismus gehemmte Rededrang in Wut umsetzt. Später, auf dem Heimweg, wurde ich nachdenklich. Pauloff hat recht. Man weiß eine Menge über den Aal, oder sollte es wissen. Rekapitulieren wir kurz, was die Biologen, mit Johannes Schmidt aus Dänemark an der Spitze, herausgetüftelt haben.

Klein Leptocephalus, die gläsern durchsichtige, weidenblattförmige Aallarve, erblickt im Sargassomeer das Licht der Welt – na ja, schon falsch! Da sich der Vorgang zwar nicht in den tiefsten Tiefen des Weltmeeres abspielt, wie es die Romantiker gerne hätten, aber doch immerhin in 400 bis 500 Meter Tiefe, kann wohl vom Licht der Welt nicht groß die Rede sein. Dort unten also, in der Dunkelheit und bei einer vergleichsweise molligen Temperatur von 16 bis 17 Grad, schlüpfen die Prä-Lärvchen aus den Eiern und beginnen dann, zur Oberfläche hin aufzusteigen, wo sie sich tagsüber in etwa 50 m, nachts in etwa 20 bis 30 Meter Tiefe aufhalten. Auch sie sind also schon lichtscheu; das haben sie von den Eltern, die sich zu unserem Leidwesen bei Tage meist irgendwo verkriechen.

Die Schlüpferei zieht sich über fünf Monate hin, entsprechend der Laichzeit der Aale, die in Zeitabständen im Sargassomeer eintreffen. Nur in der Zeit von März bis Juli sind die jungen Lärvchen, bis 5 Millimeter klein, daselbst zu fangen, zu anderen Zeiten sind keine da.

Die unbedarften Dingerchen werden von den Oberflächenströmungen vom Sargassomeer weg in alle Himmelsrichtungen davongetragen, ganz wie Löwenzahnschirmchen, die der Wind verbläst. Alles, was nicht nach Nordosten, in Richtung Europa geschwemmt wird, hat Pech gehabt und kommt um. Nur die Nordöstlichen finden im Golfstrom geeignete Lebensbedingungen und die nötige Zeit für die Metamorphose, die langwierige Wandlung zum Aal. Die Reise nach Europa dauert etwa zweieinhalb Jahre. Unterwegs erreichen die Larven die relativ stattliche Größe von 75 Millimetern bei anderthalb Gramm Gewicht. Im Herbst, über den Tiefen vor dem kontinentalen Schelf, nahe der ozeanischen Scharkante sozusagen, vollzieht sich dann die Metamorphose zum Glasaal. Dabei wandelt sich das Blättchen zur Schlangenform, fallen die Raffzähnchen der Larve aus und werden durch Sandpapierzähne ersetzt, schwindet die Länge von 75 auf 60 Millimeter und schwindet das stolze Gewicht auf ein Zehntel dahin, von 1,5 Gramm auf 0,15 Gramm. Was für ein Rückschlag!

Noch vor dem Ärmelkanal ist jede Larve verwandelt, es gibt also keine Aallarven in Nord- und Ostsee. Im Mittelmeer kommen sie als Larven bis kurz hinter Sizilien, bis in die Gegend also, in der Kuddel Daddeldu, gemütvoll und des Reimes halber, der traulichen Stunden in seinen Familien zu gedenken pflegte.

Die „Spanier" haben es nicht so weit wie die anderen, sie treffen schon im Spätherbst und noch als durchsichtige Glasaale an ihren Küsten ein. In die Ostsee kommen die winzigen Aale erst sieben Monate später, im Mai, und dann haben sie schon das letzte Endchen der Metamorphose hinter sich, die Pigmentierung, die Ablagerung gelber und schwarzer Farbstoffe in der Haut. Nun rund 3 Jahre alt und richtige kleine Gelbaale, beginnen sie nach dem strengen Fasten der Verwandlungszeit wieder zu fressen und dementsprechend zu wachsen.

Auf diese beiden Beschäftigungen, das Fressen und das Wachsen, konzentriert sich der Aal in seiner Süßwasserzeit, ohne sich von erotischer Allotria, wie sie die anderen frivoleren Wesen zu betreiben pflegen, ablenken zu lassen. Es ist glatte Verleumdung, wenn Oppian, übrigens mit derselben peinlichen Genauigkeit, die 2000 Jahre später Barbusse und Hemmingway auf höhere Vertebraten anzuwenden sich gedrungen fühlten, berichtet, die weiblichen Aale träfen sich am Meeresrande zu Befruchtungszwecken mit männlichen Landschlangen, die ihnen dorthin entgegenkämen. Die Schlange, schreibt Oppian, spuckt vorher alles Gift von sich in ein Felsloch, um dann nur noch sanft, lieblich und liebevoll zu sein. So nachahmenswert solche Vorsorge als Beispiel einer guten Ehevorbereitung sein mag – die ganze Sache ist gelogen.

Im Gegenteil lebt der Aal in seiner Süßwasserzeit durchaus keusch und züchtig und ist überdies ein ausgesprochener Spätentwickler. Er ist anfänglich ein ungeschlechtliches, neutrales Wesen; danach, aber ohne davon Gebrauch zu machen, ein vorläufig weibliches; dann ein zwiegeschlechtliches, ein Hermaphrodit; und erst nach Abschluß auch dieser Phase bekommen die einen oder anderen Geschlechtsorgane das Übergewicht. Ein Aal von 18 bis 30 cm Länge, 5 bis 8 Jahre alt, besitzt in einer Drüse vereinigt Hoden und Eierstöcke zugleich und weiß noch immer nicht, ob er Junge oder Mädchen werden soll. Nur ca. 10 % aller Aale scheint von Anfang an für die Entwicklung zu Weibchen bestimmt. Bei den übrigen 90 % dürften die Umweltsbedingungen über die Entwicklung zum männlichen oder weiblichen Tier entscheiden. Der Prozentsatz an Weibchen, dem schöneren, fetteren und, bei Aalen, größeren Geschlecht nimmt von der Küste her zu den Oberläufen der Flüsse hin stark zu. Wer in einer Flußmündung angelt, hat manchmal seinen steifen Ärger mit den „Schnürsenkeln", die seine guten Würmer fressen und ihm die Vorfächer vertüdern. Traditionsgemäß wird er auf die „klein bleibenden Aalmännchen" schimpfen. Zu Unrecht. Die meisten der kleinen Dinger schweben wohl noch im Ungewissen, und was die Lebensbedingungen später aus ihnen machen werden, steht dahin. Immerhin können Aalmännchen ein halbes Meter Länge erreichen; manche kommen nur auf die Hälfte davon, Weibchen dagegen bisweilen auf ein Meter und mehr. Das Geschlecht und auch das Alter von Gelbaalen nach ihrer Größe zu schätzen, ist nicht möglich; von zwei Aalen gleichen Alters im gleichen Gewässer kann der eine fünfmal soviel wiegen wie der andere. Vergleichsweise sei erwähnt, daß der vorige Weltmeister im Gewichtheben nur das Dreifache meines Körpergewichts besaß. Allerdings ist er jünger als ich, und vielleicht schafft er es auch noch auf 1 : 5.

Die kalten Monate verbringt der Gelbaal im Winterschlaf, vergraben im Schlamm. Im Vorfrühling kommt er wieder heraus und ist dann zuerst noch etwas benommen. Das sind dann die „blinden Aale", die man in der Ostsee mit dem Kescher fangen kann, wenn es gerade niemand sieht.

Die männlichen Aale bleiben 8 bis 14, die weiblichen 10 bis 18 Jahre im Süßwasser. Dann beginnt die letzte Metamorphose, die Wandlung des Gelbaals zum Blankaal. Der Aal legt sein Wanderkleid an. Es ist kein Hochzeitskleid, wie etwa die rote Weste, mit der sich das Stichlingsmännchen seinen mehreren Bräuten sympathisch macht; das Reisegewand der Aale ist bei beiden Geschlechtern das gleiche. Der Bauch wird weiß, die Seiten kupferig, der Rücken schwarz. Gleichzeitig hört der Fisch wiederum auf zu fressen. Der Angler kann ihm, leider, nichts mehr anhaben. Dafür gerät er massenhaft in die Fallen, die ihn erwarten, wenn er sich dem Hochwasser der Flüsse anheimgibt, das ihn ins Meer treiben soll; die Aalfänge der Mühlen, die Aalhamen in den Strömen ernten gewaltige Massen von Blankaalen ein – trotz der ungezählten Millionen winziger Glasaale, die schon in zarter Jugend gefangen und verspeist wurden, als Puddings oder Omelettes.

Aale in geschlossenen Gewässern suchen fließendes Wasser zu erreichen und wandern dazu, wird behauptet, nötigenfalls sogar über Land. Als Beweis für diese These bringen einige Bücher die Photographie eines Aals, der sich in gefälliger Schlängelung zwischen allerlei Wiesenkräutern dem Auge des Betrachters darbietet. Ich selbst habe in meinen jungen Jahren ein solches Belegstück hergestellt und manchen Zeitgenossen damit von dem Landwanderungsvermögen der Aale überzeugen können. Daß ich zur Sicherheit, aus später noch zu besprechenden Gründen, einen toten Aal hierzu verwendet hatte, nahm der Aufnahme nichts von ihrer Beweiskraft. Sonst sind mir auf dem Trockenen laichwandernde Aale nie begegnet, was ich vom wissenschaftlichen wie vom kulinarischen Standpunkt aus lebhaft bedaure. Ich kenne auch niemand, der selber welche gesehen hat, Alkoholiker natürlich ausgenommen. Es ist mir plausibel, daß Steigaale über Wehre klettern und auch wohl über ein Stückchen feuchtes Ufer kriechen, wenn es nicht anders geht. Auch, daß abwärts wandernde Aale dasselbe in umgekehrter Richtung fertigbringen, will ich gern glauben. Aber Blankaale, die doch keineswegs so kräftig und kregel sind wie Steig- oder Gelbaale, sondern vergleichsweise schlaff und passiv, bis sie ins Salzwasser kommen, das sie erfrischt? Nein, an ihre Landmärsche glaube ich einstweilen, bis zum Beweis des Gegenteils, lieber nicht.

Alle sehr alten und alle sehr großen Aale in Aquarien oder geschlossenen Gewässern sind Weibchen. Die Männchen bringen es höchstens auf 15 Jahre und sterben dann – falls es ihnen nicht mehr gelingt, sich zu Weibchen umzubilden. Auch beim Aal hat also die Natur von männlicher Gleichberechtigung abgesehen.

Die Blankaale, die den Fanggeräten entgehen, gelangen ins Salzwasser und begeben sich auf die weltweite Reise zum Sargassomeer. Dabei macht ihre Verwandlung weitere Fortschritte. Die Augen vergrößern sich auf das Achtfache ihres ursprünglichen Volumens. Alle entbehrlichen Gewebe und auch der gesamte Verdauungstrakt werden abgebaut, aufgelöst, resorbiert und als Treibstoff für den lebendigen Motor verbraucht. Der Fisch wird mehr und mehr zu einer Art Tankfahrzeug für die Laichprodukte, die er befördert. Man sagt, daß die Liebe durch den Magen geht – beim Aal geht der Magen für die Liebe drauf. Unter anderm der Magen. Ernstlich gesprochen, ist dies eine Metamorphose geradezu unheimlichen Ausmaßes, eine Selbstvernichtung im Fortpflanzungstrieb. Alles, was nicht für den Laichvorgang gebraucht wird, stirbt schon vorher und wird verheizt.

Auf ökonomische Art, offenbar mit bestem Nutzeffekt. Anfänglich, in der Ostsee, unterbrechen die Blankaale ihre Fahrt bei hellem Tageslicht und werden durch allerlei Umwege aufgehalten. Man hat dort an markierten Exemplaren Reisegeschwindigkeiten von etwa 15 bis 60 Tageskilometern festgestellt. Später, in den Tiefen des Atlantik vom Tageslicht nicht mehr gestört und günstige Meeresströmungen ausnutzend, bringen sie es auf rund 100 km pro Tag, nach Schätzung der Fachgelehrten, so daß im Herbst abgewanderte Blankaale bereits im Frühjahr am Laichplatz anlangen können. Es ist eine gewaltige Reise, die sie ohne Nahrungsaufnahme, ohne nachzutanken, in einem halben Jahr bewältigen.

Mitten im Sargassomeer, zwischen dem 22. und 30. Breitengrad, dem 48. und 65. Grad westlicher Länge laichen sie ab, bei 16 bis 17 Grad, in 400 bis 500 Meter Tiefe. Dann stirbt das lebensunfähige Etwas, das danach noch übrigbleibt; nichts anderes ist denkbar.

Alle europäischen Aale laichen dort und nirgends sonst; sie sind alle von derselben Art. Der magere, zum Räuchern ungeeignete Breitkopf und der fette Spitzkopf sind nur Spielarten, durch verschiedenartige Ernährung entstanden. Jeder unserer Aale, auch der kleinste Bundaal, kommt von dort her – wenn man genauer darüber nachdenkt, bleibt einem der geräucherte Globetrotter im Halse stecken.

Bei den Nordamerikanern, den Japanern und den Australiern sind andere, unserem Aal ähnliche Anguilliden zu Hause, die anderwärts laichen. Keiner von ihnen reist so weit wie unsere Anguilla anguilla.

In den Tropen gibt es eine größere Anzahl weiterer Anguillaarten. Eine bei Tahiti vorkommende ist von beachtlichem Format – die Weibchen sollen zwei Meter Länge erreichen, bei 50 cm Umfang. Das macht 50 durch Pi gleich 16 cm Durchmesser und entspricht einem maskulinen Oberschenkel mittelmäßigen Ernährungszustandes. Ich würde in Tahiti gern mal angeln, aber ungern baden.

Noch weniger anheimelnd als Badegespiele ist die indo-pazifische Muräne, zu den Muräniden gehörig, der größte Aal von allen. Sie soll es auf drei Meter Länge bringen. Ob sie der Vollständigkeit halber auch noch giftig ist, wie man es den Mittelmeermuränen nachsagt, entzieht sich meiner

Kenntnis. Wundern würde es mich nicht; schon das Blutserum unserer lieben Anguilla ist toxisch, ähnlich wie das der Giftschlangen.

Was die sonstige Verwandtschaft anbetrifft, so gehört der „Seeaal" nicht dazu. Er ist überhaupt kein Aal, sondern das hochstapelnde Schwanzende vom Dornhai, vom Fischhandel zwecks Ästhetik und Preisaufschlag umgetauft. Ein echter Aal ist dagegen der Meeraal Conger, Familie Congeridae, der uns geographisch nähersteht. Er ist an Europas Westküsten und in der westlichen Nordsee zu Hause, kommt aber als Irrgast gelegentlich bis in die Ostsee. Wird er dort erwischt, dann machen ihn die Tageszeitungen in ihrer frischfröhlichen Art als armdicken, zehn- oder zwanzigpfündigen Riesenaal berühmt. Dabei ist er dann als Conger noch mittelklein. 1904 wurde einer erbeutet, der 2,70 Meter lang war und gegen anderthalb Zentner wog. Bei einem der Riesenconger im Londoner Zoo maß ich volle fünf Meter ab! Allerdings belehrte mich dann ein Wärter, daß es sich genau genommen um drei verschiedene Conger handelte, mit drei Köpfen und drei Schwänzen. Je zwei dieser Extremitäten steckten, für mich unsichtbar, in Stücken von Tonröhren, die man hineingelegt hatte, damit die lieben Tierchen sich heimisch fühlen sollten. Es war also derselbe Trick wie bei Adamsons Rekorddackel.

Conger haben die neckische Gewohnheit, dem Angler mit scharfen Zähnen und mit Wonne in die Finger zu beißen, ihr Fang ist nicht immer nur Lust und Freude, wie wir gleich sehen werden. Junge Meeraale sind unserem Flußaal verteufelt ähnlich; zwar steht bei ihnen der Oberkiefer etwas vor, und die Rückenflosse fängt viel weiter vorn an – aber wer weiß das schon? Man kann da bitter hereinfallen, denn wenn man ihn auf dem Teller hat, ist die Ähnlichkeit total zuende!

Viele von uns bedauern, daß die stattlichen Conger bei uns, Helgoland inclusive, so selten sind. Ihnen zum Trost gebe ich hier einen Bericht wieder, in dem Klassiker Bickerdyke den Fang eines Meeraals beschreibt:

„Ein Meerangler unter meinen Freunden machte eine eigenartige Erfahrung mit einem großen Conger. Er hatte in einer Bucht bei Manx eine kleine Langleine ausgelegt, auf Seezungen, mit Nebenschnüren aus dünner Baumwolle. Ein pfündiger Dorsch nahm einen der Köder an, und dann ein sechs Fuß – (ein Meter achtzig!) – langer Meeraal den Dorsch. Aus nicht leicht erklärlichen Gründen ließ sich der große Fisch, mit gutem Zureden und einem Gaff, in das kleine Dinghi hineinmanövrieren, in dem sich drei Mann, ein paar Körbe und eine Menge Leinen befanden. Erst dort, und nicht vorher, kam ihm seine Lage zum Bewußtsein; er wurde munter und veranstaltete ein grenzenloses Tohuwabohu. Alle Beteiligten verbrachten eine wirklich sehr lebhafte Zeit."

Ein anderer Salzwasserautor, Michael Kennedy, erwähnt, daß manche Angler „allergisch" sind gegen Conger und empfiehlt ihnen, dem zanderhaft mümmelnden Meeraal den Köder rechtzeitig wegzuziehen, ehe er hängt. Da das nicht immer klappen wird, ist für diese Allergiker Bollingers Aalmethode, siehe weiter unten, sicherlich von hoher praktischer Bedeutung.

Hier sollten wir nun, möchte ich meinen, den ersten, streng wissenschaftlichen Teil dieses Referats abschließen, zu beiderseitiger Erleichterung. Das Wesentliche von dem, was unsereiner als Anglersmann über die Aale weiß, wissen sollte oder schon mal irgendwo gehört hat, ist besprochen. Wer mehr und alles noch genauer wissen will und im Französischen nicht unter „teilweise noch genügend" gelegen hat, liest am besten in „Les Anguilles" von Léon Bertin nach, Verlag Payot, Paris. Bertin, ein Jahrgangsgenosse von mir, wie ich mit Stolz vermerke, hat die Forschungsergebnisse des berühmten Johannes Schmidt, 1877–1933, und der vielen anderen Aalforscher zusammengefaßt, erläutert und mit französischer Eleganz in lesbare Form gebracht. Einiges Wissenswerte über Riesenaale steht in „Giant Fishes and Whales" von Norman und Fraser, das als deutsche Übersetzung von Krefft und Schubert 1963 im Verlag Paul Parey erschienen ist.

Schluß mit der Wissenschaft, runter vom Katheder! Wenn man jetzt noch tiefer bohrt, wird die Sache erst knifflig, dann dunkel. Offen bleibt, wie immer, die Frage nach dem Wie und Warum. Lassen wir sie offen. Aber gern gewußt hätte ich, was unser knallköpfiger Freund Pauloff mit dem „psychologischen Aalrätsel" meint. Ihn zu fragen, hat keinen Zweck. Er versymbolisiert sich, mangels anderen Wortschatzes, in baugewerblichem Fachgerede. „Du baust", sagt er, „mußt du mal denken, ein Chaus. Was machst du zuärst? Na, du weißt nicht. Fundamänt doch! Also, geh du hin und mach Fun – da – mänt!" Leeres Geschwätz. Oder nicht?

Vielleicht, wenn man sich einmal daran macht, die Erlebnisse, die typisch „aaligen" Erlebnisse zusammenzustellen und zu sichten, auf einen roten Faden hin? Versuchen kann man es ja.

Das erste Aalerlebnis, das mir einfällt, ist immer das kummervollste. Es begab sich in der hungrigen Zeit nach dem zweiten Weltkrieg. Ich hatte damals Aalkörbe in der Weser liegen. Zwei je Mitglied durfte man haben; zwei für mich, zwei für meine Frau, zwei als verschämter Notzuschlag, macht im ganzen sechs. Sechs kostbare, unersetzliche Drahtkörbe, mit zerstochenen Fingern gebastelt. Sie lagen schön weit weg vom Städtchen, wegen der Ritter von Seil und Grappen, die damals aktiver waren als je zuvor. Diesen Männern sagt ihr gesundes Volksempfinden, daß Aalkörbe sind wie Pilze, schlechthin eine Gottesgabe für den, der sie findet. Ihretwegen mußte ich meinen Blechprahm eine Dreiviertelstunde weit den Strom hinaufstaken, und dort oben hatte ich dann nach meinen mehr oder weniger abgetriebenen Körben herumzustochern – ein Job, das auch einen besser ernährten Schwerarbeiter voll ausgelastet hätte. Kurz vor Pfingsten ging ich es wiederum an. Der Mensch will essen, seine Familie will es leider auch, und an Festtagen wird dieser Trieb besonders dringlich.

Die ersten beiden Körbe waren leer. In den nächsten beiden, Hangen und Bangen und schwebende Pein, befand sich genau das gleiche. Kann mir jemand erklären, wieso leere Aalkörbe soviel schwerer sind als volle? Jetzt kam der erste illegale ... gottlob. Unrecht Gut gedeihet. Zwei Aale, etwa daumendick – Anglerdaumen sind ja ziemlich dünn, soweit sie als Vergleichsmaßstab dienen. Dünn, aber schwer, wie sich beim Wiegen zeigt. Und nun der letzte Korb. Freunde! Habt ihr je einen dreipfündigen Aal gesehen? Aber vielleicht habt ihr ihn nicht mit den Augen eines Mannes gesehen, der vor Hunger nicht weiß, womit er seine Familie zu Pfingsten füttern soll? Der Aal meines Lebens. Über ihm lag ein Schimmer, ein lichter Schein – das war meine Vorahnung von der Fettschicht, die er beim Kochen abgeben würde.

Mit äußerster Vorsicht transferierte ich den Aal in einen Beutel aus derbem Leinenstoff, tat die beiden kleinen, neben ihm wurmhaft miekrigen dazu, machte oben darüber einen Knoten in den Beutel, sicher ist sicher, und dann tunkte ich den Beutel in den Fluß, um ihn anzufeuchten, damit die Aale schön frisch bleiben sollten. Zuhause würde ich sie in die Badewanne tun und sie erst mal ansehen, nur ansehen.

Ich tunkte den Beutel in den Fluß, hob ihn heraus, es gab einen leichten Knacks, und dann schwamm der große Aal, kraftvoll sich schlängelnd, langsam und viel zu schnell hinunter ins Dunkel der Tiefe. Der neu genähte Beutel, noch mit den beiden Däumlingen darin geborgen, erwies sich als morsch. Alle noch festen Stoffreste brauchte meine Frau für die Kinder, das mußte man ja einsehen. Ich machte ihr trotzdem einen Krach, und sie, selbstverständlich, machte mir daraufhin auch einen. „Alle anderen Männer“, sagte sie, „besorgen was, bei den Bauern. Kann sein, die haben keine Trauringe mehr, na und? Dafür haben sie Butter und Eier und Mehl, ihre Frauen können was backen, zu Pfingsten. Und was machst du? Amüsierst dich auf der Weser!“ Amüsierst dich traf mich ins Mark. „Gib deinen Trauring her“, sagte ich. – „Waas? Wozu?“ – „Na, Mehl holen, Eier ...“ – „Hilfe!“ schrie meine Frau, „Hilfe, euer Vater ist verrückt geworden!“ – Ja, das war eine Zeit. Das ist wohl das beste, was man von ihr sagen kann, daß sie nicht ist, sondern war. Unberufen!

Nach dem ersten Weltkrieg war auch eine ganz schön lausige Mangelzeit; sonderbar, Menschen lernen zu, Völker nicht. Damals erlebte ich einen Angler in Frankfurt am Main. Er stand auf einem Floß und wollte Hasselcher fangen, Rotäuchelcher und Bresem, uff Wemm, alias Hasel, Plötzen und Bleie, auf Regenwürmer. Nun, so ganz genau weiß man ja nie, auf was man angelt. Nach einer geraumen Weile jenes tatenlos wohligen Dahindämmerns, das Angler und begabte Zuschauer so innig zu genießen wissen und das so gut für die Nerven ist, zog der Mann einen starken Aal aus dem Fluß, ein Ding in der Preislage von knapp zwei Pfund. Er fing ihn so weit, daß er ihn vom Haken frei in den Händen hielt. Da plötzlich entsann sich der Aal gewisser wichtiger Verpflichtungen in Übersee. Er begann sich zu winden, zu drehen, begann zu gleiten. Der Mann faßte nach, Hand über Hand, immer Hand über Hand, tat auch einen Schritt nach vorwärts, noch einen, noch einen, schließlich stand er auf dem äußersten Baumstamm des Floßes, mit vorgereckten Armen, fast rechtwinklig vornübergeneigt, und der Aal schraubte sich weiter durch seine Finger, bis er hinten zu Ende war, platsch, aus . . .

Dieser Angler war ein schlichter Mensch aus dem Volke, ohne künstlerische Ambitionen, aber ich habe niemals, niemals einen Komiker gesehen, der besser war. Es ist gut vierzig Jahre her; ich werde ihn nie vergessen.

Aale zu fangen ist gar nicht so schwer, es muß dazu nicht einmal Nacht sein. Wenn Sie eines Tages an Ihr sonst ach so klares Forellenwasser kommen, und der Bach ist randvoll beschäftigt, Erbsensuppe zu transportieren, weil oberhalb bei Klitze-Kleiningen ein Wolkenbruch niederging, dann versenken Sie einen dicken Wurm in die Stromkanten der Gumpen, beispielshalber, an einem tüchtig mit Blei beschwerten Vorfach. Am besten gleich mit der Fliegenrute – Sie werden sich bestimmt wundern! Vermutlich ist das dann ein trüber, düsterer Tag, warm, mit niedrig hängenden Wolken und somit gerade der richtige. Aale sind lichtscheu. Phototaxis, sagen die Gelehrten, damit das nicht jeder Laie gleich so versteht, sondern merkt, daß die Biologie eine schwierige Wissenschaft ist. Rheotaxis heißt, daß der Aal Verständnis für Strömungen hat, Thermotaxis bedeutet, daß er es lieber warm hat als kalt. Stereotaxis besagt, daß er sich schwänzlings irgendwo verkriecht und festwuselt, wenn er den Haken spürt. Dies ist eine nützliche Kenntnis. Falls man ihn nicht wieder loskriegt, weiß man doch wenigstens den wissenschaftlichen Grund dafür. Auch ist es bedeutend eleganter, Stereotaxis zu sagen, als etwa Mistvieh.

An der See sucht sich der Angler ein Ufer, auf das der Wind zusteht, wo die Wellen den Grund aufmülmen und das Wasser trüben. Dabei wird allerlei für den Aal Freßbares freigespült, er wird munter, er „läuft“ und ist dann sogar geneigt, hinsichtlich seiner Phototaxis Konzessionen zu machen. Es würde mich wundern, wenn dies an den großen Binnenseen nicht auch der Fall wäre; man sollte es mal probieren, bei passender Gelegenheit.

Eine vorzügliche Fangmethode ist auch die der uralten und weisen, daher schweigsamen Männer, die in ihren Kähnen in den Flußmündungen sitzen und pöddern. Ein Podder oder Pödder besteht bekanntlich aus aufgefädelten Tauwürmern, gebündelt und mit einem Blei beschwert, ohne Haken. Diese Männer sind in Regenmänteln, Südwestern und Gummistiefeln absolut wasserdicht verpackt. Trotzdem hat jeder einen Schirm, aber den hält er nicht nach oben, als Regendach, sondern in souveräner Unabhängigkeit vom allgemeinen Brauchtum mit der Spitze nach unten. Macht sich ein Aal durch Zupfen am Podder bemerkbar, dann drückt der Angler den Schirm etwas schräg auf das Wasser, zieht den Fisch, der ja nicht fest am Haken, sondern sozusagen nur an seiner eigenen Gefräßigkeit hängt, mit feinfühlig bemessenem Zuge in die Höhlung des Schirmes herein und kippt ihn kurzerhand ins Boot. Die Kähne, auch Pöddergondeln geheißen, sind stets leck. Ich habe mich belehren lassen, daß dies so sein muß, damit ein ständiger Wasserwechsel in der Bilge gewährleistet ist; der Innenbordpegel wird durch zeitweises Ausschöpfen von Hand reguliert. Auf diese Weise leben sich die Aale gut ein und fühlen sich langfristig wohl. Das ist nötig; es ist mir unbekannt, ob Pödderer jemals an Land gehen, jedenfalls fand ich sie zu jeder Tages- und Nachtzeit, wann auch immer ich an ihren Fangplätzen vorüberkam, dort gegenwärtig. Ich nehme jedoch an, daß sie an Land überwintern. Ein Einheimischer erzählte mir, die Pödderer hätten als Privileg aus alten Zeiten ein Vorkaufsrecht auf die in den Fundbüros nicht abgeholten Parapluies. Indessen ist diese Kunde noch unverbürgt, da ich auf meine diesbezügliche Anfrage bei der zuständigen Behörde keine Antwort erhielt.

Wie man weiß, werden Aale sonst, vermittels Floß-, Bodenblei- oder Paternosterangel, an Haken gefangen, die man beködert am Grunde des Gewässers liegen oder treiben läßt. Solche Aale sind bei der Landung schwierig zu handhaben. Mir ist immer, als wollte der Aal mit aller Energie zum Ausdruck bringen: „Halt mal! Dies geht auf keinen Fall! Laß mich los, ich muß unbedingt noch ins Sargassomeer!“ Er benimmt sich als wilde Schleimschlange, kämpft mit dem Kescher und dem Angler, beide bekleisternd, windet sich rückwärts um die Schnur, reißt Vorfächer ab und biegt Haken auf.

Die Pödderer vermeiden, wie wir gesehen haben, diese Schwierigkeiten auf genial einfache Weise. Ein weiteres, sehr zuverlässiges Verfahren ist das meines Freundes Bollinger. Wenn ihm ein Aal an den Haken geht, unterwirft er ihn einem kurzen, harten Drill und schneidet dann dicht über dem Fisch das Vorfach durch, worauf der Aal sich sofort entfernt, ohne weitere Unannehmlichkeiten zu verursachen. Voraussetzung ist allerdings, daß man immer eine kleine Schere bei sich führt und von Hause aus so gut gestellt ist wie Bollinger, der sich jederzeit einen fertigen Spickaal kaufen kann, wenn er fühlt, daß er einen braucht.

Sonstige Angler tun gut daran, einen Kasten mit Sand oder, viel besser noch, Sägespänen bereit zu halten. Sägespäne sind großartig, nicht nur für den Ringkampf mit dem Aal, sondern auch zum Reinigen der Hände, der Schnüre usw. Mit diesem Zubehör bin ich zum Beispiel in der Lage, nachts mit Dr. Karlowitz auf Aalfang auszufahren. Karlowitz ist Wissenschaftler und Rationalist, aber zwei Seelen wohnen, ach, in seiner Brust, und die andere grault sich leicht. Nachts mag er keine Aale anfassen. Er rudert, macht die Würmer an und paßt auf, daß der Lampe nichts passiert. Ich besorge das eigentliche Angeln und betreue den Sägespansektor. Beide im Team glauben das bessere Teil erwählt zu haben – alles in Ordnung.

Sägespäne sind gegen äußere Verschleimung unfehlbar. Sie gegen innere Verschleimung zu inhalieren, empfiehlt sich nicht. In solchen Fällen schränkt man besser das Rauchen ein.

Allergisch gegen Aale sind übrigens auch sehr viele Damen, darunter auch solche, die gegen Mäuse bereits vollkommen abgehärtet sind. Angesichts unterwegs befindlicher Aale pflegen sie auf Stühle, Tische oder Leitern zu klettern, vermutlich, weil man von solchen erhöhten Standpunkten aus mit größerer Reichweite kreischen kann. Die Ursache dafür, daß sie dort oben ihre oft nur kurzen Röcke um die Beine herum enge zusammenzuhalten bemüht sind, mag den Fachpsychologen geläufig sein. Meinerseits kenne ich sie nicht.

In unseren Breiten ist es wohl allgemein üblich, die erbeuteten Aale vor dem Verzehr zu töten. Am besten ist es, diese unvermeidliche Prozedur gleich nach der Landung vorzunehmen, denn ihre Möglichkeiten, uns sonst doch noch zu entschlüpfen, sind unübersehbar. „Only good Indian is a dead Indian", sagten die Amerikaner der beiden vorigen Jahrhunderte, der einzige gute Indianer ist der tote Indianer. Das war allerdings vor der Erfindung der Entwicklungshilfe; jedoch darf man auch heute noch feststellen: Der einzige zuverlässige Aal ist der wirklich und unwiderruflich tote Aal.

Blicken wir den Tatsachen ins Auge und machen wir uns klar, daß es wiederum schwierig ist, ihm diesen hohen Grad von Zuverlässigkeit zu verleihen. Er will nicht, er will mit aller Gewalt letztendlich ins Sargassomeer, zwecks Liebestragödie – „und mein Stamm sind jene Asra, welche sterben, wenn sie lieben“, sagt Hein Heine.

Meinerseits paniere ich den gelandeten Aal mit Sägespänen, packe ihn kurz hinter dem Kopf und schneide diesen mit einem extrascharfen Messer ab. Mit fortschreitender Übung lernt man es bald vermeiden, hierbei Scheibchen vom Anglerdaumen abzusäbeln, den man anderweitig, für die oben erwähnten Meß- und Wägezwecke, noch benötigt. Alles weitere findet sich dann, auch der öfters mit abgetrennte Angelhaken.

Sehr wirksam als Betäubungsmittel ist angeblich ein Schlag mit dem Fischtöter, dem Gerät, das die Engländer in ihrer nachdenklichen Art als priest, Priester, bezeichnen. Der Schlag soll jedoch nicht auf den Kopf, sondern mitten zwischen Schwanzspitze und Waidloch placiert werden. Für Wasserfahrzeuge leichter Bauart ist diese Methode bedenklich. Es ist schwer, im vorhinein zu erraten, wo sich der Aalschwanz gerade befinden wird, wenn der Schlag unten ankommt. Der energisch zu führende Hieb geht deshalb leicht auf bzw. durch das Boot.

In den Lehrbüchern steht, daß man einen Aal betäubt, indem man ihn mit beiden Händen ergreift und hart zu Boden wirft. Nach einem langen und reichen Anglerleben habe ich ganz kürzlich zum erstenmal gesehen, wie dies erfolgreich durchgeführt wurde. Der Mann war 1,90 groß und athletisch gebaut. Den Aal hatte er vorher mit Sand bestreut. Er hob ihn hoch in die Luft und schmetterte ihn auf den Betonfußboden seines Kellers. Der Aal und ich waren tief beeindruckt. Dennoch möchte ich bemerken, daß ich draußen am Fischwasser immer nur Fehlschläge dieses Verfahrens erlebt hatte, teils ganz fröhlich bei anderen, teils leider auch bei mir selbst. Nachdem ich vier Aale auf verschiedene, mehr oder minder grasbewachsene Ufer geschleudert und danach nicht mehr wiedergefunden hatte, sah ich von weiteren Versuchen in dieser Richtung ab. Dies soll jedoch nicht heißen, daß ich die Lehren unserer Klassiker anzweifle. Vermutlich krankt die Sache einfach daran, daß es uns verweichlichten Kindern einer neuen Zeit zu mühsam ist, ein ausreichendes Stück Betonfußboden zum Angeln mitzunehmen.

A propos Beton – um das von Pauloff geforderte Fundament zu schaffen, haben wir ein paar Begebenheiten aus der Anglerpraxis Revue passieren lassen. Man könnte diese Reihe beliebig verlängern und fände doch immer den gleichen Grundzug: Aale sind schwer zu behalten! Ein Aal, den man schon am Haken hat, verankert sich am Grunde und hält sich da fest, von Schmerzen unbeeindruckt, soweit seine Muskelkraft reicht. Fängt man ihn dennoch, ist er glatt, glatt wie ein Aal, er windet sich, auch wie ein Aal, zwängt sich durch Maschen und Löcher, sprengt Schnüre und Beutel, entringt sich den haltenden Händen mit aller Gewalt. An Legleinen dreht er sich stundenlang in immer derselben Richtung, bis er schließlich die Nebenschnur abzwirbelt. (Moral: Nicht mit den Wirbeln knausern; sie helfen – manchmal.)

Wenn eine Katze sieben Leben hat, dann hat ein Aal mindestens siebzehn. Er ist so zählebig, daß er noch in der Pfanne zappelt, wie man sagt. Er will nicht sterben, darf nicht sterben, er muß, muß unbedingt noch zum großen Laichplatz im Westatlantik. Auf dieses Ziel ist sein Dasein ausgerichtet, und er strebt ihm zu mit einem Fanatismus sondergleichen, in monomanischer Verbissenheit, die zuerst als überstarker Lebenswille, zuletzt als Selbstvernichtungstrieb sich offenbart. Aus diesem Ursprung erwachsen ihm die Kräfte für seinen wilden Lebenslauf als Kämpfer, Räuber und Weltwanderer.

War's das, Freund Pauloff? Und war das alles, mehr war es nicht? Dann hättest du ja wohl nicht so geschwollen daherreden sollen! Psychologisches Aalproblem – wenn sich in Berlin einer so bombastisch ausdrückt, fragt man ihn kühl: „Ham Se 't nich 'n bißchen kleener?" In kleinerer Münze, soll das heißen, in nüchterner Alltagssprache. Karlowitz wird dir sagen, das Bombastische sei eine Berufskrankheit, bei Architekten, und du müßtest was dagegen tun ...

Unlängst ging durch alle Zeitungen die Kunde, ein Fischersmann im hohen Norden habe einen Aal zur Hand genommen und mit diesem immerhin ungewöhnlichen Gerät seine übers Knie gelegte Gemahlin verdroschen. Er wurde vor Gericht gestellt und verurteilt. Wegen Tierquälerei. Meine Bemühungen, die Adresse des tatfreudigen Nordmannes zu ermitteln, verliefen im Sande. Das ist bedauerlich. Ich hätte gern gewußt, wie er den Aal festgehalten hat.

22 | *Die Weserfahrt*

„Meine Hochachtung, Chef! Das war die beste Äsche, die ich jemals in einem Restaurant gekriegt habe. Wie machen Sie das?“ Der Mann in Weiß freute sich wie ein Schneekönig und sah auch so aus. „Mit nichts!“ sagte er.

Mit nichts? Eben, das ist die Sache, mit nichts. Manche Fische sind so empfindlich in ihrem spezifischen Wohlgeschmack, daß sie keine Zutaten vertragen. In kochendes Wasser mit wenig Salz hineinlegen, so rasch wie möglich mit großer Flamme wieder zum Sieden bringen, dann weg mit dem Feuer und garziehen lassen, bis sie nach Gefühl oder laut Probe mit dem Piekehölzchen gerade „durch“ sind. Und dann nichts wie auf den Teller, ehe sie trocken werden. Man kann frische Butter dazu essen oder auch geschmolzene, aber alles muß vorher bereit sein, damit es keinerlei Verzögerung gibt. Auch der Gast, mit der Serviette um den Hals, oder wie er sie nun tragen will.

In grauer Vorzeit hat mal jemand eine ganz barbarische Soße für ein Gericht Äschen zubereitet mit Schmalz, das mit Thymian ausgelassen war. Weil er gerade nichts anderes zur Hand hatte. Fluch ihm. Seither heißt die Äsche Thymallus und tun gewisse Köche, die nicht soviel Rückgrat haben, wie es ein Künstler haben sollte, ein Stengelchen Thymian an den Äschensud. Mit der fadenscheinigen Ausrede, die Welt wolle betrogen sein. Und die nur rezeptiv sachverständigen Gourmets, heißt jene, die nicht auch manchmal selber kochen, schnobern mit wollüstig geblähten Nüstern über die Platte und seufzen verzückt: „Ah, Thymallus, Thymallus ...“

Der erfreute Schneekönig – (Freude, wie andererseits Zorn, lockert alle Geheimnisse) – hat mir das verraten. Ich bin im Bilde. Schluß, meine Herren! Keine Barbaresken mehr! Ein wenig Petersilie hier und da, nur so zur Garnierung, sei dem Küchenchef zugestanden, damit er auch ein bißchen Spaß hat; sonst nichts!

Geschichten gibt es, die genauso empfindlich sind wie Äschen. Sobald man etwas Pfeffer oder Gefühl dazutut, gleich hat man sie verkorkst. Man muß sie in nackter Tatsächlichkeit weitergeben, wie Lokalnachrichten. Für den Erzähler ist das eine freudlose Verrichtung, und es geschieht daher nur aus Gewissenhaftigkeit, wenn ich hier Begebenheiten aufzeichne, die ein zu sprödes Material sind zum Modellieren. Ich bin der Landschaft, aus der sie erwuchsen, dankbar verbunden, und ohne mich würden sie vergessen werden, würde der Strom sie wegspülen wie Anglertapsen im Sand am Ufer.

Aber ein Stielchen, ein Büschelchen Petersilie hier und da, nur so zur Garnierung, müßt Ihr mir schon erlauben – schließlich bin ich keine Bandaufnahme. –

In dem schönen, kleinen Boot schnurrten sie den Fluß herauf, von Bollersen her, Mathias und Braune. Was für ein Boot! Helle Eiche, geklinkert, mit Mahagonibänken, alle Nieten Kupfer. Nur dreieinhalb Meter lang, das ist wenig, aber es kam aus der Werft in Hameln, der Dr. Meyer-Hermann hatte es selber entworfen. Der wußte, was man hier als Angler braucht, um nicht ängstlich herumzukippeln und dennoch ohne große Mühe überall hinrudern zu können. Rudern, ja. Für den Außenborder, den sie drangeschraubt hatten, war das Boot nicht konstruiert, es lag vorne zu hoch und hinten zu tief. Natürlich war es bequemer, so zu fahren, für ältere Leute. Telegrapheninspektor im Ruhestand Mathias, Schiffseigner und Kapitän, saß am Steuer und ließ seinen Spitzbart im Winde flattern. Oder doch sozusagen fast; denn so sehr stark war der Fahrtwind ja wohl nicht. Immerhin schafften sie es, erhebliche Wellen zu erzeugen, den Uferschlamm aufzumülmen und mir ein halbes Dutzend Buhnenfelder zu trüben, in denen ich auf Hechte hatte spinnen wollen. Ich schrie ihnen eine kurze Kritik zu, die ihre Fahrweise, ihren Charakter und ihre Abstammung von Vierfüßlern umfaßte. Mathias hielt die Hand ans Ohr und zuckte die Achseln; nichts zu verstehen, wenn man neben einem so starken Motor sitzt. Braune, massig und breit auf der Mittelbank hockend, gab kein Lebenzeichen von sich. Er war durch sein Amt als Bürgermeister zu Bollersen a. d. Weser auf intensives Weghören geschult. Was für Gaukler!

Ich sah sie an diesem Tage nicht wieder. Die weiteren Geschehnisse weiß ich von Goose, Holzbildhauer Goose. Er sprach gern davon, voll Stolz auf die Geistesgegenwart, die er bewiesen hatte. Da er es auf Sächsisch tat, war es ein Genuß, ihm zuzuhören. Jedesmal, wenn ich Goose traf, brachte ich die Rede auf diesen Tag, und nie verpaßte er sein Stichwort. „Also“, sagte er, „die zwee Schniersenglbierahdn[1] wolldn ja nu eichndlich . . .“

Ja, sie wollten eigentlich Aale fangen, mit dem Bodenblei, oder notfalls Barben, von der Rollbachbuhne aus. Das ist für ausgeglichene Naturen

[1] Schnürsenkelpiraten heißen bei den Wassersportlern die Besitzer kleiner, mit einem Stück Bindfaden anzulassender Motoren.

eine wundervolle Beschäftigung, bei der man rauchen kann. Wünscht man außerdem zu lesen, befestigt man eine kleine Klingel an der Rutenspitze. Beißt ein größerer Fisch, so teilt er durch Geläute mit, daß man ihn herausziehen soll. Kaulbarsche dagegen, mindermaßige Zährten, Krebse u. dgl. pflegen den Besitzwechsel am Köder ohne Klingelzeichen zu vollziehen und dadurch ihrerseits zum ruhigen Verlauf dieser Sportausübung beizutragen.

Das war die Planung, jedoch fühlten sich beide Herren, sobald sie festen Boden unter den Füßen hatten, einer Erfrischung bedürftig. Weite Wege machen Hunger und Durst. Seltsamerweise tritt diese Reaktion regelmäßig auch bei motorisierten Individuen auf, bei denen die Ortsveränderung ohne besonderen Aufwand an Körperkraft verläuft. Sie banden ihr Boot an einen Weidenstrauch in der Bachmündung und begaben sich in aller Ruhe – bee abbee, sagte Goose – zu dem etwas oberhalb am Rollbach gelegenen Wirtshaus. Nachdem sie dort einige Erfrischungen eingenommen hatten, erinnerten sie sich, daß Aale viel besser am späten Abend beißen als am frühen Nachmittag, und blieben sitzen.

Es war bereits später Nachmittag, als Goose zu ihnen stieß. Er stellte sein Fahrrad resp. Fillozibeht, mit dem Bildhauerwerkzeug hinten auf dem Gepäckhalter, gegen die Veranda und trat ein. Mathias belehrte ihn darüber, daß man sich nicht zum Sklaven des Brauchtums erniedrigen dürfe, ein Künstler am allerwenigsten. Zum Beispiel könne man um die Kaffeezeit sehr wohl auch anderes trinken als Kaffee. Ob er das einsähe. Goose zeigte sich einsichtig, wurde eingeladen und bemühte sich mit Erfolg, den bedeutenden Vorsprung an innerer Beschwingtheit, den die beiden anderen inzwischen gewonnen hatten, zu verringern.

Man sprach über moderne Schöpfungen auf dem Gebiet der Angelgeräte und bildenden Künste, allseits mit starker Vorliebe für handfeste Sachen älteren Stils. Übrigens teilweise sehr begründeter Vorliebe, scheint mir. Goose hat eine Menge solider Handwerkskunst in die Dörfer geliefert, die viel, viel mehr wert ist als seine bescheidenen, von den Bauern damals nur zögernd und manchmal in Naturalien gezahlten Honorare. Das Tor bei Schoppe, das Schnitzwerk in der Diele bei Kumlehn sind sehenswert. Das hölzerne Reliefbild vom alten Hesseschen Hof und ein paar von den Truhen sind museumswürdig oder werden es in einer späteren Zeit sein, in der man vielleicht ganz ungeniert wird fragen dürfen: „Picasso? Wer war das?" Es läßt sich von heute aus nicht prophezeien ...

Nein, genug Petersilie! Zurück zur Handlung!

Es wurde also eine freundschaftliche, bildungsbeflügelte Sitzung, und da ohnehin jeder nur richtig zuhörte, wenn er selber redete, kam keinerlei

Streit auf. Im Gegenteil gingen die nunmehr ausreichend erfrischten Herren Arm in Arm, als sie den kleinen Gasthof verließen. Goose spürte ein heftiges Wohlwollen in sich für sein Fahrrad, das er mit der linken Hand führte, weil es ihn außenseitig stützte und so treu auf ihn gewartet hatte. „Mei praafes gleenes Fillozibeet!" sagte er. Mathias verspürte eine ähnliche Regung gegenüber dem Boot, das sich inzwischen ebenfalls nicht unbefugt entfernt hatte. Da lag es, im hellen Mondschein, auf dem glucksenden, glitzernden Geriesel der Bachmündung, blank, schön und klein. Oder eigentlich, schön und sehr klein.

Man kann hier nur barfuß einsteigen, in ein so kleines Boot, wenn man aus drei Männern einschließlich Erfrischungen besteht, diversem Angelgerät, ungefähr sechs Stiefeln und einem Fahrrad mit einem Lederpacken voll Bildhauerwerkzeug. Mathias, mit Spitzbart und Admiralsmütze, rief nautische Kommandos in die Nacht. Das Boot trieb in der Bachströmung langsam hinaus auf den Fluß. Nach einigem Reißen am Schnürsenkel sprang, tatsächlich, der Motor an.

Eine nächtliche Bootsfahrt durch eine romantische Landschaft. „Nu gugge plooß dähn Mond!" sagte Goose zu seinem Fahrrad, bei dem er am meisten Verständnis erwartete. „Nu gugge plooß, was for ä Pilt!" Aber das Märchenspiel der tausend Glühwürmchen, die in dieser Nacht durch die Waldkulissen der Bollerklippen geisterten, erwähnte niemand. Denn wenn man in erfrischtem Zustand Fünkchen sieht, ist dies nicht immer ein Beweis für deren Wirklichkeit.

Viel zu schnell für die drei Romantiker näherte sich die Traumfahrt ihrem Ende. Schon war man auf der Höhe der ersten Häuser von Bollersen, als Admiral Mathias verweisend bemerkte, da sei Wasser im Boot. Braune tunkte den Kescherstiel in die rasch wachsende Pfütze und konstatierte, nicht ohne leichtes Befremden: „Dat is jo schon ganz deep!" Goose konnte gerade noch rufen: „Tas schlabbrt dähr Modohr von hindn nein!" da ließ diese Maschine ein Sterbensgeröchel von sich und schwand das Boot unter den Sitzflächen der Insassen dahin. Es schülperte in die Flut wie ein alter Waschnapf mit einem großen Loch im Boden.

Für Goose war dieser Augenblick der Höhepunkt der ganzen Begebenheit, weil er in eben diesem Moment ein Maß von Geistesgegenwart in sich entdeckte, das er sich selber nie zugetraut hätte. Es zeigte sich darin, daß er sich außenbords begab und schwamm. „Ich", berichtete er, aufgeregt mit den Armen rudernd, „keisteskähchnwärtch, nischt wie iewrpord un keschwomm!" Durch dieses mannhafte Tun gelangte er an das vom gesunkenen Schiff etwas weiter entfernte rechte Ufer der Weser. „Uff die driehmsche Seide", sagte Goose. Als er, den Fluten entstiegen, um sich blickte, gewahrte er einen Schatten, in dem er beim Nähertreten zu seiner Freude Mathias erkannte, der sich gerade den Spitzbart auswrang. Die Seemannsmütze, wenngleich in der Form verändert, saß noch auf seinem Haupte, vom Sturmriemen gehalten. Auch Mathias war also geistesgegenwärtig ans Ufer gelangt. An das drübensche Ufer. Gleichviel, auch Geistesgegenwart hat ihre Grenzen. Gerettet, alles in Ordnung! Oder nicht?

Oder nicht. Waren wir nicht vor kurzem noch drei? Braune ist nicht viel zu Worte gekommen bisher. Nicht der Erfinder der Beredsamkeit, Braune; mehr der Typ für schweigende Würde, so als Bürgermeister. Aber jetzt kam er zu Worte. Und wie! „Hülpe!" schrie er. „Hülpe, rettet meck, eck versupe!" Immer wieder, mit Zeitabständen, in denen er sich ja wohl unter Wasser befand, der Unglückliche: Hülpe, eck versupe. Es war schauerlich; aber doch auch sehr verstimmend für die beiden noch einmal Davongekommenen auf dem falschen Ufer. „Vrdimmich", sagte Goose, „gann denn das Soundso nich schwimm'm?!" Natürlich sagte er nicht Soundso. Unanständige Ausdrücke werden jedoch nur bei Dichtern hoher Tarifklasse als Kunst gewertet; mir, einem schlichten Chronisten, sind sie nicht gestattet.

„Hülpe, rettet meck, eck versupe!" Das war ja fürchterlich!

Die Nacht ist keines Menschen Freund. Der Mensch versuche die Götter nicht. Wer wagt es, Rittersmann oder Knapp, na ja, die vielleicht, aber doch nicht wir, zwei schlichte Bürger von Bollersen, Familienväter? Außerdem, wie sollte man das denn machen, im Dunkeln und in der scharfen Strömung genau dahin zu kommen, von wo der schrie? Da war es bestimmt viel besser, zu der langen Buhne vor der Biegung hinunterzulaufen und dort aufzupassen, wenn er vorbeikam. Vorbeikommen mußte er, früher oder später, so oder so. Und wenn man ihn dann sah, dann . . . na ja, dann würde man ja sehen. Nehmen wir zugunsten unserer beiden Gelandeten an, sie hätten sich, seiner ansichtig geworden, ohne weitere Bedenken in den Fluß gestürzt, um geistesgegenwärtig zu schwimmen und das nichtschwimmerische Soundso von einem Kameraden zu bergen. Vielleicht würde er auch ungesehen vorbeitreiben. Hoffen wir das beste, ohne allzu genau zu erforschen, was sich im Augenblick die einzelnen Teilnehmer darunter vorstellten. Und überheben wir uns nicht; nur wenige von uns sind zum Meisterschwimmer, Lebensretter und Heros geboren. Unsere beiden, zwei nasse, verzagte Männer, standen auf der Buhne und schrien: „Braune! Hierher!" Mag sein, das war nicht sehr sinnvoll, und Braune, falls er noch denken konnte, wird sich gedacht haben: „Schön wär's ja. Aber wie?" Rufen tat er nur „Hülpäh", mit Pausen dazwischen. Er lebt noch, sagte Mathias.

Sinnvoll oder nicht, rufen ist immer richtig in schwierigen Lebenslagen, und so auch diesmal. Von dem Geschrei erwachte Schuster Buhsche, ein stiller, vom lebenslangen Hocken auf seinem Arbeitsschemel schon ziemlich verbogener alter Mann. Er stieg sofort in seine Hose und in seinen schwarz geteerten Kahn, in dem er sonst sein Gras hereinholte für die Ziege. Dann stakte er dicht an Land, wo die Strömung nicht so stark ist, ein genau bemessenes Ende stromauf, um von dort aus den Kahn geradenwegs zu dem versunkenen Boot treiben zu lassen. Dessen Heck hielt der schwere Motor am Flußgrunde fest. Der Bug tauchte auf und ab in der Strömung, auf und ab. An dem Bug hing Braune, und immer, wenn er Luft kriegte, schrie er: „Hülpe, rettet, blubblubblubblubb." Nein, lange hätte er das ja wohl nicht mehr durchgehalten, gut, daß ihn Schuster Buhsche gleich zu packen kriegte und ans Ufer fuhr. Ans richtige Ufer. Der Alte holte auch noch die beiden Rufer von der anderen Seite und setzte sie über. Auf ihre Frage, ob Braune noch am Leben sei, sagte er jau, und auf die Frage nach dessen gegenwärtigem Aufenthalt wies er mit dem Daumen in die Richtung der Bürgermeisterei. Nach diesen Gesprächen band er seinen Kahn fest und ging wieder ins Bett. Ein arbeitender Mensch braucht seine Nachtruhe.

Am nächsten Tage kam Braune bei dem Alten vorbei, wie sich das gehört, um sich zu bedanken. „Da nich vor", sagte Buhsche und hämmerte weiter. Auf Hochdeutsch würde das ungefähr heißen: „Schon gut, keine Ursache." Für den Fall, daß es irgendwer noch nicht gemerkt haben sollte, Vater Buhsche ist der eigentliche und einzige Held in dieser Begebenheit; aber sagen Sie ihm das, und Sie werden ihn sehr verstimmen, es ist ihm peinlich. Ich frage mich, was macht man mit so einem Menschen, der nicht trinkt, der keine Zigarren mag, weil sie ihm bei der Arbeit in die Augen beißen, und der sich seinen Priem lieber selber bezahlt. Man kann ein Paar Stiefel bei ihm bestellen, aber er hat ja sowieso zuviel zu tun.

Das ist alles lange her, und mittlerweile könnte man Vater Buhsche höchstens noch ein paar hübsche Blumen auf den Kirchhof bringen. Zum Beispiel Margueriten von seiner Wiese auf der drübenschen Seite. Aber wenn Sie mich fragen: Ihm ist das nun auch wurscht!

Braune, sobald er wieder einigermaßen schnaufen konnte, begab sich schnurstracks nach Hause, auf der Dorfstraße nasse Fußabdrücke hinterlassend. Die Feuchtigkeit, die er an den Sohlen abtrat, ergänzte sich laufend aus seinen Gewändern. Bei der Tür mit seinem Amtsschild angelangt, zog er mehrmals kräftig die Klingel. Er lächelte ein wenig in Erwartung der dankbaren Freude, mit der seine Familie ihr soeben dem Tode entronnenes Oberhaupt empfangen würde. Jedoch die Familie schlief bereits und wußte von nichts.

Nach einer geraumen Weile ging die Tür auf, und da stand seine Frau, in ihrer mehr nach praktischen Vorzügen als nach ästhetischen Effekten gewählten Bettbekleidung. Sie sah ihn an, sah im Geiste die vielen Male, die er in später Stunde vor der Tür gestanden hatte, Einlaß begehrend, und fragte: „Du büst jo ganz natt?" Worauf Braune, groß und dramatisch: „Ick bünn inne Wäser 'efallen!" Er war, wie gesagt, barfuß. Unter ihm sammelte sich allmählich ein Wässerchen.

„Un da büst du nich versupen!" sagte die Frau. Es war eine nur rhetorische Frage. Aber in ihrem Klange lag bittere Enttäuschung, und die zugeknallte Pforte setzte ein Ausrufungszeichen dahinter.

Braune wandte sich um und ging den Weg, der seine Wasserzeichen trug, zurück.

Im Gasthof war Licht und war Wärme. Sie hatten in dem eisernen Ofen ein Holzfeuer angemacht, waren in braune Woilachs gehüllt und rochen dementsprechend nach Pferdestall. Ihre Joppen, Hosen und derben Dessous hingen auf einer Wäscheleine. Mathias und Goose waren gar nicht erst auf die Idee gekommen, heimzulaufen. Lebenserfahrung verleiht strategische Weitschau. Besonders, wenn man verheiratet ist. Nach und nach, bee abbee, übertönte den Pferdeduft das Aroma von Rumgrog, einem als vorbeugendes Mittel gegen Erkältungen hochbewährten Medikament. Woilachs waren keine mehr da, deshalb bekam Braune einen Anzug vom Wirt. Er war ihm zu eng, Bürgermeister sind meist vollschlank, sie mußten ihm den Latz mit Bindfaden zuschnüren, da er sich nicht knöpfen ließ. Andere kamen herein, zuerst Schoppe, verschlafen und neugierig. Dann Hesse, mit dem Tierarzt, der nach seiner Kuh hatte sehen müssen. Dann Sonnemann, zwei von den anderen Buhsches und Fischer Kempe. Noch welche und noch welche. Alle wollten genau wissen, was sich begeben hatte; wenn schon einmal in Bollersen etwas geschieht, darf man nichts verpassen. Goose berichtete, immer wieder, Braune und Mathias füllten die Lücken. Der Wirt schenkte Bier aus, Kaffee, Große Klare und viel Grog. Morgens war Goose stockheiser. Aber erkältet war er nicht. Niemand war erkältet.

Im Morgengrauen brachte Schüttens Diethelm das Fahrrad, das gab ein neues Hallo. Samt dem teuren Bildhauerwerkzeug auf dem Gepäckhalter. Er hatte mit dem Grappen danach geworfen, bis er alles hatte. Alles? Das Boot? Ja, das auch, es lag schon am Ufer, und der Motor war noch dran, aber voll Wasser. Kinder und, öh, Erfrischte schützt Gott, sagt man.

Schüttens haben keine Aalkörbe. Wozu braucht der Lausebengel einen Grappen? Fischer Kempe hätte es gern gewußt, mochte aber nicht fragen.

Das war's, Freunde. Ich habe mich streng an die Tatsachen gehalten, jedoch die Namen verfälscht, soweit dies eben mit der Erhaltung des Lokalkolorits vereinbar war. Kein Lebender ist gemeint oder hat Modell gestanden. Kein Anlaß zu hämischem Tratsch scheint mir ersichtlich. Sollte irgendeine Kleinigkeit nicht ganz stimmen, müßtet ihr Goose selber danach fragen. Er würde euch erwidern: „Echa, ich bin doch gee Liechner!" und ihr würdet ihm glauben, wie ich auch, er sprach so treuherzig.

Vielleicht am unwahrscheinlichsten klingt ein kleines Nachspiel. Es stieß mir selber zu und hat sich wahr und wahrhaftig so zugetragen.

Vor Jahr und Tag fuhr ich mit der Bahn nach Ottbergen. Ich wollte zur Nethe – weiß der Teufel, wozu, denn als noch gute Fische darin waren, gab man mir sowieso keinen Angelschein, und später war sie verdorben, durch die vermehrten Abwässer. Aber ich wollte zur Nethe, und unwillkürlich, oder doch fast, stieg ich in ein Abteil, in dem eine hübsche, junge Dame saß, neben einer auch noch ansehnlichen Dame mittleren Alters. Bei näherem Zusehen war es sogar eine schöne junge Dame, mit ihrer sehr ansehnlichen Mutter. Wie das so geht, wenn man sich nun schon einmal rein zufällig und durch geschicktes Einsteigen so gegenübersitzt, kamen wir ins Gespräch, und um mich unterhaltsam zu zeigen, erzählte ich diese Geschichte. Die Damen lauschten interessiert, bis ich zu Ende war und schwieg. Dann fragte mich die jüngere: „Sagten Sie Bürgermeister Braune? Ja? Nämlich, das ist mein Vater."

„Ah, Ihr Herr Vater, soso, jawohl. Was für ein Zufall, haha. Übrigens muß ich hier aussteigen." Die Damen nickten, betont kühl, ich verließ den Zug, betont rot, und ging über schlechte Feldwege nach Amelunxen, wo ich mich vergebens fragte, was ich dort sollte.

Wer weiß, wie alles hätte kommen können, wenn ich nicht mit meiner blöden Geschwätzigkeit ... Es gibt schlechtere Schicksale, als eine schöne Hoferbin in Bollersen zu heiraten, mit den großen Forellen vor der Tür, den Barbenbuhnen drüben, den Hechtplätzen rechts und links!

Manch einer hat eben kein Glück.

23 | *Unter uns Käuzen*

Der Lehrmeister

Kennen Sie Herrn Matzke? Ich auch nicht, absichtlich nicht. Dagegen kennt leider er mich.

Diese einseitige Bekanntschaft schloß Matzke in der Weise, daß er sich plötzlich hinter mich stellte, als ich gerade versuchte, einen besonders dikken Döbel mit Weitwürfen von unten her für einen roten Palmer zu interessieren. Der Döbel war ein alter Freund von mir. Er nahm seit Wochen denselben Standpunkt ein – nicht nur räumlich, sondern auch in seinen Ansichten über die Genießbarkeit von Hahnenhalsfedern. Heute zum erstenmal schienen ihm diesbezügliche Zweifel zu kommen. Er war nach meiner Fliege gestiegen, jedoch so zögernd, daß er zu spät kam. Zu faul sich umzudrehen, blieb er an der Oberfläche stehen. Mein nächster Wurf fiel etwas nervös aus – der Döbel war wirklich sehr dick! Daraufhin hatte ich zwei endlose Minuten lang mich nicht gerührt, einen harmlosen Bestandteil der Landschaft vorzutäuschen bestrebt.

Und gerade, als ich jetzt wieder werfen wollte, recht vorsichtig und genau, den Fisch sozusagen im Rücken kitzelnd, da pflanzte sich besagter Herr Matzke hinter mir auf. Pflanzte sich so auf, daß mir nur die Wahl blieb, ihn entweder beim Rückschwung mit meiner Leine zu enthaupten, oder vorerst auf meinen Wurf zu verzichten. Unüberlegterweise tat ich das Letztere.

„Na? Beißen woll wieda nich?!" sagte Herr Matzke.

Ich bin ein ungeselliger Mensch und pflege deshalb solche freundlichen Anfragen mit einer vollen Breitseite Schweigen zu erwidern. Aber Herr Matzke hat ein dickes Fell, und so entwickelte sich folgendes Gespräch:

Matzke: Jaja, es is alle Tare[1] Fischtach, aba nich Fangetach.

[1] Tare (Tage) ist die Mehrzahl von Tach. Der Buchstabe g wird im Berlinischen oft wie ein Gaumen-r ausgesprochen. Der Berliner sagt zwar „Jejend", aber niemals etwa „Plaje" oder „ich saje" oder „jelojen"; sondern immer Plare, ich sare, jeloren. Und wenn man einen Berliner auffordert, sich mal die Ohren

Ich: (Schweigen.)

Matzke: Den janzen Tach jefischt un nichs jefangen.

Ich: (Schweigen.)

Matzke: Angeln will jelernt sein, wissense. Wenn ick losjehe, ick fange imma wat!

Ich: (Schweigen.)

Matzke: Ham Se'n da dranne, zeijen Se ma. Bißken dinne, die Reihersehne. Wenn da ma 'n Orntlicha anbeißt, kenn Se 'n janich rausschmeißen. Und schwupp issa ab. – Kinstliche Flieje, wa? Det missen Se anders machen, junga Mann! Soll ick Ihn' ma det Jeheimnis eines alten Anglers varaten? Besorjen Se sich ma 'n paa Fleischmaden, solln Se ma sehn, wie se denn beißen!

Ich: (Schweigen.)

Matzke: (Ist dicht ans Ufer getreten, schlendert stromaufwärts, wird plötzlich zappelig.) Menschenskind, da steht doch eena! Ham Se den denn nich jesehn? Mann, wo ham Sie denn bloß Ihre Ooren?[1] Jehm Se ma rasch her den Priejel, ick zieh'n Ihn' raus! (Ein- und ausladende Gebärden.)

Der Döbel: Platsch! (Ab in die Versenkung.)

Ich: (Schweigen. Läuft langsam gelb an.)

Matzke: (Mit Vorwurf und Verachtung.) Sehn Se? So lange missen Se ja machen!

Ich (Schweigen. Mit Stich ins Grünliche.)

Matzke: (Im Abgehen, kopfschüttelnd.) Haste Worte? Steht da mit'n dicken Alända dicht vor de Neese und sieht 'n nich!

Ich: (Schweigen. Langsam verblassendes Farbenspiel.)

Matzke: (Hinter den Kulissen) ... und nimmt sich noch nich ma was an! Will sich noch nicht ma belehren lassen!

Der Mann mit der Fachsprache

Kennen Sie Plemski?

Der immer so mit der frisierten Schnauze redet?

„Scherben bringen Glück", sagt Plemski, als ich ihn neulich zum An-

zu waschen, so wird er wahrscheinlich antworten: „Sie ham woll'n Vorel? Ick sehe doch janz jut?" Weil nämlich im Berlinischen das Wort Augen genau so ausgesprochen wird, wie im Hochdeutschen das Wort Ohren. Die Ohren heißen ihrerseits in Berlin Oan. Und „Ooje" für Auge sagt der Berliner nur dann, wenn er absichtlich berlinert – dann berlinert er nämlich ebenso falsch wie ein „Zujezorena".

geln abhole. – „Wieso?“ sage ich. – „Ich habe ebent die Statutie der medizinischen Venus von unser elektrisches Pianissimo runtergefegt“, sagt Plemski. „Is ja kein Wunder, wenn man son dickes Rutenbündel mit sich rumschleppen muß wie son Sipo bei die ollen Griechen, wie hießen se gleich, richtig, wie son Liktator.“

„Sie haben aber auch gleich so viele Ruten mit?“ erkundige ich mich.

„Da habe ich meine Bewegungsgründe für“, erklärt Plemski. „Das sind allens notwendige Reliquien. Nämlich, was ein richtiger, alter, erfahrener, ruinierter Angler ist, wie ich, mit einem Wort, ein primitiver Angler, der angelt auf jeden Fisch mit anderes Zeug. Erstens. Und zweitens habe ich gerade eine neue Rute angeschafft, und die mußte na natürlich auch mit. Kost mir dreihundert Mark, schadet nich, echt Pallabona.“

Da mein Portofölch (von Plemski so genannt, weil man unter anderem Briefmarken hineintun kann) für 300-Mark-Ruten zu schmächtig ist, empfinde ich eine hämische Freude über seine Aussprache von Hardy Brothers. Es klingt wie eine altertümliche Mehrzahl von Hartbrot. Ich lasse mir aber nichts anmerken, denn so bin ich nicht. – „Pallabonheur!“ sage ich; „und weiter?“

„Labonnehr heißt es“, sagt Plemski; „na; egal. Ja, und viertens, was also ein richtiger primitiver Angler ist, der angelt auch bei jedem Wetter wieder mit eine besondere Garnitur. Wenn es zum Beispiel windig wird, dann nehme ich eine steifere Rute und eine schwerere Schnur. Die Schnur natürlich doublé-taperig. Und sehnse, ob es windig wird oder nich, das kann man jetzt gar nicht voraussagen, und deswegen habe ich auch lieber meinen Pullover – (betreffs der allein richtigen Betonung dieses exotischen Wortes vergleiche „Null ouvert“ beim Skat) – meinen Pullover mitgenommen. Denn um diese Jahreszeit kann auch der Ruinierteste keine richtige Wetterprothese stellen. Wissense warum? Nich? In Metroloschie muß eigentlich jeder Angler perplex sein, sonst kann er niemals ein wirklich primitiver Angler werden. Nämlich, es is wegen die Primaenoctial-Stürme.“ – (Laut und deutlich quer durch die Bahnhofshalle.)

Plemski ist ein betont feiner Mann. Weil es vornehmer ist, bevorzugt er den Oberhied-Knast, auf Deutsch Überkopfwurf. Und aus dem gleichen Grunde sagt er niemals „Forelle“, sondern immer nur „Trout“. Nach seiner Aussprache zu urteilen, ist eine männliche Forelle mit einem Truthahn identistisch.

„Herr Plemski“, sage ich, „was haben Sie für Fliegen mit?“

„Viele“, sagt Plemski. „Aber meistens nehme ich eine Wigwam-Fanny, die geht da draußen immer.“ „Gut“, sage ich, „dann nehme ich einen schwarzen Palmer, der geht auch immer.“

Da klopft Plemski mir auf die Schulter und sagt: „Wissense, seien Sie man vorsichtig mit die Fremdwörter. Warum sagen Sie nicht lieber „Flügellose Rauhfliege“, dann is es deutsch, anstatt auf Französisch „Palmer?“

„Aber erlauben Sie mal, Herr Plemski, Sie benutzen doch selber andauernd Fremdwörter?!“

Schon ist Plemski beleidigt und wird grantig. „Erstens“, sagte er, „immer nur da, wo sie unentbehrlich, wo sie deplaciert sind. Na, und dann, mein Lieber, quodlibet bovi, nichwah, quodlibet bovi!“

(„Was auch immer das Rindvieh wolle“, übersetze ich, „laß ihm!“ – Aber nur im stillen, nicht etwa laut; denn so bin ich nicht.)

Der Zuhörer

Schmidt und Bröseler haben einen gemeinsamen Heimweg.

„Gestern“, sagt Bröseler, „habe ich einen Blei gefangen, der wog über sieben Pfund.“

„So? Ach! Und ich habe vorige Woche einen Barsch von fünfeinviertel Pfund gelandet.“ Sagt Schmidt.

„Gewogen“, sagt Bröseler, „und genau gemessen.“

„Vor Zeugen“, sagt Schmidt.

„Natürlich“, sagt Bröseler. „Da gibt's keine Menkenke. Die Fangliste muß stimmen.“

„Ehrensache!“ sagt Schmidt.

„Schönes Tier! Ich habe gar nicht gewußt, daß es so große überhaupt gibt.“ – „Nee, ich auch nicht. Ein kapitales Stück.“ – „Und ob! Mir viel lieber als ein Hecht von derselben Größe.“ – „Nu freilich! Ein Hecht müßte mindestens doppelt so schwer sein, wenn er für einen richtigen Angler dasselbe bedeuten soll.“ – „Sicher, so als Fang betrachtet. Im Geschmack allerdings ...“ – „Nicht wahr? Ganz meine Meinung. Mir machen die paar Gräten auch nichts aus.“

Kleine Rauchpause, mit schwelgerischen Gedanken.

„Und der Drill von so einem Kapitalen“, fängt Schmidt wieder an, „die Fluchten! Da puppert einem das Herz!“ – „Manchmal auch die Knie!“ – „Und wie, hahaha.“ – „Hahahahaha!“

„Sehr netter Mensch, dieser alte Bröseler“, denkt Schmidt, „mit dem versteht man sich glänzend, hätte ich gar nicht gedacht!“

„Famoser Kerl, dieser alte Schmidt“, denkt Bröseler. „Den habe ich immer unterschätzt!“

„Gar nicht so einfach, solchen Burschen dranzukriegen!“ – „Nee, da muß man schon raffiniert vorgehen! Und der Anhieb! Man denkt, man hängt fest, und plötzlich: – wupp! – und dann geht die Geschichte los!" – „Ja, und wenn dann zum ersten Mal die Rückenflosse auftaucht, groß wie meine Hand ..." – „Mit gesträubten Stacheln ..."

Kleine Rauchpause. Bröseler wird langsam stutzig.

„Was denn für Stacheln?" sagt Bröseler. „Bleie haben doch keine Stacheln?"

„Wer redet denn von Bleien?" wundert sich Schmidt, „es war doch 'n Barsch!"

„Dieser Meckergreis muß stocktaub sein", denkt Bröseler. „Oder schon verblödet. Der hat überhaupt nichts gehört!"

„Dieser alte Knabe ist schon ein bißchen idiotisch", denkt Schmidt, „der versteht gar nicht mehr, was man zu ihm sagt!"

Ein Gespräch zwischen zwei Anglern ist kein Zwiegespräch schlechthin, sondern eine Kombination von zwei Selbstgesprächen, ein Zwiemonolog.

Zu einer Unterhaltung zwischen zehn Anglern sind zehn Themen nötig. Für jeden eins. Suum cuique.

Der Sammler

Mein Freund Nikolaus Griebichen hat dermaßen viel Seele in sich, daß er dauernd welche ausstrahlt. Die Gegenstände, die sich in Griebichens Umgebung befinden, werden von dieser Ausstrahlung getroffen, nehmen sie in sich auf und werden ihrerseits beseelt. Und wenn dann auf solche Weise Teile von Griebichens Seele in sie sozusagen hineingeflossen sind, dann sind diese Gegenstände natürlich mit ihm, Griebichen, aufs engste verbunden und verwachsen, und man kann sie nicht mehr von ihm abreißen, ohne seiner Seele blutende Wunden beizubringen.

Infolgedessen ist Griebichens Heim ein Museum der Sportangelei. Ganz allein an Hand von Griebichens privater Angelgeräteausstellung könnte man Essays schreiben über „Die Entwicklung der Rollen und Schnüre seit 1905", oder „Das Rückgrat der Angelrute im Wandel der Zeiten", oder auch „Irrwege und Sackgassen in der Gerätefabrikation", ganz nach Wunsch und Neigung.

Griebichen betritt den Laden eines Spezialgeschäftes für Angelgeräte, bleibt in der Nähe der Tür stehen und läßt seine Blicke rundreisen. Griebichen steht an der Tür der Gerätehandlung wie ein Kind unterm Weihnachtsbaum.

Sagt die Verkäuferin: „Was steht zu Diensten?"

Sagt Nikolaus: „Wissense, das weiß ich nich . . .“

Wenn es eine weniger tüchtige Verkäuferin ist, zieht sie daraufhin die Augenbrauen hoch und schüchtert Griebichen ein. Dann kauft Griebichen eine uninteressante Kleinigkeit und geht wieder weg. Solchen Ursprungs sind seine 14 Hakenlöser, seine 12 Lotbleie und seine 21 Ködernadeln.

Wenn es eine tüchtige Verkäuferin ist, dann sagt sie: „Vielleicht sieht sich der Herr mal unsere Auslagen an.“

Und wenn die Verkäuferin eine erste Kraft ist, eine jener geborenen Direktricen mit einem Instinkt für individuelle Kundenbehandlung, dann setzt sie außerdem einen Stuhl für unsern Freund Nikolaus in die Nähe einiger Geräte, die hübsch und hübsch teuer sind, und überläßt ihn sich selbst.

Dann dauert es gar nicht lange, und Griebichen bekommt irgendwo Kontakt, hängt irgendwo fest und kann nicht ab. Darauf redet sich Griebichen ins Gewissen: „Du brauchst sie (ihn, es) doch nicht, du hast doch nun schon drei (sieben, vier . . .)!“ Und kämpft einen Kampf mit sich, und unterliegt sich, und kauft.

Und zahlt. Wenn Griebichen nicht zahlen könnte, würde er höchstwahrscheinlich klauen. Aber, Gott sei Dank, er hat's ja dazu. Wenn man seine Pension und ein bißchen Zinsen kriegt . . .

Fragen Sie mal spaßeshalber Nikolaus Griebichen, ob er nicht eine Rute, etwa eine Karpfenrute übrig hat. „Gewiß“, wird er sagen, „drei, wenn Sie wollen!“

Dann wird Griebichen nach Haus gehen und seine fünf Karpfenruten zusammenstecken. Er wird sie abwechselnd in der Luft schwippen lassen, eine auswählen, diese nochmals prüfen, sie schließlich wieder zurücklegen zu den übrigen und eine andere beiseite legen. Und so fort.

„Diese nicht. Mit der habe ich damals den Zwölfpfünder gefangen, Lieber eine von diesen beiden, die sind fast gleich.

Hm. Na ja, fast gleich, wirklich.

Aber nicht ganz gleich.

Und – wenn nu mal eine kaputt geht?!“

Wenn Sie dann kommen, um sich die zugesagte Karpfenrute abzuholen, dann werden Sie einen aufgeregten und verlegenen Angelbruder Griebichen antreffen, der Ihnen nicht gerade in die Augen sehen kann und der Sie nach einer Weile leise bitten wird: „– wissense, ich weiß nich. Sind Se doch man so gut und . . . und kaufen Se sich lieber ne neue! . . .“

Zwei Freunde

Der Satz „Man darf den Mut nicht sinken lassen" kann in ganz verschiedener Weise betont werden. Zum Beispiel mit drei Ausrufungszeichen dahinter, im Klange von „In Sturm und Ungewittern, wir werden nicht erzittern!"

Wenn Meiseke äußert: „... man darf den Mut nicht sinken lassen ...", dann sagt er es in cis-Moll mit Baßschlüssel, und mit einem schweren Seufzer als Auftakt. Er sagt es oft.

Meiseke und sein Freund Riemschneider verlassen den Gasthof in aller Frühe, das Dörfchen schläft noch, letzte Nebelfetzen vergehen soeben vor der steigenden Sonne. Über den Wiesen liegt ein dichtes Geflecht von Spinnweben, sichtbar gemacht vom Tau, glitzernd wie ein Netz aus Silberfäden. Eine ganz kleine Brise aus Süden und die schönen weißen Cumuluswolken versprechen einen guten Angeltag.

Riemschneider schnauft gewaltsam („atme dich gesund!") und stößt zwischendurch Ausrufe der Bewunderung hervor. Auf jeden dieser Ausrufe folgt automatisch ein mißbilligendes Räuspern von seiten Meisekes.

Riemschneider bleibt stehen, packt Meiseke beim Arm und trompetet: „Mensch, sieh dir das an! Ist das nicht schön?! Ist das Leben nicht wundervoll?!" – Worauf Meiseke: „Fraach mir man im November noch mal, wenn de wieder deinen Rheumatismus hast. Man kricht hier nemlich janz nasse Beine."

Meiseke, ein lederfarbiger, etwas verknitterter kleiner Herr, steht in dauernder Defensive gegen Riemschneider, der seinerseits zu einer blondgelockten Wotansbartgarnitur wasserblaue Kulpsaugen trägt und plötzlichen Wallungen zugänglich ist – es kommt vor, daß er einen unvermittelt in die Arme schließt und auf die Wange küßt, naß und alkoholisch.

Riemschneider leert keinen Freudenbecher, ohne ihn auch Meiseke aufzudrängeln. Meiseke hinwiederum läßt keinen Freudenbecher an sich vorübergehen, ohne hineinzuspucken.

Die beiden Freunde fahren auf den See hinaus. Riemschneider – (atme dich gesund!) – singt beim Rudern laute Lieder; Meiseke läßt langsam die Schleppschnur ab und sagt: „Stell dir bloß nich immer so bejeistert an. Erstens berufst de alles und zweitens fangen wir auch ohne dein Jebrille nichs. Und drittens hean es die Fische v'lleicht doch. Man darf den Mut nich sinken lassen: man jut, daß hier keine drinne sind."

Diese beiden älteren Knaben sind miteinander befreundet, weil Gegensätze sich anziehen. Gegensätze, die sich angezogen haben, verschärfen sich gegenseitig durch Wechselwirkung. So daß zum Beispiel jetzt Riemschneider noch freudevollere Weisen anhebt, während Meiseke zielstrebig seine letzten Hoffnungen zerbröckelt, um auf diese Weise ein Gegengewicht gegen das „Berufen" des Angeltages durch Riemschneiders „Freudenjeheul" zu schaffen. Ihn, Meiseke, erfüllt es mit einer trüben Genugtuung, daß er gleich darauf den ersten Hänger bekommt. „Siehste!" sagt er. Und als der Blinker sich nicht lösen läßt, als die Schnur schließlich reißt, da ruft Meiseke mit dem düsteren Stolz des Propheten, dem die Ereignisse recht geben: „Na also! Es war einer von die teuern zu zwei fuffzich!"

Weiter geht die Fahrt, bald dicht am Schilf entlang beim Ausfahren einer Bucht, bald in weitem Boden um eine Landzunge herum, bald quer über den See, weil draußen ein Barschberg mitgenommen werden muß. Ab und zu sagt Meiseke: „Das wird nischt heute. Aber – (cis-Moll) – man darf den Mut nicht sinken lassen ..."

Urplötzlich reißt ein schwerer Biß – (nebenbeigesagt sind in Anglergeschichten Bisse nur sehr, sehr selten anders als urplötzlich und schwer!) – also, reißt ein schwerer Biß Meisekes Arm nach hinten und bringt Leben in den Betrieb. Meiseke drillt den Drill des alten Meisters, pariert die Fluchten des Fisches mit der Promptheit einer Maschine und dem Ahnungsvermögen eines Hellsehers. Das Boot, gelenkt von Riemschneiders höchst sachverständigen Händen, schreibt auf dem Spiegel des Sees die Bewegungen des Fisches in verkleinertem Maßstabe nach.

Nicht List noch Gewalt ist solchem doppelt gefederten Widerstand gewachsen; nach zwei Minuten ist der Kampf so weit entschieden, daß Riemschneider nach dem Kescher greifen kann, und nach genau zweieinhalb Minuten liegt ein neunpfündiger Hecht mausetot im Kahn.

Genau zweieinhalb Minuten lang waren Meiseke und Riemschneider wesensgleich: zwei passionierte Angler beim Drill, und sonst gar nichts. In demselben Augenblick, in dem der Hecht seine häßliche Räuberseele auskiemt, schnappen beide in ihren Normalzustand zurück.

„Fabelhaft", sagt Riemschneider, „genau eine Minute aufs Pfund!" – und sieht pro forma nach der Uhr.

„Beinah", erwidert Meiseke und schüttelt sorgenvoll das miekrige Haupt, „beinah war er ab jewesen ..."

Platzwechsel. Meiseke rudert. Riemschneider läßt die Schnur ablaufen und improvisiert nach einer bekannten Melodie: „Ich fang – den Hecht – im tie – fen See – den Zan – der und – den Barsch videbumbumbum", kommt aber in Verlegenheit wegen der Reime und singt auf Lala weiter.

„Menschenskind", unterbricht er nach einer Weile seine Hymne, „wo fährste denn eigentlich hin?!"

„Na zu Hause!"

„????"

„Na, wo wa jetzt den Fisch raus haben, der hier drinne war, wozu solln wa denn da noch auf das leere Aquarium rumjondeln?"

- und so weiter, bis in die Nacht hinein, und durch den ganzen Urlaub hindurch, bis sie sich schließlich daheim in Berlin am Bahnhof voneineiner verabschieden, wobei Riemschneider sagt: „Schön wars! Nächstes Jahr fahren wir wieder hin, das ist mal bombensicher!"

– und Meiseke zurückbrummt: „Wer weiß, ob wa denn noch leben..."

Das schottische System. Herstellung des Einheitspalmers nach Bohm

24 | *Die Reise nach Krlhzom*

Angler sind abergläubisch. Zum Beispiel meinen sie immer, daß die Fische um so größer werden, je weiter man von Hause wegreist. Deshalb sagte Franz Müller: „Wir müssen unbedingt mal nach Bayern fahren", und deshalb sagte ich: „Von mir aus allemal." – Es war zu später Stunde im Ratskeller, und wir verabredeten uns gleich zum nächsten Morgen am Bahnhof.

Dort sahen wir beide dann noch recht verkatert aus. Immerhin vermochten wir uns darauf zu besinnen, daß Bayern ziemlich groß ist. Uns, die wir völlig fremd waren in diesem Lande, konnte es gleich sein, an welchem Ende wir es betreten würden. Aber als Bürger eines geordneten Staatswesens darf man nicht zu dem Mann am Schalter sagen: „Zwei nach Bayern." Müller tat es doch. Nach dreimaliger Wiederholung hatte der Beamte verstanden, und von da ab verhehlte er nicht mehr, daß Müller gänzlich transparent für ihn geworden war.

Mein Genosse kam zurück und fragte: „Weißt du eine Stadt oder so was in Bayern?" – Ich wußte München, aber München war uns zu groß. Wir dachten scharf nach, und schließlich sagte Müller: „Münchener – warte mal, was gibt es noch . . . Pilsener! Liegt Pilsen in Bayern?" – Es schien unsicher, und auch die Frage, ob zu dem bestimmt bayrischen Salvator eine Stadt gleichen Namens gehörte, wagten wir nicht so ohne weiteres zu bejahen. Darum kauften wir viele illustrierte Zeitungen und setzten uns in den Wartesaal. Als wir das Kreuzworträtsel mit der „Stadt in Bayern" heraus hatten, war es wieder München. Das war sehr traurig für uns, jedoch wir ließen uns nicht entmutigen, und nach einigem Suchen rief Müller: „Stadt an der Altmühl! Altmühl, Nab und Regen fließen ihnen entgegen, weißt du noch? Das ist ein Nebenfluß von der Donau, alter Schwede, da gibt es Huchen!" – Wir machten uns neu belebt an die Arbeit, und nach einer knappen Stunde hatten wir die Stadt. Sie hieß Krlhzom, lag also wahrscheinlich nicht in Bayern, sondern irgendwo im Tschechischen. Die Götter waren offensichtlich gegen uns, wir hätten die Sache sein lassen sollen. Aber der Mensch denkt stets, er muß selber lenken . . .

Zwei Tische weiter saß ein Herr mit einem Musterkoffer. Diese Leute wissen immer alles, deshalb fragten wir ihn, ob es in Krlhzom schön wäre, und ob man sich dort mit Deutsch durchhelfen könnte. Er wußte es auch nicht, was ihm so sehr gegen die Natur ging, daß er unser Rätsel noch einmal löste. Er bekam Kolheim heraus statt Krlhzom. Das war uns lieb, denn es ging leichter auszusprechen.

Der Mann am Schalter zuckte mit dem Schnurrbart wie ein gereizter Kater, und die Fahrkarten mußte er obendrein handschriftlich ausfertigen. Wir waren sehr herzlich mit ihm. „Auf Wiedersehen und alles Gute, lieber Herr!“ verabschiedete sich Müller; doch jener blieb unversöhnt.

Wir stiegen in einen Zug. Müller blickte stier und bösartig und lallte: „Krlhzom . . . Krlhzom . . .“ Die andern Leute behielten die Notbremse im Auge und räumten das Abteil bei der ersten Gelegenheit. Wir legten uns auf die leeren Bänke, schliefen ein und fuhren drei Stationen über den Umsteigebahnhof hinaus. Dort standen wir vor der Notlage, im Grand-Hotel von Klein-Piesnick an der Munke zu übernachten. Der letzte Zug zurück war weg. Selbstverständlich.

Der Wirt des Grand-Hotel war eine prägnante Erscheinung. Er sah aus wie ein Luftballon mit obendrauf einem Edamer Käse. Er begann die Unterhaltung mit der Frage, wann wir abzufahren gedächten. Oder ob wir etwa hier angeln wollten.

Wir wären nur auf der Durchreise nach Krlhzom, sagte Müller, und dort beabsichtigten wir unseren Beruf auszuüben. Wir wären nämlich Berufsangler.

Der Wirt gestand, daß er als Junge auch manchmal geangelt hätte. In der Munke. Nach seinen damaligen Resultaten hätte er nicht gedacht, daß man vom Angeln leben könnte. „Kleine Weißfische, meine Mutter selig schimpfte immer, wenn ich das Zeug nach Hause brachte. Na, und jetzt ist die Munke überhaupt wie ausgestorben – die vielen Fabriken am Oberlauf des Gewässerchens, da haben sich selbst die kleinen Dinger nicht gehalten. Schade um den Spaß für die Kinder. Nicht einmal drin baden können sie mehr!“

Wir verzichteten gern darauf, die Munke zu besichtigen. Statt dessen erzählten wir dem Luftballon von der Berufsangelei. „Krlhzom hat noch einen fabelhaften Fischreichtum“, sagte Müller. „Besonders Huchen, das heißt also Donaulachse, müssen Sie wissen. Diese Tiere wiegen im Durchschnitt dreiviertel Zentner und sind dort so zahlreich, daß sie sich gegenseitig auffressen. Aber das Fangen ist trotzdem nicht so einfach, der Huchen ist nämlich furchtbar schlau. Nur nachts, bei Neumond, wenn er die Schnur nicht sehen kann, geht er an die Angel, und selbst dann muß man noch eine schwarze Maske vor dem Gesicht haben und schwarze Handschuhe an, sonst sieht er einen gleich und – schon weg! Na, und selbstverständlich dicke Filzpantoffeln, mit Heringslake verwittert wie Otterfallen, damit er einen nicht hört oder riecht beim Waten. Das ist eine anstrengende und gefährliche Sache, so des Nachts in der Donau rumzulaufen mit der glitschigen Heringslake an den Beinen, und deshalb ist das Huchenfleisch auch so teuer. Acht Mark das Pfund, im Großhandel. Manche Nacht fängt man, wenn alles klappt, seine zehn oder zwölf Huchen. Rechnen Sie meinetwegen bloß sieben Mark das Pfund und das Stück zum halben Zentner, was da rauskommt! Aber wie gesagt, bloß alle vier Wochen mal ...“

Der Wirt wackelte bewundernd mit seinem Edamer. Was wir denn aber die übrige Zeit täten?

„Zwischendurch angeln wir Welse. Die sind größer, aber viel billiger, leider. Am meisten bringt noch das Fell; das wir nämlich auf Pelzwerk verarbeitet.“ – Der Dicke stutze, und Müller fügte zur Vorsicht hinzu: „Es ist so eine Art Seehundsfell, aber die Haare sitzen bei der Fischhaut natürlich auf der Innenseite.“

Unter solchen belehrenden Gesprächen verflog die Zeit. Draußen war es kühl und nebelig geworden, wir saßen gemütlich mit dem ulkigen Wirt in der Gaststube und freuten uns, daß wir bei dem Wetter nicht allzuviel versäumten. Langsam verdunsteten die Genüsse des Vorabends aus unseren Gehirnen, unser Appetit kehrte zurück. Der Wirt stellte uns vor die Auswahl zwischen Schnitzel und Forellen blau.

„Nanu?“ staunte Müller. „Forellen? Die sind am Ende nicht frisch?“ – „Lebend“, beruhigte der Dicke; „ich lasse mir ab und zu welche schicken und setze sie in meinen Brunnen im Garten. Sie halten sich ganz gut, und man hat doch immer was im Hause, wenn unversehens Gäste kommen. Und wenn keine kommen, esse ich sie selber.“ – Er lächelte genießerisch. Müller ging mit, er wollte den Brunnen sehen.

Als er wiederkam, war er ganz erschüttert. „Junge“, sagte er, „in dem Brunnen wimmeln dir an drei Dutzend Forellen und Saiblinge durcheinander, und keine unterm halben Pfund. Wir müssen unbedingt rauskriegen, wo sie her sind. Übrigens“, flüsterte er mir ins Ohr, „kolossal billig; ich habe uns ein paar extra große ausgesucht.“

Bald hatten wir jeder eine bombige Forelle vor uns, auch der Wirt. Die Fische waren mit tiefem Verständnis zubereitet, wie man es selten findet, so auf dem Lande. Wo sie herstammten, wollte der Dicke nicht verraten. „Aus Krlhzom an der Donau“, meinte er und lachte, bis er sich furchtbar verschluckte.

Bei schönstem Wetter und kaum noch böse über das Klein-Piesnicker Intermezzo, stiegen wir am nächsten Morgen in den Zug, die Brust geschwellt von Tatendrang und Ausgeschlafenheit. „Das Fahren ist des Müllers Lust", gröhlte mein Sozius und nahm seinen Krimstecher vor die Augen. „Herrlich", rief er. „Gegend! Natur! Da ist die Munke. Sieht direkt lecker aus, das Flüßchen, inmitten all der Morgenfrische; schade, daß es so verschweinigelt... Was?! Donnerwetter, Mensch, kuck mal schnell hier durch. Den großen Busch da, hast du? Und nun ein Stück links..."

„So ein Schurke!" stöhnten wir, einig wie selten. Kein Zweifel, das war unser Luftballon. Er sah aus, als schwimme er auf dem Wasser, das seine Beine verbarg. Auf dem roten Edamer hatte er ein grasgrünes Jägerhütchen sitzen, und in seiner Rechten wippte eine Fliegenrute taktmäßig auf und nieder.

„Siehste", sagte ich, „das kommt von deiner ewigen Schwindelei. Er hätte uns bestimmt eingeladen, wenn du ihn nicht so schamlos angelogen hättest. Und er hat so getan, als wenn er alles glaubte! Junge, wenn ich den Reinfall im Verein erzähle! Nun laß dir das wenigstens eine Lehre sein und fange nicht in Krlhzom wieder sowas an!"

Darauf waren wir zwei Stunden böse miteinander, bis Müller meinte: „Laß man, vielleicht ist es ganz gut so. Womöglich wären wir in Piesnick hängen geblieben, und in Krlhzom gibt es bestimmt viel größere Sachen, z. B. Huchen!" Das klang nicht übel; wir vertrugen uns und schmiedeten Pläne bis Regensburg, wo man zum endgültig letzten Mal umsteigt.

Warum nicht schon bei Regensburg angeln? Schließlich, was wußten wir von Krlhzom? Durch die Stadt gingen wir ohne Umweg zum Fischermeister. Der hieß Norgauer und war ein famoser Kerl wie selten einer, gab uns billige Fischkarten und lud uns sogar ein, in seinem Boot zum Hechtangeln mitzufahren. Das Schicksal gewährte uns eine letzte Chance – aber wer nach Krlhzom will, der hat den Teufel im Nacken sitzen.

Regen und Nab schienen uns nicht genug „nach Huchen zu riechen." In der Stadt wollten wir auch nicht wohnen. Wir schleppten unsere schweren Rucksäcke stromauf, immer weiter durch den Sonnenbrand, und in keinem der Dörfer gab es ein Logis für uns. Endlich landeten wir todmüde auf einer Eisenbahnstation. Treulos verließen wir das Gebiet des gastlichen Meisters Norgauer und fuhren – nun doch noch – nach Krlhzom.

In Krlhzom oder meinetwegen Kolheim hatten die Götter ein gutes Quartier als Köder ausgelegt; ich mietete gleich auf zwei Wochen. Nun saßen wir fest, und das war schlimm. Alsbald nahmen uns die Mächte der Finsternis in strammen Drill.

Müller hatte die Zeit dazu verwertet, der gesamten Fischerinnung von Krlhzom mit seiner aggressiv norddeutschen Aussprache gegen das Nationalgefühl zu ss-toßen. „Komm bloß mit", bat er. „Ich kann diese Leute nicht vers-tehen und sie mich auch nicht. Ihre Rede ist „han?!" und „naa!" Gemeinsam wiederholten wir die Rundreise bei den Wasserbeherrschern; ich versuchte bayrisch zu radebrechen, was bei Müller und den Kolheimern größte Heiterkeit entfesselte, aber als Ergebnis nur förderte, daß die Innung Ende der Woche (Ende der Woche!) zusammenkäme und dann beschließen würde, ob wir Donaukarten haben sollten oder nicht. Oder nicht – heiliger Petrus, diese Leute hatten keine Ahnung, was es bedeutet, seine Urlaubszeit ungenützt verstreichen zu sehen! Wir konzentrierten nun unseren Angriff auf die Altmühlpächter. Von denen lehnte einer rundweg ab; der zweite war nicht zu Haus. Der dritte war nicht abgeneigt, warf aber mit Zahlen um sich, die uns die Haare zu Berge trieben. Als wir schweren Herzens dankten, hatten wir uns in Kolheim einen Todfeind geschaffen. Betrübt gingen wir zu Bett.

Tags darauf lungerten wir müßig durch die Gegend. Die Donau liegt dort zwischen hohen, steilen Kalkfelsen eingebettet, ein Wasser von grandioser Schönheit; und das Altmühltal mit seinen intimeren, aber kaum geringeren Reizen ist eine Kostbarkeit für sich. Wir jedoch, Wasser ringsum und keine Angelkarte, litten alle Qualen der Hölle.

Schließlich retteten wir uns in einen Gasthof, den Rücken zum Fenster, nahmen einiges gegen unseren Kummer und erzählten uns was.

Wir waren nicht allein. In einer Ecke saß ein Mensch, der eine bösartige Zigarre um sich verschwängerte. Er war mit einem Black-Palmerbart behaftet und sah keineswegs vertrauenerweckend aus. Nach einer Weile trat er an unseren Tisch und gab in gewählten Worten der Meinung Ausdruck, daß wir und er „sozusaachen Schborzgollächen" seien, insofern als auch wir, wenn er recht verstände, diesen Ortes der Angelei uns zu widmen gewissermaßen die Absicht zu haben schienen. Wir bejahten zögernd. „Nu da! Also dann gestatten Sie: Professor Linkerpurz, Laipzch." Sprach's und wühlte gleich wieder seinen Stummel mit vieler Vorsicht in den schwarzen Bart; es sah aus, als wenn er ihn in Blumenerde pflanzte. Und reckte sich.

„Anjenehm", sagte Müller. „Mein Name ist Harro Graf Leistenbruch." – Ich erschrak zu Tode; der Professor stand wieder auf und machte mehrere Verbeugungen.

Ich trat Müller mit meinen Genagelten gegen die Schienbeine. Es war alles, was ich vorerst gegen ihn unternehmen konnte und verlief erfolglos wegen seiner Ledergamaschen. Schon war er im besten Redefluß, schwadronierte darauf los ohne Maß und Ziel und trank dabei einen Schnaps um den andern. Wer nie auf heißen Kohlen saß, der kennt euch nicht, Ihr himmlischen Mächte . . .

Auch der Professor war auf einer Angelfahrt. Er kam von Passau und wollte nach Donauwörth. Hoffentlich recht bald, dachte ich, voll düsterer Ahnungen. Er gestand, er wäre noch Neuling; daraufhin gab ihm Müller zahlreiche Aufklärungen über anglerische Belange, in einer Weise, daß mir oft der Atem stockte.

Nachher, im Quartier, hielt ich Müller eine längere Rede, in der die Worte Hochstapler und Staatsanwaltschaft eine wichtige Rolle spielten. Er lachte mich aus.

Eine Stunde später hatten wir Angelkarten. Für Altmühl und Donau, zwei auf mich und zwei auf Harro Graf Leistenbruch ausgestellt. Müllers Hochadel hatte sich herumgesprochen.

Der folgende Tag, der vierte unserer Reise, sah uns endlich beim Blinkern. Die „schöne blaue Donau" war grasgrün gewesen, als wir in Kolheim anlangten. Jetzt war sie grau wie Kriegssuppe aus Kartoffelwalzmehl. Als wir uns gegen Mittag wiedersahen, hatten wir beide noch nichts im Rucksack; dafür waren wir um viele Spinner ärmer. „Es ist hier wie im Kientopp, sagte Müller, „die Felsen sind aus Pappe!" – Das Gestein war so weich, daß die Haken eindrangen, kein Hänger ließ sich lösen. Wir verlegten unsere Tätigkeit an die Altmühl.

Die Altmühl ist dort unten meist recht sanftflüssig und wohlreguliert. Wer darin auf Donaulachse angelt, muß ein großer Optimist sein. „Huchen? Ja, Kuchen!" drückte es der Gefährte meiner Leiden aus. Er landete einen pfündigen Hecht, den wir wieder einsetzten. Dann fing ich einen halbpfündigen Rapfen, den wir gleichfalls laufen ließen. Danach kam eine lange Pause, und zuletzt hakte Müller einen Schneider von dreiviertel Pfund, den er behielt. Unser Stolz war gesunken, ich hätte gern ein Gleiches getan, aber es biß nichts mehr. „Du und Zane Gray", sagte Müller . . .

Am oberen Ende der Strecke erblickten wir den Professor. Seine Angelmethode war vielleicht die eigenartigste, die wir je gesehen hatten.

Ich gebe zu, daß die Geschichte hier unwahrscheinlich wird. Aber das liegt nicht an mir, sondern daran, daß die Angelei das Gebiet der unbegrenzten Möglichkeiten ist. Petrus soll mich strafen: ich habe diese Methoden wirklich und wachen Auges gesehen, an der Altmühl, verübt von einem deutschen Professor!

Er hatte eine Hechtangel ausgelegt mit einem dicken Schwimmer daran, saß mäuschenstill daneben und qualmte. Lange Zeit. Dann hob er die Angel heraus und wir sahen, daß er als Köder keinen Fisch, sondern einen Heintzblinker daran hängen hatte. Und senkte die Angel leise, leise wieder in das vollkommen ruhige Wasser. Wir verharrten schweigend, etwa eine halbe Stunde lang. Als er die Angel endlich wieder hob, hing plötzlich ein Hecht daran. Nicht groß, doch immerhin besser als unsere.

Wir schlichen uns fort, still und traurig. Was nützt das schönste Latein, was ist der kühnste Flug der Phantasie? Ein Schmarren gegenüber den wilden Begebenheiten der Wirklichkeit.

Die vier nächsten Tage angelte der Professor nicht, sondern ging in Krlhzom spazieren, mit der Gerte unter dem Arm. Am Ordensknopfloch seiner Joppe baumelte der Hecht. Er erzählte allen, daß er ihn mit der Spinnangel gefangen hätte und ihn seiner Frau nach Hause schicken wollte. Vier schöne, warme Sommertage lang trug er ihn herum und besprach ihn mit dem Gendarm, den Fischern, mir und Müller, dem Gastwirt und dem Briefträger. Als wir den Fisch zuletzt sahen, war er flach und steif wie eine Laubsägearbeit und hatte die Schuppensträube vor Trockenheit, und der Professor sagte, er wollte ihn bald seiner Frau nach Hause schicken.

Er wußte noch andere Verfahren, kaum minder sinnreich. So erschien er mit einer Floßangel, an deren Haken zwei steife Stückchen Ventilgummi über Kreuz angebunden waren. Sie sollten Regenwürmer vorstellen, aber sie ähnelten nichts in der Welt als eben zwei starren Endchen Gummischlauch. Müller schärfte ihm ein, die Angel gut festzulegen, damit die Spitze nicht zitterte und womöglich die Fische verscheuche.

Der Erfolg war, gestand Linkerpurz, recht wechselnd; er sann auf Neues, und schließlich brachte ihn sein wissenschaftlich-theoretisches Denken auf eine Glanzidee. „Ich werde", sagte er, „die Drillinge des Blinkers mit Heuhüpfern beködern. Dann macht der Glanz des Blinkers die Fische aufmerksam und neugierig. Sie eilen aus weitem Umkreis herbei, und bei näherer Betrachtung des für sie erstaunlichen Gegenstandes entdecken sie die Heusprengsel und fressen sie auf." Müller und ich waren voll Spannung.

Außer Linkerpurzens Experimenten waren keine Sensationen aufzutreiben in Krlhzom. Von den Fischern hörten wir, daß sie im Durchschnitt jährlich zwei Huchen in der Donau fingen. An den Felsen lagen wundervolle Gumpen, in denen man Welse und große Hechte vermuten konnte; aber alle diese Stellen waren vom Lande aus unzugänglich, und ein Boot besaßen wir nicht, hätten es auch nicht benutzen dürfen, da wir zu „einer Handangel vom Ufer aus" verurteilt waren. Die Hechte in der Altmühl wurden immer kleiner. Zugegeben, daß wir große, sehr große Döbel, Karpfen und Barben in der Altmühl stehen sahen und daß in der Donau enorme Scharen von Nasen herumwimmelten. Aber die Aitel bezeigten unseren künstlichen Fliegen höhnische Verachtung, und zur Stillangelei waren wir nicht hergekommen, die konnten wir näher und bequemer haben!

Zu den Mißerfolgen kam als vermießendes Element hinzu der Mann mit den unbezahlbaren Angelscheinen. Seine Strecke lag oberhalb, er wußte uns häufig zu treffen, und jedesmal hatte er etwas zu meckern: wegen des Grases, wegen unserer Karten, wegen der Gewässergrenzen ... Gekränkt und unheildrohend umlauerte er uns allenthalben und verdarb uns manchen Tag schon durch seinen Anblick.

Mehr ihm zum Trotz als aus Liebe zur Sache blinkerten wir beharrlich weiter. Aber bald holte das Schicksal zum entscheidenden Schlage aus:

Am Morgen des Tages, an dem der „Heupferdblinker nach Linkerpurz" Tat werden sollte, begegneten wir dem ingeniösen Erfinder schon im Ort. Der Adel des Blutes und der Geistesadel begrüßten sich mit gegenseitiger Hochachtung. Linkerpurz wollte zum Bahnhof, um eine Zeitung zu kaufen; wir schlossen uns an.

Der Morgenzug polterte gerade herein und gab ein paar Handvoll Sommerfrischler von sich. Während der Professor und ich uns an Hand der fettgedruckten Überschriften über den Lauf der Welt orientierten, musterte Müller die Ankömmlinge, besonders soweit sie jüngeren Jahrgängen und dem beredteren Geschlecht angehörten. Plötzlich sah ich ihn inmitten einer größeren Familie stehen, die ihn freudig umjauchzte. Er sah blaß aus und versuchte zu entkommen, aber zwei Mädchen hatten ihn umzingelt und vereitelten mit Umsicht jeden Fluchtversuch. „Nein, Herr Müller, so eine Überraschung, Herr Müller!" zwitscherten sie mit der lauten Natürlichkeit, hinter der heiratsfähige Töchter ihre tückischen Pläne zu verbergen lieben. „Jawohl", stammelte Müller, „Überraschung, jawohl ..." – Es gelang mir, den Professor seitlich hinauszubugsieren, bevor er den Braten roch.

Einige Minuten später raste ich ins Quartier. Ich würgte mein Zubehör in den Rucksack, zahlte und begab mich auf Schleichwegen zum Bahnhof zurück.

Gerade als der letzte Wagen den Perron verließ, stürzte Müller die Treppe herauf. „Na", schrie ich, „Du bleibst wohl noch ein bißchen da?" und winkte ihm lange zu; er jedoch war unhöflich genug, nicht zu reagieren.

Nach mir die Sintflut. Ich rauchte mir eine Zigarette an und freute mich. Man reist besser ganz ohne Grafen, als mit falschen.

Ich fuhr nach Klein-Piesnick.

Der dicke Wirt war nicht sofort entzückt, als er mich wiedersah. Aber ich rührte sein Herz. Besonders durch die Erzählung von Müllers schrecklichem Tode; wie er ausglitt und von dem fünzig Meter hohen Felsen in die Donau stürzte, senkrecht hinab auf den Schwimmer seiner Welsangel. Und wie sie dann lange, lange Tage ihn gesucht und nicht gefunden hatten, bis endlich . . . furchtbar, ich konnte gar nicht mehr daran denken, die ganze Donau war mir verleidet. Kurzum, ich würde lieber in der Munke auf kleine Weißfische angeln, als auf Welse in jener Gegend des Schrekkens. So ein lustiger Mensch, man konnte ihm nichts übelnehmen; oder ob er ihm etwa den Scherz mit der Berufsangelei in Filzlatschen . . .?! Der Wirt verwahrte sich gegen diesen Verdacht, und ich gab mich weiter hemmungslos meinem Schmerz hin, bis er einige trostreiche Worte von großen Forellen sprach und Papier und Tinte holte.

Als ich, mit einem halben Dutzend guter Fische im Lagel, von der Munke zurückkam, saß ein Gast im Grand-Hotel. Er war gerade dabei, dem mitleidig lauschenden Wirt von meinem tragischen Ende zu berichten. Stundenlang war Müller nach meiner irdischen Hülle getaucht – vergebens.

Am nächsten Tage hatten die Forellen Schonzeit. Die Begräbnisfeierlichkeiten für den Grafen Harro Leistenbruch und mich hatten uns alle drei schwer mitgenommen.

Aber dann fingen wir noch viele, schöne, große Saiblinge und Rotgetupfte. Sehr große sogar. Ich z. B. landete zwei Dreipfünder. Müller Gott sei Dank nur einen; aber er erzählt es immer umgekehrt!

Franz Müller empfiehlt allen, die den Weitgereisten nach einem Anglerdorado fragen, Krlhzom an der Donau.

Dagegen hält er den Namen – den wirklichen Namen – von Klein-Piesnick geheim.

Ich auch.

25 | *So ist das Leben*

Der Bach gehörte dem alten Herrn Pienbaum.

Gehörte ihm, sozusagen, seit urdenklichen Zeiten. Einige würdige Dorfgreise besannen sich noch darauf, daß der Bach früher mal überhaupt niemandem gehört hatte. Damals hatte man ganze Körbe voll Forellen mit der Hand einsammeln können, wie Pfifferlinge. Weil die Fische damals ihr Laichgeschäft ganz allein besorgten, von selber funktionierten und sich vermehrten, wie hast du nicht gesehn. Wer weiß, wie sie es gemacht haben, inzwischen haben sie es ja wohl verlernt. Es war lange her, es war beinahe schon nicht mehr wahr, ja, ja, die Zeit.

So lange also herrschte der alte Herr Pienbaum über den Bach. Er hatte dafür bezahlt, an die Gemeinde. In klimperklaren Goldstücken vor dem ersten Kriege. Später dann in Milliardenscheinen; da war die Pacht sehr billig. Damals ungefähr muß es gewesen sein, als der alte Herr Pienbaum den jungen Herrn Böhnig mit in die Pacht hineinnahm. Und abermals später, als die Bauern schlau wurden, hatten soundsoviel Sack Hafer entrichtet werden müssen. Jedermann weiß, was ein Sack Hafer ist, aber unter einer Billion kann sich manch einer gar nichts vorstellen, ein Landmann ist kein Studierter, jedem das Seine. Damals war der Bach schrecklich teuer; aber schließlich kam auch das wieder ins Lot, als es endlich wieder richtige Markstücke gab, mit denen man bezahlen und die man in den Strumpf stecken konnte, Gott sei Dank!

Herr Pienbaum zahlte den größeren Teil der Pacht, weil er besser bei Kasse war. Herr Böhnig fing den größeren Teil der Forellen, weil er besser auf den Beinen war und weil der milde, abgeklärte Herr Pienbaum nicht im geringsten etwas dagegen hatte.

Wenn Herr Pienbaum dem Bach ein guter Vater war, so war ihm Herr Böhnig ein guter Bruder. Sie sorgten für Einsatz und taten die kleinen Fische, die sie fingen, wieder hinein. Sie rodeten in den Weiden am Ufer herum, so daß es nicht zu viel und nicht zu wenig wurden, und sie rammten Pfähle ein im Bachbett und bauten kleine Staue, damit die Forellen sich wohlfühlen sollten.

Mit jeder Arbeit, die sie für den Bach taten, liebten sie ihn mehr.

So, das wäre die Vorgeschichte.

„... sechshundertzwanzig zum Zweiten!" rief der Mann mit dem Hammer.

Daraufhin verließ Herr Böhnig das Lokal. Er flammte die Tür hinter sich zu, daß man den Kalk von den Wänden rieseln hörte.

„... zum Zweiten und ..."

Der alte Herr Pienbaum schüttelte den Kopf; er sah aus, als mühte er sich vergebens, etwas Unvorstellbares zu begreifen.

„... zum Dritten!" – Bums.

Ja. Da war das Wasser weg. Da war der Bach dem dicken roten Herrn zugeschlagen, den keiner hier kannte. Raffke oder Daffke oder wie er nun hieß, der Deubel mochte wissen, wie er gerade auf diesen Bach verfallen war und auf welche Weise er von der Verpachtung Wind bekommen hatte. Er hatte gleich zu Beginn der Versteigerung erklärt, die Herren sollten sich nicht unnütz bemühen: er, Paffke (richtig, so hieß er), hätte eine lange, hehehe, eine sehr lange Puste, Gott sei Dank, und ihm könnte keiner.

Der Bach war weg. Das konnte man gar nicht so schnell verstehen, daran mußte man sich ja wohl erst allmählich gewöhnen. Wir, Herr Pienbaum und Herr Böhnig, wir erlauben uns, Ihnen, Herr Paffke, den hier keiner kennt, mit dem Erfolg unserer jahrzehntelangen Bemühungen ein kleines Präsent zu machen, o bitte sehr, nichts zu danken!

Draußen vor dem Hause stand das Auto dieses Herrn Soundso. Eine weibliche Person saß darin, die sich vor dem Spiegel eines krokodilledernen Handtäschchens puderte. Herr Böhnig blies kurz und verächtlich durch die Nase und ging in die Gaststube. Er bestellte sich einen zweistöckigen Boonekamp. Bald darauf erschien auch Herr Pienbaum. Er bestellte ebenfalls einen zweistöckigen Boonekamp.

„Feine Leute!" sagte Herr Böhnig. „Hast du die Kriegsbemalung von dem Verhältnis gesehen?"

„Ich denke, das ist seine Frau?" fragte Herr Pienbaum ganz erschrokken. Böhnig meckerte nur.

Sie waren sich gleich einig darüber, daß sie heute noch abreisen würden. Nur weg, so schnell wie möglich, nichts mehr hören. Zurück in die Stadt und dann irgendwohin, wo Betrieb war. Menschen, Musik. Sie verlangten ihre Rechnung, zahlten, suchten einen passenden Zug aus und tranken einen weiteren Boonekamp.

Zwischendurch aber schauten sie immer wieder mit trüben, abschiednehmenden Blicken hinaus auf die Dorfstraße, die sie so lange, so lange kannten und nun nie wieder sehen würden; zwölf Jahre Pachtdauer sind eine lange Zeit, aus, für immer, lebewohl, ade. Das Leben ging weiter, eine Herde Gänse zog schnatternd vorüber, ein paar drahthaarige Dorfjungens balgten sich, Zigeuner kamen, klirrten mit Tambourins und riefen irgend etwas in ihrem fremdländisch klingenden Deutsch, eine Frau rannte über die Straße und verlor im Laufen einen Holzpantoffel. Alles das vollzog sich ganz unverändert, unberührt, als wäre nichts geschehen. Man geht für immer, man ist nicht mehr da, aber man hinterläßt keine Lücke. Das ist gut und richtig so. Jedoch auch ein bißchen schmerzlich.

Die Freunde seufzten, standen auf und packten ihre Koffer.

Sie beluden den dämlichen, aber guten Hausknecht Jakob mit ihrer Habe, stiegen langsam, schwer von Unwiderruflichkeit, zum letzten Male, die alte Treppe hinunter. Sie schüttelten den Wirtsleuten die Hände mit rauher Rührung, die Wirtin weinte. Dann griff Herr Böhnig, ohne hinzusehen, nach dem Bündel Angelruten, das von altersher seinen Stammplatz an einem bestimmten Haken neben der Theke hatte.

Das Bündel war nicht da.

„Wo sind denn unsere Schwenkprügel?" fragte Herr Böhnig. Unwillkürlich sprach er in einem gewissen Grabeston, um die Weihe des Augenblicks nicht durch diese profane, aber notwendige Erkundigung zu stören.

Und der Wirt erwiderte mit ebensoviel Salbung in der Stimme: „Vielleicht sind sie noch oben im Zimmer."

Nein, sie waren nicht oben im Zimmer. Sie waren überhaupt nirgends. Nach anderthalbstündigem Bemühen der gesamten Besatzung des „Goldenen Rosses" stand diese Tatsache einwandfrei fest.

Es ist nicht angenehm, wenn nach einem gerührten Abschied für immer ein längerer Aufenthalt entsteht, ehe man entschwinden kann. Es ist peinlich. Man schämt sich; man denkt: „Wäre er bloß schon weg!" oder „Fährt denn der verflixte Zug noch immer nicht!"

Ein halbes Dutzend gespließte Ruten ist keine Pappenstiel. Sie können ihre 500, 600 Mark wert sein. Und wenn sie alt sind, dann sind sie das Doppelte wert durch die Erinnerungen, die an ihnen hängen.

Sein Fischwasser und seine Gespließten an ein und demselben Tage loswerden, ist ein bißchen viel. Herr Böhnig verlor die Geduld und ging den Landjäger suchen. Jakob trug die Koffer wieder hinauf, und die Wirtin schlug die Hände über dem Kopf zusammen: „Niemals ist bei uns nicht das Geringste vorgekommen, und aber nu aber auch du liebe Zeit!"

Der alte Herr Pienbaum setzte sich mit dem Wirt in eine Ecke und fragte: „Wer ist denn nun vorhin, als wir bei der Versteigerung waren, alles hiergewesen?"

„Tja“, sagte der Wirt und kratzte sich bedenklich den Kopf, „ich war ja immer drin, nich? Na ja, und dann eben, sozusagen bloß die neuen Herrschaften, nich?“

„Hm. Und ist Ihnen da nicht vielleicht irgendwas aufgefallen?“

„Oooch ... lieber nich. Nä, mir is lieber nichts aufgefallen. Die Dame saß ja dann zuletzt allein hier, und wie sie wegging, da hatte sie ja so'n langes Paket unterm Arm, das wird woll ... aber ich will nichts gesagt haben! ...“

„Aha!“ sagte Herr Pienbaum, und dieses Aha klang gar nicht ganz unfroh. Denn, ohne jemand zu nahe treten zu wollen, und nur so, gesetzt den Fall: Wenn es nun so wäre – dann könnte es doch sein? Oder, wenn es denn nun schon mal frei herausgesagt werden soll: wenn nun dieser Herr Raffke oder Daffke ein Dieb und Hochstapler sein sollte – dann könnte man am Ende doch noch sein Gewässerchen wiederkriegen?

Herr Pienbaum überlegte; dann ging er hinaus, um, wie er sagte, den Stier bei den Hörnern zu packen. Das Zimmer des Herrn Paffke fand er leer, deswegen klopfte er an die benachbarte Tür. „Herein!“ rief die Dame. Sie hatte einen grasgrün-zinnoberrot gestreiften Pyjama an mit blauen Tupfen und orangegelben Aufschlägen; es war eine sehr elegante Dame. Herr Pienbaum wunderte sich; zu seiner Zeit hatten Frauen nicht „Herein“ gerufen, wenn sie in Hosen dastanden. Wie sich die Welt verändert, so im Lauf der Jahre!

„Sie wünschen?“

„Mein Name ist Pienbaum. Mir ist ein halbes Dutzend wertvoller Angelruten abhanden gekommen ... äh ... worden. Gebündelt, ja. Wie mir berichtet wird, haben Sie, gnädige Frau oder, äh? meine Dame, vor kurzem das Gastzimmer mit einem mindestens sehr ähnlichen Paket verlassen. Darf ich Sie bitten, die Ruten wieder herauszugeben? Falls Sie sie nämlich, ähem, gefunden haben? Andernfalls müßte ich leider die Polizei ...“ Der alte Herr Pienbaum war seiner Sache sicher und ging aufs Ganze. Außerdem war er seit der Auktion schwer gereizt, und seine Gefühle brauchten ein Ventil.

Die Dame bekam eine weiße Nasenspitze, sonst war ihr nichts anzumerken. Sie ging zur Tür, öffnete sie sehr weit und sagte:

„Adieu!“

Paffke (P. Paffke, Berlin, Räucherwaren en gros) unterzeichnete den Pachtvertrag, machte sich rasch populär, indem er eine Handvoll Zigarren austeilte und dem Dorfschulzen freundlich lachend auf den Bauch klopfte. („Wir wern uns schon vertragen, nich, olle Salatrübe?“) Dann bewaffnete er sich im Gasthof mit neuen Zigarren und einer Flugangel und eilte ans Wasser, um sein neuerworbenes Reich zu inspizieren.

Entlang an des Baches Rand schreitet P. Paffke und murmelt stillvergnügt immer wieder vor sich hin: „Der is richtig! Goldrichtig!" Womit er den Bach meint. An einem Gumpen unterhalb eines kleinen Wehres kann er nicht mehr widerstehen; er wirft einmal, zweimal – schwupp! – eine Pfündige sitzt. Paffke, Berlin, drillt sie mit kundiger Hand und steckt sie in die Manteltasche; denn auf Mitnahme von Zubehör hat er bei seinem eiligen Aufbruch verzichtet.

Etwa fünfzig Meter weit entfernt sieht er eine starke Bewegung im Wasser. Vorsichtig schleicht er sich näher heran, schon beginnt er Leerwürfe zu machen, da kommt der Fisch dichter ans Ufer, noch dichter, ganz dicht – und kriecht heraus.

Und was da herauskriecht, das ist gar kein Fisch, sondern eine gut armdicke Schlange. Wie lang sie ist, weiß Paffke nicht; er sieht nur ein Stück von ihr, aber es dauert eine kleine Ewigkeit bis dieses Stück, dünner und dünner werdend, vorübergeglitten ist. Die Schlange muß sehr lang sein. Unwahrscheinlich lang. Eine Riesenschlange.

Paffke steht erstarrt. Dann retiriert er, eilig und leise. Paffke ist auch nicht feiger als andere Leute, und er ist mitgewesen in Flandern und an der Somme. Aber Schlangen sind ihm unheimlich. Er spricht sich Mut zu. „Unsinn", sagt er, „es gibt in Deutschland keine Riesenschlangen. Es ist eine große Ringelnatter gewesen oder so was. Ich habe mich vor Schreck verguckt!" – Dennoch untersucht er jedes Grasbüschel auf seinem Wege mit der Spitze seiner Fliegenrute.

Der Abend naht. Die Forellen steigen jetzt; es klatscht nur so. Paffke bemerkt es nicht. Paffke will erst mal hier weg und sonst nichts.

Plötzlich stockt ihm der Herzschlag. Vor ihm, keine dreißig Schritte weit, steht ein massives, weißes Wesen, das nichts anderes sein kann als ein Eisbär. Und das dabei verharrt, ein Eisbär zu sein, obwohl sich Paffke die Augen reibt und sich ins Bein kneift.

Der Eisbär tritt, wie unentschlossen, von einem Fuß auf den anderen. Dann läßt er sich ins Wasser gleiten. Er taucht. Als er am gegenüberliegenden Ufer wieder zum Vorschein kommt, hat er einen zweipfündigen Fisch im Maul, den er vor sich ins Gras legt, nachdenklich betrachtet und schließlich mit lautem Schmatzen verspeist.

Paffke war mit am „Toten Mann". Augenblicklich sitzt er ganz oben in einem Baum und überlegt, ob Eisbären klettern können.

Und wie er so dasitzt im schwankenden Geäst und schaudernd hinunterstarrt, da streicht ihm eine Hand beruhigend über die Glatze.

Paffke greift nach oben. Er hält in der Hand einen dünnen, behaarten Arm und blickt entsetzt in das Gesicht eines großen Affen, der die Zähne fletscht und schnattert ...

Paffke, Berlin, steht mit beiden Beinen auf der Erde. Naturen wie die seine neigen nicht zu Visionen. Auch ist Paffke erblich mit nichts belastet, als höchstens einer gewissen Neigung zum Fettansatz. Und er hat niemals mehr getrunken als er vertragen kann – oder doch nur bei seltenen, ganz besonderen Gelegenheiten.

Aber dies ist zu viel.

Paffke kommt aus seiner luftigen Höhe heruntergesaust wie eine Fliegerbombe.

Er rast durch den Wald und stöhnt mit keuchendem Atem vor sich hin: „Mein armes Kind ... wer wird für mein Kind sorgen, wenn ich in ... in der Anstalt ... bin ..."

Ohne Hut. Eine zerfasernde Fliegenrute in verkrampfter Hand.

Aus der Tasche seines Ulsters wedelt traurig der Schwanz einer toten Forelle.

Wenn schon der alte und milde Herr Pienbaum gereizt war, so konnte man Herrn Böhnigs Gemütszustand nur als geladen und entsichert bezeichnen. Böhnig trieb durch das friedliche Dorf wie eine verirrte Mine durch das Weltmeer.

Böhnig suchte den Gendarm. Er traf ihn nicht zu Hause, er war weg, unbekannt wohin. Über Land, sagte seine Frau.

„Natürlich", knurrte Herr Böhnig. In dem einen Wort lagen viele Schnäpse, die Herr Böhnig so im Lauf der Jahre spendiert hatte. Vergebliche Schnäpse, wie sich erwies: das erste und letzte Mal, wo man dieses Stückchen gottgewollte Obrigkeit brauchte, war es „natürlich" nicht da.

Die Frau nahm übel. Ob ein Landjäger vielleicht nicht über Land gehen dürfte.

Daraufhin erklärte die entsicherte Mine den ganzen Zustand am hiesigen Ort für einen traurigen Schlamassel. Den er sich nicht gefallen lassen würde, er nicht!

Sie schieden in Unfrieden. Böhnig hinterließ einen schriftlichen Bericht zur Orientierung des Wachtmeisters und die mündliche Versicherung, er werde sich beim Minister beschweren.

Er trieb weiter, aufs Geratewohl die Straße entlang; untätig dazusitzen war ihm nicht möglich. Er zerbrach sich den Kopf. Aber ein zorniges Hirn ist zum Rätselraten nicht geeigneter als ein Vorschlaghammer zum Reparieren einer Taschenuhr.

Draußen vor dem Dorf standen zwei Wohnwagen auf der Chaussee. Erst als Böhnig dicht davorstand, durchfuhr ihn die Erleuchtung. Die Zigeuner! Endlich. Quos ego ... ! Böhnig pochte. Mit der Faust. Niemand antwortete. Die Fensterläden waren geschlossen, offenbar von innen verriegelt. Er griff auf die Klinke – die Tür war offen! Verstohlen blickte er sich um; gleich darauf war er drin und hatte die Tür hinter sich angelehnt.

Im Innern des Wagens war es Nacht. Die Atmosphäre war schauerlich; dick genug, um auf Flaschen abgezogen zu werden. Im dürftigen Schein seines Benzinfeuerzeugs öffnete Böhnig eine kleine Pforte, die ihm den Weg versperrte. Er trat gebückt in eine Art Abteil, sah eben noch, daß dort Stroh am Boden lag, dann ging das Feuerzeug aus. Es wollte nicht wieder brennen. Ihm war, als hätte ein warmer Dunst es ausgeblasen, der über seine Hand strich. Wie ein Atem. Er tastete an der Wand nach einem Fenster und fand einen hölzernen Riegel, den er zurückzog. Eine Klappe schlug auf, aber es fiel kein Licht herein, sondern irgend etwas flatterte durch die Luft, vermutlich ein Vogel. Böhnig war unangenehm berührt und fühlte sich geneigt, seine private Haussuchung aufzugeben. Seine Wut auf den Landjäger war plötzlich weg. Im Gegenteil erschien ihm dieser Mann der Ordnung jetzt freundlich und erwartenswert. Wenn er hier wäre, brauchte man nicht im Dunkeln herumzukrebsen. Die Nacht ist keines Menschen Freund. Böhnig tappte zum Eingang zurück. Er kam nicht weit. Er stieß mit dem Bein gegen eine große, warme Masse, die sich borstig anfühlte. Die Masse brummte. Böhnigs Haare stellten sich mit einem einzigen Ruck aufrecht. Er fuhr zurück, rannte gegen ein Gitter, zerrte mit zitternden Fingern eine Schiebetür auf und schoß hindurch. Im gleichen Augenblick sprang etwas gegen seine Beine, er fiel vornüber und schlug im Fallen mit dem Ellenbogen in etwas Gläsernes, das zersplitterte. Er erhob sich stöhnend, zerschmetterte blindlings den Fensterladen und sauste mit einem Hechtsprung ins Freie. Etwa hundert Meter weit lief er sehr schnell, ehe ihn das Tageslicht soweit ernüchtert hatte, daß er sich umwenden konnte. Ein mittelgroßer brauner Bär stieg, nicht ohne eine gewisse Bedachtsamkeit, die kleine Treppe des Wagens herunter und begab sich wiegenden Ganges in den Wald.

Herr Böhnig eilte hinter ihm her, wobei er instinktiv einen ziemlich weiten Bogen um den Wagen herum beschrieb. Er war keineswegs eine Abenteurernatur, kein Bärentöter. Aber er hatte den Bären freigelassen, der Bär konnte Unheil anrichten. Und wer bringt sich gern ins Zuchthaus?

Was sonst noch aus dem Wagen herauskam, sah Herr Böhnig nicht. Es hätte ihm auch nichts genützt; auf einen Bären im Walde aufzupassen, ist Arbeit genug für einen Mann; niemand kann sich zerreißen.

Er erreichte die Bestie schneller als er gedacht hatte; der Bär stand da im Walde und kaute, er hatte gleich etwas Eßbares gefunden, irgend etwas, Bären fressen alles. Er trug einen Ring in der Nase, an dem eine lange Kette hing. Böhnig sagte: „Na, na, mein Tierchen, schön brav, wo ist denn das gute Hundchen", und nahm unter diesen freundlichen Reden scheinheilig die Kette vom Boden auf. Der Bär richtete sich auf den Hinterbeinen hoch und ging auf Herrn Böhnig zu.

Böhnig hatte, wie wir alle, in seiner Jugend des öfteren Gelegenheit genommen, sich bezüglich der tödlichen Umarmung des Grizzly genau zu informieren. Also ließ er die Kette wieder los. Daraufhin wandte sich der Bär zur Flucht und trabte mit einer Geschwindigkeit, die man ihm nicht zugetraut hätte, waldeinwärts. Herr Böhnig, Ehre wem Ehre gebührt, setzte ihm sofort nach, konnte aber nicht verhindern, daß er ihn aus den Augen verlor. Er suchte ihn hartnäckig; während dieser Suche verfluchte er abwechselnd den Landjäger, den Bären und die Stunde seiner eigenen Geburt.

Als der Bär seinen Verfolger abgeschüttelt hatte, verlangsamte er sein Tempo, um die Reize der ungewohnten Freiheit in Muße auszukosten. Still und zufrieden latschte er seines Weges und brummte glücklich vor sich hin, weil ihn das Federn des Moosbodens unter seinen Tritten mit einem starken Wohlbehagen erfüllte. Er naschte ein paar Waldbeeren, fand eine Bananenschale, die er sich unter der Rubrik Füllsel ebenfalls einverleibte, dann zerbiß er einen Laufkäfer, den er aber gleich wieder ausspuckte, weil er stank.

Wohlbehagen macht unaufmerksam. Plötzlich sah sich der Bär einem Menschen gegenüber. Genauer, einer Menschin. Sie schrie.

Der Bär wußte Bescheid. Wenn man ihn anschrie, hatte er sich auf die Hinterbeine zu stellen und zu tanzen, sonst gab es Keile.

Die Dame wußte nicht Bescheid, sondern glaubte – (tödliche Umarmung des Grizzly) –, das Untier richte sich in die Höhe, um sich auf sie zu stürzen. Deswegen setzte sie sich zur Wehr, indem sie erneut schrie und dem Bären ihr krokodilledernes Handtäschchen entgegenschleuderte. Dies war eine Instinkthandlung. Der Urmensch warf in solchen Fällen mit einer Kokosnuß.

Der Bär steckte seine bewegliche Nase in das Täschchen und fand den Inhalt leider ungenießbar, bis auf den Lippenstift, den er sofort aufaß Dieser Lippenstift, fett und aromatisch, gleichzeitig nahrhaft und wohlschmeckend, erschien ihm als der beste Bonbon seines Lebens; darum trudelte er, als die Dame sich zur Flucht wandte, unverzüglich hinterher; er kam sich sehr artig und folgsam dabei vor und zweifelte nicht daran, daß ein derart braves Verhalten letzten Endes mit weiteren solchen kleinen, aber vorzüglichen Fettbonbons belohnt werden würde.

Die Dame schrie um Hilfe und lief. Dem Bären war es egal, wie er hieß, er hörte lieber für Lippenstifte auf den Namen Hilfe als für Schläge auf irgendeinen anderen Namen.

Als Böhnig den ersten Hilferuf hörte, fuhr ihm der Schreck ins Herz wie ein Messer. Der zweite Schrei betraf ihn schon in vollem Galopp. „Siehste, du Idiot ... siehste, du Idiot ...", flüsterte er vor sich hin, unaufhörlich und mit bleichen Lippen. Es waren die letzten Worte, die er vor dem großen Schreck gedacht hatte. Er hatte einen morschen Stock von Fingerdicke aufgerafft. Als Waffe.

Böhnig rannte geradezu in den Bären hinein. Stolpernd hob er die Kette auf, schlang sie um einen Baum und schlug einen doppelten Knoten. „Siehste, du Idiot", flüsterte er, immer noch bewußtlos. Der Bär mochte nicht, er sträubte sich, denn dieser Zwischenfall roch ihm nach Prügel; aber es half ihm nichts. Die Nase ist zum Tauziehen nicht das geeignete Organ.

Herr Böhnig kam noch knapp zurecht, um die Dame aufzufangen, die endlich und gründlich in Ohnmacht fiel. „Siehste, du Idiot ... siehste, du Idiot ...", sagte er. Bis er sein Geflüster bemerkte und es einstellte.

„Das nennt man Glück!" seufzte er erleichtert.

Indem er, wie gesagt, nicht wußte, was sonst noch alles aus dem Wagen gekrochen war.

Die Dame war hübsch. Sozusagen sehr hübsch, entschied Böhnig. Als sie die Augen aufschlug, sagte sie: „Wo bin ich?" Und dann sagte sie noch: „Sie haben mich gerettet ..."

Ja, ja ... Großaufnahme.

Der alte Herr Pienbaum hatte schon die ganze Gaststube blaugeraucht. Es dämmerte bereits. Noch immer kein Böhnig und kein Landjäger. Herr Pienbaum gähnte.

Er schreckte aus halbem Schlummer auf, als die Tür quietschte.

Herein trat Herr Paffke. Er ging in die entfernteste Ecke und sank dort auf einem Stuhl in sich zusammen. „Herr Wirt", lallte er, „geben Sie mir einen zweistöckigen ... nein, ich meine, eine Selters ..."

„Dieser Mensch sieht ja ganz heruntergekommen aus!" dachte Herr Pienbaum. „Schwer deprimiert. Diese Unruhe, diese Zerfahrenheit ... Das ist das schlechte Gewissen!" Er machte seinen Blick strenge und strafend, soweit ihm das bei seiner milden Gemütsart möglich war, und heftete ihn auf Herrn Paffke.

„Um Gottes willen, ich muß mich zusammenreißen!" dachte Paffke.

„Man sieht es mir schon an, ich falle schon auf. Ogottogottogott, daß es soweit kommen mußte! . . ."

„Noch so 'ne Selter, Herr Wirtshaus!" sagte er; es sollte unbefangen klingen, aber der Tonfall gelang ihm nicht; es hörte sich unecht an. – „Und lassen Sie meine Sachen aus dem Auto ins Zimmer bringen, ich möchte mich schlafenlegen."

Nach einer Weile quietschte die Tür abermals, und Jakob schob sich ins Zimmer. Er sah gut, aber dämlich aus und hatte allerlei Gepäck an sich verstaut. „Wo solln denn die Sachen hin?" fragte er, „bei Ihnen oder bei die gneedje Frau?"

„Was für 'ne gnädige Frau?" sagte Paffke erschrocken. „Ach so, Sie meinen meine Tochter. Is ganz egal, stellen Sie sie man hin, wo Sie wollen."

Unter den linken Arm geklemmt trug Jakob ein längliches Bündel, in grünlichem Leinen verpackt.

Herr Pienbaum stand plötzlich mitten im Raum. „Dieses Paket bleibt hier. Wo – haben – Sie – das – her?!" Er sprach zu Jakob, sah aber Herrn Paffke an.

„Dies?" sagte Jakob, „Sie suchen doch woll nich am Ende dies? Du meine Zeit, ich denke, das jeheert die neuen Herrschaften? Dies hab ich vorhin mit die andern Sachen aus die Gaststube wechjenommen und nach die Jarasche jebracht, damit es keiner klauen sollte."

„Soso", sagte Herr Pienbaum ganz leise. „Soso . . ." Er ging an seinen Platz zurück und setzte sich, stand aber bald wieder auf und machte Herrn Paffke eine Verbeugung.

„Pienbaum", sagte er. „Nachdem die Sache sich jetzt aufgeklärt hat, möchte ich Sie in aller Form um Entschuldigung bitten!"

„Sie – mich –? – bitte sehr, bitte sehr", murmelte Paffke verstört. (Der hat mich beleidigt, und ich weiß von nichts mehr! Ich muß schon vorher meschugge gewesen sein! Vielleicht schon lange – man selber merkt so was ja immer zuletzt . . .)

Eine peinliche Stille trat ein. Der Wirt las Zeitung. Paffke grübelte über seinen Zusammenbruch nach. Herr Pienbaum sah aus dem Fenster und ärgerte sich über sich selbst.

Draußen war es mittlerweile Nacht geworden. Der Mond schien. Unter dem Schild „Zum goldenen Roß" brannte eine Lampe, von Motten umschwärmt.

Ein Pärchen kam angeschlendert, Hand in Hand. Alle paar Schritte machten die beiden Leutchen halt. Sie machten so häufig halt, daß der alte Herr Pienbaum schließlich aufmerksam wurde.

Er nahm seine Brille ab, rieb sich die Augen und setzte seine Brille wieder auf. Dann lächelte er und zog den Vorhang vor das Fenster.

Immer noch lächelnd, schrieb er einen Scheck aus, über 206 Mark und 66 Pfennige. Er legte den Scheck vor Herrn Paffke auf den Tisch. „Mein Anteil", sagte er und fügte auf Paffkes fragenden Blick hinzu: „Nein, nein, lassen Sie man jetzt, Sie werden schon sehen! Hehehe – werden schon sehen!"

Und während Paffke-Berlin sich vergebens darüber klar zu werden suchte, ob die Sache mit dem Scheck als eine neue Vision oder aber der alte Herr als auch verrückt anzusehen sei, klopfte Herr Pienbaum dem Wirt auf die Schulter und sprach:

„Wir bleiben noch ein paar Tage. Es ist nämlich alles in Butter!"

26 *Die Sage vom abgerissenen Fisch*

War einmal ein Mann, der hieß Ephraim. Er war ein Angler. Sonst würde hier von ihm nicht die Rede sein. Speziell fing er kleine Barsche, manchmal noch kleinere. Die sind mühsam zu schuppen; seine Frau hieß Amanda.

Diese seine Frau begab sich eines Tages in das Oraculatorium, um dort, nach Entrichtung von zwei Hühnern und einem Schlauch Weines als Gebühr, Zwiesprache mit den Göttern zu halten. Sie wollte verschiedenes wissen, und zuletzt fragte sie den Wahrsage-Lautsprecher: „Was bedeutet Amanda?" – „Eine, die geliebt werden soll oder muß", dröhnte das Orakel. Denn die Götter waren allwissend, und ihre Priester konnten perfekt lateinisch. Amanda sagte: „Aha!" Sonst nichts.

Sie schritt hinunter zum Fluß. Da stand Ephraim. Natürlich war es ein Sonntag – in der Woche war das Oraculatorium geschlossen und Ephraim anderweit beschäftigt, weil er außer Angler noch etwas anderes war. Beamter oder so. Vom Angeln allein kann man nur viel bescheidener leben, als Amanda zu tun pflegte.

„Komm nach Hause", sagte Amanda. „Du sollst nicht angeln, sondern mich lieben, wollen die Götter." – „Auch Sonntags?!" fragte Ephraim. – „Lehne dich nicht gegen den Ratschluß der Unsterblichen auf", mahnte die Gattin, „oder ich schlage dir alle Knochen kaputt." – Darauf erwiderte Ephraim: „Mein Täubchen, ich komme schon." Denn er war von sanfter Gemütsart und schwächlichem Körperbau. Für sich aber murmelte er Sprüche der Weisheit wie: „Man soll nicht wider das Gaff löcken" und „Ausgerechnet Maifliegchen ..." Und dieweil er beflissen einpackte, bat er Amanda, die Angel einen Augenblick zu halten.

Nun war aber in jenen heidnischen Zeiten noch nicht unser alter ernsthafter, sparsamer Petrus der Patron der Fischfänger, sondern ein junger, übermütiger, schabernakscher Halbgott namens Blinkas, genannt der Leisetreter. Der hatte damals gerade den Nottinghamstil erfunden und war dieserhalb besonders guter Laune. Wie das so in Geschichten zu gehen pflegt, kam er just das andere Ufer heraufgesponnen, als Amanda die Angelrute in der Hand hielt. Und da machte er sich den Spaß, ihr einen eben erst erbeuteten Hecht an den Haken zu hängen, ohne daß sie es merkte. Was ihm ein Leichtes war – wofür hätte er sonst der Leisetreter geheißen! Amanda betrachtete die fesche, waterproofe Sports-Tunika des jungen Gottes, nahm erstaunt zur Kenntnis, daß manchmal auch „bessere Leute" angelten und liebreizte mit sanften Kulleraugen zu ihm hinüber. Da spürte sie einen Ruck.

Es war ein großer Hecht, und Amanda hätte ihn gern in ihrer Küche gehabt, jedoch er zappelte furchtbar und wehrte sich seiner Haut. Darum so wollte sie die Angelrute alsbald dem Ephraim reichen. „Ephraim", sagte sie, „ziehe diesen Fisch heraus!" Dem Manne aber gab Blinkas, der listenreiche ein, nicht dergleichen zu tun. Ephraim wehrte ab. „Mit nichten", sagte er und setzte seine subalternste Miene auf, „mit nichten werde ich so vermessen sein, mich gegen deinen und der Götter Ratschluß zu empören. In meinem Leben fasse ich keine Angel mehr an."

Deswegen zog Amanda selber an dem Fisch. Und deswegen riß der Fisch ab.

Da drehte sich Amanda um und schlug Ephraim aufs Haupt, daß er ganz trieselig davon wurde. Dann drückte sie ihm die Angelrute in die zitternden Hände und sprach: „So. Und wenn du Idiot versuchen solltest, ohne meinen Hecht, der durch deine Schuld abgerissen ist, über meine Schwelle zu kommen . . .!"

Amanda enteilte in ihr Haus und schloß die Tür. Drinnen führte sie unfromme Rede zu den Göttern, und am Abend, als die Priester schlafend ruhten, ging sie hin und spie zu dreien Malen laut in des Orakels Trichter, im Brustton der Überzeugung.

Hechte sind nicht nachtragend. Nach einer Weile bekam Ephraim, der Angler, denselbigen Fisch zum andern Male an den Haken. Er drillte ihn, landete ihn und stach ihn zu Tode. Danach fragte er ihn: „Wo warst du denn so lange?!" Tote Hechte stehen niemandem Rede; aber Ephraim fragte auch nur rhetorisch, konventionell, dem Brauch gemäß; er erwartete keine Antwort, sondern steckte den schweigenden Fisch in einen Sack und ging heim.

Amanda betrachtete den Hecht nur so obenhin. Sie blickte Ephraim fest ins Auge und fragte: „Ist das mein Fisch?!" Der Hecht und Ephraim schwiegen. Denn auch dies war zweifellos keine richtige Frage; das lag im Ton. Die Frau erwartete ebenfalls keine Antwort, sondern fuhr fort: „Hoffe nicht mich zu täuschen! Mein Hecht war drei- oder sechs-, was sage ich, zwölffach größer als dieser. Das aber merke dir; nicht eher werde ich Ruhe finden im Herzen, als bis mein Fisch in meiner Küche liegt. So lange also, bis du ihn fängst, Ephraim, sollst du noch angeln."

Ephraim begriff gar nichts. Wie hätte er ahnen sollen, daß der Gott Blinkas Amandas Augenmaß verblendet hatte?

Am nächsten Sonntag, als eben der Morgen graute, weckte sie ihren Mann und sandte ihn mit heroischer Gebärde hinaus, jenen Fisch zu fahen für die Töpfe ihres Herdes. Und sie tat desgleichen an allen späteren Sonntagen, so die Götter werden ließen.

Ephraim sträubte sich ein wenig. Zum Schein. Das Widerstreben des Mannes härtet den Willen der Gattin wie Wasser den glühenden Stahl. Gleichwie das Sträuben der Keuschheit die Wünsche des Liebenden, gleichwie die Fluchten des Fisches beim Drill ins Ungemessene steigern des Anglers Begierde, also wuchs durch Ephraims Zögern und Brummen Amandas Wunsch heran zur fixen Idee. „Das war ein Fisch!" seufzte sie immer wieder. Er schwamm durch alle ihre Träume, zappelte in jedem ihrer Gespräche, und mit einer sonderbaren, grausamen Zärtlichkeit schienen ihre Gebärden ihn zu liebkosen, wenn sie erzählte, wie sie ihn ausschlachten, spicken und braten würde...

Ephraim angelte und – fing! Es gab keine kleinen Barsche mehr für Ephraim. Auf den dürftigsten Wurm gingen ihm Zwei- und Dreipfünder. Und Fischchen anzuködern kostete ihn zuletzt jedesmal Überwindung – sie brachten ihn oft in ernste Lebensgefahr, solche Mordstrümmer hängten sich an seine Angel.

Ephraim fing. Unter einer großen Linde war sein schattiges Lieblingsplätzchen. Damals kam das Lied auf: „Unter einer grünen Li–a–lind saß er da und fing, fing, fing...", das leider später durch orthographische Fehler und sonstige Irrtümer der Chronisten seinen ursprünglichen Sinn verlor. Gleichfalls um diese Zeit entstand der erste Fischergruß: „Blink-Heil". Zu Ehren des wundertätigen Blinkas. Denn alle Rechtschaffenen wußten, daß Ephraim seine Erfolge der Gunst des Anglerschirmherrn zu verdanken hatte. Nur einige böse Menschen erinnerten an jenen schweren Schlag auf den Kopf von seiten der liebenden Gattin, seit welchem Ephraim schlichten Geistes war, und verglichen seine Beute mit den „größten Kartoffeln" gewisser Agronomen von ebenso auffallend stiller Mentalität.

Ihm selbst lag solche Skepsis fern, und hätte er ihr Raum gegeben, wäre er bald eines Bessern belehrt worden. Eines Tages nämlich, zu Tode ermattet von den Strapazen der Stillangelei, war er unter seiner Linde sanft entschlummert. Derweilen biß nun an einer der ausliegenden Angeln ein Kaulbarsch. Ephraim hätte ihn als mittelgroß bezeichnet; er wog etwa anderthalb Pfund. Dieser fraß, in der leisen und stetigen Manier seiner Rasse, Köderfisch, Haken und bronzene Hechtkette der Reihe nach in sich hinein und, während der Haken schon im Begriff stand andrerseits wieder zu Tage zu treten, auch noch ein Stückchen der mundgerecht vor ihm hängenden Schnur. Zweifellos hätte der Kaulbarsch, durch seine nicht abstellbare Schluckvorrichtung vorwärtsgetrieben, auf dem Wege über Leine und Rute mit der Zeit eine Selbstlandung vollzogen, wenn er nicht durch sein Ableben darin behindert worden wäre. Dieses trat ganz unvermittelt ein; kaum konnte er noch den Haken aus sich herausverdauen, da war er auch schon tot. Ein enormes Maul hatte ihn verschluckt...

In diesem Augenblick erwachte Ephraim von einem heftigen Stoß gegen sein Profil und sprach: „Aber Amanda!?..." Doch war es nur der zur Seite geschleuderte Beschwerungsstein der Angelrute, welch letztere – schon im Begriff zu verschwinden – ihren Herrn auf solche neckische Weise ermunterte. (Unschwer bemerkt der scharfsinnige Leser Blinkas' Hilfskräfte am Werk in derlei koboldischen Begebenheiten.)

Ephraim griff zu, setzte einen kräftigen Anhieb und – rannte in der nächsten Sekunde, die Stange krampfhaft umklammernd, stromauf, so schnell ihn seine kurzen Beine trugen. Gleich darauf kam er zurückgaloppiert, und dann lief er wieder stromauf, sprang über Gräben, fiel um, wurde durch Sträucher geschleift, die ihm die Haut zerkratzten, gelangte mühsam auf die Füße und schlangenmenschte auf schmaler Uferkante balancierend um Bäume herum, die im Wege standen. Überflüssig zu sagen, daß alles dies seinen Ursprung nicht in dem beschaulichen, aller Hoppheierei fremden Gemüt Ephraims nahm, die Anregungen dazu vielmehr ganz allein von dem Tier kamen, das den mittelgroßen Kaulbarsch benebst der in- und exklusiven Angelgeräte gefressen hatte.

Es war ein alter Hecht. So alt, daß er schon selber nicht mehr glaubte, ein Hecht zu sein. In der Laichzeit pflegte er sich versuchsweise den Krokodilen anzuschließen als den einzigen Flußbewohnern, die ihm der Größe nach als zuständig erschienen. Leider vergebens.

Ephraims Chancen standen nach menschlicher Berechnung auf Null. Nichtsdestoweniger trabte er unverdrossen hinter dem Leviathan her. Bei jeder Kehrtwendung rief er besänftigend: „Oh – lala!" Ungefähr so, als hätte er ein zahmes, nur ab und zu ein bißchen übermütiges Pony an der Leine.

Dieses alberne Gehaben reizte den Hecht zu wahnsinniger Wut. Er war von cholerischer Gemütsart und hatte zudem Zeit seines Lebens ohne jeden Gedanken an vernünftige Diät der Völlerei gehuldigt. Mag diese Prädestination, mag eine direkte Nachhilfe des Blinkas schuld sein – Tatsache ist, daß der alte Bursche jählings einem Schlagfluß erlag. Der Drill seiner nur noch leise wedelnden sterblichen Hülle war relativ einfach...

Ephraim saß auf der Wiese neben seiner Beute und freute sich keine

Spur, sondern kratzte sich den Kopf, daß es nur so rauschte. Denn dieser Hecht hatte genau die Größe, zu der Amandas abgerissener mittlerweile in ihren Reden herangewachsen war. Brachte er diesen Prügel ins Haus, würde sie ihn als ihren Ausreißer „erkennen", das war gewiß – und dann lebewohl, geliebte Fischweid! – Stundenlang marterte er sein dumpfgeschlagenes Hirn um einen Ausweg. Umsonst. Unter Seufzen und bitteren Klagen machte er sich daran, seinen Fang ins Wasser zurückzuschleppen.

Der tote Riese rollte vom Ufer in den Fluß. Dabei platschte dem Anglersmann ein tüchtiger Spritzer ins Gesicht, und als er wieder zu sehen vermochte, da stand vor ihm der Halbgott Blinkas, diesmal in voller Pracht, im Ornat des Königs der Gewässer. Ein Mantel, grüngolden, schimmernd wie das sommerliche Gemisch von blühendem Wasser und Sonnenschein, wallte von seinen Schultern. Smaragdene Frösche, Opalen gleichende Bitterlinge, Plötzenaugen, leuchtend wie Rubine, prangten in seiner Krone zwischen Perlen, Korallen und silbernen Schuppen. Seine Rechte schwang als Szepter ein Gaff. In seiner Linken ruhte als Reichsapfel eine große, rundliche Piermadenbüchse.

„Mein Getreuer", dröhnte er, „dein Hecht ist in den Strom und dein Herz in die Hosen gesunken. Wohlan, raffe dieselben aus denselben, denn ich, Blinkas, habe mich deiner erbarmt. Kraft meines Amtes mache ich durch Olympialerlaß naturgesetzlich, daß die größten Fische von jeder Art, größer als alle gefangenen und je zu erbeutenden, fortan die abgerissenen zu sein haben, und so soll es bleiben bis in die graueste Nachzeit post Christum natum. Basta."

– war verschwunden.

Als Amanda den Hecht erblickte, rief sie bewundernd: „Beinahe, oh Ephraim, ist er so groß wie meiner!" Und sie legte ihn sauer ein.

Aber angesichts ihrer nun mit Dauerfisch vollgestopften Speisekammer schmolz im Laufe der Zeiten und der Mahlzeiten ihr Herz, und eines Tages sagte sie: „Ephraim, mein Gatte! Wenngleich deine natürliche Begabung nicht ausreicht, so große Fische zu überlisten wie ich sie s. Zt. zu fangen pflegte, so sehe ich doch, daß du dich ernstlich bemühest. Zum Lohn dafür magst du in Zukunft daheim bleiben" – der Mann erschrak, indessen Amanda fuhr fort – „und hinausziehen zum Angeln nach deinem eigenen Wunsch!"

Ephraim stach sich heimlich eine Ködernadel durch die Hosentasche ins Bein, um zu prüfen, ob er träume.

Dann ging er ein bißchen angeln.